U0090814

古典文學研究輯刊

二十編

曾永義 主編

第8冊

孔平仲及其《續世說》研究（下）

林美君 著

國家圖書館出版品預行編目資料

孔平仲及其《續世說》研究（下）／林美君 著 — 初版 — 新北市：
花木蘭文化事業有限公司，2019〔民 108〕
目 6+272 面；19×26 公分
（古典文學研究輯刊 二十編；第 8 冊）
ISBN 978-986-486-882-8（精裝）
1.（宋）孔平仲 2. 續世說 3. 傳記 4. 研究考訂
820.8　　108011728

古典文學研究輯刊
二十編 第八冊　　ISBN：978-986-485-882-8

孔平仲及其《續世說》研究（下）

作　者 林美君
主　編 曾永義
總編輯 杜潔祥
副總編輯 楊嘉樂
編　輯 許郁翎、王筑、張雅淋　美術編輯 陳逸婷
出　版 花木蘭文化事業有限公司
發行人 高小娟
聯絡地址 235 新北市中和區中安街七二號十三樓
電話：02-2923-1455／傳眞：02-2923-1452
網　址 http://www.huamulan.tw 信箱 hml 810518@gmail.com
印　刷 普羅文化出版廣告事業
初　版 2019 年 9 月
全書字數 470666 字
定　價 二十編 19 冊（精裝）新台幣 40,000 元

孔平仲及其《續世說》研究（下）

林美君 著

目次

上冊

下編：《續世說》研究

第壹章　緒　論

由孔平仲所編撰的《續世說》，十二卷，傳錄南北朝至唐五代朝野軼事約一千一百則〔註1〕。依據《世說新語》分門別類、依類而立的形制，分爲三十八個門類。自從南宋藏書家也是目錄學家的陳振孫，在其《直齋書錄解題》指出《續世說》是「編宋至五代事，以續劉義慶之書」（卷十一〈小說家類〉）。加上它具備以眞實人物爲書寫對象、用短小篇幅來敘事、沿襲以類相從的體例、呈現言簡旨深的語言藝術等四個世說體小說的特徵。長久以來一直被視爲是《世說新語》的重要續書之一。

然而王偁《東都事略》云：「平仲有史學，著《續世說》行於世。」（卷九十四）《宋史》本傳也說「平仲長史學，工文詞，著《續世說》、《繹解稗》、《詩戲》諸書傳於世。」揆其意，《續世說》當是孔平仲表現其史學專長的具體成就，並非只是模仿《世說新語》而已。

本章將探討《續世說》的成書背景，以及《續世說》的成書時間、材料來源和版本流傳等問題，進而瞭解孔平仲編撰《續世說》的動機。

第一節　《續世說》的成書背景

一、北宋的政治環境與史學風氣

無論文學還是史學的創作，都有其時代因素，與作者的際遇關係尤其密

〔註1〕《續世說》的內容各本略有出入，張一鳴稱共一千一百〇四條，〈考校〉，頁14。取其成數約一千一百則。

切。以《世說新語》爲例，這部書之所以成爲「中國的風流寶鑒」〔註2〕，就在於它勾畫出魏晉名士的率眞曠達、恣情任性；而這正是當時談玄、品題、任誕風氣下的產物。至於劉義慶爲什麼會招聚文學之士編撰此書，一般認爲和《宋書》所說「以世路艱難，不復跨馬」〔註3〕有關。劉義慶自幼就受到宋武帝（劉裕）的賞識，視爲豐城之寶（君按：指產自豐城的寶劍干將、莫邪）。十三歲襲封南郡公。永初元年，襲封臨川王。此後內居宰輔，外坐重鎭，宋文帝時還曾擔任尚書左僕射。孰知看似順遂的生活，卻有不爲人知的辛酸。宋文帝因爲長年臥病，由彭城王劉義康輔政，劉義康「素無術學，待文義者甚薄」的個性，與「爲性簡素，寡嗜欲，愛好文義」的劉義慶格格不入；加上劉義康大權在握之後，「自謂兄弟至親，不復存君臣形跡（《南史・宋宗室及諸王傳》），劉義慶只好奉養沙門、招聚文學之士，來避免猜忌。

孔平仲所處的環境，與劉義慶大不相同。後周顯德六年（959 年），世宗柴榮突然病逝，由年僅七歲（一說五歲）的幼子即位，是爲恭帝。在「主少國疑」的情勢下，殿前都點檢、歸德軍節度使趙匡胤在隔年（960 年）正月初三，於開封東北的陳橋驛被擁立爲帝，開啓北宋的歷史。由於宋太祖本身就是受部下擁戴、黃袍加身取得帝位，所以在建國之初，他就採行所謂「右文」政策，重用文人、崇儒禮士，除了立碑言明「不得殺士大夫及上書言事者」〔註4〕；又延續隋唐以來的科舉制度，並且擴大錄取名額，還讓這些通過考試的文彥學士成爲官員的主要來源。讓從科舉脫穎而出的士人取代功

〔註2〕見馮友蘭〈論風流〉，收錄在《三松堂學術文集》（北京：北京大學出版社，1984），頁 610。

〔註3〕《宋書》卷五一〈宗室〉：「道規無子，以長沙景王第二子義慶爲嗣……義慶幼爲高祖所知，常曰：『此吾家豐城也。』年十三，襲封南郡公。除給事，不拜。義熙十二年，從伐長安，還拜輔國將軍、北青州刺史，未之任，徙督豫州諸軍事、豫州刺史，復督淮北諸軍事，豫州刺史、將軍並如故。永初元年，襲封臨川王……（元嘉）六年，加尚書左僕射……爲性簡素，寡嗜欲，愛好文義，文詞雖不多，然足爲宗室之表。受任曆藩，無浮淫之過，唯晚節奉養沙門，頗致費損。少善騎乘，及長以世路艱難，不復跨馬。招聚文學之士，近遠必至。」

〔註4〕明陸楫編《古今説海》卷一二五引陸游《避暑漫抄》：「藝祖受命之三年，密鐫一碑立于太廟寢殿之夾室，謂之誓碑……靖康之變，金人入廟，悉取禮樂祭祀諸法物而去。門皆洞開，人得縱觀。碑止高七八尺，闊四尺餘，誓詞三行，一云：柴氏子孫有罪不得加刑，縱犯謀逆，止於獄中賜盡，不得市曹刑戮，亦不得連坐支屬。一云：不得殺士大夫及上書言事人。一云子孫有渝此誓者，天必殛……」

臣、宗室、外戚、宦官、地方豪強成為宋代官僚體制的中堅，形成天子與士大夫共治天下的局面。在天子與士大夫共同組成的政府中，一方面天子的權力受到很大的制約；另一方面，這群科舉出身的文人士大夫，他們的政治熱情和社會責任感，也較前代來得強烈。所以這群文人士大夫總是積極上書言事，批判歷史，體現儒家修、齊、治、平的觀念。本著務實的精神，和「以天下為己任」的政治理念，他們經常將忠君報國擺在第一位。他們為追求群體利益所付出的心力，往往更勝於追求個人的聞達。甚至展現「每感激論天下事，奮不顧身」（《宋史》卷三一四〈范仲淹傳〉）的氣魄。孔平仲受到這種氛圍的濡染，作品中經常關心時事，表現出心懷天下的憂慮（說詳上編第肆章）。

北宋前期，政權穩定，並未出現前朝女王、外戚、宦官乃至宗室、強藩為害朝政的狀況。卻面臨政治、經濟、社會……多方面的挑戰，冗官、冗兵、冗費三冗的問題之外，政令不暢、官吏擾民亦時有所聞。為解決國家的困境，這些「以天下為己任」的文人士大夫，或伏闕上書，或慷慨陳詞，或倡言革新以矯正時弊，或鼓吹變法以挽救危機。他們的訴求不外乎以下三點：一是扭轉國家頹勢，達到富國、足民、強兵之目的；二是理順人倫關係，建立和諧有序的社會價值體；三是士大夫與君主相互支持、相互依賴、共治天下〔註5〕。

陳寅恪曾說「中國史學，莫盛於宋。」〔註6〕也因為宋代史學空前繁盛，不但修史機構完備，官修史書數量眾多，搜集、整理前代史料成績斐然。私人著史，也很風行。由於「殷鑒不遠，在夏后之世」（《詩・大雅・蕩》），自古就已深入人心；賈誼更強調「『前事之不忘，後之師也。』是以君子為國，觀之上古，驗之當世，參之人事。察盛衰之理，審權勢之宜，去就有序，變化因時，故曠日長久而社稷安矣」（《新書》卷一〈過秦下・事勢〉）。所以有些不主張政治革新、或無法施展抱負的文人士大夫，他們轉而投身史學，借鑒過去，希望從歷史經驗找到良方，來解決國家面臨的困境。司馬光承《春秋》寄寓褒貶之意，而編撰的《資治通鑑》（以下簡稱《通鑑》），就是一部敘國家之興衰，著民生之休戚，使觀者擇其善惡得失，以為勸戒的史學鉅著，也贏得神宗「鑑於往事，有資於治道」（元・胡三省〈新註資治通鑑序〉）的

〔註5〕見李青春〈北宋士人的政治訴求及其文學映象〉，刊登在《河北學刊》第28卷2期，2008年3月。

〔註6〕見氏著〈陳垣明季滇黔佛教考序〉，收錄在《金明館叢稿二編》（上海：上海古籍出版社，1980），頁245。

讚譽，並親自作序以表重視。《通鑑》的問世，對宋代史學也有推動的作用。它所強調「資治」、「經世」的思想，也成爲鮮明的時代特徵。

孔平仲生活在國家積弱不振、財政日漸凋敝的年代，又親身經歷哲宗紹聖時期新舊黨爭。年輕時「壯志若鐵石，頑直未易摧」（〈疾中偶成呈介之〉）的豪情，不免隨著歲月而消磨。但他不像多數文人一旦仕途受挫，往往選擇參禪悟道、縱情世外；孔平仲雖然偶而會和方外往來，卻始終秉持儒家學者的態度，不向佛老尋求心靈慰藉。做爲孔子後人，對於先祖當年周遊列國，卻無力挽救世衰道微，阻止邪說暴行紛起，失望之餘，選擇將心思放在寫作《春秋》一書的用意〔註 7〕，孔平仲有著比一般人更深的感受。因此他在幾經仕途挫折之後，想要遠紹其祖作《春秋》的精神著書立說，動機不難理解。

然而著史是一門嚴肅的學問，即使具備史才、史識、史筆，還要有石室金匱之書做後盾，史料的取得、時間和精力，恐怕都不是遊宦四方的孔平仲所能輕易做到。況且中國史學不同於西洋史學只須客觀記錄史實，史家還要把自己對歷史人物或事件的認識、看法寫進其中，做出批判與褒貶。和孔平仲同時代的人因爲幫皇帝修實錄而獲罪者，不在少數。何況是私撰？

不過從前代和本朝歷史治亂興衰、是非得失的論述中，總結經驗，提供朝廷借鑒，著史並非唯一的方式。和歐陽脩、司馬光一樣認同「史者所以明夫治天下之道也」（《元豐類藁》卷十一〈南齊書目錄序〉）的曾鞏，就靠著編校纂撰《陳書》、《五朝國史》等古代典籍，完成此一理念。曾鞏與孔家有世交之誼，他知齊州時對孔武仲、孔平仲兄弟的關懷，孔平仲感歎「一門兄弟辱恩深」（〈上曾子固〉），良非客套之辭。迫於現實因素，不以著史之名，改以「述而不作」的方式，來表達自己的社會責任感，編撰《續世說》就成了孔平仲表現人生理想和政治抱負的另一種方式。

至於孔平仲爲何要選擇《世說新語》，而不是其他雜史小說作爲範式，應該和宋人眼中「會史之要，莫善于《世說》」（〈秦果序〉）有關。這也是《續世說》大多摘錄自正史，鮮少引用稗官野史的原因。《續世說》之所以不同於一般資閒談的筆記小說，關鍵正在於孔平仲的態度和他採擇的資料來源。後人未能洞察孔平仲編撰《續世說》的動機，是遠紹先祖孔子，近師吳兢《貞觀政要》，而將其視爲《世說新語》的續書來論其優劣，應當調整視角重新加以評估。

〔註 7〕《孟子・滕文公下》：「世衰道微，邪說暴行有作。臣弒其君者有之，子弒其父者有之。孔子懼，作《春秋》。《春秋》，天子之事也。是故孔子曰：『知我者，其惟《春秋》乎！罪我者，其惟《春秋》乎！』」

二、孔平仲的治史態度

瞭解孔平仲所處的環境，以及當時的史學風氣，接下來就要進一步探討他的學問基礎及治史態度。

孔平仲的史學素養和他的家學淵源有極大關係。本論文上編第壹章曾說過他所屬江西新淦這一支系，在慶曆二年孔延之考取進士以前，不曾有過功名仕祿，而孔延之本人仕途稱不上顯赫，他最大的成就莫過於子多而賢，並且靠著「自教以學」，培育孔文仲、武仲、平仲兄弟陸續登第，讓孔家得以躋身文學甲族。曾鞏〈司封郎中孔君墓誌銘〉說孔延之有「文集二十卷」，但今日已經佚失，唯有知越州時所纂《會稽掇英總集》傳世。儘管只是編次前人作品，四庫館臣卻認爲：「所錄詩文大都由搜岩剔藪而得之，故多出名人集本之外，爲世所罕見。如：大曆浙東唱和五十餘人，今錄唐詩者或不能舉其姓氏，實賴此以獲傳。其於唐宋太守題名壁記皆全錄原文，尤爲具有卓識。蓋逸記遺篇所來既遠，以資考證，裨益良多，固不徒蒐訪之勤爲可嘉尙已。」(《四庫提要・集部八》）如此予以肯定，可見孔延之並非一般俗吏，他不僅「才氣冠時」〔註 8〕，對文學、史學應該都有一定的修爲。

孔平仲自幼和兄長一起接受父親教導，蘇頌〈中書舍人孔公墓誌銘〉中提到孔文仲「少刻苦問學，經、史、傳、注、百氏、子、集，外至於天文、律曆、筭數之書，無不識於心而誦於口。」即使兄弟間才情或有差距，但由孔平仲作品看來，他在文、史方面也有很深的根基。他所著的《珩璜新論》，同樣得到四庫館臣的好評，認爲「是書皆考證舊聞，亦間托古事以發議，其說多精核可取。蓋清江三孔在元祐熙寧之間，皆卓卓然以文章名，非言無根柢者可比也」(《四庫全書總目》卷一二〇〈子部三十・雜家四〉)。而他對史學的態度，可歸納成以下數端：

（一）重視史學的實用功能

經世致用是中國史學的傳統，也是史學重要的社會功能。早在三千年前孔子作《春秋》，就是有感於當時「世衰道微，邪說暴行有作，臣弒其君者有之，子弒其父者有之」(《孟子・滕文公下》）的亂象，才會「是非二百四十二年之中，以爲天下儀表，貶天子，退諸侯，討大夫，以達王事」。孔子還強調「我欲載之空言，不如見之於行事之深切著明也」(以上二段皆引自《史記・太史公自序》)。可見讓亂臣賊子有所畏懼，就是《春秋》的實用功能。

〔註 8〕蘇軾〈孔長源挽詞二首之一〉：「少年才氣冠當時，晚節孤風益自奇。」

對宋代的文人士大夫而言，他們不僅要繼承由孔子開創的經世致用的鑒戒史觀，還要通過研究歷史來實踐自己的人生理想與政治期待。這點從上一節歐陽修、司馬光的言論和做法，即可充分理解。孔平仲生活在這樣的環境下，自然也受到幾位前輩的啓發。但以個人經歷來說，孔平仲一生不曾居高位、任宰輔，倒是三度提點刑獄，長期與百姓接觸，人民對政府的期待，他瞭若指掌。因此他所要體現的社會責任就是反映民生疾苦。他以詩揭露官員醜態。〈官松〉：

> 我行九江南，曠野圍空山。道旁何所有，高松立巑岏。藏標隱雲霧，秀氣凌岡巒。橫騫却與走，怪狀千萬端。中有清風發，能令朱夏寒。流金五六月，方苦行路難。騎者欲顛沛，負者面如丹。氣息幾斷絕，至此方少寬。消渴飲甘露，涸較投長瀾。迺知古人意，爲惠無窮年。亦有被剪伐，行列頗不完。豈非風雷變，或者盜賊繁。土人對我嘆，示有縣長官。爲政猛于虎，下令如走丸。取此爲宮室，將以資晏歡。良工操斧斤，睥睨長林間。擇其最高大，餘者棄不觀。千夫擁一柱，九牛力回旋。至今空根悲，泣淚尚未乾。彼令誠何心，緩急迷後先。毫末至合抱，忍以頃刻殘。萬眾所庇賴，易爲一身安。居上恬莫問，在下畏不言。世事類若斯，嗚呼一摧肝。

又透過託古諷今的方式，傳達老百姓期待官吏以寬和不擾民的方式，治理地方的心願。《續世說・政事》：

> 魏源懷性寬簡，不好煩碎，常語中曰：「爲政貴當舉綱，何必須太子細。譬如爲屋，但外望高顯，楹棟平正，足矣。斧斤不平，非屋病也。」（第 14 則）
>
> 盧坦爲壽安令，時河南尹征賦限窮，而縣人訴以機織未就，請寬十日，府不許。坦令人户但織而輸，勿顧限也。違之，不過罰令俸爾。既成而輸，坦亦坐罰，由是知名。（第 37 則）
>
> 玄宗時，蒲州刺史陸象先，政尚寬簡，吏民有罪，多曉諭遣之。州錄事言於象先，象先曰：「人情不遠，此屬豈不解吾言耶？必欲棰撻以示威，當從汝始。」錄事慚而退。象先嘗謂人曰：「天下本無事，但庸人擾之爾。苟清其源，何憂不治。」（第 49 則）

但是盧坦違反規定，破例讓百姓延後輸織期限，最後不過坐罰而已；孔平仲以餓歉出糶，卻遭控不推行常平法，置獄潭州，最後責惠州別駕，安置英州。兩相對照，也可看出孔平仲重視史學實用價值，卻不選擇著史的理由所在。

（二）以道德標準評判歷史

強調史學實用價值，容易流於功利。對於從唐末五代軍閥征戰中建國的趙宋王朝，如何扭轉長久以來朝綱混亂、世風敗壞、人倫失序、道德淪喪的頹勢，推行儒家的先王之道，成爲一劑救世良方。歐陽修認爲「道德仁義，所以爲治，而法制綱紀亦所以維持也」（《新五代史》卷四六〈雜傳〉）。並且將此一見解貫徹到他的著作中。由他撰寫的《新五代史》就別出心裁安排了〈死節傳〉、〈死事傳〉、〈一行傳〉，褒揚修節義的忠臣義士；又作〈唐六臣傳〉敘述唐末助朱溫篡唐的六位官員：張文蔚、楊涉、張策、趙光逢、薛貽矩、蘇循。這六人在唐哀帝遜位於梁時，率文武百官北面舞蹈再拜賀，並出仕新朝。歐陽修卻以唐六臣作爲傳名，諷刺意味十足。以道德評判歷史的主場非常鮮明。

司馬光也是以禮樂教化的道德標準，論歷朝之興衰。並在《通鑑》卷一〈周紀〉就先揭櫫「天子之職莫大於禮，禮莫大於分，分莫大於名。何謂禮？紀綱是也。何謂分？君臣是也。何謂名？公侯卿大夫是也」的觀念，認爲治理國家不可不以此爲綱紀。

三孔兄弟也是主張用儒家先王之道的道德觀，來說明歷史的發展變化以及治亂、得失、盛衰的原因。評論歷史人物尤其強調「忠孝」二字。「忠」字的原始意義是一種責任心，這可以從《論語》孔子對令尹子文的看法〔註 9〕，以及他在答覆樊遲問仁時，說「居處恭，執事敬，與人忠；雖之夷狄，不可棄也」（〈子路〉）二段對話中得到證實。而曾子以「爲人謀而不忠乎」自我反省〔註 10〕，也是相同的意義。所以《說文解字》以「盡心」解釋忠〔註 11〕，還是延續《論語》的用法。即使將「忠」提昇到君臣間的對待關係，孔子也從未要求臣應對君無條件的「忠」。所以當定公問：「君使臣，臣事君，如之何？」孔子的回答也只是「君使臣以禮，臣事君以忠」而已〔註 12〕。「忠」由原來的儒家的倫理範疇一躍成爲重要的政治道德範疇，是漢代以後的事，馬融《忠經》說：「忠能固君臣、安社稷、感天地、動神明，而況人乎？」在這裡「忠」的含義已經轉向對君主和國家的忠誠。

〔註 9〕《論語・公冶長》：「子張問曰：『令尹子文三仕爲令尹，無喜色；三已之，無慍色。舊令尹之政，必以告新令尹。何如？』子曰：『忠矣。』」

〔註 10〕《論語・學而》：「曾子曰：『吾日三省吾身：爲人謀而不忠乎？與朋友交而不信乎？傳不習乎？』」

〔註 11〕卷十下：「敬也。盡心曰忠。从心，中聲。」

〔註 12〕《論語・八佾》：「定公問：『君使臣，臣事君，如之何？』孔子對曰：『君使臣以禮，臣事君以忠。』」

在孔平仲眼裡，「忠」與「孝」不只是德目，還被賦予政治教化的功能。忠可以維繫朝廷秩序；孝能夠維護家庭倫理。因此對兩者要求的尺度更加嚴格，而《續世說》故事的採擇也是遵循道德標準，以符合當時的政治需求。

（三）反對佛老、維護儒家傳統

宋代的文人士大夫所遭逢的問題，還不僅是大唐帝國瓦解後，唐末五代道德淪喪、社會失序的亂象而已。佛教帶來的衝擊，和本土道教的挑戰，也是造成儒家文化衰落的因素。

站在維護儒家傳統的立場，孔平仲反對佛教虛妄、道教迷信的態度是堅定而強悍的。《珩璜新論》就有其反駁祥瑞、相術〔註13〕、陰陽之說〔註14〕和佛經僧徒〔註15〕的言論。反佛的部份留待後面幾章再作討論，先來看孔平仲對祥瑞的看法。

〔註13〕卷二云：「相之不可憑也。《南史・庾華傳》：庾敻家富於財，食必列鼎，又狀貌豐美，頤頰開張，人皆謂必有方伯。及魏克江陵，敻以餓死。時又有水軍都督褚蘿，面甚尖危，從理入口，竟保衣食而終。唐柳渾十餘歲，有巫告曰：「兒相夭且賤，出家可免死。」渾不從，仕至宰相。魏朱建平善相，鍾繇以爲唐舉、許負何以復加，然相王肅年踰七十，位至三公，肅六十二終於中領軍，史氏以爲蹉跌。故吾以爲相不可憑也。」

〔註14〕卷二云：「陰陽之說，似可信又不足憑。按後唐李克明討幽州，占云：『不利深入。』克明不從，果爲燕師所敗，此可信也。莊宗之入汴，司天監云：『歲時不利深入，必無成功。』莊宗不從，乃自此有天下。此不足憑也。」

〔註15〕卷二云：「佛果何如哉？以捨身爲福，則梁武以天子奴之，不免淨居之禍；莊嚴爲功，則晉之王恭，修營佛事，務在壯麗。其後斬于倪唐；以持誦爲獲報，則周嵩精于佛事，王敦害之，臨刑猶於市誦經，竟死刄下。佛果何如哉？佛出於西胡，言語不通，華人譯之成文，謂之「經」，而晉之諸君子甚好于此，今世所謂「經」，說性理者，大抵多晉人文章也。謝靈運繙經台，今尚有焉。唐傅弈謂佛入中國，臧兒幻夫，摸象莊老，以文飾之。姚元崇《治令》，其說亦甚詳。〈霍去病傳〉破匈奴，獲休屠祭天金人。〈注〉：『祭天以金人爲主。佛徒祠金人也。』師古曰：『今之佛像是也。』其後休屠王太子歸漢，以金人之故，賜姓金氏，即日磾也。據此則前漢時佛像已入中國矣。凡今之佛像，皆祭天之主也，宜乎其盛也，有天助焉爾。後漢明帝夢見金人，以爲佛，於是遣使天竺國，圖其形像。光武子楚王英始信其術，爲浮屠齋戒祭祀，詔還贖縑，以助伊蒲塞之盛饌。注：伊蒲塞即優婆塞也。〈陶謙傳〉：笮融大起浮屠寺，作黃金塗像，浴佛設飯。《前漢・西域傳》：塞王南君罽賓，塞種分散，往往爲數國。自疏勒以西北，休循、捐毒之屬，皆故塞種。捐毒即身毒，天竺也。《後漢・襄楷傳注》：浮屠，即佛佗，聲之轉耳。《史記・大月氏傳》：身毒國，在大夏東南數千里，其俗土著，大與大夏同，而卑濕暑熱。按《後漢・西域傳》：天竺，一名身毒。今浮屠像，袒肩赤足，此卑濕暑熱之驗也。又云：其民乘象以戰。今浮屠像亦跨象云。」

> 祥瑞之不可憑也。止以唐事驗之：肅宗上元二年二月月蝕，七月癸未日蝕既，大星皆見，而甲辰延英殿御座梁上生玉芝，一莖三花，上制〈玉靈芝詩〉。又霖雨累月，京師牆宇多壞，漉魚道中。是歲玄宗、肅宗俱崩，則玉芝者不足爲瑞矣。代宗即位八日，庚午夜，西北有赤光亘天，貫紫微，漸移東北，彌漫半天。而九月甲午，華州至陝西黃河清澈二百餘里。是歲吐蕃犯京師，大駕幸陝，則河清者不足爲瑞矣。永泰二年，自春旱，至六月庚子始雨。而丁未，日重輪，其夕，月重輪。七月洛水泛溢，人頗被害，而太廟二室芝草生。十一月獲赤兔，十二月彗星見，則日月重輔、芝草、赤兔又不足爲瑞矣。夫一歲之中，災祥並出，以爲祥瑞與，則安得有災？故吾以祥瑞爲不可憑也。（《珩璜新論》卷二）

孔平仲之所以反對祥瑞之說，是有其時代因素。宋代君主迷信所謂符瑞的實例，《宋史》各本紀屢見不鮮。而孔平仲親身經歷最大陣仗的一次，應是元符元年三月咸陽百姓段義進獻所謂「天授傳國受命寶」一事，爲了這塊河南鄉劉銀村挖掘到的玉璽，哲宗不但指派蔡京等人查證其是否眞是漢以前的傳國之寶，認證後還愼重其事舉行獻寶典禮，更爲紀念此事而將年號改爲「元符」（說詳上編第參章〈出知衡州〉）。但這個吉兆並未給宋朝及哲宗本人帶來福氣，元符三年正月哲宗病逝，年僅二十四歲，成爲北宋最短命的皇帝。

《長編》描述哲宗駕崩前接見三省、樞密院的情形：「戊寅，三省、樞密院詣內東門入問聖體，上坐榻上，神采光澤如常。曰：『服丹砂數粒，椗猶未生，不冠勿怪。』惇等擬例肆赦，上可之。」（卷五二〇）由「服丹砂數粒」證明哲宗非但迷信，而且有服食丹藥的習慣。《續世說・惑溺》第 10 則：

> 武宗奉道，寵道士趙歸眞等，築望仙台於南郊，尊號中令增「明道」字，毀天下釋教，以銅像鐘磬鑄錢。上餌金丹，性加急躁，喜怒不常。會昌五年秋冬以來，覺有疾，而以爲換骨，上秘其事，外人但怪上希復游獵。宰相奏事者，亦不敢久留。明年上仙，宣宗即位，誅趙歸眞，流軒轅集於嶺南。既而自受籙於劉元靜，迎軒轅集於禁中，餌方士藥，日覺躁渴，疽發於背，遂棄天下。

唐武宗隱瞞服藥帶來性格改變、疾病纏身的事實，因此喪生；唐宣宗又步其後塵。孔平仲將此事視爲惑溺所致，對照哲宗的行徑，當中不無孔平仲個人的感慨。

（四）秉筆直書、懲惡勸善

史官根據事實記錄眞相，不只是史學的基本精神所在，也反映出史家的人格追求。只有秉持良心與勇氣，不懼怕身家性命遭到不測的史家才敢如實記載。孔子稱讚晉太史董狐「書法不隱」（《左傳‧宣公二年》），但是他以魯史爲主所纂成的《春秋》，卻沒能做到這一點。據《公羊傳》的說法：「《春秋》爲尊者諱，爲親者諱，爲賢者諱」（〈閔公元年〉）；《穀梁傳》更進一步指出是「爲尊者諱恥，爲賢者諱過，爲親者諱疾」（〈成公九年〉），「諱」即是隱，也就是隱瞞了部份事實的眞相，雖然後人解釋孔子的作法是「有事涉君親，必言多隱諱，雖直道不足，而名教存焉」（劉知幾《史通‧曲筆》）。卻也讓史官在撰史時，對於涉及君親、有所顧忌之事，有了迴避的藉口，甚至做出不實的記載。如此一來，他所寫出來的歷史可信度就要大打折扣了。

唐代劉知幾的《史通》中提出「直筆」、「曲筆」的觀點，直筆就是根據事實不加隱諱地撰寫歷史；曲筆指撰史違眞，以迎合權勢者的需要。但他也在一定程度上讚同與他主張的直書原則相矛盾的史諱，認爲「夫所謂直筆者，不掩惡，不虛美，書之有益於褒貶，不書無損於勸戒」（《雜說下》）即可，將必要的「史諱」也視爲直書的內容之一。其實「善惡不直，非史也。遺後代，何以取信」（《舊唐書‧魏扑傳》），站在爲歷史負責的主場，史家要有「寧爲蘭摧玉摺，不作瓦礫長存」（《史通‧直書》）的認知，不畏強權，善惡必書。

宋代文人士大夫投身史學，用意既然在借鑒過去，無非是希望從歷史經驗找到解決國家困境的良方，加上他們懷抱「每感激論天下事，奮不顧身」（《宋史》卷三一四〈范仲淹傳〉）的氣魄，因此秉筆直書，記功司過，彰善癉惡，以垂鑒後世是基本共識，孔平仲自然也是奉行不悖。但是「直書其事，不掩其瑕」之外，無私無黨地論斷歷史人物功過，也是史家應有的態度。孔平仲就親身貫徹這個論點，《珩璜新論》：

> 漢士志操，亦有後人不可及者。公孫弘，非賢者也，暮年爲三公，武帝東置滄海，北築朔方之郡，弘數諫，以爲罷敝中國，以奉無用之地。主父偃，小人也，游學四十餘年，見斥於諸侯，最後獻書闕下，而首諫伐匈奴。以武帝好大喜功，銳意於武事，而二人者，乃正論如此。比之希旨求合，苟患失之者，不可同日語也。（卷二）

《續世說》中論唐太宗之過，肯定武后之用人納言，都以史實爲本，充分表現出不掩惡、不虛美的褒貶精神，這是它不同於《世說新語》及一般筆記小說之處。秦果在為《續世說》所作的〈序〉中提到「史書之傳，信矣，然浩博而難觀。諸子百家之小說，誠可悅目，往往或失之誣」，而《續世說》卻能用時做到「要而不煩，信而可考」，和孔平仲追求史實的嚴謹心態不無關係。

第二節　《續世說》的成書時間

孔平仲何時著手編撰《續世說》，何時完成付梓，他自己並未交代，作品中也沒留下任何可資查考的敘述。目前只有沅州公使庫本書前秦果所作的序（詳下文），能夠提供一些線索。

李春梅〈臨江三孔研究〉稱「此書最早版本為紹興二十七年沅州公使庫刊本。前有秦果序，謂成書後未及刊行，轉相傳寫，後得於孔平仲門生王長孺，刊於紹興二十七年（1157），世後諸本皆從此出……」〔註16〕。

李春梅這段話有二個疑點：首先，今日所見《續世說》最早版本的確是沅州公使庫刊本，但並非於紹興二十七（丁丑）年刊行，而是紹興二十八年。書前秦果所作的〈序〉清楚記載紹興丁丑王瀷來知沅州，「明年」才萌生印書的念頭。其次，沅州公使庫本《續世說》，雖然自李氏手中購得，但〈序〉只說「從義郎李君敏得之於前靖守王君長孺」，王長孺乃「孔平仲門生」之說，不知從何而來！

二〇〇七年九月三日《長沙晚報》刊登了一篇〈現存我省最早的刻本書〉的文章，文中提到湖南省早在北宋時就刻印過一些地方誌和詩文集，其中便包括「崇寧、大觀年間（1102~1120）靖州知州王長孺和從義郎李敏刻印了孔平仲的《續世說》」〔註17〕。雖然王長孺、李敏刊刻的版本僅見記載，未見流傳，但在紹興二十八（1158）年所刊行的《續世說》，作序的秦果就曾交代了王長孺、李敏二人當年刻書的來龍去脈。〈序〉云：

〔註16〕見第一編肆〈三孔著述〉，頁63。

〔註17〕全文如下：「據文獻記載，我省早在北宋時，就刻印過地方誌和詩文集。如北宋大中祥符年間（1008~1016）衡州、茶陵、安仁就刻印過「圖經」（地方誌）。接著，舂陵（道州）、邵州（寶慶）、鼎州（常德）、沅州、辰州等亦刻印過「圖經」或「圖志」（地方誌）。一些州縣還刻印過當時人或前人的詩文集。如崇甯、大觀年間（1102~1120）靖州知州王長孺和從義郎李敏刻印了孔平仲的《續世說》。宣和五年（1123）舂陵郡齋（道州州學）刻印了寇準的《寇忠愍詩集》等。上述刻書，僅見記載，未見原書流傳……」作者李龍如，編輯黃琛。

史書之傳，信矣，然浩博而難觀。諸子百家之小說，誠可悅目，往往或失之誣。要而不煩，信而可考，其《世說》之韙歟。舊本分纂前言，以爲要覽，略而未備，爰有博雅君子，做而增廣之，此《續世說》之所以作也。學士孔君毅甫平仲，囊括諸史，派引群義，疏剔繁辭，揆敘名理，釐爲十二卷，可謂發史氏之英華，便學者之觀覽，豈曰小補之哉！惜其書成，未及刊行，轉相傳寫，不無烏焉成馬之弊。今茲善本，從義郎李君敏得之於前靖守王君長孺，相與鏤板而藏焉。王親授於李，知其不謬。李今爲沅人，徒有其本，而所傳蓋未廣也。紹興丁丑春，雒陽王公無染濯守沅之明年，郡學鼎新，人材益進，嘗顧謂僚佐曰：「沅爲郡僻遠，史書尤不易備，會史之要，莫善于《世說》，《續說》又盡善也。」俄李氏以其書板來售，即加是正，復命鑱刻，以補其不足，將俾人得其傳，其利溥哉！此書載言行美惡，區以別之，學者博古考類，擇善而從，去古人何必有間，不但資談說而已。然後知公措意，豈苟然哉！後之爲政者，能謹其藏，勿靳其傳，是亦公之用心也。三月初一日，長沙秦果序。

據此可知《長沙晚報》所載大致可信。《續世說》從成書、傳抄到雕板刊印，距離孔平仲身後只有短短十餘年，比起王遴輯成《清江三孔集》早了將近百年。

宋代名爲王長孺而生平可考者至少有二人：一是湘鄉人〔註 18〕。活躍於北宋末年〔註 19〕。一字邦直，長溪人。淳祐七年丁未（1247）張淵微榜進士〔註 20〕。刻印《續世說》者，以時代來看，應爲湘鄉王長孺。只可惜孔平仲傳世作品，無論是三十卷通行本、三十四卷之豫章本、還是四十卷宋集珍本《清江三孔集》，均未提及王長孺其人。

根據李之亮的考證，湘鄉王長孺，係元祐六年馬涓榜進士。曾任瀏陽令。（崇寧）四年，改奉議郎，權發遣靖州守。後以言事落職〔註 21〕。王長孺的

〔註 18〕《湖廣通志》卷三二〈選舉志‧《宋人傳記資料索引》〉：「王長孺，湘鄉人。」

〔註 19〕明張鳴鳳撰《桂勝》卷一：「湘陰彭子民、陶逵、王長孺，洛陽席貢，從詔使按部還桂，同遊白龍洞，已卯春。」汪森編《粵西叢載》卷二亦載有此事。

〔註 20〕宋梁克家撰《淳熙三山志》卷二〈人物類七‧科名〉：「淳祐七年丁未張淵微榜：王長孺，字邦直，長溪人。」

〔註 21〕《宋兩湖大郡守臣易替考‧誠州／渠陽軍／靖州：「嘉靖《長沙府志》卷二：『王長孺，元祐六年馬涓榜，權發遣靖州守。』同書卷六：『王長孺，湘鄉人。瀏陽令。（崇寧）四年，改奉議郎，權發遣靖州守。後以言事落職。』」頁 190。

生平事蹟，雖然可考者有限，但他卻有個小有文名的兒子王以寧（1090？～1146？）。由於王以寧是兩宋之際的愛國詞人之一，今人王兆鵬〈王以寧生平事蹟考略〉還幫他作了小傳：

王以寧，字周士，湘潭人。約生於宋哲宗元祐五年（1090），卒於高宗紹興十六年，享年五十七歲以上。南渡前，爲太學生，曾爲父申冤，由是知名。後佐鼎澧帥幕。宣和末，爲發運司管勾文字。靖康之難，上書言事，應召進京，除京畿提刑，後以樞密院編修官出知鼎州。靖康、建炎間，受知於李綱、張浚，先後爲河北河東路宣撫司。川陝宣撫司參議官。轉戰南北，曾立戰功，渡過五年戎馬生涯。紹興元年落職，次年貶爲永州別駕、潮州安置。五年，特許自便。十年起知全州。王以寧爲人勇而有謀，英豪狂宕，所爲詩詞，一如其人，句法精健、無浮豔虛薄之習〔註22〕。

據《湖南通志》、《湘潭縣誌》、《明一統志》〔註23〕的敘述，王長孺守靖州時，王以寧曾來探望父親，並留下〈浣溪沙．艤舟洪江步下〉。由這闋詞和《靖州直隸府志》得知王長孺擔任靖州守是崇寧四年（1104）的事，當時孔平仲恐怕已經不在人世了（說詳上編第參章〈卒年新證〉）。因此王長孺和孔平仲論交，以任瀏陽令時最有可能。湘鄉、瀏陽皆在潭州〔註24〕，而孔平仲紹聖年間知衡州，且與昔日同年好友知潭州張舜民重逢，二人過從甚密，還留下不少雜體詩唱和之作（詳上編第參章〈出知衡州〉）。王長孺極可能是在紹聖三年至元符元年這段期間結識孔平仲，並由其手中得到《續世說》這部書的稿本。

至於孔平仲何時著手編撰《續世說》，目前也沒有資料提供明確的年代。以《續世說》的內容來看，應該是經過長時間的醞釀，不是一朝一夕可以完成的。孔平仲監江州錢監時的作品，保留較爲完整，加上和蘇軾、蘇轍詩文

〔註22〕收錄在《中國文學研究》，1988年01期，頁113～119。引文見頁118。

〔註23〕《湖廣通志》卷五五〈人物志．長沙府〉：「王以寧，《姓譜》：『湘潭人，父長孺守靖州，因言事落職。以寧由太學佐鼎、澧帥幕。靖康初，羽檄召天下兵，以寧走鼎州乞師，躬率入援，解太原圍。建炎中，以宣撫司參謀制置襄、鄧、招諭羣盜桑仲等，以老，乞歸養母。』」《湘潭縣誌》、《明一統志》說法大同小異。

〔註24〕《宋史》卷八八〈地理志四〉：「潭州，上，長沙郡，武安軍節度……縣十二：縣十二：長沙，望。開寶中，廢長豐縣入焉。衡山，望。淳化四年，以衡山、岳州湘陰並來隸。有黃竿銀場。安化，望。熙寧六年置，改七星砦爲鎮入焉，廢首溪砦。元祐三年，置博易場。醴陵，緊。攸，上。湘鄉，中。湘潭，中。益陽，中。瀏陽，中。有永興及舊溪銀場……」

往來，如有著書立說之舉，即使孔平仲本人沒留下蛛絲馬跡，蘇氏兄弟也不會全然不知。

再說要編撰《續世說》這樣一部書，應該是長年爲官，憑藉深刻的政治感受，才能援筆論次。而孔平仲在倅虔之前，只有剛考上進士、擔任洪州分寧主簿時，曾參與地方行政工作，但初入仕途、不清楚官場生態的他，能否立下如此宏願著述，頗令人懷疑。而《續世說》中有這麼一篇故事：

> 唐制，財賦皆入左藏庫，太府四時以數聞。比部覆其出入，上下相轄，姦無所容。至第五琦，以京師多豪將，求取無節，乃盡輸大盈庫，以天下公賦爲人君私藏，中官領事幾三百人，有司不能窺其出入者，殆二十年矣。楊炎作相，頓首於上前論之，乞以歸有司，度禁中所費，一歲幾何，進入不敢虧，如此乃可議政。德宗下詔從之。炎以片言移人主意，議者以爲難，中外稱之。（〈言語〉26）

乍看之下孔平仲似乎是爲贊美楊炎片言就能打動皇帝，而編入〈言語〉。事實上如果細察《舊唐書》摘錄楊炎上奏的內容，不難發現重點應該在「夫財賦，邦國之大本，生人之喉命」，「大計一失，則天下動搖」（卷一一八〈楊炎傳〉）。宋朝有冗官、冗兵、冗費的財政危機，基於關心時政，孔平仲關注這個問題，也是很自然的事。只是「不在其位，不謀其政」（《論語・泰伯》），孔平仲之所以感同身受，恐怕和他在江南東路轉運判官時必須肩負起「講財賦之根源」有關（說詳上編第參章〈以運判護兄柩歸葬〉）。因此孔平仲構思編撰《續世說》，距離他入仕預估有一段不算短的時間，當是幾經宦海浮沉之後，官場閱歷漸多，才萌生意念並且開始動筆。

而《續世說》曾引用《新唐書》、《新五代史》和《資治通鑑》三部宋人著作。《新唐書》成書於嘉祐五年（1060 年）六月；《新五代史》從歐陽修給尹洙、梅堯臣等人的信件看，在景祐三年（1036 年）前後開始撰寫，皇祐五年（1053 年）基本完成，神宗熙寧五年（1072 年）八月，歐陽修去世一個月後，下詔命他的家人奏上。《資治通鑑》則是元豐七年（1084 年）才完成。而元豐七年的孔平仲正遭人所害、身陷囹圄，巧的是蘇軾也在這年正月量移汝州團練副使（說詳上編第貳章〈喪妻又因案下獄〉），如果孔平仲是在經歷牢獄之災後，才著手編撰《續世說》，那麼蘇氏兄弟不知道的機率也隨著彼此職務調動而增加。

況且《續世說》取材自史籍，孔平仲有機會接觸歷代史書及北宋新編著作，應該是在元祐初他任內館閣的那兩年。所以《續世說》的編撰工作，最可能的起始時間，推測應在孔平仲擔任錢監被誣控下獄之後，最遲在紹聖三年至元符元年，孔平仲知衡州期間，就已成書。

第三節　《續世說》的文獻運用

《續世說》的材料來源，離孔平仲時代最近的秦果，在其爲沅州公使庫本《續世說》所作的序當中，只籠統提到的是「囊括諸史」而來。以《續世說》載錄故事的年代，從劉宋初年至五代結束，在這大約五百五十年漫長的歲月裡，涉及的正史就有《宋書》、《南齊書》、《梁書》、《陳書》、《魏書》、《北齊書》、《周書》、《南史》、《北史》、《隋書》、《舊唐書》、《新唐書》、《舊五代史》、《新五代史》、《資治通鑑》……這麼多，如何確定是個難題。

因爲校刻《守山閣叢書》而對《續世說》投注心力的錢熙祚，除了留下八十餘條校記，還在校完全書之後的跋文中指出《續世說》的引書情形：

> (《續世說》)錄自劉宋迄後周，仍分三十八門，於南北朝取李延壽，於唐取劉煦，於五代取薛居正，其訛脫處，並得據諸書訂正……

依據個人對《續世說》中一千餘則故事所作的溯源結果，《續世說》引用錢氏所說《南史》、《北史》、《舊唐書》、《舊五代史》的頻率確實比較高。至於錢熙祚並未提到的《新唐書》、《新五代史》、《通鑑》，《續世說》也不是完全沒有引用，只是頻率不及《南史》、《北史》、《隋書》、《舊唐書》、《舊五代史》，所以錢熙祚沒有一一指出。

由此可以瞭解孔平仲編撰《續世說》的過程，最初應是從《南史》、《北史》、《隋書》、《舊唐書》、《舊五代史》擷取材料；等到《新唐書》、《新五代史》、《資治通鑑》相繼問世之後，他又陸續將《新唐書》等三部宋人修撰著作中，前述諸書沒有載入的內容補進。因爲《宋書》、《南齊書》、《梁書》、《陳書》的內容多見於《南史》；《北史》也一樣，對《魏書》、《北齊書》、《周書》所述之事，大部分也會記載。所以依據《南史》、《北史》就能知曉南北朝時期的人物和事件。至於隋朝，國祚雖短，但很多人物是由南北朝入隋，也有一些是由隋入唐。許多歷史事件，隋朝也是其中因果的關鍵。當然不能忽視《隋書》的重要性。唐、五代故事在《續世說》中極具份量，在《新唐書》、《新五代史》尚未問世之前，《舊唐書》、《舊五代史》是最重要的史料來源。

還有《資治通鑑》，張一鳴說「在每一門中，一般都是按照《南史》、《北史》、《隋書》、《舊唐書》、《舊五代史》的順序排列下來，顯得非常規律。而《資治通鑑》則有可能出現在每一卷的任何位置」〔註25〕。又說：

> 我們可以推測孔平仲編撰《續世說》的過程是這樣的：即依《世說新語》確定全書框架後，逐一翻檢《南史》、《北史》、《隋書》、《舊唐書》、《舊五代史》，將材料分別放入相應的門類，然後又翻檢《資治通鑑》，遇到前述諸書沒有的內容即以補充之，有時前述史書也有此記載，但通過比較發現《資治通鑑》文字更優，則抽換之〔註26〕。

其實孔平仲採用《資治通鑑》的說法，除了文字更優之外，恐怕考證詳實，且富資治的意涵，才是主要的原因。

孔平仲陸續將《新唐書》等三部宋人修撰著作的內容補進《續世說》，是有跡可循的，以〈賢媛〉第21則爲例：

> 穆宗大漸，命太子監國，宦官欲請郭太后臨朝稱制，太后曰：「武氏稱制，幾傾社稷。我家世守忠義，非武氏之比也。太子雖少，但得賢宰相輔之，卿輩勿預朝政，何患國家不安？自古豈有女子爲天下主而能致唐虞之理乎？」取制書手裂之。太后兄太常卿釗聞有是議，密上箋曰：「若果徇其請，臣請先帥諸子納官爵歸田里。」太后泣曰：「祖考之慶，鍾於吾兄。」

郭太后事見《舊唐書》卷五六〈后妃下〉，郭釗傳附於《舊唐書》卷一二四〈郭子儀傳〉後，兩者都沒有提到郭釗上密箋一事。孔平仲據《通鑑》卷二四三補上郭氏兄妹間這段軼聞，可以看出孔平仲對故事取材，並未自我設限。同時也間接證明《續世說》應是經歷一段漫長時間醞釀，才結集成書的。

所以《續世說》的編排方式，原本每個門類須依所記人物、事件的時間先後，但偶爾會出現敘事順序錯亂的情形。延續《續世說‧賢媛》郭太后這個例子，同篇第22則故事是：

> 長孫皇后侍太宗疾累年，晝夜不離側，常繫毒藥於衣帶，曰：「若有不諱，義不獨生。」貞觀十年，皇后疾篤，因取衣帶之藥，以示上曰：「妾於陛下不豫之日，誓以死從乘輿，不能當呂后之地爾。」

〔註25〕見〈考校〉，頁24。
〔註26〕見〈考校〉，頁24。

長孫皇后的年代比郭太后還要早，她的事蹟已經先出現在《續世說・賢媛》的第 6 則，這裡又多出一條，著實有違編輯體例。原因除了阮元所說「書中部次錯雜，有兩條合爲一條者，抑且時代先後，往往倒置。蓋校勘之時，不免有私爲竄改之弊，必非孔平仲原有之誤」〔註 27〕的情況外，應該和孔平仲編撰過程中隨時加入新材料不無關係。

除了以上列舉各史書之外，《續世說》還有極小部份故事或情節取材於小說，張一鳴認爲「這些小說本身非常凌亂。但是它們均被《太平廣記》徵引，所以據此推斷它們均出於《太平廣記》」〔註 28〕。然而事實並非如此，以《續世說・德行》第 28 則爲例：

> 元德秀，字紫芝，以不及親在而娶，終身不婚。曰：「兄有子以祀先人矣。」先是，兄子無乳媼，德秀自乳之，數日湩流，兄子能食，乃止。其後兄子婚娶，以家貧無以爲禮，求爲魯山令，以誠信化人。秩滿，結廬陸渾山，有長往之志。屬歲飢，庖廚不爨，彈琴讀書，怡然自得。房琯每見德秀，歎息曰：「見紫芝眉宇，使人名利之心都盡。」及卒，門人相與謚爲「文行先生」。

《舊唐書》卷一九〇〈文苑下〉及《通鑑》都沒有元德秀爲兄乳兒的相關記載。直到唐李肇《國史補》：

> 元魯山自乳兄子，數日，兩乳湩流，兄子能食，其乳方止。（卷上第 1 則）

才提及此事。《新唐書》卷一九四〈卓行傳〉已經有了這段情節：

> 元德秀，字紫芝，河南河南人。質厚少緣飾。少孤，事母孝，舉進士，不忍去左右，自負母入京師。既擢第，母亡，廬墓側，食不鹽酪，藉無茵席。服除，以窶困調南和尉，有惠政。黜陟使以聞，擢補龍武軍錄事參軍。德秀不及親在而娶，不肯婚，人以爲不可絕嗣，答曰：「兄有子，先人得祀，吾何娶爲？」初，兄子繈褓喪親，無資得乳媼，德秀自乳之，數日湩流，能食乃止……

《新唐書》很可能是看了《國史補》，才加記了這一段。而孔平仲則是讀過《新唐書》之後，又將這個不可思議的異聞摘錄到《續世說》。

〔註 27〕《四庫未收書目提要》卷一，收錄在韋力編《古書題跋叢刊》（北京：學苑出版社，2009），冊八，頁 327。

〔註 28〕見〈考校〉，頁 12。

因此《續世說》的材料來源大致可歸納成三方面：首先是唐代以前的正史，並且以此爲主體；其次是吸納宋人所著《新唐書》、《新五代史》、《資治通鑑》裡頭的資料；最後一小部分引用了小說、筆記的說法，但不是直接徵引原著或《太平廣記》，而是輾轉從其他史書採摭過來。

第四節 《續世說》的版本流傳

第二節曾提起《續世說》最早版本係崇寧、大觀年間（1102~1120）靖州知州王長孺和從義郎李敏所刻印。由於王、李所刻流傳未廣，之後沅州守王濯購得李敏舊刻版，於紹興二十八年重新刊印，就成了目前所能追溯《續世說》的最早版本，亦即學界通稱爲「沅州公使庫本」。

清葉德輝《書林清話》卷三〈宋司庫州軍郡府縣書院刻書〉云：「紹興戊寅（二十八年）沅州公使庫刻孔平仲《續世說》十二卷，見《阮外集》。」〔註 29〕卷六〈宋監本書許人自印並定價出售〉又云：「宋監本書，許人自印並定價出售。宋時國子監板，例許士人納紙墨錢自印。凡官刻書，亦有定價出售……舊鈔本宋孔平仲《續世說》十二卷，前有記二則。其一云：『沅州公使庫重修整雕補到《續世說》壹部，壹拾貳卷，壹伯五拾捌板，用紙叁百壹拾陸張。右具如前。』其一云：『今具印造《續世說》一部，計六冊，合用工食等錢如後：一印造紙墨工食錢，共五百三十四文足：大紙一百六十五張，計錢三十文足；工墨錢，計二百四文足。一褾褙青紙物料工食錢，共二百八十一文足：大青白紙共九張，計錢六十六文足；面蠟工錢，計二百一十五文足。以上共用錢八百一十一五文足，右具在前。』又有紹興二十七年三月日校勘題名。見《張志》。後一則數目用本字，或亦傳鈔所省也……以上諸書牒記，並載《陸志》。可見宋時刻印工價之廉，而士大夫便益學者之心，信非俗吏所能企及矣。」

可惜「士大夫便益學者之心」，並沒有讓公使庫本的《續世說》因此廣泛流傳，張一鳴〈考校〉云：「《續世說》一度被認爲已經亡佚。如王士禎在《居易錄》卷十三中稱：『宋孔平仲作《續世說》，今不傳。』黃丕烈初見此書亦不能識。或許可以大膽地推測，這是由於當時沅州仍屬偏遠之地，而公使庫本印數也不多，故而該書流傳不廣。但是一方面，《續世說》在《宋志》、《文獻通考》、《直齋書錄解題》等書目中都有著錄。另一方面，《守山閣叢書》、《宛

〔註 29〕見《插圖本書林清話》（上海：上海古籍出版社，2008），頁 46～47。

委別藏》均稱其書源出於沅州公使庫刻本。其中，《守山閣叢書》經錢熙祚校勘。後《四部備要》、《叢書集成初編》等各叢書再印此書，多從守山閣、宛委別藏中來，故公使庫本可稱爲各叢書之源頭，是書得以保存，庫本功不可沒。」〔註 30〕所言極爲中肯。

而今日臺灣可見者可分爲以下幾個系統：

1、《宛委別藏》本，有 1981 年台北商務印書館之《續世說》；2002 年上海古籍出版社年清抄本影印之《續世說》十二卷。

2、《守山閣叢書》本，有 1922 年上海博古齋影印本之《續世說》十二卷；1958 台北藝文印書館之《續世說》十二卷。

3、《四部備要》本，有：1983 年中華書局四部備要排印本之《續世說》。

4、《叢書集成初編》本，有：1936 年上海商務印書館《嚴靈峰無求備齋諸子文庫》之《續世說》十二卷。

5、《粵雅堂叢書》本，有清咸豐十年（1860）南海伍氏刊本之《續世說》十二卷。以及國家圖書館珍藏、有乾隆辛亥（五十六年，1791）黃丕烈、近人鄧邦述手跋之明鈔本《續世說》十卷。

其中《四部備要》本也是根據「守山閣校刻本校印」而來，和《守山閣叢書》本差異不大。至於《宛委別藏》本與《守山閣叢書》之間的差別，以及《宛委別藏》本因爲阮元避諱而作的刪改及增益，張一鳴在其論文考之甚詳〔註 31〕，這裡就不再贅述。

〔註 30〕見〈考校〉，頁 25。
〔註 31〕見第二章之三〈《續世說》的版本流傳〉，頁 25～28。

第貳章　《續世說》的淵源與創新

秦果《續世說・序》說孔平仲「囊括諸史，派引群義，疏剔繫辭，揆敘名理」編成此書，「可謂發史氏之英華，便學者之觀覽，豈曰小補之哉！」但是無論裁剪史書，擷取故事，還是「分門隸事，以類相從」的體例，都不是孔平仲所自創。就連大量運用君臣對話的模式，傳遞君道、治道的思想，也是師法古人而來。本章將採討孔平仲規畫編書的靈感來源。以及他如何在前人的基礎上，融入自己的想法，編撰出風格獨特的《續世說》。只是古代小說佚失的情形頗爲嚴重，很難追溯眞正濫觴於何者，故舉成功的先例，以考查《續世說》繼承與創新之處。

第一節　取材：廣納史書

一、採摭群史的先例

大陸學者楊義提出小說的發生、發展有所謂「多祖現象」〔註1〕。而小說之祖包括子書、神話和史書〔註2〕。至於小說和「三祖」的關係，楊氏認爲從

〔註 1〕見楊義《中國古典小說的文體闡釋和文體發生發展論》:「與文體發生存在著深刻的內在關係，又深刻地影響著其後歷代小說的發展形態的另一個重要命題，乃是中國小說的『多祖現象』。小說根源於現實生活和人性人智，但它在發生發展的過程中，又和經、史、子、集各種文體有過千絲萬縷的依附、滲透和交叉，從小說文體自身發的角度來看，它早期和文體『史前期』與其他文體沒有分離、獨立的狀態，就是多祖現象。」收錄在《楊義文存》(北京：人民出版社，1998，) 第六卷，頁 9～10。

〔註 2〕《中國小說史論・導言》又云:「考察戰國思潮和文化形態，小說的多祖現象，小說和其他文體的接觸點存在於三個方面 (一) 小說與子書；(二) 小說與神話；(三) 小說與史書。」頁 10。

小說發生學著眼，神話和子書的作用相當顯著；從小說長期演變和成熟上看，史書影響更爲深遠。考慮到中國作爲史學大國，從《春秋》，尤其是《左傳》開始的史學作爲「小說之祖」的身分，是不應該忽略的。他還打了個比方，說神話和子書是小說得以發生的車之兩輪，史書則是駕著這部車子奔跑的駿馬〔註3〕。

的確，史書對小說敘事方式和形態的影響，遠超過前兩者，否則古人也不會把小說稱做是「稗史」或「野史」。同時浩瀚的史書也是小說取材的重要來源；所以錢鍾書才說「《左傳》記言而實乃擬言、代言，謂是後世小說、院本中對話、賓白之椎輪草創，未過也」〔註4〕。將史書中的人物、事件重新組合成爲小說的例子也不在少數。如《吳越春秋》，就是以《史記》中的〈吳泰伯世家〉、〈越王勾踐世家〉〈伍子胥列傳〉……等篇爲題材，摻入民間傳說，並以「內傳」、「外傳」的特殊形式來表現。

《世說新語》的材料來源多元，主要有三個方面：第一類是與《世說》同一類型的著作，如西晉郭頒的《魏晉世語》，東晉裴啓的《語林》、郭澄之的《郭子》等。第二類是當時的史書，據葉德輝《世說新語（劉）注引用書目》，其中有魏晉的史書如《魏書》、《魏略》、《蜀志》、《吳書》、《晉陽秋》、《續晉陽秋》，以及多種《晉紀》和晉書等，約五十種，均可能爲義慶所採摭。第三類是當時的雜史，葉德輝《引用書目・雜傳部》，列有各類人物雜傳等一百二十餘種，如各種《名士傳》、《高士傳》、《逸士傳》、《列女傳》，以及一些名門大族的《別傳》、《家傳》、《世譜》，乃至有關釋道的《高僧傳》、《列仙傳》等等。這些也應當在義慶所採錄的範圍之中〔註5〕。其他二類姑且不論，單從《世說新語》對史傳文學的繼承與超越，就足以提供後人的借鑒思考。

首先，《世說新語》和史書在表現手法上明顯有所差異，兩者之間最大的不同在於：一、史書敘事完整而連貫；《世說新語》單取其精彩片段。二、史書記人物力求全面；《世說新語》只掌握人物精神。就第一點而言，史書是如何詳細記載單一事件的來龍去脈？以下就透過高貴鄉公曹髦之死這個例子，觀察《世說新語》是如何處理這件歷史公案。

〔註3〕《中國小說史論・導言》，頁16。

〔註4〕見氏著《管錐編》（北京：中華書局，1986）冊一，頁166。

〔註5〕見陳滿銘、邱燮友、劉正浩、黃俊郎、許錟輝注譯之《世說新語》（台北：三民書局，1996）〈導讀〉，頁8。

高貴鄉公曹髦，字彥士，係魏文帝曹丕之後，東海定王曹霖之子。司馬師廢齊王曹芳之後，曹髦因爲是宗室成員，年紀又輕，在便於操控的情況下，被立爲新君。但隨著年齡增長，曹髦對司馬氏兄弟的專橫跋扈日漸不滿，於是召集李昭、焦伯等人，授予鎧甲兵器，準備討伐司馬氏，然而這次行動卻被司馬昭事先知道而有所防備，於是在司馬昭心腹賈充的指使下，曹髦終究還是爲成濟所殺。《三國志・魏書四・三少帝紀》引用《漢晉春秋》的說法，對此事詳細記載：

> 帝見威權日去，不勝其忿。乃召侍中王沈、尚書王經、散騎常侍王業，謂曰：「司馬昭之心，路人所知也。吾不能坐受廢辱，今日當與卿自出討之。」王經曰：「昔魯昭公不忍季氏，敗走失國，爲天下笑。今權在其門，爲日久矣，朝廷四方皆爲之致死，不顧逆順之理，非一日也。且宿達空闕，兵甲寡弱，陛下何所資用，而一旦如此，無乃欲除疾而更深之邪！禍殆不則，宜見重詳。」帝乃出懷中版令投地，曰：「行之決矣。正使死，何所懼？況不必死邪！」於是入白太后，沈、業奔走告文王，文王爲之備。帝遂帥僮僕數百，鼓譟而出。文王弟屯騎校尉伷入，遇帝於東止車門，左右呵之，伷眾奔走。中護軍賈充又逆帝戰於南闕下，帝自用劍。眾欲退，太子舍人成濟問充曰：「事急矣。當云何？」充曰：「畜養汝等，正謂今日。今日之事，無所問也。」濟即前刺帝，刃出於背。文王聞，大驚，自投於地曰：「天下其謂我何！」太傅孚奔往，枕帝股而哭，哀甚，曰：「殺陛下者，臣之罪也。」

《世說新語・方正》也提到這件事，敘述如下：

> 高貴鄉公薨，內外喧嘩。司馬文王問侍中陳泰曰：「何以靜之？」泰云：「唯殺賈充以謝天下。」文王曰：「可復下此不？」對曰：「但見其上，未見其下。」（第 8 則）

依照劉孝標的注，這段應該是參酌干寶《晉紀》而來：

> 高貴鄉公之殺，司馬文王召朝臣謀其故，太常陳泰不至，使其舅荀顗召之，告以可不。泰曰：「世之論者，以泰方於舅，今舅不如泰也。」子弟內外咸共逼之，垂涕而入。文王待之曲室，謂曰：「玄伯，卿何以處我？」對曰：「可誅賈充以謝天下。」文王曰：「爲吾更思其次。」泰曰：「唯有進於此，不知其次。」文王乃止。

三者合併觀看，不難發現最完整的敘述當屬《漢晉春秋》，從曹髦「見威權日去」，於是有了討伐司馬昭的意圖，到王經勸阻無效，至消息走漏而遇害，事情發展變化過程，都鉅細靡遺記錄下來。由史傳角度敘事的《晉紀》，開頭就以「高貴鄉公之殺，司馬文王召朝臣謀其故」，迅速將劇情由司馬昭身上轉移開來。先是司馬昭爲了要「謀其故」而「召朝臣」，但是「陳泰不至」，給了荀顗上場的機會，也開啓甥舅間的對話，最後陳泰在「子弟內外咸共逼之」的情況下，不得已來見司馬昭。《晉紀》所說顯然比《世說新語》更爲全面。但是僅以區區數十字敘事的《世說新語》，儘管只以「內外喧嘩」，就將曹髦過世前後的紛紛擾擾，以及召荀顗覓陳泰來見的過程，都輕描淡寫帶過，還是成功地將敘事的重心由曹髦轉移至陳泰身上，更貼切的說法應該是將故事聚焦在陳泰那剛正不阿的態度上。這就是《世說新語》取材自史書，卻另闢蹊徑的新變手法。

二、《續世說》採摭群史的手法

《續世說》如何繼承《說苑》、《世說新語》……等著作，剪裁史書舊有題材、重新鋪陳，建構出與史書截然不同的作品，這些問題都與寫作技巧有關，而張一鳴〈考校〉並未深入探討，只以「需要注意的是，孔平仲祇是《續世說》的編撰者，其書中內容均摘自史書，除因節錄影響文義而作的一些必要的改動外，實無創作成份可言」〔註6〕輕輕帶過；對於孔平仲所花的心思亦置之不理。雖然他在考校《續世說》各篇內容時，也會標注某則故事出自那一本史書，如〈德行〉第3則「梁庾域母，好鶴唳，域孜孜營求」下云：

本條出《南史》卷五十六《庾域傳》。

或某則故事自那一本史書改寫而成，如〈德行〉第 8 則「溫大雅改葬祖父」下云：

本條自《舊唐書》卷六十一〈溫大雅傳〉改寫而成。

但是兩者之間標準爲何？〈凡例〉中也只說「《續世說》的材料基本來源於《南史》、《北史》、《舊唐書》、《舊五代史》、《資治通鑑》等五部史書，以個別條目出於小說及南北朝至五代的其它史書。書中不少條目文字與原書全同，亦有刪改助詞、稱謂文字，刪去無關人、事，甚至全文改塡，而櫽括其事的情形」〔註7〕，沒有其他的說明。

〔註 6〕見張一鳴〈考校〉，頁 4。
〔註 7〕〈考校〉，頁 49。

今依《續世說》文字與取材書籍作比較，孔平仲撰作此書常用的手法，大概可以歸納成下列幾種：

第一、直接摘錄：全部摘取史書原文，或如張一鳴所說爲求文義清楚，而稍稍易動一、二字。以〈德行〉第6則爲例，《續世說》的文字是：

> 宋郭世通，於山陰市貨物，誤得一千錢。當時不覺，分背方悟，追還本主。錢主驚歎，以半與之，世通委之而去。

按《南史》卷七十三〈孝義上〉原作：

> 郭世通，會稽永興人也。年十四喪父，居喪殆不勝哀。家貧，傭力以養繼母。婦生一男，夫妻恐廢侍養，乃垂泣瘞之。母亡，負土成墳。親戚或共賻助，微有所受，葬畢，傭賃還先直。服除後，思慕終身如喪者，未嘗釋衣帢。仁孝之風，行於鄉黨。鄉村小大莫有呼其名者。嘗與人共于山陰市貨物，誤得一千錢，當時不覺，分背方悟，追還本主。錢主驚歎，以半直與之，世通委之而去。

除了加上人物所處時代「宋」，幾乎沒有更動。又如〈儉嗇〉第15則：

> 徐岱吝嗇甚，倉庫管鑰，皆自執掌，獲譏於時。

按《舊唐書．儒學下》云：

> 徐岱，字處仁，蘇州嘉興人也。家世以農爲業。岱好學，六籍諸子，悉所探究，問無不通，難莫能詘。（中略）遷水部郎中，充皇太子及舒王已下侍讀。尋改司封郎中，擢拜給事中，加兼史館修撰，並依舊侍讀。承兩宮恩顧，時無與比。而謹慎過甚，未嘗泄禁中語，亦不談人之短。婚嫁甥侄之孤遺者，時人以此稱之。然吝嗇頗甚，倉庫管鑰，皆自執掌，獲譏於時。

《舊唐書》原文因爲與仕宦、德行並敘，故行文之間多個「然」字，做爲轉折；《續世說》取焦精要而刪去「然」字。

第二、部份節錄：亦抄自史書，不過爲求情節完整，因此《續世說》的敘述當中有改變原書舊有稱謂，或增減三、五字以求文義通暢等情況。如〈捷悟〉第3則：

> 齊高帝時，魏主至淮而退。帝問：「何意忽來忽去？」未有對者。張融從下坐，抗聲曰：「以無道而來，見有道而去。」公卿咸以爲捷。

按《南史》卷三二本傳作：

高帝素愛融，爲太尉時，與融款接。見融常笑曰：「此人不可無一，不可有二。」即位後，手詔賜融衣曰：「見卿衣服粗故，誠乃素懷有本。交爾藍縷，亦虧朝望。今送一通故衣，意謂雖故，乃勝新也。是吾所著，已令裁減，稱卿之體；並履一量。」高帝出太極殿西室，融入開訊，彌時方登階。及就席。上曰：「何乃遲爲？」對曰：「自地升天，理不得速，」時魏主至淮而退，帝問：「何意忽來忽去。」未有答者，融時下坐，抗聲曰：「以無道而來，見有道而去。」公卿咸以爲捷。

《續世說》於《南史》的敘述僅將「融時下坐」改成「張融從下坐」，且爲區隔時代，風意在「高祖」前冠上朝代「齊」。這種做法雖然有所刪節，仍不脫抄錄範圍，的確無創作成份可言。

第三、重新組合：依寫作對象和實際狀況不同，而略有差別。首先是某一特定人物的事蹟，原來載於史書的情節過於冗長或分散，不得不依照需求擇其要點銜接而成者。如〈箴規〉第1則：

齊王儉少時，叔父僧虔曰：「我不患此兒無名，政恐名太盛。」

按《南史》卷二二王儉本傳：

儉字仲寶，生而僧綽遇害，爲叔父僧虔所養。數歲，襲爵豫甯縣侯。拜受茅土，流涕嗚咽。幼篤學，手不釋卷。賓客或相稱美，僧虔曰：「我不患此兒無名，政恐名太盛耳。」乃手書崔子玉〈座右銘〉以貽之。

《續世說》行文相對簡潔。

又〈品藻〉第5則：

北齊李緯，梁使來聘，問緯安平諸崔。緯曰：「子玉以還，雕龍絕矣。」崔暹聞之怒，緯詣門謝之，暹上馬不顧。

按《北史》卷三三李緯本傳：

繪弟緯，字乾經，少聰慧，有才學。與舅子河間邢昕少相倫輩，晚不逮之。位中散大夫。聘梁使主、侍中李神俊舉緯尚書南主客郎。緯前後接對凡十八人，頗爲稱職。鄴下爲之語曰：「學則渾、繪、緯，口則繪、緯、渾。」齊文襄攝選，以緯爲司徒諮議參軍，謂曰：「自郎署至此，所謂不次，以卿人才，故有此舉耳。」梁謝蘭來聘，勞之。蘭問安平諸崔，緯曰：「子玉以還，雕龍絕矣。」崔暹聞之怒。

緯詣門謝之，�上馬不顧。緯語人曰：「雖失要人意，聘梁使不得舍我。」

《後漢書》卷八二〈崔駰傳〉提到崔駰子崔瑗，字子玉，銳志好學，盡能傳其父業。十八歲初抵京師，從侍中賈逵學，懂得天官、曆數、《京房易傳》……等。受到同一時期的讀書人推崇，還和扶風馬融、南陽張衡結爲好友。後來爲了報兄長崔章爲州人所殺之仇，崔瑗不惜手刃兇手而入獄，還好遇上大赦，才能夠獲釋返家。崔瑗長於文辭，尤善爲書、記、箴、銘，他的〈座右銘〉傳頌尤廣〔註8〕。諸崔即其後人〔註9〕。崔家後人的才情時有所聞，〈賞舉〉第2則：

河西王蒙遜，遣尚書郎宗舒等入貢於魏，魏主與之宴，執崔浩之手以示舒，曰：「汝所聞崔浩，此則是也。才略之美，於今無比。朕動止咨之。豫陳成敗，若合符契，未嘗失也。」

崔浩也是諸崔之一，李緯卻說：「子玉以還，雕龍絕矣。」無怪乎崔暹會上馬不顧。但熟諳歷史典故的孔平仲拋開這些既有的認知，只用簡單數十字的篇幅描寫王儉的盛名和李緯的失言。

其次是敘述人物事蹟時，必須言及其父祖、兄弟、配偶、子嗣，故事方能完整呈現者。如〈德行〉第8則：

溫大雅改葬祖父。筮者曰：「葬於此地，害兄而福弟。」大雅曰：「若得家弟永康，我將含笑入地。」葬訖，歲餘卒。弟彥博官至端揆，年六十四；大有爲中書侍郎。

按《舊唐書》卷六一列〈溫大雅傳〉原作：

溫大雅，字彥弘，太原祁人也（中略）大雅將改葬其祖父，筮者曰：「葬于此地，害兄而福弟。」大雅曰：「若得家弟永康，我將含笑入地。」葬訖，歲餘而卒，諡曰孝。

爲了驗證筮者所言不虛，並彰顯溫大雅友愛弟弟的一面。於是孔平仲又從〈溫彥博傳〉「（貞觀）十年，遷尚書右僕射。明年薨，年六十四」這段敘述中，濃

〔註8〕原文曰：「無道人之短，無說己之長。施人愼勿念，受施愼勿忘。世譽不足慕。唯仁爲紀綱。隱心而後動，謗議庸何傷。無使名過實，守愚聖所臧。在涅貴不淄，曖曖內含光。柔弱生之徒，老氏誡剛強。行行鄙夫志，悠悠故難量。愼言節飲食，知足勝不祥。行之苟有恒，久久自芬芳。」見嚴可均編《全上古三代秦漢三國六朝文》（台北，世界書局，2012），冊二，卷四五九，頁238。

〔註9〕〈崔暹傳〉在《北史》卷三二，可參。

縮出「弟彥博官至端揆，年六十四」；再根據〈溫大有傳〉「武德元年，累轉中書侍郎」，寫成「大有爲中書侍郎」。讓整件事的因果起始，能夠一目了然。

以上二組實例，前者和《世說新語》化繁爲簡以收畫龍點睛之效，有著異曲同工之妙。後者則可以相爲表裡，達到與史書互見的作用。

第四、數篇連綴：《續世說》故事中所提到的人物事蹟，取材自史書中不同的卷或傳，靠孔平仲慧眼挑選、妙筆重鑄方得合成一。如〈識鑒〉第 7 則：

> 楊素稱賞封倫，每引與論宰相之務，因撫其牀曰：「封郎必據吾此坐。」又善李靖，拊其牀曰：「卿終當坐此。」

楊素稱賞封倫，事出《舊唐書》封倫傳：

> 封倫，字德彝，觀州蓨人。（中略）素將營仁壽宮，引爲土木監。隋文帝至宮所，見制度奢侈，大怒曰：「楊素爲不誠矣！殫百姓之力，雕飾離宮，爲吾結怨於天下。」素惶恐，慮將獲譴。倫曰：「公當弗憂，待皇后至，必有恩詔。」明日，果召素入對，獨孤后勞之曰：「公知吾夫妻年老，無以娛心，盛飾此宮，豈非孝順。」素退問倫曰：「卿何以知之？」對曰：「至尊性儉，故初見而怒，然雅聽后言。后，婦人也，惟麗是好，后心既悅，帝慮必移，所以知耳。」素歎伏曰：「揣摩之才，非吾所及。」素負貴恃才，多所淩侮，唯擊賞倫。每引與論宰相之務，終日忘倦，因撫其床曰：「封郎必當據吾此座。」驟稱薦于文帝，由是擢授內史舍人。（卷六七）

稱賞李靖，事出《舊唐書》李靖傳：

> 李靖，本名藥師，雍州三原人也。（中略）初仕隋爲長安縣功曹，後歷駕部員外郎。左僕射楊素、吏部尚書牛弘皆善之。素嘗拊其床謂靖曰：「卿終當坐此。」（卷七一）

一般人讀《舊唐書》很難將兩者相提並論。孔平仲以楊素慧眼識英雄做聯結，透過撫牀的動作，讓讀者知道封倫、李靖的不凡。

孔平仲整合的功力也見於勾勒文章要旨，《續世說・賢媛》第 7 則：

> 太宗徐賢妃諫伐遼，云：「運有盡之農功，填無窮之巨浪，圖未獲之它眾，喪已成之我軍。」諫造宮室，云：「終以茅茨示約，猶興木石之疲；假使和雇取人，不無煩擾之敝。」又云：「有道之君，以逸逸人；無道之君，以樂樂身。」諫服玩纖靡，云：「作法於儉，猶恐其奢；作法於奢，何以制後。」

徐賢妃的諫言《舊唐書》卷五一〈后妃上〉皆有著錄，孔平仲各取其中四句總括全文，也是納巨構於方寸的示範。

又如〈汰侈〉第一則：

> 梁賀琛言於武帝云：今之宴喜，相競誇豪，積果如邱陵，列肴同綺繡，習以成俗，日見滋甚。宜嚴爲禁制，導以節儉，糾奏繁華，變其耳目。夫失節之嗟，亦民所自患，正恥不能及羣，故勉強而爲之。苟以純素爲先，足正彫流之敝。

除了首句爲敘事語而獨出之外，底下賀琛的說詞幾乎完全採取偶對方式呈現，簡潔有力，撼動人心。對照《梁書》卷三八〈賀琛傳〉，引述賀琛原本的陳事內容，則頗爲冗長：

> ……夫食方丈於前，所甘一味。今之燕喜，相競誇豪，積果如山嶽，列希同綺繡，露臺之產，不周一燕之資，而賓主之間，裁取滿腹，未及下堂，已同臭腐。又歌姬舞女，本有品制，二八之錫，良待和戎。今畜妓之夫，無有等秩，雖復庶賤微人，皆盛姬姜，務在貪汙，爭飾羅綺。故爲吏牧民者，競爲剝削，雖致貲巨億，罷歸之日，不支數年，便已消散。蓋由宴醑所費，既破數家之產；歌謠之具，必俟千金之資。所費事等丘山，爲歡止在俄頃。乃更追恨向所取之少，今所費之多。如復傅翼，增其搏噬，一何悖哉！其餘淫侈，著之凡百，習以成俗，日見滋甚，欲使人守廉隅，吏尚清白，安可得邪！今誠宜嚴爲禁制，道之以節儉，貶黜雕飾，糾奏浮華，使眾皆知，變其耳目，改其好惡。夫失節之嗟，亦民所自患，正恥不及群，故勉強而爲之，苟力所不至，還受其弊矣。今若厘其風而正其失，易於反掌。夫論至治者，必以淳素爲先，正雕流之弊，莫有過儉樸者也……

兩相比較之下，經孔平仲修改過的文字，句句鏗鏘有力，而且字字緊扣時事，這和他本身具備深厚的文學素養不無關係，正因如此才能精準看出重法所在，去蕪存菁，剪裁出發人深省的小品。

由此可知，無論重新組合，或是數篇連綴，都須要編撰者匠心獨運，方能收言簡旨遠之效。所以從彙整的角度，孔平仲編撰《續世說》看似「述而不作」，其實還是投入心力、花費巧思才有今日所見的樣貌。儘管原創性不像《世說新語》那麼高，但也是孔平仲透過多方構思，重新熔鑄之後的心血結晶。一概以缺乏創作成份否定其技巧與所下的功夫，也有失公允。

第二節　淵源：《說苑》、《貞觀政要》

一、《續世說》與《說苑》

《世說新語》是一部名士的教科書〔註10〕，《續世說》則傾向論政說理，因此寫作重心往往放在人物的德行和政治活動，這和重視人物精神氣質的《世說新語》大異其趣。《續世說》的思想顯然另有其他淵源，而影響最深的莫過於《說苑》和《貞觀政要》。

《說苑》是劉向輯錄西漢皇室和民間藏書，加以選擇、分類、整理而成。劉向是楚元王劉交的四世孫，漢宣帝時任散騎諫大夫。元帝時因彈劾宦官與外戚兩度被補下獄，並免爲庶人。成帝即位才重新得到任用。但他仍舊是站在劉氏宗室立場，反對外戚、宦官當權秉政，由是受到排擠，只能從事典籍校勘整理的工作。即使如此，他還是從漢代以前的古籍當中選錄出可供帝王參考的言論事蹟，編撰成《新序》和《說苑》。

《說苑》目前的傳本有二十卷，將資料依內容分成二十篇，各篇名目皆以二字命名（詳下節），而書的前二篇就是〈君道〉和〈臣術〉，可以看出劉向對君道、治道的重視。所謂「君道」即人君所行之道。《周易・復卦》：「象曰迷復之凶，反君道也。」《呂氏春秋・恃君》：「利之出於羣也，君道立也。故君道立則利出於羣，而人備可完矣。」至於治道，指的就是治國之道。劉向編著《說苑》的動機，意在勸戒皇帝重振朝綱，以確保劉氏江山。所以他認爲一位英明的君主，首先應具備「大道容眾，大德容下」的胸襟，才能謹言慎行、虛心納諫。還須高瞻遠矚，才能知人善任、居安思危，樹立崇高的威望。至於治國之道，劉向繼承儒家行仁政、重德治的主張，要求國君戒奢崇儉、輕傜薄賦、任賢去佞。

《續世說》的門類，多沿用《世說新語》，並未特別設立與君道、治道有關的類別。不過孔平仲也認同爲君之道首重修德，以德治國才能使國無闕政。其次要納諫，雖然良藥苦口，忠言逆耳，但身爲一國之君，必須虛心大度體察臣子的苦心，反躬自省。還要重民、愛民、不與民爭利。

〔註10〕魯迅《中國小說的歷史的變遷》第二講〈六朝時之志怪與志人〉：「但這種清談的名士，當時在社會上卻仍舊很有勢力，若不能玄談的，好似不夠名士底資格；而《世說》這部書，差不多就可以看做一部名士底教科書。」收錄在《中國小說史》（天津：百花文藝出版社，2002），頁240。

至於治道，《說苑》談治國之道，謂「政有三品：王者之政化之，霸者之政威之，強者之政脅之，指此三者各有所施，而化之爲貴矣。夫化之不變而後威之，威之不變而後脅之，脅之不變而後刑之；夫至於刑者，則非王者之所得已也。」又說「治國有二機，刑德是也；王者尙其德而布其刑，霸者刑德並湊，強國先其刑而後德。」(〈政理〉) 雖然肯定王道、教化，但強調刑德並用，也和儒家用爲不同。孔平仲不反對刑德並用，但他仍以禮法結合、德刑並舉爲理想。所以顧憲之爲建康令，權要請托，長史貪殘，據法直繩，無所阿縱（《續世說．政事》4），他予以肯定。宋世良爲清河太守，獄內穭生，桃樹、蓬蒿亦滿。每日衙門虛寂，無復訴訟者（《續世說．政事》12），他同樣頌揚。

另外《說苑．臣術》提出「人臣之行有六正、六邪」〔註 11〕的概念，也深深影響孔平仲對於忠奸的界定；《續世說》有許多關於明君賢臣、昏君姦佞的故事（詳下節），也多依循《說苑》所列人臣應該堅持的操守、杜絕的行爲。

雖然劉向以《說苑》當諫書，孔平仲編撰《續世說》也有借鑒歷史、有資於治道的意味。而且兩人皆崇尙儒家思想，但生活的時代不同，使得孔平仲和劉向對政治的看法，還是有所差別。

〔註 11〕《說苑．臣術》：「何謂六正六邪？六正者：一曰萌芽未動，形兆未見，昭然獨見存亡之幾，得失之要，預禁乎不然之前，使主超然立乎顯榮之處，天下稱孝焉，如此者聖臣也。二曰虛心白意，進善通道，勉主以體誼，諭主以長策，將順其美，匡救其惡，功成事立，歸善於君，不敢獨伐其勞，如此者良臣也。三曰卑身賤體，夙興夜寐，進賢不解，數稱於往古之德行事以厲主意，庶幾有益，以安國家社稷宗廟，如此者忠臣也。四曰明察幽，明成敗早，防而救之，引而復之，塞其間，絕其源，轉禍以爲福，使君終以無憂，如此者智臣也。五曰守文奉法，任官職事，辭祿讓賜，不受贈遺，衣服端齊，飲食節儉，如此者貞臣也。六曰國家昏亂，所爲不道，然而敢犯主之顏面，言君之過失，不辭其誅，身死國安，不悔所行，如此者直臣也，是爲六正也。六邪者：一曰安官貪祿，營於私家，不務公事，懷其智，藏其能，主饑於論，渴於策，猶不肯盡節，容容乎與世沈浮上下，左右觀望，如此者具臣也。二曰主所言皆曰善，主所爲皆曰可，隱而求主之所好即進之，以快主耳目，偷合苟容與主爲樂，不顧其後害，如此者諛臣也。三曰中實頗險，外容貌小謹，巧言令色，又心嫉賢，所欲進則明其美而隱其惡，所欲退則明其過而匿其美，使主妄行過任，賞罰不當，號令不行，如此者姦臣也。四曰智足以飾非，辯足以行說，反言易辭而成文章，內離骨肉之親，外妒亂朝廷，如此者讒臣也。五曰專權擅勢，持招國事以爲輕重於私門，成黨以富其家，又復增加威勢，擅矯主命以自顯貴，如此者賊臣也。六曰諂言以邪，墜主不義，朋黨比周，以蔽主明，入則辯言好辭，出則更復異其言語，使白黑無別，是非無間，伺侯可推，而因附然，使主惡布於境內，聞於四鄰，如此者亡國之臣也，是謂六邪。」

《說苑》是一部集諸子之說，自成一家的儒學著作〔註 12〕，因此它所呈現的政治理念是雜揉各家。〈君道〉前二章提出「人君之道清淨無爲」、「事寡易從，法省易因」，明顯是道家的主張。這與西漢初年黃老之術盛行不無關係，但還是有別於儒家眼中的人君之道。再則孔子避談怪力亂神之事，《說苑》在西漢「天人感應」說的影響下，經常出現因果律和災異說。這也和孔平仲力斥祥瑞不可憑，勿爲迷信所拘攣的作風相去甚遠。

二、《續世說》與《貞觀政要》

《貞觀政要》爲唐玄宗時吳兢所編撰的一部雜史〔註 13〕，不同於一般歷史著作，它是專爲提供帝王政治教化的典範而作，正如吳兢自己在序中所說：「義在懲勸，人倫之際備矣，軍國之政存矣。」內容大多是以唐太宗和他的四十多位大臣間的問答爲主，全書共十卷、四十篇，每篇大致按年代先後排列史事作敘述。透過君臣間通俗淺白的言談，反映貞觀時期政治教化可觀之處。所以它既不是尋常的史書，也不是政治史一類的專門著作，倒像是歷史人物的言行錄。並且用獨創的篇名，串聯成書。首卷〈君道〉、〈政體〉是全書綱領，點出爲政之道的基本要求；第二、三卷〈任賢〉、〈求諫〉、〈納諫〉、〈君臣諫戒〉、〈擇官〉等篇言任賢納諫；第四卷〈太子諸王定分〉、〈尊敬師傅〉、〈教戒太子諸王〉、〈規諫太子〉探討皇家子弟的教養問題；第五卷〈仁義〉、〈忠義〉、〈孝友〉、〈公平〉、〈誠信〉諸篇講倫理道德的修養；第六卷〈儉約〉、〈謙讓〉、〈仁惻〉、〈愼所好〉、〈愼言語〉、〈杜讒邪〉、〈悔過〉、〈奢縱〉、〈貪鄙〉談恭儉驕奢的利弊；第七卷〈崇儒學〉、〈文史〉、〈禮樂〉旨在提倡文化教育；第八卷〈務農〉、〈刑法〉、〈赦令〉、〈貢賦〉、〈辯興亡〉不談具體政務，而是提出注意事項；第九卷〈征伐〉、〈安邊〉強調愼戰安邊不擾民；末卷〈行幸〉、〈畋獵〉、〈災祥〉、〈愼終〉提醒國君勿貪逸樂，要謹愼看待災異，愼終如始。

從「以古爲鏡，擇善而從」的角度看，《貞觀政要》稱得上是一部有系統總結貞觀時期治國安天下之道的重要書籍，具有資治的價值，因而受到後世皇帝重視，唐文宗還是太子的時候，就「喜讀《貞觀政要》，每見太宗孜孜政道，有

〔註 12〕見華曉林編著《說苑的人生哲學》（台北：大村文化出版社，1997）編著者序〈《說苑》是討論人生的一部哲理學說〉，頁 15。

〔註 13〕《新唐書・藝文志》錄「雜史類八十八家，一百七部，一千八百二十八卷」，其中就有吳兢《太宗勳史》一卷及《貞觀政要》十卷。

意於茲。」〔註 14〕唐宣宗也曾「書《貞觀政要》於屏風，每正色拱手而讀之。」（《資治通鑒》卷二四八）就連宋仁宗都曾發表閱讀此書的心得〔註 15〕。

《貞觀政要》也影響到後世的史家和史學著作：新舊《唐書》對貞觀君臣的評論多與《貞觀政要》一致；《資治通鑑》記述唐太宗修身爲政之道，以及唐玄宗思想與作風的轉變，也多和《貞觀政要》的觀點吻合。這些都可以看出《貞觀政要》的影響力。

雖然現孔平仲的詩文中，找不出他個人對《貞觀政要》的任何評論，但《續世說》中倒是有二篇提到《貞觀政要》這本書。〈識鑒〉：

> 後唐閔帝自終易月之制，即召學士讀《貞觀政要》、《太宗實錄》，有致治之意，然不知其要，寬柔少斷。李愚私謂同列曰：「吾君延訪，少及吾輩，位高責重，事亦堪憂。」眾惕息不敢應，果有潞王之事。（第 30 則）

又〈術解〉：

> 五代漢隱帝時，宮中數有怪，大風雨發屋拔木，吹破門扇，起十餘步而落，震死者六七人，水深平地尺餘。帝召司天監趙延乂，問以禳祈之術，對曰：「臣之業在天文、時日，禳祈非所習也。然王者欲弭災異，莫如修德。」延乂歸，帝遣中使問如何爲修德，延乂請讀《貞觀政要》而法之。（第 39 則）

後唐閔帝李從厚，小字菩薩奴，是明宗的第三個兒子。他不僅長得像莊宗，而且從小就喜歡研讀《春秋》這部書，還能「略通大義」，因此受到莊宗寵愛，並在兄長秦王李從榮伏誅之後，繼承大位〔註 16〕。所以才會用召學士讀《貞觀政要》、《太宗實錄》的具體行動，來表達治理朝政的決心。不同於後唐閔帝李從厚，後漢隱帝劉承祐是位亡國之君，雖然史家以「尙幼之年，嗣新造

〔註 14〕《舊唐書》卷十八〈文宗下〉：「帝在藩時，喜讀《貞觀政要》，每見太宗孜孜政道，有意於茲。」

〔註 15〕《玉海》卷四九：「宋朝仁宗慶歷七年四月辛未，嘗讀太宗政要，亦云太宗言：『任人必以德行學業爲本。』王珪曰：『人無學業，豈堪大任？』帝復曰：『人臣不可不知書，宰相尤須有學。』」

〔註 16〕《舊五代史》卷四五〈閔帝紀〉：「閔帝，諱從厚，小字菩薩奴，明宗第三子也。母昭懿皇后夏氏，以天祐十一年歲在甲戌，十一月二十八日庚申，生帝于晉陽舊第。帝髫齔好讀《春秋》，略通大義，貌類明宗，尤鍾愛……四年十一月二十日，秦王誅，翼日，明宗遣宣徽使孟漢瓊馳驛召帝，二十六日，明宗崩，二十九日，帝至自鄴。十二月癸卯朔，發喪於西宮，帝於柩前即位。」

之業。受命之主，德非禹、湯；輔政之臣，復非伊、呂。將欲保延洪之運，守不拔之基，固不可得也」爲其緩頰，但是後漢江山落入郭威手中，和他的「內稔群凶」,「自取於狼狽」絕對有關係〔註17〕。趙延乂請他讀《貞觀政要》來修養品德，可謂事出有因。孔平仲選擇這二則故事，一方面肯定李恩、趙延乂的見解；也間接認同《貞觀政要》「可以弘闡大猷，增崇至道」（吳兢《貞觀政要·序》）的功用。

再看《續世說》全書卷帙最重、材料最多的〈直諫〉一門，其中記載唐太宗時大臣直諫和太宗本身求諫、納諫的故事，就有十九則，佔了大約四分之一的篇幅。足以顯現孔平仲本人對於貞觀君臣能夠齊心協力爲天下蒼生謀福利，充滿欽慕和敬意。尤其是身爲一國之君卻願意紆尊降貴，因爲大臣言之成理的建言而收回成命，這樣雍熙和樂的政治狀態，更是孔平仲所嚮往。

另外，從《續世說》全書選錄故事和《貞觀政要》重複的數量來看，也能看出孔平仲受到《貞觀政要》的影響程度。今以人物爲主軸，將《貞觀政要》和《續世說》重複部分列表如下：

人名	《貞觀政要》	《續世說》（〈門類〉次第）
唐太宗	貞觀初，太宗謂侍臣曰：「爲君之道，必須先存百姓。若損百姓以奉其身，猶割股以啖腹，腹飽而身斃。若安天下，必須先正其身，未有身正而影曲，上治而下亂者。朕每思傷其身者不在外物，皆由嗜欲以成其禍。若耽嗜滋味，玩悅聲色，所欲既多，所損亦大，既妨政事，又擾生民。且復出一非理之言，萬姓爲之解體，怨讟既作，離叛亦興。朕每思此，不敢縱逸。」（君道）	唐太宗謂侍臣曰：「君依于國，國依于民，刻民以奉君，猶刻血以充腹，腹飽而身斃，君富而國亡。故人君之患不自外來，常由身出。夫欲盛則費廣，費廣則賦重，賦重則民愁，民愁則國危，國危則喪矣。朕常以此思之，故不敢縱欲也。」（〈言語〉8）
	貞觀初，有上書請去佞臣者，太宗謂曰：「朕之所任，皆以爲賢，卿知佞者誰耶？」對曰：「臣居草澤，不的知佞者，請陛下佯怒以試群臣，若能不畏雷霆，直言進諫，則是正人，順情阿旨，則是佞人。」太宗謂封德彝曰：「流水清濁，在其源也。君者政源，人庶	太宗時，有上書請去佞臣者，上問：「佞臣爲誰？」對曰：「臣居山澤，不能的知其人，願陛下與群臣言，或陽怒以試之，彼執理不屈者，直臣也；畏威順旨者，佞臣也。」太宗曰：君自爲詐，何以責臣下之直乎？朕方以至誠治天下，見前世帝王，好以權譎小數

〔註17〕詳《舊五代史》卷一〇一至一〇三〈隱帝紀〉。

	猶水，君自爲詐，欲臣下行直，是猶源獨而望水清，理不可得。朕常以魏武帝多詭詐，深鄙其爲人，如此，豈可堪爲教令？」謂上書人曰：「朕欲使大信行於天下，不欲以詐道訓俗，卿言雖善，朕所不取也。」（誠信）	接其臣下，常竊恥之，卿策雖善，朕不取也。」（〈言語〉9）
	刑部尚書張亮坐謀反下獄，詔令百官議之，多言亮當誅，惟殿中少監李道裕奏亮反形未具，明其無罪。太宗既盛怒，竟殺之。俄而刑部侍郎有闕，令宰相妙擇其人，累奏不可。太宗曰：「吾已得其人矣。往者李道裕議張亮云『反形未具』，可謂公平矣。當時雖不用其言，至今追悔。」遂授道裕刑部侍郎。（公平）	唐太宗謂侍臣曰：「張亮有義兒五百人，將何爲也，正欲反爾？」命百寮議其獄，多言亮當誅。唯將作少監李道裕言，亮反形未具，明其無罪。太宗盛怒，竟斬於市。歲餘，刑部侍郎闕，令執政擇人，累奏不可。太宗曰：「朕得其人矣。往者李道裕議張亮反形未具，此言當矣。雖不即從，至今追悔。」以道裕爲刑部侍郎。（〈尤悔〉3）
	貞觀五年張蘊古爲爲大理丞。相州人李好德素有風疾，言涉妖妄，詔令鞠其獄。蘊古言：「好德癲病有徵，法不當坐。」太宗許將寬宥。蘊古密報其旨，仍引與博戲。治書侍御史權萬紀劾奏之。太宗大怒，令斬於東市。既而悔之，謂房玄齡曰：「公等食人之祿，須憂人之憂，事無巨細，咸當留意。今不問則不言，見事都不諫諍，何所輔弼？如蘊古身爲法官，與囚博戲，漏泄朕言，此亦罪狀甚重。若據常律，未至極刑。朕當時盛怒，即令處置。公等竟無一言，所司又不覆奏，遂即決之，豈是道理？」因詔曰：「凡有死刑，雖令即決，皆須五覆奏。」五覆奏，自蘊古始也。（刑法）	張蘊古，獻〈大寶箴〉者也，除大理丞。初，河內人李好德語涉妖妄，而素有風癲疾，蘊古以爲法不當坐。侍御史權萬紀，劾蘊古家住相州，好德之兄厚德爲相州刺史，情在阿縱。太宗大怒，斬蘊古東市。尋悔之，自是有覆奏之制。（〈尤悔〉7）
虞世南	虞世南，會稽餘姚人……太宗嘗稱世南有五絕：一曰德行，二曰忠直，三曰博學，四曰詞藻，五曰書翰。（任賢）	太宗謂虞世南有五絕：一德行，二忠直，三博學，四文詞，五書翰。（〈德行〉11）
房玄齡	貞觀二十一年，太宗在翠微宮，授司農卿李緯戶部尚書。房玄齡是時留守京城。會有自京師來者，太宗問曰：「玄齡聞李緯拜尚書，如何？」對曰：「但云『李緯好髭鬚』，更無他語。」由是改授洛州刺史。（〈擇官〉）	太宗幸翠微宮，房玄齡在京城留守。太宗以李緯爲民部尚書。有自京師來者，太宗問曰：「玄齡聞李緯拜尚書如何？」對曰：「玄齡但云李緯好髭鬚，更無它語。」太宗遽改授緯洛州刺史。其爲當時準的如此。（〈言語〉13）

	貞觀二十二年，太宗將重討高麗。是時，房玄齡寢疾增劇，顧謂諸子曰：「當今天下清謐，咸得其宜，惟欲東討高麗，方爲國害。吾知而不言，可謂銜恨入地。」遂上表諫曰：（略）太宗見表，歎曰：「此人危篤如此，尚能憂我國家。」雖諫不從，終爲善策。（征伐）	房玄齡病篤，謂諸子曰：「當今天下清謐，咸得其宜，惟東討高麗，方爲國患。主上含怒意決，臣下莫敢犯顏，吾知而不言，則銜恨入地。」遂抗表切諫云：「陛下決一死囚，必令三覆五奏，進素食，停音樂。今兵士之徒，無罪乃驅之行陣之間，委之鋒鏑之下，使肝腦塗地，魂魄無歸，令其老父、孤兒、寡妻、慈母，望轊車而掩泣，抱枯木以摧心。足以變動陰陽，感傷和氣。且兵者兇器，不得已而用之。向使高麗違失臣節，誅之可也；侵擾百姓，滅之可也；久長能爲國患，除之可也。今無此三者，乃坐敝中國，所存者小，所損者大。謹罄殘魂餘息，預代結草之誠。」太宗省表，曰：「此人危惙如此，尚能憂我國事。」（〈直諫〉15）
權紀萬	貞觀十年，治書侍御史權萬紀上言：「宣、饒二州諸山大有銀坑，采之極是利益，每歲可得錢數百萬貫。」太宗曰：「朕貴爲天子，是事無所少之。惟須納嘉言，進善事，有益於百姓者。且國家剩得數百萬貫錢，何如得一有才行人？不見卿推賢進善之事，又不能按舉不法，震肅權豪，惟道稅鬻銀坑以爲利益。昔堯、舜抵璧於山林，投珠於淵谷，由是崇名美號，見稱千載。後漢桓、靈二帝好利賤義，爲近代庸暗之主。卿遂欲將我比桓、靈耶？」是日敕放令萬紀還第。（貪鄙）	治書侍御史權萬紀上言：「宣饒銀礦，發辦之可得數百萬緡。」上曰：「朕貴爲天子，所乏者非財也，但恨無嘉言可以利民爾。與其多得數百萬緡，何如得一賢才。卿未嘗進一賢退一不肖，而專言稅銀之利。昔堯舜抵璧於山，投珠於谷，漢之桓靈乃聚錢爲私藏。卿欲以桓靈待我耶？」是日黜萬紀，使還家。（〈言語〉10）
杜正倫	貞觀二年，太宗謂侍臣曰：「朕每日坐朝，欲出一言，即思此一言於百姓有利益否，所以不敢多言。」給事中兼知起居事杜正倫進曰：「君舉必書，言存左史。臣職當兼修起居注，不敢不盡愚直。陛下若一言乖於道理，則千載累於聖德，非止當今損於百姓，願陛下愼之。」太宗大悅，賜彩百段。（愼言語）	太宗謂侍臣曰：「朕每日坐朝，欲出一語，即思此言於百姓有利益否？所以不能多言。」杜正倫進曰：「君舉必書史記言動，臣職當修起居注，不敢不盡愚直。若陛下一言乖於道理，則千載累於聖德，非直當今損於百姓，願陛下愼之。」（〈言語〉14）

魏徵	貞觀六有有人告尚書右丞魏徵，言其阿黨親戚……居數日，太宗問徵曰：「昨來在外，聞有何不是事？」徵曰：「前日令彥博宣敕語臣云：『因何不存形迹？』此言大不是。臣聞君臣同氣，義均一體。未聞不存公道，惟事形迹。若君臣上下，同遵此路，則邦國之興喪，或未可知！」太宗瞿然改容曰：「前發此語，尋已悔之，實大不是，公亦不得遂懷隱避。」徵乃拜而言曰「臣以身許國，直道而行，必不敢有所欺負。但願陛下使臣爲良臣，勿使臣爲忠臣。」太宗曰：「忠良有異乎？」徵曰：「良臣使身穫美名，君受顯號，子孫傳世，福祿無疆。忠臣身受誅夷，君陷大惡，家國並喪，獨有其名。以此而言，相去遠矣。」太宗曰：「君但莫違此言，我必不忘社稷之計。」乃賜絹二百疋。（納諫）	魏徵謂太宗曰：「願陛下使臣爲良臣，勿使臣爲忠臣。」帝曰：「忠良有異乎？」徵曰：「良臣稷、契、臯陶是也，忠臣龍逄、比干是也。良臣使身獲美名，君受顯號，子孫長世，福祿無疆；忠臣身陷誅夷，君陷大惡，家國並喪，空有其名。以此而言，相去遠矣。」帝深納其言（〈言語 15〉）
	貞觀十五年，遣使詣西域立葉護可汗，未還，又令人多賚金帛，歷諸國市馬。魏徵諫曰：「今發使以立可汗爲名，可汗未定，即詣諸國市馬。彼必以爲意在市馬，不爲專立可汗。可汗得立，則不甚懷恩；不得立，則生深怨。諸蕃聞之，且不重中國。但使彼國安寧，則諸國之馬，不求自至。昔漢文時有獻千里馬者，曰：『吾吉行三十，凶行日五十，鑾輿在前，屬車在後，吾獨乘千里馬，將安之乎？』乃償其道里所費而返之。又光武有獻千里馬及寶劍者，以馬駕鼓車，劍賜騎士。凡陛下凡所施爲，皆邈過三王之上，奈何至此欲爲孝文、光武之下乎！又魏文帝求市西域大珠，蘇則曰：『若陛下惠及四海，則不求自至。求而得之，不足貴也。』陛下縱不能慕漢帝之高行，可不畏蘇則之言耶？」太宗乃止。（納諫）	太宗遣使詣西域立葉護可汗，未還，又遣使歷諸國市馬。魏徵諫曰：「今以立可汗爲名，可汗未定，又往市馬。彼必以爲意在市馬，不爲專立可汗。可汗得立，則不甚懷惠，諸蕃聞之，以中國薄義重利，未必得馬而已失義矣。昔漢文時有獻千里馬者，曰：『吾吉行五十，凶行三十，鑾輿在前，屬車在後，吾獨乘千里馬，將安之？』乃償其道路所費之直而遣之。漢光武有獻千里馬及寶劍者，以馬駕鼓車，劍賜騎士。凡陛下所爲，皆邈逾三王之上，奈何此事欲爲孝文、光武之下乎！魏文帝欲求市西域之大珠，蘇則曰：『若陛下惠及四海，則不求自至。求而得之，不足貴也。』陛下縱不能慕漢帝之高行，可不畏蘇則之言乎？」太宗乃止。（〈直諫〉17）
	貞觀十四年，侯君集平高昌之後，太宗欲以其地爲州縣。魏徵曰：「陛下初臨天下，高昌王先來朝謁，自後數有	太宗平高昌，將以爲郡縣，魏徵諫曰：「未若撫其人而立其子，所謂弔民伐罪。今若利其土壤，以爲州縣，常須

	商胡，稱其退絕貢獻，加之不禮大國詔使，遂使王誅載加。若罪止文泰，斯亦可矣。未若因撫其民而立其子，所謂伐罪弔民，威德被於遐外，爲國之善者也。今若利其土壤以爲州縣，常須千餘人鎭守，數年一易。每來往交替，死者十有三四，遣辦衣資，離別親戚。十年之後，隴右空虛，陛下終不得高昌撮穀尺布以助於中國。所謂散有用而事無用，臣未見其可。」太宗不從，竟以其地置西州，仍以西州爲安西都護府，每歲調發千餘人防遏其地。（〈安邊〉）	千餘人鎭守，數年一易，每往交番，死者十有三四，十年之後，隴右空匱，陛下終不得高昌撮穀尺布以助中國，所謂散有用以事無用，未見其可。」太宗不從，後亦悔之。（〈直諫〉71）
馬周	馬周，博州茌平人……周有機辯，能敷奏，深識事端，故動無不中。太宗曰:「我於馬周,暫時不見,則便思之。」（〈任賢〉）	馬周有機辯，能敷奏。太宗曰:「我於馬周，暫不見便思之。」岑文本謂所親曰:「吾見馬君論事多矣，援引事類，揚搉古今，舉要刪蕪，會文切理，一字不可加，一言不可減。聽之靡靡，人忘倦。昔蘇張終賈,正應此耳。」(〈言語〉20)
谷納律	谷那律爲諫議大夫，嘗從太宗出獵，在途遇雨，太宗問曰:「油衣若爲得不漏？」對曰:「能以瓦爲之,必不漏矣。」意欲太宗弗數遊獵，大被嘉納。賜帛五十段，加以金帶。（〈畋獵〉）	高宗出獵，在途遇雨，問:「油衣若爲得不漏？」谷那律曰:「能以瓦爲之，必不漏矣。」意欲上不畋獵。高宗悅，賜物二百段。（〈箴規〉13）
王珪	王珪，太原祁縣人也……太宗謂珪曰:「卿識鑒精通，尤善談論，自玄齡等,咸宜品藻。又可自量孰與諸子賢。」對曰:「孜孜奉國，知無不爲，臣不如玄齡。每以諫諍爲心，恥君不及堯、舜，臣不如魏徵。才兼文武，出將入相，臣不如李靖。敷奏詳明，出納惟允，臣不如溫彥博。處繁理劇，眾務必舉，臣不如戴胄。至於激濁颺清，嫉惡好善,臣於數子,亦有一日之長。」太宗深然其言，群公亦各以爲盡己所懷，謂之確論。（〈任賢〉）	太宗與群臣謂王圭曰:「卿識鑒清通，尤善談論。自房玄齡等，咸宜品藻。又可自量孰與諸子賢。」對曰:「孜孜奉國，知無不爲，臣不如玄齡。才兼文武，出將入相，臣不如李靖。敷奏詳明，出納惟允，臣不如溫彥博。濟繁理劇，眾務必舉，臣不如戴冑。以諫諍爲心，恥君不及堯舜，臣不如魏徵。至如激濁揚清，疾惡好善，臣於諸子，亦有一日之長。」太宗深然其言。（〈品藻〉8）
	貞觀初，太宗與黃門侍郎王珪宴語，時有美人侍人側，本廬江王瑗之姬也，瑗敗，籍沒入宮。太宗指示珪曰:「廬江不道，賊殺其夫而納其室，暴	太宗閒居，與王珪宴語，時有美人侍側，本廬江王之瑗姬，瑗敗，藉沒入宮。太宗指示之曰:「廬江不道，賊殺其夫而納其室。」珪避席曰:「陛下以

	虐之甚，何有不亡者乎！」珪避席曰：「陛下以廬江取之爲是邪，爲非邪？」太宗曰：「安有殺人而取其妻！卿乃問朕是非，何也？」珪對曰：「臣聞於《管子》曰：齊桓公之郭國，問其父老曰：『郭何故亡？』父老曰：『以其善善而惡惡也。』桓公曰：『若子之言，乃賢君也，何至於亡？』父老曰：『不然。郭君善善而不能用，惡惡而不能去，所以亡也。』今此婦人尚在左右，臣竊以爲聖心是之，陛下若以爲非，所謂知惡而不去也。」太宗大悅，稱爲至善，遽令以美人還其親族。（〈納諫〉）	廬江取此婦人爲是邪？非邪？」太宗曰：「殺人而取其妻，卿乃問朕是非，何也？」珪曰：「齊桓公之郭，問其父老曰：『郭何故亡？』父老曰：『以其善善而惡惡也。』桓公曰：『若子之言，乃賢君也，何至於亡？』父老曰：『善善不能用，惡惡不能去，所以亡也。』今此婦人尚在左右，竊以聖心爲是之，陛下若以爲非，此所謂知惡而不能去也。」太宗雖不去此美人，而心甚重之。（〈直諫〉16）
李勣	李勣，曹州離狐人……在并州凡十六年，召拜兵部尚書，兼知政事。勣時遇暴疾，驗方云惟鬚灰可以療之。太宗自剪鬚爲其和藥。勣頓首見血，泣以陳謝。太宗曰：「吾爲社稷計耳，不煩深謝。」（〈任賢〉）	李勣遇暴疾，驗方云，惟鬚灰可療。太宗乃自剪鬚爲之和藥。勣頓首見血，帝曰：「吾爲社稷計，不煩深謝。」（〈寵禮〉14）
張公謹	貞觀七年，襄州都督張公謹卒，太宗聞而嗟悼，出次發哀。有司奏言：「準陰陽書云：『日在辰，不可哭泣。』此亦流俗所忌。」太宗曰：「君臣之義，同於父子，情發於中，安避辰日？」遂哭之。（〈仁側〉）	張公謹卒，太宗出次發哀。有司以辰日不可哭，太宗曰：「君臣之義，同於父子，情發於中，安避辰日？」遂哭之。（〈寵禮〉15）
褚遂良	貞觀十四年，侯君集平高昌之後，太宗欲以其地爲州縣。魏徵曰……（參前述「魏徵」末則）太宗不從，竟以其地置西州，仍以西州爲安西都護府，每歲調發千餘人防遏其地。黃門侍郎褚遂良亦以爲不可，上疏曰：「臣聞古者哲后，必先事華夏而後九狄……陛下誅滅高昌，威加西域，收其鯨鯢，以爲州縣。然則王師初發之歲，河西供役之年，飛芻輓粟，十室九空，數郡蕭然，五年不復。陛下歲遣千餘人遠事屯戍，終年離別，萬里思歸。去者資裝，自須營辦，既賣菽粟，傾其機杼。經途死亡，復在其外，兼遣罪人，增其防遏……設令張掖塵飛，酒泉烽舉，陛下豈能得高昌一人菽粟而及事乎……」（〈安邊〉）	太宗平高昌，每歲調發千餘人防遏其地。褚遂良諫曰：「發遣千人，遠事屯戍，終年離別，萬里思歸。去者資裝，自須營辦，既貴菽粟，又傾機杼。經途死亡，復在其外。設令張掖塵飛，酒泉烽起，陛下豈能得高昌一人而及事乎？」（〈直諫〉30）

長孫皇后	長樂公主，文德皇后所生也。貞觀六年將出降，敕所司資送，倍於長公主。魏徵奏言：「昔漢明帝欲封其子，帝曰：『朕子豈得同於先帝子乎？可半楚、淮陽王。』前史以爲美談。天子姊妹爲長公主，天子之女爲公主，既加長字，良以尊於公主也，情雖有殊，義無等別。若令公主之禮有過長公主，理恐不可，實願陛下思之。」太宗稱善。乃以其言告后，后歎曰：「嘗聞陛下敬重魏徵，殊未知其故，而今聞其諫，乃能以義制人主之情，眞社稷臣矣！妾與陛下結髮爲夫妻，曲蒙禮敬，情義深重，每將有言，必俟顏色，尚不敢輕犯威嚴，況在臣下，情疏禮隔？故韓非謂之說難，東方朔稱其不易，良有以也。忠言逆耳而利於行，有國有家者深所要急，納之則世治，杜之則政亂，誠願陛下詳之，則天下幸甚！」因請遣中使齎帛五百疋，詣徵宅以賜之。(〈公平〉)	太宗長孫后，太宗常與后論及賞罰之事，后曰：「牝雞司晨，惟家之索。妾以婦人，豈敢願聞政事？」太宗固與之言，竟不答。后所生長樂公主，太宗特所鐘愛，及將出，降敕所司，資送倍於長公主。魏徵諫曰：「昔漢明帝將封皇子，帝曰：『朕子安得同於先帝子乎？』若今公主之禮有過長主，理恐不可。」太宗以徵言告后，歎曰：「能以義制主之情，可謂正直社稷之臣矣。」因請遣中使齎帛五百匹，詣徵宅賜之。后嘗著論，誚漢馬后，以爲不能抑退外戚，令其貴盛，乃戒其車如流水馬如龍，此乃開其禍端，而防其事爾。(〈賢媛〉6)
徐賢妃	貞觀二十二年，軍旅亟動，宮室互興，百姓頗有勞弊。充容徐氏上疏諫曰：(略)太宗甚善其言，特加優賜甚厚。(〈征伐〉)	太宗徐賢妃諫伐遼，云：「運有盡之農功，塡無窮之巨浪，圖未獲之它眾，喪已成之我軍。」諫造宮室，云：「終以茅茨示約，獨興木石之疲；假使和雇取人，不無煩擾之敝。」又云：「有道之君，以逸逸人；無道之君，以樂樂身。」諫服玩纖靡，云：「作法於儉，猶恐其奢；作法於奢，何以制後。」(〈賢媛〉7)
李大亮	貞觀三年，李大亮爲涼州都督，嘗有台使至州境，見有名鷹，諷大亮獻之。大亮密表曰：「陛下久絕畋獵，而使者求鷹。若是陛下之意，深乖昔旨；如其自擅，便是使非其人。」太宗下書曰：「以卿兼資文武，志懷貞確，故委藩牧，當茲重寄。比在州鎮，聲績遠彰，念此忠勤，豈忘寤寐？使遣獻鷹，遂不曲順，論今引古，遠獻直言。披露腹心，非常懇到，覽用嘉歎，不能已已，有臣若此，朕復何憂！宜守此誠，終始美一……古人稱一言之重，	李大亮爲涼州都督，有臺使到州，見有名鷹，諷大亮獻之。亮密表言之，太宗下書嘉歎云：「古人稱一言之重，比於千金，今賜卿胡缾一枚，雖無千鎰之重，是朕自用之物也。」(〈直諫〉13)

	侔于千金，卿之所言，深足貴矣。今賜卿金壺瓶、金碗各一枚，雖無千鎰之重，是朕自用之物。卿立志方直，竭節至公，處職當官，每副所委，方大任使，以申重寄。」（〈納諫〉）	
劉洎	貞觀十六年，太宗每與公卿言及古道，必詰難往復。散騎常侍劉洎上書諫曰：「帝王之與凡庶，聖哲之與庸愚，上下相懸，擬倫斯絕。是知以至愚而對至聖，以極卑而對極尊，徒思自強，不可得也。陛下降恩旨，假慈顏，凝旒以聽其言，虛襟以納其說，猶恐群下未敢對揚，況動神機，縱天辯，飾辭以折其理，援古以排其議，欲令凡庶何階應答……竊以今日昇平，皆陛下力行所至。欲其長久，匪由辯博，但當忘彼愛憎，慎茲取捨，每事敦樸，無非至公，若貞觀之初，則可矣。」（〈慎言語〉）	劉洎竦峻敢言，太宗每與公卿持論，必詰難往復，洎諫曰：「以至愚對至聖，以極卑對至尊，陛下降恩旨，假慈顏，凝旒以聽其言，虛襟以納其說，猶恐羣下未敢對揚；況動神機，縱天辯，飾詞以折其理，援古以排其義，欲令凡庶何皆應答？今日昇平，皆陛下力行所致，欲其長久，匪由辯博，但當忘彼愛憎，愼茲取捨，每事敦樸，無非至公，若貞觀之初，則可矣。」（〈直諫〉18）
高季輔	貞觀十七年，太子右庶子高季輔一疏陳得失，持賜鐘乳一劑，謂曰：「卿進藥石之言，故以藥石相報。」（〈納諫〉）	高季輔嘗切諫時政得失，太宗持賜鐘乳一劑，曰：「進藥石之言，故以藥石相報。」。（〈直諫〉28）
劉仁軌	貞觀十四年，冬十月，太宗將幸櫟陽遊畋，縣丞劉仁軌以收穫未畢，非人君順動之時，詣行所，上表切諫。太宗遂罷獵，擢拜仁軌新安令。（〈畋獵〉）	貞觀十四年，太宗將幸同州校獵，時收穫未畢，櫟陽丞劉仁軌上疏諫曰：「今年甘雨應時，秋稼極盛，元黃亙野，十分才收一二，盡力刈獲，月半猶未訖功，貧家無力，禾下始擬種麥。今供承獵事，兼之修理橋道，縱大簡略，動費一二萬工，百姓收斂，實爲狼狽。願退旬日，收刈總了，則人盡暇豫，公私交泰。」太宗降璽書嘉之。（〈直諫〉32）

由以上表列的文字當中，不難發現《貞觀政要》最受孔平仲垂青的，還是君道、治道的議題。但對於貞觀人物或事件的看法，孔平仲和吳兢則不盡相同。《續世說》編入〈直諫〉的故事，未必出於《貞觀政要‧納諫》；而《貞觀政要》歸屬於〈君道〉、〈任賢〉、〈誠信〉的故事，《續世說》亦未編入〈德行〉、〈政事〉，反而列於〈言語〉。由此可以看出孔平仲和吳兢在觀念、認知上仍存在差距。

至於兩書於同一事件，說法各異，有以下二則：一是谷那律諫勿數畋獵事，《貞觀政要》說是勸諷唐太宗，新、舊《唐書》皆從其說，以為乃貞觀年間之事〔註 18〕；《資治通鑑》則載於永徽元年（庚戌，650 年）九月癸亥，唐太宗已於前一年（649 年）病逝，所以向谷那律發問的當為高宗。《續世說・箴規》依據《資治通鑑》而認定是高宗〔註 19〕，故說法和《貞觀政要》不同。

另一則和《貞觀政要》說法有出入的故事，就是《續世說・直諫》王珪勸唐太宗勿留下廬江王家藉沒入宮的美人。據《貞觀政要》，最後「太宗大悅，稱為至善，遽令以美人還其親族」；但《續世說》卻採納《舊唐書》的說法〔註 20〕，認為「太宗雖不去此美人，而心甚重之」。

可見孔平仲儘管十分喜愛《貞觀政要》，但對於資料的運用，還是經過一番思考，並且有自己的堅持和想法。

第三節　體例：以類相從

一、以類相從的先例

所謂「以類相從」，是一種類似編纂類書的方法，先將資料按內容的不同區分成數個類別，再將性質相同或相近的資料編排進預先分好的門類中。宋王應麟認為「類事之書，始於《皇覽》」（《玉海》卷五四〈魏皇覽〉），其實在曹丕編《皇覽》以前，就已經有人利用這樣的編纂手法，《說苑》就是其中之一。

〔註 18〕《舊唐書》卷一八九〈儒學上〉：「谷那律，魏州昌樂人也。貞觀中，累補國子博士。黃門侍郎褚遂良稱為『九經庫』。尋遷諫議大夫，兼弘文館學士。嘗從太宗出獵，在途遇雨，因問：「油衣若為得不漏？」那律曰：「能以瓦為之，必不漏矣。」意欲太宗不為畋獵。太宗悅，賜帛二百段」《新唐書》卷一九八〈儒學上〉：「谷那律，魏州昌樂人。貞觀中，累遷國子博士。淹識群書。褚遂良嘗稱為『《九經》庫』。遷諫議大夫，兼弘文館學士。從太宗出獵，遇雨沾漬，因問曰：『油衣若為而無漏邪？』那律曰：『以瓦為之，當不漏。』帝悅其直，賜帛二百段，卒。」

〔註 19〕《資治通鑑》則載於卷一九九〈唐紀一五〉：「（九月）癸亥，上出畋，遇雨，問諫議大夫昌樂谷那律曰：『油衣若為則不漏？』對曰：『以瓦為之，必不漏。』上悅，為之罷獵。」

〔註 20〕《舊唐書》卷七〇〈王珪傳〉：「二年，代高士廉為侍中。太宗嘗閒居，與珪宴語，時有美人侍側，本廬江王瑗之姬，瑗敗籍沒入宮，太宗指示之曰：『廬江不道，賊殺其夫而納其室。暴虐之甚，何有不亡者乎！』珪避席……太宗雖不出此美人，而甚重其言。」

《說苑》編成共二十卷，也就是將資料按內容的不同分二十篇，各篇名目皆以二字命名，藉以概括全篇大意，依序是：〈君道〉、〈臣術〉、〈建本〉、〈立節〉、〈貴德〉、〈復恩〉、〈政理〉、〈尊賢〉、〈正諫〉、〈敬慎〉、〈善說〉、〈奉使〉、〈權謀〉、〈至公〉、〈指武〉、〈談叢〉、〈雜言〉、〈辨物〉、〈修文〉與〈反質〉。

《世說新語》也是採取依門類繫事的體例，並且以二字爲各門類命名，藉以概括全篇大意。有學者認爲《世說新語》依門繫事之體例，淵源之一爲劉向《說苑》〔註 21〕。不過《世說新語》非但將門類數量擴充，還把「以類相從」發揮到淋漓盡致，後來出現的世說體小說無不繼承此一特色，只是續書的編撰者依舊會在門類數量上作增減；或是更動門類名稱，以符合的各自需求。

而運用「以類相從」這一體例編纂的書籍，有些還兼具「對應成篇」的特色，也就是各篇的內容和篇名存在著某種對應關係。例如《說苑》中的〈君道〉與〈臣術〉、〈貴德〉與〈復恩〉、〈修文〉與〈反質〉，由篇名就能看出彼此是相對的。至於內在的對應關係，學術界對《世說新語》的討論尤其熱烈。

至於《續世說》對《世說新語》的門類即使有所增刪，原則上還是依照以類相從的體例，至於內容是否具備「對應成篇」的特色，稍後透過和《世說新語》的比較再做說明。

二、《續世說》與《世說新語》門類的差異

《世說新語》以時間爲經，以類目爲緯，將千餘則故事，收錄在三十六個門類中。這樣的編輯模式，即使不是《世說新語》首創，但以類相從的體例卻成爲判斷「世說體」小說的重要依據〔註 22〕。後世學者還指出《世說新語》以

〔註 21〕 呂來好〈《世說新語》的敘事藝術〉（刊登在《甘肅聯合大學學報・社會科學版》2012 年 5 月，第 28 卷第 3 期，頁 64～70。）：「《世說新語》依門繫事之體例是淵源有自的。淵源之一爲劉向（77-6BC）《說苑》。《漢書・藝文志》：『劉向所序六十七篇。』原注云：『《新序》、《說苑》、《世說》、《列女傳頌圖》也。』今本《說苑》二十卷，依卷立名，有〈君道〉、〈臣術〉、〈建本〉、〈立節〉、〈貴德〉、〈復恩〉、〈政理〉、〈尊賢〉、〈正諫〉、〈敬慎〉、〈善說〉、〈奉使〉、〈權謀〉、〈至公〉、〈指武〉、〈談叢〉、〈雜言〉、〈辨物〉、〈修文〉和〈反質〉等二十類。這些名目皆由兩字組成，在形式上與《世說新語》一致；從內容上看，《說苑》某些門類亦與《世說新語》相近，如〈貴德〉與〈德行〉、〈政理〉與〈政事〉、〈正諫〉與〈規箴〉、〈善說〉與〈言語〉等等。」頁 65。

〔註 22〕 寧稼雨《中國志人小說史》（瀋陽：遼寧人民出版社，1991）：「瑣言小說多摹仿《世說新語》以類相從的體例，以記載文人事迹爲主，是《世說新語》的附庸和餘波；逸事小說在形式上則追隨《西京雜記》，不分門類，只分卷次。

門類來統攝全書，門類的先後順序並非出自偶然，而是精心安排，且具有以下雙重意義：首先，《世說新語》之分門基本上採取評價遞減的方式編排；中國史書自《春秋》以來就立下了重褒貶的傳統，無論是暗藏在字裡行間的微言大義，或是由史家直接做出評論，寓褒貶、勸善懲惡都是著史者無法迴避的議題。受到史書的影響，小說也被賦予教化的功能，期許「近取譬喻，以作短書，治身理家，有可觀之詞」（桓譚《新論》）。而《世說新語》褒善貶惡的具體作法就是以門類做爲評價的標準，就目前通行本所見的三十六個門類，不但標題中就暗含褒貶之意，排列順序也被視爲是有如此設計，並且門類越往後貶抑的意味越濃厚〔註23〕。其次，將孔門四科置於其他門類之前，以示對儒家的重視。饒宗頤《世說新語校箋・序》就說：「《世說》之書，首揭四科，原本儒術。中卷自〈方正〉至〈豪爽〉，瑾瑜在握，德音可懷。下卷之上類指偏激者流；下卷之下，則陳險徵細行。清濁有體，良莠畛分，譬諸草木，既區以別。」〔註24〕傅錫壬也提出「〈《世說》前四篇爲經，後三十二篇爲緯〉的看法，認爲「劉義慶竟用了全書篇幅之三分之一，來加以敘述，亦可想見他對前四篇的重視」〔註25〕。

被視爲《世說新語》現存續書中年代最早的《大唐新語》，區分爲三十門，不僅類別最少，而且沒有任何門類和《世說新語》名稱重複〔註26〕；時代和孔平仲差不多，彼此也認識的王讜〔註27〕，他所編撰的《唐語林》共分五十

內容龐雜，只收錄閭巷傳聞，野史故事爲主。爲方便起見，筆者將此二類小說分別稱爲『世說體』和『雜記體』。」頁6～7。

〔註23〕見范子燁《《世說新語》研究》（哈爾濱：黑龍江教育出版社，1998），第一章第二節〈《世說新語》體例與「九品文化」之關係〉：「《世說》三十六門之排列，由〈德行〉以至〈仇隙〉，大致遵從這樣一個次序：由褒至貶，褒在前，貶居後，愈往前愈褒，越往候越貶……」頁30。

〔註24〕見《世說新語校箋》（台北：明倫出版社，1971）。

〔註25〕見氏著〈《世說》四科對《倫語》四科的因襲與嬗變〉刊登在《淡江學報》，1974年3月，第12期，頁101～124。

〔註26〕《大唐新語》三十章的名稱依序是：〈匡讚〉、〈規諫〉、〈極諫〉、〈剛正〉、〈公直〉、〈清廉〉、〈持法〉、〈政能〉、〈忠烈〉、〈節義〉、〈孝行〉、〈友悌〉、〈舉賢〉、〈識量〉、〈容恕〉、〈知微〉、〈聰敏〉、〈文章〉、〈著述〉、〈從善〉、〈諛佞〉、〈釐革〉、〈隱逸〉、〈褒錫〉、〈懲戒〉、〈勸勵〉、〈酷忍〉、〈諧謔〉、〈記異〉、〈郊禪〉。

〔註27〕宋集珍本《清江三孔集》卷三三〈與王讜大夫〉：「進緣歸鞅，嘗造便齋，雖喜金聲之大成，然驚玉貌之微瘦。竊自比於朋友，遂妄貢於規箴，受責如流者，實古人之所難，無言不酬而枉尺牘以爲報，感愧之意，敷述莫殫。氣方炎蒸，物或流鑠，乃月令齋戒之際，實大易開關之時。更冀保綏，少符祝頌。」足見二人並不陌生。

二門〔註28〕；南宋李垕所編撰的《南北史續世說》則分四十七門〔註29〕。《續世說》共區分三十八個門類，不過編排順序和今日常見的《世說新語》三十六門類頗有出入，為便於對照，茲附二書篇目比較表如下：

《世說新語》順序（則數）	篇　名	《續世說》順序（則數）
一（48）	德行	一（35）
二（108）	言語	二（46）
三（26）	政事	三（52）
四（104）	文學	四（35）
五（66）	方正	五（55）
六（43）	雅量	六（38）
七（28）	識鑒	九（32）
八（157）	賞譽	十二（24）
九（88）	品藻	八（12）
十（27）	規箴	七（20）題作「箴規」
十一（7）	捷悟	十一（16）
十二（7）	夙慧	十（24）

〔註28〕《唐語林》據撰陳振孫《直齋書錄解題》卷一一〈小說家類〉：「唐語林八卷，長安王讜正甫撰。以唐小說五十家，倣《世說》分門三十五，又益十七，為五十二門。《中興書目》十一卷，而闕記事以下十五門。又云，一本八卷。今本亦止八卷，而門目皆不闕。」四庫全書本《唐語林》除保留《世說》本來的三十五門（缺〈捷悟〉），另十七門〈四庫提要〉云：「並采自《永樂大典》原分門目已不可考。」周勛初《《唐語林》校證》（北京：中華書局，2008）謂前三十五門全按《世說新語》門類排序，所增十七門乃〈嗜好〉、〈理俗〉、〈記事〉、〈任察〉、〈諛佞〉、〈威望〉、〈忠義〉、〈慰悅〉、〈汲引〉、〈委屬〉、〈砭談〉、〈僭亂〉、〈動植〉、〈書畫〉、〈雜物〉、〈殘忍〉、〈計策〉。

〔註29〕《南北史續世說》過去因題名唐李垕撰，被《四庫全書總目》懷疑是明人偽作。吳慰祖校訂《四庫全書總目》時，將作者的朝代定為宋代，但未說明理由。寧稼雨〈關於李垕《南北史續世說》〉（刊登在《文史知識》1985．11期）、王東〈《南北史續世說》版本考〉（刊登在《西南交通大學學報．社會科學版》2009年第2期）已澄清此一疑案，可參。李垕，字仲信，四川眉山人，南宋史學家李燾次子。《宋史》卷三八八〈李燾傳〉謂「垕試賢良方正直言極諫科……垕既中制科，為秘書省正字，尋遷著作郎兼國史實錄院編修檢討官。父子同主史事，搢紳榮之。」《南北史續世說》前八卷三十六門，只有將〈企羨〉改成〈欽羨〉，其餘全按《世說新語》門類排序，卷九〈博洽〉、〈介潔〉、〈兵策〉、〈驍勇〉、〈游戲〉，卷十〈釋教〉、〈言驗〉、〈志怪〉、〈感動〉、〈癡弄〉、〈兇悖〉，則是新增。

十三（13）	豪爽	無此篇目
十四（39）	容止	十五（2）
十五（2）	自新	十九（12）
十六（6）	企羨	二十（10）
十七（19）	傷逝	二八（8）
十八（17）	棲逸	二三（29）
十九（32）	賢媛	二五（28）
二十（11）	數解	十六（39）
二一（14）	巧藝	十七（42）
二二（6）	寵禮	十三（36）
二三（54）	任誕	十四（22）
二四（17）	簡傲	二一（15）
二五（65）	排調	十八（67）
二六（33）	輕詆	二四（28）
二七（14）	假譎	三五（21）
二八（9）	黜免	二七（15）
二九（9）	儉嗇	三四（23）
三十（12）	汰侈	二九（39）
三一（8）	忿狷	三一（14）
三二（4）	讒險	三七（26）
三三（17）	尤悔	二二（25）
三四（9）	紕漏	三三（24）
三五（7）	惑溺	二六（11）
三六（8）	仇隙	三二（20）
無此篇目	直諫	三十（81）
無此篇目	邪陷	三六（40）
無此篇目	姦佞	三八（19）

單就目錄來看，少了《世說新語》門類中的〈豪爽〉，而多出〈直諫〉、〈邪諂〉和〈姦佞〉。另外《世說新語》中的〈規箴〉，《續世說》則是作〈箴規〉。「規箴」、「箴規」文字雖然有別，但意思十分接近，都是忠言相勸，希望糾正對方的錯誤。無須特意區分。至於《續世說》爲何要刪除〈豪爽〉這一門類，容後再做討論。先談〈直諫〉、〈邪諂〉和〈姦佞〉三個門類，是否爲新

增。根據陳滿銘、邱燮友、劉正浩、黃俊郎、許錟輝注譯之《世說新語．導讀》的說法，南宋汪藻所見《世說新語》，除了三十六篇本，尚有三十八篇本及三十九篇本二種，所以《世說》原來的門類和次序究竟如何，實已無法確知〔註30〕。羅寧〈張詢古《五代新說》考論〉也說「據北宋汪藻《世說敘錄》，北宋曾出現過分三十八門的《世說新語》，增加〈直諫〉、〈姦佞〉二門，又有分三十九門的，再加〈邪諂〉門，『二本於十卷後復出一卷，有〈直諫〉、〈姦佞〉、〈邪諂〉三門，皆正史中書而無注。』孔平仲增加這三門，很可能是因爲當時見到的《世說新語》是有這三門的本子〔註31〕。」

羅寧及幾位臺灣學者的看法不無道理，今日所見號稱現存最早、最完整的三卷三十六篇本，係紹興八年（1138年）由董弅所刻，（以下簡稱「董刻本」）〔註32〕，而孔平仲編撰《續世說》時，董刻本尚未問世，如果目前《世說新語》所呈現的門類順序，是董刻本精心擘劃的成果，那麼指責《續世說》自〈賞譽〉以下和《世說新語》的編次相去甚遠，既看不到越往後越是負面行爲的趨勢，也無從區分賓主從屬的關係，甚至沒有所謂的規則可循。其實是不具任何意義的。何況孔平仲還是承襲《世說新語》「原本儒術」的精神，將孔門四科置於其他門類之前。

此外，梅家玲在《《世說新語》的語言與敘事》一書中還提到「《世說》的敘事架構，特重篇首紀事」〔註33〕。以〈德行〉爲例，第1則：

> 陳仲舉言爲士則，行爲世範，登車攬轡，有澄清天下之志。爲豫章太守，至，便問徐孺子所在，欲先看之。主簿白：「群情欲府君先入廨。」陳曰：「武王式商容之閭，席不暇暖。吾之禮賢，有何不可！」

陳仲舉就是東漢末年清議之士極力推戴的領袖人物陳蕃。東漢君主自和帝以下，大多沖齡即位，由於母后臨朝的關係，政事皆委任外戚處理。等到幼主長大之後，不甘大權旁落，往往結合宦官除去外戚，政權又爲宦官所掌握。想要登上政治舞臺，先得結交宦官，無形中助長宦官的氣燄，於是吏治日壞，

〔註30〕《世說新語．導讀》：「據汪藻《世說敘錄》，當時三十六篇本之外，尚有三十八篇本及三十九篇本二種，所以《世說》原來的門類和次序究竟如何，實已無法確知。」頁9。

〔註31〕收錄在《中國典籍與文化》2009年第2期，頁58。

〔註32〕楊勇《世說新語．卷前．書名卷第》：「趙宋之初，此書版式極亂，錯簡脱混，莫可究詰。乃由晏殊爲之校定，盡去其重；復經董弅刪訂，於紹興八年，勒爲三卷，刻之嚴州。自後《世說》原本門第既失，而董刻遂爲百世之準式矣。」

〔註33〕頁241。

民生凋敝。陳蕃雖是一介書生，卻爲人方正，崇尚氣節。靈帝時拜太傅，直言抗論，爲太學生所重。即使策動誅宦官的行動失敗而遇害，亦無損其儒者風範。《世說新語》把他的事蹟放在全書之首，並非毫無意義。

又《世說新語・任誕》第 1 則：

> 陳留阮籍、譙國嵇康、河內山濤三人，年皆相比，康年少亞之。預此契者，沛國劉伶、陳留阮咸、河內向秀、瑯琊王戎。七人常集於竹林之下，肆意酣暢，故世謂「竹林七賢」。

敘述「竹林七賢」的成員與行跡。阮籍等七人不受世俗羈絆，追求自然適意的生活，傲嘯山林、肆意酣飲，他們開任誕風氣之先，貴遊子弟競效於後。置於首篇，也有綱領的作用。

再來看《續世說・德行》第 1 則：

> 梁劉遵爲皇太子中庶子，卒，太子深悼惜之，與其從兄孝儀令曰：「賢從弟中庶，孝友淳深，立身貞固，內含玉潤，外表瀾清。言行相符，終始如一，文史該富，琬炎爲心，辭章博贍，玄黃成彩。既以鳴謙表性，又以難進自居，益者三友，此實其人。及宏道下邑，未申善政，而能使人結去思。野多馴翟，此亦威鳳一羽，足以驗其五德。」

又〈任誕〉第 1 則：

> 宋謝靈運以文帝不甚任遇，意不平，多稱疾不朝。出郭遊行，或一百六七十里，經旬不歸。既無表聞，又不請急，被奏免官，遂爲山澤之游。生業甚厚，奴僮既眾，門生數百，鑿山浚湖，功役無已。尋山陟嶺，必造幽峻。巖嶂數十里，莫不備盡。登躡常著木屐，上山則去其前齒，下山去其後齒。嘗自始寧南山伐木開徑，直至臨海，從者數百。臨海太守驚駭，謂爲山賊，知是靈運乃安。

劉遵事出自《南史》卷三九〈劉勔傳〉附傳。劉遵乃是劉勔之孫，即使品德受到梁簡文帝蕭綱的推崇，在中國歷史上，卻鮮爲人知，也稱不上是什麼具有代表性的人物。謝靈運雖然目無王法，散漫不拘，隱居不能持久，對抗又無節制，一意孤行，最終導致覆亡〔註 34〕，但視其爲任誕的代表人物，恐怕無法像竹林七賢那麼讓人心服。由以上正負兩面所選錄的故事看來，可見《續世說》也沒注意到《世說新語》具有「重篇首紀事」這個特色。

〔註 34〕見顧紹柏《謝靈運集校注》（台北：里仁書局，2004），頁 12、13。

三、《續世說》不列〈豪爽〉類

相較於《世說新語》，《續世說》少了〈豪爽〉這個門類。對此張一鳴〈考校〉的解釋是「相比另外兩部書（君按：指《唐語林》和《南北史續世說》），應該說《續世說》在門目刪改這一問題上還是比較謹慎的，但這樣分門體現出的未必是孔平仲性格的謹慎或他對宵小之人的憤慨，而恐怕更多地是和《續世說》一書的材料來源關係更密切。一方面，前面提到過，孔平仲不僅敢於『譏毀先列』，還敢『陷失官米』，絕對稱得上「豪爽」。另一方面，《續世說》材料差不多全出於正史，或許材料中「豪爽」者不足單列一門，抑或雖有而不足爲訓，而〈直諫〉、〈邪諂〉和〈姦佞〉三門的材料卻相對充足而已。」〔註35〕

孔平仲的言行是否情得上「豪爽」，不在本章討論範圍。但是他編撰《續世說》的確是取材於諸史，倘若自劉宋以後，史書不再出現這一類型的人物，那麼他也就無法羅列到《續世說》裡頭；但事實卻不然，即使《南史》未曾稱許書中任何人物「豪爽」，並不表示這一時期沒有這樣的人物典範，以南朝宋至隋爲寫作範圍的李垕《南北史續世說》這部書，書中〈豪爽〉一門共收錄了四十八則故事，當中出自《南史》的就有十五則〔註36〕。《北史》中許以「豪爽」這一評語的計有李枘〔註37〕、薛裔〔註38〕、高浚〔註39〕、蔡俊〔註40〕、薛嘉

〔註35〕見〈考校〉，頁18。

〔註36〕分別是1、2、3、4、5、6、7、8、9、10、11、12、13、14和48。

〔註37〕《北史》卷三三〈李孝伯傳〉謂孝伯兄李祥孫李枘：「枘字琚羅，涉歷史傳，頗有文才，氣尚豪爽，公強當世。」

〔註38〕《北史》卷三六〈薛辯傳〉謂薛辯五世孫薛裔：「字豫孫，襲爵。性豪爽，盛營園宅，賓客聲伎，以恣嬉遊。卒于洛州刺史。」

〔註39〕《北史》卷五一〈齊宗室諸王上‧神武諸子〉：「永安簡平王浚字定樂，神武第三子也。初，神武納浚母，當月而有孕。及產浚，疑非己類，不甚愛之。而浚早慧，後更被寵。年八歲，謂博士盧裕曰：『祭神如神在，爲有神邪？無神邪？』對曰：『有。』浚曰：『有神，當云祭神神在，何煩如字？』景裕不能答。及長，嬉戲不節。曾以屬請受納，大見杖罰，拘禁府獄，既而見原。後稍折節，頗以讀書爲務。元象中，封永安郡公。豪爽有氣力，善騎射，文襄所愛。文宣性雌懦，每參文襄，有時洟出。俊恆責帝左右：『何因不爲二兄拭鼻？』由是見銜。」

〔註40〕《北史》卷五三本傳：「蔡俊，廣甯石門人也。父普，北方擾亂，走奔五原，守戰有一力，拜甯朔將軍。卒，贈燕州刺史。俊豪爽有膽略，齊神武微時，深相親附。俊初爲杜洛周所虜，時神武亦在洛周軍中。神武謀誅洛周，俊預其計。事泄奔葛榮。仍背榮歸爾朱榮。從入洛。及從破葛榮，平元顥，封烏洛縣男。隨神武舉義，及平鄴，破韓陵，並有戰功，進爵爲侯。出爲齊州刺史。爲政嚴暴，又多受納。然亦明解，有部分，吏人畏服之。性好賓客，頗

族〔註41〕、司馬子如〔註42〕、李遵〔註43〕……等七人；《舊唐書》有李全忠之子李匡威〔註44〕；《新唐書》除了李匡威，又增加了嚴武〔註45〕、楊炎〔註46〕、鄭仁規、鄭仁表〔註47〕等人，要從中舉例並不困難。其後的隋唐五代人才輩出，即使正史沒有特別稱許，也不至於付之闕如。何況王讜所編撰的《唐語林》不但有〈豪爽〉這個門類，還記載了唐明皇等十餘人的事蹟。因此硬要說是正史材料中「豪爽」者不足單列一門，恐怕並非問題的癥結所在。

由此觀之，想探究《續世說》何以沒有〈豪爽〉這個門類，正本清源的作法還得從《世說新語》著手。《世說新語．豪爽》總共錄有十三則故事，但以內容來說卻是集中在王敦和桓溫家族，其中和王敦有關的故事就有六篇，幾乎佔了半數，分別是第1到4則和第6則：

> 王大將軍年少時，舊有田舍名，語音亦楚。武帝喚時賢共言伎藝之事，人人皆多有所知；唯王都無所關，意色殊惡，自言知打鼓吹。帝即令取鼓與之。於坐振袖而起，揚槌奮擊，音節諧捷，神氣豪上，傍若無人。舉坐歎其雄爽。

稱施惠。天平中，卒于揚州刺史，贈尚書令、司空公，謚曰威武。齊受禪，詔祭告其墓。皇建初，配享神武廟庭。」

〔註41〕《北史》卷五三〈薛修義傳〉：「修義從弟嘉族，性亦豪爽。從神武平四胡于韓陵。歷華、陽二州刺史，卒官。」

〔註42〕《北史》卷五四本傳：「司馬子如，字遵業，自云河內溫人也，徙居雲中，因家焉……子如性既豪爽，兼恃恩舊，簿領之務，與奪任情，公然受納。」

〔註43〕《北史》卷一百〈序傳〉：「遵豪爽有父風，卒于司空司馬，贈洛州刺史。」

〔註44〕《舊唐書》卷一八○〈李全忠傳〉：「全忠卒，子匡威自襲父位，稱留後。匡威素稱豪爽，屬遇亂離，繕甲燕薊，有吞四海之志。」

〔註45〕《新唐書》卷一二九〈嚴挺之傳〉謂挺之子嚴武：「字季鷹。幼豪爽。母裴不爲挺之所容，獨厚其妾英。武始八歲，怪問其母，母語之故。武奮然以鐵鎚就英寢，碎其首。左右驚白挺之曰：『郎戲殺英。』武辭曰：「安有大臣厚妾而薄妻者，兒故殺之，非戲也。」父奇之，曰：『眞嚴挺之子！』」

〔註46〕《新唐書》卷一五四本傳：「楊炎，字公南，鳳翔天興人。曾祖大寶，武德初爲龍門令，劉武周攻之，死於守，贈全節侯。祖哲，以孝行稱。父播，舉進士，退居求志，玄宗召拜諫議大夫，棄官歸養。肅宗時，即家拜散騎常侍，號玄靖先生。炎美鬚眉，峻風宇，文藻雄蔚，然豪爽尚氣。河西節度使呂崇賁辟掌書記。神烏令李太簡嘗醉辱之，炎令奈右反接，搒二百餘，幾死，崇賁愛其才，不問。」

〔註47〕《新唐書》卷一八二〈鄭肅傳〉：「（孫）仁規、仁表，皆豪爽有文。仁規位中書舍人。仁表累擢起居郎。」

> 王處仲世許高尚之目；嘗荒恣於色，體爲之弊。左右諫之，處仲曰：「吾乃不覺爾！如此者，甚易耳。」乃開內後閤，驅諸婢妾數十人出路，任其所之。時人歎焉。
>
> 王大將軍自目：「高朗疏率，學通《左氏》。」
>
> 王處仲每酒後，輒詠「老驥伏櫪，志在千里；烈士暮年，壯心不已」。以如意打唾壺，壺口盡缺。
>
> 王大將軍始欲下都，更處分樹置，先遣參軍告朝廷，諷旨時賢。祖車騎尚未鎮壽春，瞋目厲聲語使人曰：「卿語阿黑：何敢不遜！摧攝面去，須臾不爾，我將三千兵槊腳令上！」王聞之而止。

另外，第8則：

> 桓宣武平蜀，集參僚置酒於李勢殿，巴、蜀縉紳，莫不悉萃。桓既素有雄情爽氣，加爾日音調英發，敘古今成敗由人，存亡繫才，奇拔磊落，一坐贊賞不暇。坐既散，諸人追味餘言，於時尋陽周馥曰：「恨卿輩不見王大將軍！」馥曾作敦掾。

主角看似爲桓溫，其實是藉周馥之口道出王敦的風神豪爽是桓溫所不及。

而《世說新語》對王敦的青睞還不止如此，整本書中和王敦有關的故事更多達四十四篇。對於此一現象王興芬在〈《世說新語》「豪爽」門發微〉一文中做出解釋：

> 年輕時的劉義慶，也曾經滿懷建功立業的雄心壯志，只是世道險惡，他不得不放棄這個念頭轉而從事文學創作，把自己的一腔政治抱負寄托在他所編著的前代堪稱豪傑的人物身上，對他們建功立業的豪情壯志給予了熱情的歌頌，《世說新語》「豪爽」門各條所寫人物就表現了劉義慶這樣的精神寄託。寫王敦「神氣豪上，傍若無人」，對曹操「老驥伏櫪，志在千里；烈士暮年，壯心不已」等詩歌的吟咏，寫庾翼「我之此行，若此射矣」的豪情，寫桓公不甘「爲爾寂寂」的時代緊迫感以及「既不能留芳百世，亦不足復遺臭萬載邪」的不甘庸俗無爲的慷慨心志等等，所有這些都反應劉義慶對這些歷史人物的崇拜和敬慕。他們中的一些人懷有的不臣之心固然應當批判，但是他們卻沒有像當時的許多士大夫那樣虛度光陰、放浪形骸、遠離塵世。因此，這些人物所表現出的豪爽性格，與其說是魏晉士人所崇尚的一種精神風度，勿寧說是劉義慶對自己生在王室而身在亂

世，無法建功立業的內心憂鬱、苦悶之情的傾向〔註48〕。

且認爲《世說新語》偏愛王敦的原因，乃是「體現了漢末魏晉六朝『重才情，輕德行』的時代特徵」〔註49〕。

但是魏晉六朝以後對王敦這個人和桓溫家族的看法卻不是如此。唐人所修《晉書》卷九八〈王敦桓溫傳〉：

史臣曰：桓溫挺雄豪之逸氣，韞文武之奇才，見賞通人，夙標令譽。時既豺狼孔熾，疆埸多虞，受寄捍城，用恢威略，乃逾越險阻，戡定岷峨，獨克之功，有可稱矣。及觀兵洛汭，修復五陵，引旆秦郊，威懷三輔，雖未能梟除凶逆，亦足以宣暢王靈。既而總戎馬之權，居形勝之地，自謂英猷不世，勳績冠時。挾震主之威，蓄無君之志，企景文而慨息，想處仲而思齊，睥睨漢廷，窺覦周鼎。復欲立奇功于趙魏，允歸望於天人；然後步驟前王，憲章虞夏。逮乎石門路阻，襄邑兵摧，懟謀略之乖違，恥師徒之撓敗，遷怒於朝廷，委罪於褊裨，廢主以立威，殺人以逞欲，曾弗知寶命不可以求得，神器不可以力征。豈不悖哉！豈不悖哉！斯實斧鉞之所宜加，人神之所同棄。然猶存極光寵，沒享哀榮，是知朝政之無章，主威之不立也。

贊曰：播越江濆，政弱權分。元子悖力，處仲矜勳。跡既陵上，志亦無君。罪浮浞殪，心窺舜禹。樹威外略，稱兵內侮。惟身與嗣，竟罹齊斧。

這段話充分表達出在唐人眼中無論是王敦、桓溫或者桓玄，都是無視君權、圖謀皇位的野心家，即使他們擁有文韜武略，也曾爲朝廷建立奇功，但因爲一度心懷異志、覬覦神器，遂成爲人神共棄的亂臣賊子。

孔平仲本人雖然沒有直接評論王敦，但不滿的情緒全表現在他的詠史詩中，〈陶侃〉：

梭作龍飛應自喜，指將針決欲何求。賴君乍覺登天夢，不爾王敦一輩流。

詩的前三句引用《晉書》卷六六〈陶侃傳〉的典故。據說陶侃年少時，曾因打漁網到一個織梭，當他將梭掛於牆壁，梭卻化成龍飛走。之後又有善相者師圭告訴陶侃，說他手中指有豎紋，日後有機會爲公。而且「若徹於上，貴

〔註48〕刊登在《固原師專學報．社會科學版》，2003年3月，第27卷，第2期，頁17。
〔註49〕同篇，頁17。

不可言」。陶侃因此以針決指，用血在牆上寫下一個「公」字。他還曾夢見長出八翼，因此飛上九重天的第八門，想再往上卻不得其門而入。某次如廁，有個硃衣介幘的異人告訴他：「君後當爲公，位至八州都督。」因爲這句話，即使晚年陶侃眞的「都督八州，據上流，握強兵」，仍舊自我克制，不敢對朝廷懷抱不軌之心〔註50〕。所以孔平仲稱許他能懸崖勒馬，免得成爲王敦之流。通過這首詩，王敦在孔平仲眼中的負面形象，不言可喻。基於對王敦、桓溫野心的鄙夷，《續世說》不再保留此一門類，也是情理中事。

另一個不得不納入考量的問題是「豪爽」一詞的意涵，劉義慶和後世看法是否相同？對此大陸學者寧稼雨的看法是：

> 「豪爽」意謂豪放爽快。「豪爽」一詞在文獻中出現較晚，首見《世說新語》和《晉書・桓溫傳》。說明該詞是魏晉六朝士人放達人生態度和狂放生活行爲的產物。但值得注意的是，魏晉士人豪爽性格故事每每可見，然《世說新語・豪爽》篇中所說，卻均爲軍權在握，野心不已的軍人。如王敦、桓溫、桓玄、庾翼、祖逖等。全篇共十三條故事，而兩次率重兵進逼建康、脅迫東晉王朝的王敦竟占六條、可見劉義慶的言外之意是豪爽之氣，多在行伍〔註51〕。

寧氏對《世說新語・豪爽》的內容「均爲軍權在握，野心不已的軍人」，和個人所歸納大致相同；不過謂「劉義慶的言外之意是豪爽之氣，多在行伍」，恐怕還要探究。楊勇《世說新語箋注》對「豪爽」的詮釋是「神氣豪上，不落凡俗，言行舉止爽朗令人快意也」；和寧氏說法相去甚遠。但從李垕《南北史續世說・豪爽》中所收錄的故事看來，卻完全不是楊、寧二人的定義所能解釋。第2則：

> 謝靈運在永嘉被收，興兵叛逸，遂有逆志，爲詩曰：「韓亡子房奮，

〔註50〕《晉書》卷六六〈陶侃傳〉：「或云『侃少時漁于雷澤，網得一織梭，以掛於壁。有頃雷雨，自化爲龍而去』。又夢生八翼，飛而上天，見天門九重，已登其八，唯一門不得入。閽者以杖擊之，因墜地，折其左翼。及寤，左腋猶痛。又嘗如廁，見一人硃衣介幘，斂板曰：『以君長者，故來相報。君後當爲公，位至八州都督。』有善相者師圭謂侃曰：『君左手中指有豎理，當爲公。若徹於上，貴不可言。』侃以針決之見血，灑壁而爲『公』字，以紙裛，『公』字愈明。及都督八州，據上流，握強兵。潛有窺窬之志，每思折翼之祥，自抑而止。」

〔註51〕見〈《世說新語》書名與類目釋義〉，刊登在《文獻季刊》2000年7月第3期，頁39。

秦帝魯連恥，本自江海人，忠義感君子。」及臨死作詩曰：「龔勝無餘生，李業有終盡，嵇公理既迫，霍生命亦損。」

又第48則：

蕭思話少好騎屋棟，打細腰鼓，侵暴鄰曲。

首先，蕭思話、謝靈運皆非軍人。其次，蕭思話「好騎屋棟，打細腰鼓」純屬個人喜好，姑且不論，但「侵暴鄰曲」豈是「神氣豪上，不落凡俗，言行舉止爽朗令人快意」的行爲？因此孔平仲才會把蕭思話這一連串失控的行爲視做年少輕狂，而表揚他日後知過能改的勇氣〔註52〕。至於謝靈運，他的文筆與詩歌在文學史上佔有一席之地，但他的行事作風卻是毀舉參半，《南史》的評論是：「靈運才名江左獨振；而猖獗不已，自致覆亡。人各有能，茲言乃信，惜乎！」就道出唐代論人標準不同的情況下，人們對謝靈運的評價已經出現作品、人品分離的現象。南宋葛立方更說：

謝靈運在永嘉臨川，作山水詩甚多，往往皆佳句。然其人浮躁不羈，亦何足道哉！方景平天子踐祚，靈運已扇搖異同，非毀執政矣。暨文帝召爲秘書監，自以名輩應參時政，而王曇首、王華等名位逾之，意既不平，多稱疾不朝，則無君之心已見於此時矣。後以遊放無度，爲有司所糾，朝廷遣使收之，而靈運有「韓亡子房奮，秦帝魯連恥」之詠，竟不免東市之戮。而白樂天乃謂「謝公才廓落，與世不相遇。壯志鬱不用，須有所洩處。洩爲山水詩，逸韻諧奇趣。」何也？武帝文帝兩朝遇之甚厚，內而卿監，外而二千石，亦不爲不逢矣，豈可謂「與世不相遇」乎？少須之，安知不至黃散，而褊躁至是，惜哉！其作《登石門詩》云：「心契九秋幹，目翫三春荑。居常以待終，處順故安排。」不知桃墟之洩，能處順乎，五年之禍，能待終邪？亦可謂心語相違矣。（《韻語陽秋》卷八）

不僅批評他「浮躁不羈」、「褊躁」，還質疑他根本不是「與世不相遇」，而是不知足。但是李垕《南北史續世說》仍將謝靈運和蕭思話置於「豪爽」之列，可見李垕所要呈現的「豪爽」，非但和今日既有的概念相差甚遠，並且是貶多於褒。

從這個角度看，《續世說》之所以刪去〈豪爽〉這一門類，是否也意味著

〔註52〕《續世說·自新》第2則：「宋蕭思話，十許歲時，未知書，好騎屋棟，打細腰鼓，侵暴鄰曲，莫不患之。自後折節，數年中遂有令譽。」

在葛立方、李壆之前，孔平仲就已經察覺到「豪爽」一詞意義的微妙轉變？透過的其他作品，或許可以看出一些端倪。宋集珍本《清江三孔集》因爲多處字跡模糊無法辨識，姑且不論；單就三十卷《清江三孔集》及《珩璜新論》、《孔氏談苑》而論，孔平仲使用「豪」字及其相關詞彙的次數不下二十，尤其習慣將「豪」字置於句末。茲列表如下：

詞彙	次數	原　文	出　處
豪	9	螺蠃螟蛉輕二豪 夢錫飲中豪 詩中元帥酒家豪 蛟龍舞波豪 昨日風更豪 揚帆氣方豪 天縱胸中氣象豪 風飄詩膽豪 心狹乾坤我尙豪	元豐四年十二月大雪郡侯送酒 夢錫楊節之孫昌齡見過小飲 李白祠堂* 久雨 和常父初五日渡江 出城一首 贈王吉甫其一 中夜口占 寄賈宣州
豪傑	3	豪傑卓犖豈易逢 君實豪傑士 自古豪傑之所窺	因讀黃魯直所與周法曺詩詩與字俱好以此寄之 寄勉甫 上安撫諫議狀
豪俊	3	古來豪俊多在此 古來豪俊起 尤爲豪俊之會	太平 古來 國子解元謝啓
雄豪	2	壯浪雄豪一自然 江左雄豪每自奇	李白祠堂其一* 和蕭十六人名其三
偉豪	2	爲世偉豪	謝江知州知郡吏部狀
		世豪偉絕羣	謝舉職官啓
豪強	1	古人豪強安在哉	書驛舍壁
豪文	1	豪文脫去刻削巧	李太白*
豪心	1	豪心待九遷	選官圖口號
豪逸	1	文章豪逸難爲敵	送郭聖原歸廬陵
豪雄	1	風君才可與角豪雄	回王秀才二賦
時豪	1	哀烏才業亦時豪	送郎祖仁奉禮
英豪	1	英豪自古非塵物	呈介之
爭豪	1	叠嶂爭豪出暝雲	秋晚懷晦之
才豪	1	諸公皆才豪	平上去入四首寄豫章舊同官

值得一提的是孔平仲筆下這些和「豪」字相關的詞彙，用來形容李白就有三處（有註記*者），而李白正是後人心中「豪爽」人物的代表。但孔平仲寧用「豪」、「雄豪」、「豪文」，也不願使用眾人熟悉的「豪爽」一詞，可見這個詞彙在他的認知當中，應該是十分負面的評語，因此他避而不談。

四、《續世說》列〈直諫〉、〈邪諂〉、〈姦佞〉類

前面提到孔平仲的時代比董刻本《世說新語》問世的時間還要來得早，他所看到的未必是今日的三十六卷本，不排除是沿用其他版本的分類。只是這些版本今日已經不傳，孔平仲本人也未說明這個問題。不過《續世說》比目前三十六卷《世說新語》多出〈直諫〉、〈邪諂〉和〈姦佞〉三個門類，則是事實。

有學者認為〈直諫〉與〈方正〉、〈規箴〉類重複；〈姦佞〉與〈讒險〉也易重複，似無另立門類之必要〔註 53〕。但個人以為「講究以名士的瀟灑，點化其間的玄機，給人以化實質為清妙的空靈感」〔註 54〕的《世說新語》，在〈讒險〉這個門類僅選錄四則故事，其中帶有政治意味的也只有王國寶巧言阻止晉孝武帝見王珣〔註 55〕一則而已。大陸學者寧稼雨也說「值得注的是，《世說新語．讒險》篇的四則故事，只有王國寶阻撓孝武帝見王珣事與讒險之舉沾邊，其餘四條中或寫王澄剛正俠義之內涵，或寫袁悅洞曉游說的精辟道理，或寫殷仲堪以離間法反擊讒險行為。從某種意義上說，這些故事似乎是在欣賞那些被認為是讒險者的能力」〔註 56〕。既然《世說新語．讒險》用意已經不在揭露讒險者之醜行，那也就沒有更立〈邪諂〉和〈姦佞〉的道理。

而《續世說．讒險》已經收錄二十六則故事；在〈邪諂〉、〈姦佞〉這二個門類，分別又收錄了四十及十九則故事，可見一向自詡是「欲汙四夷血，

〔註 53〕見劉躍進《中國古代文學議論：魏晉南北朝卷》（瀋陽：遼寧人民出版社，2005），上編第四章〈魏晉南北朝小說概述〉，頁 87。

〔註 54〕用大陸學者楊義語。見氏著《中國小說史論》第五章〈漢魏六朝「世說體」小說的流變〉，頁 150。

〔註 55〕《世說新語．讒險》第 3 則：「孝武甚親敬王國寶、王雅。雅薦王珣於帝，帝欲見之。嘗夜與國寶、雅相對，帝微有酒色，令喚珣，垂至，已聞卒傳聲，國寶自知才出珣下，恐傾奪要寵，因曰：『王珣當今名流，陛下不宜有酒色見之，自可別詔召之。』帝然其言，心以為忠，遂不見珣。」

〔註 56〕見〈《世說新語》書名與類目釋義〉，頁 45。

思僇佞臣頭」〔註 57〕的寶劍，並以打擊佞臣爲職志的孔平仲，想要一舉寫盡古往今來小人惡劣言行的意圖是非常強烈的。別立〈邪諂〉和〈姦佞〉，對他來說不過是將斬奸除惡的正義之劍化爲《春秋》史筆，對邪佞之徒施以口誅筆伐的決心由此益明。

至於〈直諫〉這一門類，《續世說》不但將其單獨列爲一卷，所收錄的故事數量也是全書之冠，光從這樣的規劃就知道孔平仲必定有其深意。「諫」的概念起源甚早，《說文》：「諫，證也。從言柬聲。」《廣雅・釋詁》：「諫，直言以悟人也。」《論語》中孔子教人「事父母幾諫。見志不從，又敬不違，勞而不怨」（〈里仁〉）。子夏曰：「君子信而後勞其民，未信則以爲厲己也；信而後諫，未信則以爲謗己也。」（〈子張〉）可見最初的並不限於君臣。隨著時代演變，「諫」的行爲漸漸被界定在下對上的規勸，尤其是臣子對國君的勸說。而且進行的方式也不局限在「直言以悟人」，劉向《說苑》就列出正諫、降諫、忠諫、戇諫、諷諫〔註 58〕五種進諫之術，來概括人臣對君王的獻言方式。班固《白虎通義・諫諍》：「人懷五常，故知諫有五：其一曰諷諫，二曰順諫，三曰窺諫，四曰指諫，五曰陷諫。」《後漢書，李雲傳論》：「禮有五諫，諷爲上。」李賢注：「諷諫者，知患禍之萌而諷告也。順諫者，出辭遜順，不逆君心也。闚諫者，視君顏色而諫也。指諫者，質指其事而諫也。陷諫者，言國之害，忘生爲君也。」漢何休爲《公羊傳・莊公二十四年》「三諫不從」作注，云：「諫有五，一曰諷諫，孔子曰：『家不藏甲，邑無百雉之城，季氏自墮之』是也；二曰順諫，曹羈是也；三曰直諫，子家駒是也；四曰爭諫，子反請歸是也；五曰贛諫，百里子、蹇叔子是也。」《孔子家語・辨證》：「忠臣之諫君，有五義焉。一曰譎諫，二曰戇諫，三曰降諫，四曰直諫，五曰風諫。」諸家說法雖然有別，簡單區分其實只有不避後果，犯顏直諫；和見機而動，柔順諷諫；兩種方式而已。

姑且不論孔平仲設立〈直諫〉這一門類，是否因襲三十六篇以外其他版本的《世說新語》，至少進諫這個議題在劉向《說苑》就出現過；《貞觀政要》中有〈求諫〉、〈納諫〉，其餘各篇也常提到唐太宗鼓勵臣子進盡忠言的情節；

〔註 57〕孔平仲〈諭志〉詩云：「匣中有神劍，夜夜鳴不休。欲汙四夷血，思僇佞臣頭。不願就軒馬，賤用良自羞。深韜度歲月，怨氣射斗牛。仗君遠提攜，可以安九州。莫作鉛刀顧，此非繞指柔。」

〔註 58〕《說苑》卷九〈正諫〉：「是故諫有五：一曰正諫，二曰降諫，三曰忠諫，四：戇諫，五曰諷諫。」

《大唐新語》第二、三章即爲〈規諫〉、〈極諫〉。這些都可能讓孔平仲從中獲得靈感，加上前面提過《說苑》在選擇材料時，往往正面、負面的故事並存，以達到對比的效果。《續世說》既然有〈讒險〉、〈邪諂〉和〈姦佞〉三個專記陰險小人暗箭傷人的門類，也該留下正人君子不屈服權勢、堅守善道的典範，而這中間有忠臣，有良臣，他們戮力維護朝綱、打擊罪惡，甚至不惜生死以之的行爲，已經不是〈方正〉、〈規箴〉所能概括。因此別立〈直諫〉記錄古往今來拋卻私人利益，爲國家命運、生民安危力爭到底的仁人志士。不僅能夠透過相互對應，讓讀者更容易鑑別忠奸，也有褒揚忠貞仁義的教化作用。

第四節　書寫模式：借重對話

一、運用對話的先例

對話形式出現在中國古代文學作品，可以上溯至《詩經》時代，〈齊風・雞鳴〉一詩就是由夫婦間的對話展開，寫活了大清早妻子催促丈夫起身準備入朝侍君的情形。而《文心雕龍・史傳》謂「古者左史記事者，右史記言者。言經則《尚書》，事經則《春秋》也。唐虞流于典謨，商夏被于誥誓。」《尚書》不但記錄了多則君臣之間的對話，還透過排比、比喻等手法，生動描繪出說話者的表情、口吻。《戰國策》和《國語》也頗富對話體的佳作。

因應春秋戰國諸侯力政所產生百家爭鳴的現象，當時俊乂蜂起，各有主張，遂成一定之說：「孟軻膺儒以磬摺，莊周述道以翱翔。墨翟執儉确之教，尹文課名實之符，野老治國於地利，騶子養政於天文，申商刀鋸以制理，鬼谷唇吻以策勳，尸佼兼總於雜術，青史曲綴於街談」（《文心雕龍・諸子》），他們著書立說，也常借用問答的形式來闡述自己的思想。

陸賈《新語》、賈誼《新書》、揚雄《法言》、劉向《說苑》、王符《潛夫論》……等幾部被視爲諸子遺緒〔註 59〕的漢朝人作品，書中都少不了對話這個因素。尤其是劉向《說苑》，就如上一節所述，因爲是一部集諸子之說，自成一家的儒學著作。在取材古籍的過程中，對原書中的言談應答，必須重新

〔註 59〕《文心雕龍・諸子》：「若夫陸賈《新語》，賈誼《新書》，揚雄《法言》，劉向《說苑》，王符《潛夫》，崔實《政論》，仲長《昌言》，杜夷《幽求》，或敘經典，或明政術，雖標論名，歸乎諸子。何者？博明萬事爲子，適辨一理爲論，彼皆蔓延雜說，故入諸子之流。」

增減安排，而劉向在這方面確實有其獨到之處，往往可以改得比原著更有文采，楊義因此認爲「我國早期對話體小說在這部書中已開始顯示了千姿百態的風貌」〔註60〕。

《說苑》長於對話體，《世說新語》也不遑多讓，只不過《說苑》對話較爲雄辯，《世說新語》對話較爲清簡。前者重於「理」，後者重於「趣」〔註61〕。但是兩者都成功運用對話模式，加上《貞觀政要》也是以記錄唐太宗及大臣的言談爲主軸，爲《續世說》樹立榜樣。

二、《續世說》的對話運用

《戰國策》和《國語》雖然有許多精彩的人物對話，不過仍側重在記事；《史記》以寫人物爲主，透過司馬遷的生花妙筆，可以讓人感受到傳中人的面貌聲氣，但畢竟不屬於對話體。何況史書以紀實爲根本，人物間的應答不宜過度渲染，否則很容易讓人心生疑慮。《文心雕龍‧史傳》：「若夫追述遠代，代遠多僞。公羊高云『傳聞異辭』，荀況稱『錄遠詳近』，蓋文疑則闕，貴信史也。然俗皆愛奇，莫顧實理。傳聞而欲偉其事，錄遠而欲詳其跡。於是棄同即異，穿鑿傍說，舊史所無，我書則傳。此訛濫之本源，而述遠之巨蠹也……然史之爲任，乃彌納一代，負海內之責，而贏是非之尤。秉筆荷擔，莫此之勞。遷、固通矣，而歷詆后世。若任情失正，文其殆哉！」〈議對〉又云：「文以辨潔爲能，不以繁縟爲巧；事以明核爲美，不以環隱爲奇。」就是這個道理。

然而寫小說在內容和筆調上與撰史是大相逕庭的。《孔叢子》中有則故事，剛好爲劉勰的話作註腳：

> 陳王涉讀《國語》言申生事，顧博士曰：「始予信聖賢之道，乃今知其不誠也，先生以爲何如？」答曰：「王何謂哉？」王曰：「晉獻惑聽讒，而書又載驪姬夜泣公，而以信入其言，人之夫婦夜處幽室之中，莫能知其私焉。雖黔首猶然，況國君乎？予以是知其不信，乃好事者爲之辭，將欲成其說以誣愚俗也，故使予並疑於聖人也。」

陳涉的質疑，反映出一般人對史書的疑問，但如果同樣的情節，是載錄於某部小說，相信無論是陳涉，或其他讀者都知道出自虛構的成份居多，無須懷疑。

〔註60〕見氏著《中國小說史論》，第五章〈漢魏六朝「世說體」小說的流變〉，頁144。
〔註61〕同書，頁145。

《續世說》一來有《說苑》、《世說新語》、《貞觀政要》等以對話體書寫的成功先例，可做為取法的對象；二來正史所載的人物對話雖然有限，但還是保留不少精彩的實例，故而材料不至於匱乏。因此僅〈企羨〉一門完全找不出對話體的故事，其餘或多或少都會出現以對話敘事的範例。孔平仲慣用的模式如下：

（一）省去問話內容，只錄答詞。如〈言語〉33：

文宗召趙宗儒，問以理道，對曰：「堯、舜之化，慈儉而已。願陛下守而勿失。」上嘉納之。

（二）一問一答。〈政事〉20：

大業五年，郡國畢集，帝問納言蘇威、吏部尚書牛宏曰：「其中清名天下第一者為誰？」威等以宏化太守柳儉對。又問其次，曰：「涿郡丞郭絢、潁川郡丞敬肅。」帝賜儉帛二百，絢、肅各一百。

（三）二次以上的問答。〈識鑒〉6：

侯君集平高昌，自負其才，潛有異志。江夏王道宗常因侍宴，從容言曰：「君集必為戎首。」太宗曰：「何以知之？」道宗曰：「見其恃有微功，深懷矜伐，恥在房玄齡、李靖之下，常有不平之語。」太宗曰：「不可臆度猜貳。」俄而君集謀反，太宗笑曰：「果如公所揣。」

（四）二人以上的交談。〈雅量〉8：

李昭德、婁師德同秉政，俱入朝。師德體肥行緩，昭德屢待之不至，怒罵曰：「田舍夫！」師德徐笑曰：「師德不為田舍夫，誰當為之？」其弟除代州刺史，將行，師德曰：「吾備位宰相，汝復為州牧，寵榮過盛，人所疾也。將何以自免？」弟長跪曰：「自今雖有人唾其面，某拭之而已，庶不為兄憂。」師德愀然曰：「此所以為吾憂也。唾汝面，怒汝也；汝拭之，乃逆其意，所以重其怒。夫唾不拭而自乾，當笑而受之。」後討吐蕃，兵敗，師德坐貶原州員外司馬，因署移牒，驚曰：「官爵盡無耶？」既而曰：「亦善，亦善！」不復介意。

其中又以一問一答最為普遍。由於《續世說》大部分內容自史書中裁剪而來，幾乎沒有虛構之事，可以發揮才性的空間有限，而且以朝中君臣的問答為主，因此陳涉所質疑的情況，書中並不多見。這點和一樣側重說理，而且充滿廟堂論政色彩，卻喜歡將古樸文字潤色得朗朗上口的《說苑》落差極大。比起以自我興味為主，不帶其他功利色彩的《世說新語》，《續世說》也因為少了些許的濠濮閑想，多添幾分現實考量，兩者亦相去甚遠。

第五節 表現：自成一格

《續世說》一書輯錄劉宋至五代的故事，時間上正好與《世說新語》銜接；而且編撰方式也是沿襲《世說新語》以類相從的體例，儘管對《世說新語》原目做了些改動，還自創新的門類。但看在陳振孫眼裡，它是爲「續劉義慶之書」（《直齋書錄解題》卷十一〈小說家類〉）而作。魯迅談《世說新語》之後眾多仿作時，於宋代部分也特別舉孔平仲《續世說》和王讜《唐語林》爲例〔註62〕。事實上就體例、篇幅而言，《續世說》對《世說新語》的確有因襲的軌跡；但就內容、語言來說，兩者卻是全然不同。陳文新說：

> 關於《世說新語》的寫作宗旨，從古到今，人們已經說了很多，但比較起來，還是【明】胡應麟《少室山房筆叢·九流緒論（下）》的一句評語最得其神髓：「《世說》以玄韻爲宗，非紀事比。」胡應麟明確地把《世說新語》與「紀事」的歷史著作區分開來，認爲二者本質上不屬於同一類型，並且指出《世說新語》的基本審美追求在於「以玄韻爲宗」〔註63〕。

便一語道破《續世說》和《世說新語》內容的差異。

《世說新語》如何與「紀事」的歷史著作做出區分？關鍵在於表現手法。本章第一節曾提出《世說新語》的材料來源其實是包括當時的史書，但《世說新語》在利用這些史料時，卻絲毫不受局限。史書敘事完整而連貫；《世說新語》可以擺脫史書敘述力求全面的作法，只截取其中最精彩的片段，或聚集在某一特定人物的精神、態度上。這和孔平仲採摭諸史的方式大不相同，儘管本章第一節肯定孔平仲編撰《續世說》看似「述而不作」，其實還是投入心力、花費巧思重新剪裁、熔鑄自群史中採摭來的資料，才有今日所見的樣貌。但相較於《世說新語》，《續世說》的改變只是換個形式轉載歷史著作罷了，原創性終究不及《世說新語》。

至於《世說新語》「以玄韻爲宗」的審美追求，梅家玲更進一步以從「徵實」到「賞心」來概括《世說新語》對中國敘事傳統的傳承與創變。她認爲

〔註62〕魯迅《中國小說的歷史的變遷》，第七篇〈《世說新語》與其前後〉：「至於《世說》一流，仿者甚眾，劉孝標有《續世說》十卷，見《唐志》，然據《隋志》，則殆所注臨川書。唐有王方慶《續世說新書》（見《新唐志》雜家，今佚），宋有王讜《唐語林》、孔平仲《續世說》……」頁45。

〔註63〕見《中國筆記小說史》（新店：志一出版社，1995）第四章〈軼事小說的發生、發展、成熟與繁榮〉，頁257。

「敘事傳統」一開始實與「歷史陳述」互爲表裡。《世說新語》中不少記載并見於同期史書，可見在取材上，是繼承史傳遺緒的，只不過在敘事態度和視角取向上有所改變，因而呈現出新的敘事風貌。她說：

衡諸傳統史傳，其紀事目的乃在「徵實」，且著眼者，乃爲傳主一生之整全表現，以及其在歷史形成中的意義。因此，敘述時先必詳其鄉里姓字，次言其仕宦經歷，最後，則以「史臣曰」之類的論贊做結。其間，縱或能「從一個小的具體故事，把握人的個性」；或是由「具體的關鍵性材料，以顯露人物精神面貌的特性」，但此一故事與材料，要皆附麗於其人與它的時代意義之上，成爲所以「徵實」的手段，本身並不具有獨立自存的質性。但《世說》的「賞析」態度，則促使敘事者以「審美」眼光看待當世人事，所措意者，僅在於美感發生的當下時空，並不涉及其它。以是，生活中的任意片斷，皆可被視爲獨立自足的敘事體，亦皆具有獨立價值。這一點，乃是它的創變之一。

其次，由於史傳權威、嚴正的質性使然，除《史記》外，絕大多數史傳，都採取「全知全能」的敘事觀點，並以「代言人」姿態，將傳中人物的言行，化約爲敘述者的文字，向讀者「講述」。但《世說》的敘述者，則儘可能地將自身自作品中抽離，藉由「以演出代敘述」，讓作品中的人物自行展示他們的音容笑貌。此一類似戲劇搬演式的敘事法，造成讀者與所述人物直接感會，讀者所感受到的，亦是緣人物言行而生的當下、立即的情感反應，不再摻有其它評論和考量。這當是它的另一創變處〔註 64〕。

而「徵實」與「賞心」正是《續世說》和《世說新語》給人的不同感受，同時也影響到兩書的語言藝術。

爲了追求賞心悅目的審美感悟，《世說新語》隨處可見「清風朗月，則思玄度」（《世說新語・言語》73），「千巖競秀，萬壑爭流，草木蒙籠其上，若雲興霞蔚」（《世說新語・言語》88）這類清新唯美的言語。就連君臣間的對話也是滌除俗慮、追求玄遠的：

顧悅與簡文同年，而髮早白。簡文曰：「卿何以先白？」對曰：「蒲柳之姿，望秋而落；松柏之質，經霜彌茂。」（〈言語〉57）

〔註 64〕見〈《世說新語》的語言與敘事〉，頁 241～242。

簡文入華林園，顧謂左右曰：「會心處不必在遠，翳然林水，便自有濠、濮間想也，覺鳥獸禽魚自來親人。」（〈言語〉61）

顧悅對於簡文帝的提問，沒有直接談到自己未老先衰的原因，乃是感念殷浩知遇之恩、長期兢兢業業處理州政所致。反而用比喻的方式，巧妙答覆這個問題，讓簡文帝聞言之後也「悅其對」〔註 65〕。簡文帝在華林園即景談玄，更讓人忘記他帝王的身段，只看到信所展現的名士風度。

像這樣深富韻致、意境幽遠的言談，在《續世說》幾乎是看不到的，一樣是君臣同遊華林園的場面，孔平仲寫來就嚴肅許多：

齊高帝幸華林園宴集，使羣臣効技藝。褚彥回彈琵琶，王僧虔、柳世隆彈琴，沈文季歌〈子夜來〉，張敬兒舞。王儉曰：「臣無所解，惟知誦書。」因跪上前，誦相如〈封禪書〉。上笑曰：「此盛德之事，吾何以堪之。」（〈箴規〉14）

齊高帝邀王儉參與華林園宴集，是因爲在此之前的某次宴會，齊高帝曾問王儉：「卿好音樂，孰與朕同？」他的回答讓齊高帝感到滿意〔註 66〕，但是孔平仲捨棄這件事，選擇記錄王儉以〈封禪書〉做爲諷諫一段，實事求是的性格由此可見一斑。

另一方面，孔平仲在敘事時非但不會將自身抽離，像《世說新語》那樣以第三者的身分向讀者「講述」，還經常用「史以爲如何如何」及「中外稱之」、「深納其言」、「深然其言」、「其爲人所服如此」〔註 67〕……這些帶有批判、褒貶意味的字眼，拿來總結全文，間接反應自己的看法。這也和《世說新語》不摻雜其他評論和考量的作風大異其趣。

〔註 65〕殷浩、顧悅事見《晉書》卷七七〈陸曄傳〉，但顧悅的回答與《世說新語》文字有所出入，傳云：「顧悅之，字君叔，少有義行。與簡文同年，而髮早白。帝問其故。對曰：『松柏之姿，經霜猶茂；蒲柳常質，望秋先零。』簡文悅其對。」。

〔註 66〕《南史》卷二二本傳：「帝幸樂遊宴集，謂儉曰：『卿好音樂，孰與朕同？』儉曰：『《梁書》浴唐風，事兼比屋，亦既在齊，不知肉味。』帝稱善。」

〔註 67〕〈方正〉第 10 則：「張易之、昌宗嘗命畫工圖寫武三思、李嶠、蘇味道學十八人形像，號爲『高士圖』。引朱敬則預其事，固辭不就，史以爲高潔守正如此。」又第 18 則：「崔祐甫性剛直，遇事不回，爲中書舍人。時中書侍郎闕，祐甫知省事，與宰相常袞不合。隴州貓鼠同乳，袞以爲瑞，率百官稱賀。祐甫獨不賀。中官詰之，祐甫云：『此物之失常也，可弔不可賀。貓當食鼠，今受人養育，職既不修，何異法吏不觸邪，強吏不扞敵。恐須申敕憲司，察聽貪吏，戒諸邊吏，毋失巡徼，使貓能致功，鼠不爲害。』代宗深嘉之。」

此外，孔平仲還將宋代筆記小說偏好整理故實、考證舊聞的特性運用在《續世說》中。宋代筆記小說的作者很多同時也是著名的史學家，如宋祁、歐陽修、司馬光、李心傳等人。他們對前代和當代的歷史事件、典章制度、政治軍事、經濟外交、地理沿革、宮廷鬥爭、重要人物的活動等都非常熟悉。古代史學家有一種觀念，就是將政治、經濟、軍事、外交等國家大政列入正史，將一些「瑣事叢談」寫成筆記小說〔註 68〕。孔平仲雖非著名的史學家，也習慣將瑣事叢談寫成筆記小說。他的《珩璜新論》，在四庫館臣看來「是書皆考證舊聞，亦間托古事以發議，其說多精核可取」（《四庫全書總目》卷一二〇〈子部三十・雜家四〉）。在這本書裡頭就有多則他重新整理前代史料的例子，如：

> 晉孔安國，字安國；安帝名德宗，字德宗；恭帝名德文，字德文；會稽王名道子，字道子；乃至《北史》慕容超宗、馮子琮、魏蘭根，《南史》蔡興宗，唐郭子儀、辛京杲、戴休顏、張孝忠、尚可孤、孟浩然、顏見遠、田承嗣、田緒、張嘉貞、宇文審、李嗣業，皆以名爲字。（卷一）

孔平仲也把整合資料的功力應用到《續世說》中，將同性質故事匯集爲一則，〈排調〉第 13 則：

> 宋世君臣好以父諱爲戲。王僧虔子慈，謝鳳子超宗。慈方學書，超宗曰：「卿書何如虔公？」慈曰：「慈書比大人，猶雞之比鳳。」王彧之子絢，何尚之子偃。絢五六歲讀書《論語》，至「周監於二代，郁郁乎文哉」，外祖何尚之戲曰：「可改作『耶耶乎文哉』」。絢曰：「尊者之名，安可爲戲？寧可道『草上之風必偃』？」殷淳之子孚，何無忌之子勖，嘗共食，孚羹盡，勖曰：「益殷蒓羹？」孚答曰：「何無忌諱？」謝莊之子瀹，劉勉之子悛，嘗同飲，悛曰：「謝莊兒不可云不能飲」。瀹曰：「苟得其人，自可流湎千日。」蔡興宗之子約，王僧虔之子慈，同入寺，遇沙門懺，約曰：「眾僧今日，可謂虔虔。」慈應聲曰：「卿如此，何以興蔡氏之宗？」張邵小名梨子，敷小名樝。文帝戲之曰：「樝何如梨？」敷曰：「梨是百果之宗，樝何敢比也。」孝武好詆群臣，並使自相嘲訐，以爲歡笑。一日，使王僧朗戲其子

〔註 68〕參張暉《宋代筆記研究》（武昌：華中師範大學出版社，1993）第三章〈宋筆記的史學價值〉，頁 56。

景文，江智深正色曰：「恐不宜有此戲。」上怒曰：「江僧安癡人，癡人自相惜？」僧安，智深之父也。智深避席流涕。謝鳳之子超宗，謝莊之子朏，宋明帝敕二人由鳳莊門入。超宗曰：「君命不可不往。」乃趨入。朏曰：「君處臣以禮。」遂不入。

總共列舉八個有意觸犯他人家諱的例子，這是《世說新語》不曾出現的作法。

而《續世說》因爲《世說新語》而改變的還有稱謂的統合，《世說新語》的敘事最大的缺點就在於明明說的是同一對象，稱述卻出現或稱字號、或稱小名、或稱官銜、或稱謚號……等稱謂前後不一的現象，如：

高坐道人不作漢語。或問此意，簡文曰：「以簡應對之煩。」（〈言語〉39）

支道林、許掾諸人共在會稽王齋頭。支爲法師，許爲都講。支通一義，四坐莫不厭心。許送一難，眾人莫不抃舞。但共嗟詠二字之美，不辯其理之所在。（〈文學〉40）

支道林、殷淵源俱在相王許。相王謂二人：「可試一交言。而才性殆是淵源崤、函之固，君其慎焉！」支初作，改轍遠之；數四交，不覺入其玄中。相王撫肩笑曰：「此自是其勝場，安可爭鋒！」（〈文學〉51）

王長史求東陽，撫軍不用：「人言會稽王癡，眞癡。」（〈方正〉49）

其實無論是簡文、會稽王、相王還是撫軍，都是指晉簡文過司馬昱。又如：

殷中軍爲庾公長史，下都，王丞相爲之集，桓公、王長史、王藍田、謝鎮西並在。丞相自起解帳帶麈尾，語殷曰：「身今日當與君共談析理。」既共清言，遂達三更，丞相與殷共相往反，其餘諸賢略無所關。既彼我相盡，丞相乃歎曰：「向來語，乃竟未知理源所歸，至於辭喻不相負，正始之音，正當爾耳。」明旦，桓宣武語人曰：「昨夜聽殷、王清言，甚佳，仁祖亦不寂寞，我亦時復造心；顧看兩王掾，輒翣如生母狗馨。」（〈文學〉22）

同樣是桓溫，前稱「桓公」，後稱「桓宣武」；謝尚前稱「謝鎮西」，後稱「仁祖」；王濛、王述一稱官位、一稱爵位。一篇之中，變化尚且如此。不嫻熟歷史人物的讀者，如何參透箇中奧秘？

《世說新語》之所以會稱呼如此多歧，固然和成於眾手有關，但已經爲讀者帶來莫大的困擾。特別是王、謝子弟，王忱（〈識鑒〉7）有王大（〈德行〉

44）、阿大（〈賞譽〉154）、王佛大（〈任誕〉52）、王建武（〈方正66〉）、王荊州等多種稱法；王珣（〈文學〉92）也有元琳（〈品藻〉41）、阿瓜（〈賞譽〉147）、法護（〈傷逝〉15）、東亭（〈文學〉64）、王東亭（〈言語〉102）等不同稱呼。他如王述（〈方正〉47）又稱王懷祖（〈賞譽〉91）、王藍田（〈文學〉22）、藍田（〈方正〉58）、宛陵（〈規箴〉）、王掾（〈文學〉22）；謝遏（〈品藻〉71）、謝孝（〈文學〉41）、謝車騎（〈文學〉41）皆指謝玄（〈雅量〉）。若非嫻於文史，很難一見便知所指何人。

《續世說》對此已經有所改善，書中同一個對象出現不同稱呼的情形，多集中在唐高宗后武氏身上，有直呼武氏（〈方正〉9）、有稱武后（〈夙慧〉22）、或稱則天（〈雅量〉13）、或稱天后（〈惑溺〉5）。其餘也僅出現魏徵又被稱爲魏鄭公（〈直諫〉10），及李澄同時出現本名和更名（依《舊唐書》本傳，李澄入唐後更名爲李克寧）〔註69〕並用，二個特例而已。

雖然明清以後世說體小說的編撰者，在稱謂方面所下的工作更深，如李紹文《皇明世說新語》書後還附《釋名》一卷。但孔平仲能在編撰《續世說》的同時，就注意到這個問題，並在敘述中予以統一，對讀者而言可說是大開方便之門。

另外，孔平仲《珩璜新論》曾針對一些不正確的史實進行考辨，如云：

> 〈郊祀志〉：漢武三月出，行封禪禮，並海上，北至碣石，巡自遼西，歷北邊，至九原，五月復歸於甘泉。百日之間，周萬八千里。嗚呼！其荒唐甚矣。（卷一）

他編撰《續世說》也是如此，本章第二節提到關於谷那律諫勿數畋獵事，孔平仲不承襲《貞觀政要》指勸諷爲唐太宗的說法，而選擇依據《資治通鑑》改成唐高宗，就是經過考證得知唐太宗當時已經病逝。

無論是改變編撰手法，還是注入新觀念，都顯示出孔平仲雖以「世說」名書，但是他思考的方向是多元的，同時廣納前人之長，並且有所創新。因此《續世說》才能在《世說新語》的框架下，發展出獨樹一格的風貌。

〔註69〕《續世說．紕漏》第16則：「李克寧初封隴西郡公，進武威郡王，每上疏，連稱二郡，頗爲時人所哂。」《舊唐書》卷一三二本傳：「李澄，遼東襄平人，隨蒲山公寬之後也，居京兆……先是，河陽軍節度使李芃遣其將雍顥攻鄭州，顥所過縱掠，液拒之尤固；及清至，遂納之。顥怒攻液，清以眾助之，殺登城者數十人，顥方引退，又焚陽武而歸。澄乃出赴鄭州，朝廷特授清檢校太子賓客、兼御史中丞，更名克寧。」

第參章 《續世說》的架構及用心

本編第壹章已經就孔平仲編撰《續世說》的時代背景，和他個人的際遇，做過論述。孔平仲基於對國家前途、社會情勢的關懷，而把滿腔政治熱情和社會責任感藉彙整史書、總結興衰成敗的經驗，希望以書爲時代提供借鑒。他是站在實用的立場，以「資治」、「經世」爲目標來編撰《續世說》。如何讓讀者從中體會爲人君、人臣、人子之道，探求修、齊、治、平之法，又能兼顧揚善懲惡的褒貶作用，有賴於內容的規畫。《續世說》雖然依循《世說新語》的體例，分爲三十八個門類，但其主要內容，實際上可歸納成宣揚傳統道德倫常、注重君道與治道、表彰忠良、貶斥姦佞和推崇人才五個部分。

而這五大內容，不僅蘊藏孔平仲的處世態度與政治理念，宣揚傳統美德有助於理順人倫關係，建立和諧社會；注重君道與治道，是天子與士大夫共治天下理念下，忠君報國的具體做法；表彰忠良、貶斥姦佞既可以爲君王辨別忠奸提供借鑒，也通過以古諷今的方式反映出北宋後期小人當道的現象；推崇人才是爲了扭轉國家頹勢，達到富國、足民、強兵之目的。其中不少獨特的見解，可以做爲研究孔平仲思想的參考。

本章將探討《續世說》五大內容及其背後的意義，和李青春〈北宋士人的政治訴求及其文學映象〉所說宋代文人士大夫的三大政治訴求（說詳下編第壹章）遙相呼應。

第一節　宣揚傳統道德倫常

一、強調傳統美德

（一）修身之道

孔子曾訓勉弟子要「入則者，出則弟，謹而信，汎愛眾，而親仁。行有餘力，則以學文。」（《論語・學而》）受這段話影響，傳統教育皆以修身爲優先。修身首重孝弟，而後才能進一步談齊家、治國、平天下的大道理。因此力行孝悌，和睦家庭也成爲修德的基礎。

孝親之心緣自天性，從五尺童蒙到公卿將相都能盡孝道。《續世說》中這類故事也很多，例如：

> 袁君正年數歲，父疾，晝夜不眠，專侍左右。家人勸令暫臥，答曰：「患至未瘥，眠亦不安。」（〈夙慧〉2）
>
> 陳叔達賜食於御前，得蒲萄，執而不食。高祖問其故，對曰：「臣母患口乾，求之不能致，欲歸以遺母。」高祖喟然流涕曰：「卿有母可遺乎？」因賜物百段。（〈德行〉9）

袁君正因爲父親袁昂生病，不分晝夜守護在病榻旁邊，就算家人要他休息也不忍暫離。他的回答帶著幾分早熟，卻是他內心最眞實的聲音。陳叔達是陳宣帝之子，他十餘歲，就因侍宴賦詩，援筆立就，受到徐陵的注目。入隋之後，並未得到重用。唐代建國以後才以薦拔名士，奏事得當，被封爲江國公〔註1〕。陳叔達的故事，讓人聯想起春秋時以「純孝」留名青史的鄭國大夫穎考叔〔註2〕，唐高祖因此賜物表揚他。

〔註1〕《舊唐書》卷六五本傳：「陳叔達，字子聰，陳宣帝第十六子也。善容止，頗有才學，在陳封義陽王。年十餘歲，嘗侍宴，賦詩十韻，援筆便就，僕射徐陵甚右之。歷侍中、丹陽尹、都官尚書。入隋，久不得調，大業中，拜內史舍人，出爲絳郡通守。義師至絳郡，叔達以郡歸款，授丞相府主簿，封漢東郡公。與記室溫大雅同掌機密，軍書、赦令及禪代文誥，多叔達所爲。武德元年，授黃門侍郎。二年，兼納言。四年，拜侍中。叔達明辯，善容止，每有敷奏，搢紳莫不屬目。江南名士薄游長安者，多爲薦拔。五年，進封江國公。」

〔註2〕《左傳・隱公元年》：「穎考叔爲穎谷封人，聞之，有獻於公。公賜之食。食舍肉。公問之。對曰：『小人有母，皆嘗小人之食矣；未嘗君之羹，請以遺之。』公：『爾有母遺，繄我獨無！』穎考叔曰：『敢問何謂也？』公語之故，且告之悔。對曰：『君何患焉？若闕地及泉，隧而相見，其誰曰不然？』公從之。公入而賦：『大隧之中，其樂也融融。』姜出而賦：『大隧之外，其樂也洩洩。』遂爲母子如初。君子曰：『穎考叔，純孝也，愛其母，施及莊公。《詩》曰：「孝子不匱，永錫爾類」，其是之謂乎！』」

孝心人皆有之，但表現的方式卻因爲認知的差異各有不同：

李勉爲江西觀察使，部人有父病，以蠱道爲木偶人，署勉名位，瘞于其壠。或以告勉，勉曰：「爲父禳灾，亦可矜也。舍之。」(〈德行〉35)

部人選擇用巫蠱爲其父消災的行爲，流於愚孝，並不可取。但念在其情可憫，李勉還是不予追究。不過若是爲了追求私利，而將孝道拋諸腦後，那恐怕就會爲人唾棄：

李林甫聞蕭穎士名，欲拔用之。穎士在廣陵，居母喪，縗麻而詣京師，經謁林甫於政事省。林甫大惡之，即令斥去。穎士大忿，乃爲《伐櫻桃賦》，以刺林甫云：「擢無庸之瑣質，因本支而自態。洎枝乾而非據，專朝廷之右地。雖先寢而或薦，豈和羹之正味。」其狂率不遜如此。(〈輕詆〉23)

蕭穎士與李華同年登進士第，二人在開元中俱享有盛名，並且受到縉紳之士的賞識，竟爲了功名利祿在母喪期間縗麻來到京師。這樣的舉動連本身就不是正人君子的李林甫都無法接受，最後落得誕傲褊忿，困躓而卒〔註3〕，和他身爲人子卻不能恪盡孝道，奉行養生送死的規範，不無關係。孔平仲將此事載入〈輕詆〉篇，也蘊含鄙薄之意。

孝順父母之外，兄弟間的相處，也是影響家庭和睦的關鍵。對兄弟眾多的孔平仲而言，手足之情更勝一切。孔平仲因對制策，切直無所迴避而得罪王安石，他仍以兄長爲榮；他和孔武仲二人在仕途上更一路相互扶持，至死不渝。所以他推崇兄友弟恭，謙和禮讓：

溫大雅改葬祖父，筮者曰：「葬於此地，害兄而福弟。」大雅曰：「若得家弟永康，我將含笑入地。」葬訖，歲餘卒。弟彥博官至端揆，年六十四；大有爲中書侍郎。(〈德行〉8)

無讖勘輿之說是否可信，溫大雅願意犧牲自己成就弟弟的心意，著實令人感佩。

溫大雅的舉動除了出愛護弟弟的心，同時展現個人的胸襟和氣度，這也是古代大家庭中維持和諧的重要關鍵，《續世說》就錄了一個唐高宗親身經歷的故事：

〔註3〕《舊唐書》卷一九〇〈文苑下〉：「蕭穎士者，字茂挺。與華同年登進士第。當開元中，天下承平，人物駢集，如賈曾、席豫、張垍、韋述輩，皆有盛名，而穎士皆與之遊，由是縉紳多譽之……終以誕傲褊忿，困躓而卒。」

張公藝，鄆州人，九代同居。高宗有事泰山，親幸其宅，問其義居所以久。其人請紙筆，但書百餘「忍」字。高宗爲之流涕，賜以縑帛。(〈言語〉38)

想要在數代同堂的家庭中，讓全體成員能夠和睦共處，不光是個人修養的問題，胸襟氣度也很重要，相較於張公藝的一再容忍，牛宏的處理模式更加值得學習：

隋牛宏弟弼，好酒而酗，常醉，射殺宏駕車牛。宏還宅，其妻迎謂曰：「叔射殺牛。」宏聞，無所怪問，直答曰：「作脯」。其妻又曰：「叔忽射牛，大是異事。」宏曰：「已知。」顏色自若，讀書不輟，其寬和如此。(〈雅量〉5)

牛宏的若無其事是不充耳不聞，也非刻意姑息。畢竟牛被射殺已經是無法挽回的事實，再多的怒氣和指責只會增添事端，並無助於解決問題，當務之急是趕緊將牛隻處理利用，因此他選擇冷靜讀書，讓妻子不再繼續過問，來化解這件隨時可以能被引爆的家庭風波。

修身之道除了孝弟、寬容之外，孔平仲還要求戒貪欲、杜奢華，做爲修養品德的基礎。這點和葛洪《抱朴子・逸民》：「若夫孝友仁義，操業清高，可謂立德矣。」看法頗爲接近。

北宋中葉，隨著經濟的發展，社會風氣日趨奢靡，不僅「走卒類士服，農夫躡絲履」(宋祝穆《古今事文類聚別集》卷一八司馬光〈訓儉文〉)，士大夫亦多奢華，社會上形成一股從達官顯要到尋常百姓無不追求奢靡的風氣。這種現象看在孔平仲眼裡，深感此風不可長，並且具體表現在《續世說・汰侈》中：

宋謝靈運性豪侈，車服鮮麗，衣物多改舊刑制，世共宗之，咸稱謝康樂也。(第6則)

韋陟，安石之子，門地豪華，早踐清列，侍兒閹閹，列侍左右者千數。衣書、藥石，咸有掌典。輿馬、僮奴，勢踰王家主第。(第 19 則)

江南風俗，春中有競渡之戲，方舟並進，以急趨疾進者爲用。杜亞在淮南，乃令以漆塗船底，貴其速進。又爲綺羅之服，塗之以油，令舟子衣，入水不濡。亞本書生，奢縱如此。

謝靈運因祖父之資，生業甚厚，遂以豪奢爲尚，言行多愆禮度。沈約《宋書謝靈運傳論》由於「全說文體，備言音律」〔註4〕的關係，只敘述了自屈原以後文學的發展和演變，以及沈約的評論和他關於詩文用聲律的主張，沒有對謝靈運生平作出評論。但《南史》稱「靈運才名，江左獨振；而猖獗不已，自致覆亡」〔註5〕，儘管還是肯定謝靈運才華，但對於其所作所爲，已經出現負面評價：元代的方回便從詩談到謝靈運其人：

> 晉以來，士大夫喜讀《易》、《老》、《莊》，而不知謙益止足之義，率多懷才負氣，求逞於澆薄衰亂之世，箕、潁枕漱，設爲虛談。義眞之昵靈運，雖未必果有用爲宰相之言，史或難信；然靈運之爲人非靜退者，徐羨之、傅亮排黜，蓋自取。「懷舊不能發」，有不樂爲郡之意；「資此永幽栖」，亦一時憤激之語耳。羨之等廢少帝，殺義眞，自貽灰滅。義眞之死，亦自不晦斂。靈運又終身不自悔艾，其敗也。詩意已可覘云〔註6〕。

從謝靈運豪侈的行爲觀之，即可知其日後必難免禍全身。

韋陟不但是韋安石之子，而且是韋安石晚年爲并州司馬時始生，加上自幼風標整峻，獨立不群，韋安石對他的寵愛可想而知。韋安石死後，他杜門不出與弟弟韋斌探討典墳，當時才名之士王維、崔顥、盧象等，都常和他們兄弟倆唱和遊處〔註7〕。孔平仲略過這段而不論，單寫韋陟的奢侈行徑，孔子曾說：「如有周公之才之美，使驕且吝，其餘不足觀也已。」（《論語・泰伯第八》）在孔平仲眼中，專務奢華，即使擁有才名聲譽，也是不足觀也。杜亞也是年少就涉獵學問，善言物理及歷代成敗之事自認以材當公輔之選，卻在德宗初嗣位見徵時，因爲奏對辭旨疏闊，接連外任無法回朝，竟在地方盛爲奢侈，最後連淮南節度使觀察使的職務都被戶部侍郎竇覦所取代〔註8〕。《舊唐書》撰者還特別強

〔註4〕見清浦起龍撰《史通通釋》（上海：上海古籍出版社，1978）卷一八〈雜說下〉，頁507。

〔註5〕卷一九〈謝方明謝靈運傳論〉。

〔註6〕見《文選顏鮑謝詩評》卷一。

〔註7〕《舊唐書》卷六九本傳：「陟字殷卿，代爲關中著姓，人物衣冠，弈世榮盛。安石晚有子，及爲并州司馬，始生陟及斌，俱少聰敏，頗異常童。陟自幼風標整峻，獨立不群，安石尤愛之……開元初，丁父憂，居喪過禮。自此杜門不出八年，與弟斌相勸勵，探討典墳，不舍晝夜，文華當代，俱有盛名。於時才名之士王維、崔顥、盧象等，常與陟唱和遊處。廣平宋公見陟歎曰：『盛德遺範，盡在是矣。』歷洛陽令，轉吏部郎中。張九齡一代辭宗，爲中書令，引陟爲中書舍人，成、與孫逖、梁涉對掌文誥，時人以爲美談。」

〔註8〕《舊唐書》卷九六本傳：「杜亞，字次公，自云京兆人也。少頗涉學，善言物

謂「亞本書生」，由此觀之，讀書人奢縱無度更讓人無法諒解。

孔平仲將戒貪、尚儉的觀念融入書中，應是針對官家子弟誇門第、尚奢華的惡習，有感而發，以古諷今的意味十足。畢竟要喚醒社會大眾戒奢以儉，只有從自身覺醒，不做非份之想，才能明辨是非、審度禮義，立足於社會而無愧無怍。《續世說》對此多有褒揚：

> 宋甄彬，有行誼。常以一束苧，就州長沙寺庫質錢，後贖苧還，於苧束中得金五兩，以手巾裹之，彬送還寺庫。寺僧以半與彬，堅然不受，曰：「五月披羊裘而負薪，豈受遺金者邪！」(〈德行〉5)
>
> 宋郭世通，於山陰市貨物，誤得一千錢。當時不覺，分背方悟，追還本主。錢主驚歎，以半與之，世通委之而去。(〈德行〉6)

甄彬常以苧質錢度日，卻不貪求五兩金；郭世通誤得千錢，仍追還原主並且拒絕回饋。他們都只是市井小民，然而面對不義之財，都無貪戀之心，且能毫不猶豫委之而去；爲人君長者，苟有貪贓枉法之念，亦當以此爲借鏡。

但無論是豪奢爲尚，或言行多愆，一旦能夠大徹大悟、改過向善，仍舊值得褒揚。《世說新語・自新》就記錄了周處除三橫，以及戴淵接受陸機點化而改邪歸正的故事。《續世說》更擴大範圍，無論是家人教誨，或宗教影響，還是自我覺醒而向學向善，只要能夠痛改前非，在孔平仲眼中都是值得嘉許傳頌的行爲：

> 宋蕭思話，十許歲時，未知書，好騎屋棟，打細腰鼓，侵暴鄰曲，莫不患之。自後折節，數年中遂有令譽。(〈自新〉2)
>
> 齊張充，緒之子也。緒歸吳，逢充獵，右臂鷹，左牽狗，曰：「一身兩役，無乃勞乎？」充拜曰：「充聞三十而立，今充二十九矣，請至

理及歷代成敗之事……德宗初嗣位，勵精求賢，令中使召亞。亞自揣必以宰輔見徵，乃促程而進，累路與人言議，語及行宰相事方面，或以公事諮祈，亞皆納之。既至，帝微知之，不悅；又奏對辭旨疏闊，出爲陝州觀察使兼轉運使。尋遷河中、晉、絳等州防禦觀察使。楊炎作相，劉晏得罪，亞坐貶睦州刺史。興元初，召拜刑部侍郎。出爲揚州長史、兼御史大夫、淮南節度觀察使。時承陳少遊徵稅煩重，奢侈僭濫之後，又新遭王紹亂兵剽掠；淮南之人，望亞之至，革剗舊弊，冀以康寧。亞自以材當公輔之選，而聯出外職，志頗不適，政事多委參佐，招引賓客，談論而已。揚州官河填淤，漕輓堙塞，又僑寄衣冠及工商等多侵衢造宅，行旅擁弊。亞乃開拓疏啓，公私悅賴，而盛爲奢侈。江南風俗，春中有競渡之戲，方舟並進，以急趨疾進者爲勝。亞乃令以漆塗船底，貴其速進；又爲綺羅之服，塗之以油，令舟子衣之，入水而不濡。亞本書生，奢縱如此，朝廷亟聞之。貞元五年，以户部侍郎竇覦爲淮南節度代亞。」

來歲。」緒曰：「過而能改，顏氏有焉。」及明年，便修改，多所該通，尤明《易》、《老》，能清言，有令舉。(〈自新〉3)

蕭思話，南蘭陵人。他是孝懿皇后的姪兒，因爲是皇親國戚的關係，經常以博誕遊遨爲事〔註9〕；張充也是官家子弟，倚仗父親張緒在當時的聲聞，不持操行，遊手好閒〔註10〕。好在都能及時醒悟，爲自己留下好名聲。

魏甄琛舉秀才，入都，頗以弈棋廢日，至通夜不止。令蒼頭執燭，或時睡頓，則杖之。奴曰：「郎君辭父母仕宦，若讀書執燭，不敢辭，今乃圍棋，日夜不息，豈是向京之意乎？」琛悵然慙，遂詣赤、彪，假書研是，聞見日優。(〈自新〉6)

隋楊汪少凶疎，好與人羣鬪，拳所毆擊，無不顛踣。長更折節勤學，專精《左氏傳》，通《三禮》。解謁周冀王侍讀，王甚重之，每曰：「楊侍讀，吾之穆生也。」

不同於前二者，甄琛從小敏慧，《魏書》說他頗學經史，稱有刀筆，只是形貌短陋，缺少風儀，又不以禮法自居，常在閨門之內，和兄弟戲狎〔註11〕；來到京城之後又沉迷奕棋而忘記進京的目的，幸虧有老奴直言相勸，讓他轉而向學，名望也跟著提升。而楊汪年輕時放縱自己逞凶鬥狠，直到年紀稍長才知悔悟向上〔註12〕。還好爲時未晚，在名師引導下最終仍然有所成就。爲迷途知返者建立信心與典範。

〔註9〕《宋書》卷七八：「蕭思話，南蘭陵人，孝懿皇后弟子也。父源之，字君流，歷中書黃門郎，徐、兗二州刺史，冠軍將軍、南琅邪太守。永初元年卒，追贈前將軍……」

〔註10〕《梁書》卷二一：「張充，字延符，吳郡人。父緒，齊特進、金紫光祿大夫，有名前代。充少時，不持操行，好逸遊。緒嘗請假還吳，始入西郭，值充出獵，左手臂鷹，右手牽狗，遇緒船至，便放絏脱韝，拜於水次。緒曰：『一身兩役，無乃勞乎？』充跪對曰：『充聞三十而立，今二十九矣，請至來歲而敬易之。』緒曰：『過而能改，顏氏子有焉。』及明年，便修身改節。學不盈載，多所該覽，尤明《老》、《易》，能清言，與從叔稷俱有令譽。」

〔註11〕《魏書》卷六八：「甄琛，字思伯，中山毋極人，漢太保甄邯後也。父凝，州主簿。琛少敏悟，閨門之內，兄弟戲狎，不以禮法自居。頗學經史，稱有刀筆，而形貌短陋，鮮風儀……」

〔註12〕《隋書》卷五六：「楊汪，字元度，本弘農華陰人也，曾祖順，徙居河東。父琛，儀同三司，及汪貴，追贈平鄉縣公。汪少凶疏，好與人群鬥，拳所毆擊，無不顛踣。長更折節勤等，專精《左氏傳》，通《三禮》。解褐周冀王侍讀，王甚重之，每曰：『楊侍讀德業優深，孤之穆生也。』其後問《禮》于沈重，受《漢書》于劉臻，二人推許之曰：『吾弗如也。』由是知名，累遷夏官府都上士。」

（二）處世之方

儒家對士人的要求，不只是獨善其身，還要兼善天下。因此如何待人處世，也是重要的人生課題。子夏曰：「賢賢易色，事父母能竭其力，事君能致其身，與朋友交言而有信。雖曰未學，吾必謂之學矣。」（《論語・學而》）曾子曰：「吾日三省吾身：為人謀而不忠乎？與朋友交而不信乎？傳不習乎？」（同前）都是待人處世的圭臬。《續世說・德行》：

> 梁明山賓，性篤實。嘗乏困，貨所乘牛，既售錢，乃謂買主曰：「此牛經患漏蹄，療差已久，恐後脫發，無容不相語。」買主遽追取錢。處士阮孝緒聞之，歎曰：「此言足使還淳反樸，激薄停澆矣。」（第2則）

明山賓，字孝若，平原鬲人。他的父親明僧紹是位拒絕朝廷徵召的隱士。明山賓年少就能言名理、博通經傳，父親過世後，因為兄長仲璋生病，為承擔家計而出仕〔註13〕。在經濟困乏的情況下，還能如此誠實，無怪乎阮孝緒會如此推崇他。

明山賓不圖小利的行為，已經讓人佩服；朋友往來，能在患難之際，不避嫌猜仍相待如初，尤其難能可貴：

> 徐晦為楊憑所薦，憑貶臨賀尉，交親無敢祖送者，晦遂至藍田。時權德輿為相，與憑交分最深，聞晦之行，謂晦曰：「無乃為累乎？」晦曰：「布衣受楊公之眷，方茲流播，何忍不送？如相公它日為奸邪所譖，失意于外，晦安得與相公輕別？」德輿稱之於朝。中丞李夷簡請晦為監察，曰：「聞公送楊臨賀，肯負國乎？」（〈德行〉20）

徐晦從進士擢第以後，無論是登直言極諫制科，或授任櫟陽尉，皆出自楊憑的推薦，因此在楊憑遭貶落難，親故無人敢出面餞行的狀況下，單獨為楊憑送別。他的情義不但受到和楊憑號稱至交的權德輿公開贊揚，還因此獲得素無往來的李夷簡肯定〔註14〕，說是上天對他的義行所給予的回報也不為過。

〔註13〕《梁書》卷二七本傳：「明山賓，字孝若，平原鬲人也。父僧紹，隱居不仕，宋末國子博士徵，不就。山賓七歲能言名理，十三博通經傳，居喪盡禮。服闋，州辟從事史。起家奉朝請。兄仲璋嬰痼疾，家道屢空，山賓乃行干祿……」

〔註14〕《舊唐書》卷一六九本傳：「徐晦，進士擢第，登直言極諫制科，授櫟陽尉，皆自楊憑所薦。及憑得罪，貶臨賀尉，交親無敢祖送者；獨晦送至藍田，與憑言別。時故相權德輿與憑交分最深，知晦之行，因謂晦曰：『今日送臨賀，誠為厚矣，無乃為累乎！』晦曰：『晦自布衣受楊公之眷，方茲流播，爭忍無言而別？如他日相公為奸邪所譖，失意於外，晦安得與相公輕別？』德輿嘉其真懇，大稱之於朝。不數日，御史中丞李夷簡請為監察，晦白夷簡曰：『生

更讓人感動的還有對朋友信守承諾，即使對方已經不在人間，依舊不變：

王義方坐與刑部尚書張亮交通，貶儋州吉安丞。貞觀二十三年改洹水丞。時張亮兄子皎，配流在崖州，來依義方而卒，臨終托以妻子及致屍還鄉。義方與皎妻自誓於海神，使奴負柩，令皎妻抱其赤子，乘義方之馬，徒步而還。先之原武葬皎，告祭張亮，送皎妻子歸家，乃之洹水。（〈德行〉27）

呂兗爲滄州節度判官，劉守光攻陷滄州，兗被擒，族誅。子琦、年十五，將就戮，有趙玉者，幽、薊義士也，久游兗門，見琦臨危，紿謂監刑者曰：「此子某之同氣也，幸無濫焉。」乃引之俱去。琦病足，玉負之而行，逾數百里，變姓名，乞食於路，乃免於禍。琦仕石晉，至兵部侍郎。高祖將以琦爲相，忽遇疾而逝。常以玉免己于難，欲厚報之。玉遇疾，琦親爲扶持，供其醫藥。玉卒，代其家營葬事。玉之子曰文度，既孤而幼，琦誨之甚篤。及其成人，登進士第，尋升宦路，琦之力也。時議者以非玉之義，不能存呂氏之嗣；非琦之仁，不能撫趙氏之孤。惟仁義，二公得之。薊、趙之士，流爲美談。

王義方因爲和張亮有交情而連帶遭到貶謫，好不容易有改調的機會，他卻爲了實現張亮姪張皎臨終的請託，決定先完成死者遺願再赴任，並且克服萬難護送張皎的棺柩及其妻子還鄉；眞可說是人如其名：行義有方。呂兗有難，門客趙玉挺身搭救呂家遺孤，還不惜背負呂琦行走百里，保住呂家僅存的一條血脈；呂琦爲報救命之恩，親自爲趙玉侍疾，還撫育趙玉的後代直到他成年出仕。活命之德，知恩之報，不只是燕、趙之士口中美談，也藉由孔平仲的傳述留芳千古。

而處世之道，氣度也很重要。《世說新語》和《續世說》都有〈雅量〉篇，「雅量」一詞楊勇《箋注》：「謂度量宏闊也。」而廖蔚卿先生所作詮釋更切合魏晉名士，她說：

「雅量」一詞基本上指心之寬洪厚和，這種內具的才性特質，見於行爲態度言詞容色，構成愼、靜、緩的風度或風貌〔註15〕。

平不踐公門，公何取信而見獎拔？』夷簡曰：『聞君送楊臨賀，不顧犯難，肯負國乎？』由是知名。」

〔註15〕見氏著〈論魏晉名士的雅量〉，收錄在《漢魏六朝文學論集》（台北：大安出版社，1997），頁102。

因此《世說新語・雅量》所載的故事傾向描述個人優遊從容的器度，其中又以面對火災、星異、暴雨、狂風……等自然變化時，所表現出從容不迫的態度；及遭遇冷落、輕視、怒罵、陷害、離間、挑釁……等人為事端時，依然不改冷靜鎮定的精神，佔大多數。

不過宋人眼中「雅量」的定義，隨著物換星移、人事更替，已經不復如此，就孔平仲的認知，「雅量」不只是行事從容和待人寬容而已；還是處世接物的重要關鍵。因此他選擇徐羨之當成〈雅量〉篇第 1 則故事：

> 宋徐羨之起自布衣，又無學術，直以局度，一旦居廊廟，朝野推服，咸謂之有宰臣之望。沉密寡言，不以憂喜見色。頗工弈棋，觀戲常若未解，當世倍以此推之。傅亮、蔡廓常言：「徐公曉萬事，安異同。」常與傅亮、謝晦宴聚，亮晦才學辨博，羨之風度詳整，時然後言。鄭鮮之歎曰：「觀徐、傅言論，不復以學問為長。」

徐羨之沒有顯赫家世背景、學術素養也不高，在高度重視門第及家學的劉宋時代，能夠讓「朝野推服」並肯定他具有宰相的聲望，這和他「風度詳整，時然後言」，「曉萬事，安異同」的人格特質有關。由於他器量大，在傅亮、謝晦這一群學問淵博又善於論辯的朝臣面前，總是扮演傾聽的角色而不與之爭鋒，這樣的沉默巧妙掩蓋了他沒有學術專長的缺失；另一方面，就算偶爾必須開口說話他也不會大放厥詞，反而讓人覺得他發言時機恰當。於是徐羨之的器度，也成為建立良好人際關係的利器。

而廟堂之上，最須要的就是容人的氣度，不但能夠展現個人胸襟，有時忍讓為國，還能避免政治紛爭，福國利民。《續世說》：

> 魚朝恩惡郭子儀，使人發其父墓。及自涇陽入朝，議者慮其構變，公卿憂之。子儀見，帝勞之，子儀號泣，奏曰：「臣久主兵，不能禁暴，軍士殘人之墓，固亦多矣。此臣不忠不孝，上獲天譴，非人患也。」朝廷聞其言，乃安。（〈言語〉5）

根據《舊唐書》的說法，大歷二年二月，郭子儀入朝，當時宰相元載、王縉、僕射裴冕、京兆尹黎幹、內侍魚朝恩還出錢在郭子儀家設宴，眾人盡興而歸。不料十二月卻傳出郭子儀父墓遭人盜發之事〔註 16〕。早在乾元二年亦曾發生

〔註 16〕《舊唐書》卷一二〇：「（大歷）二年二月，子儀入朝，宰相元載、王縉、僕射裴冕、京兆尹黎幹、內侍魚朝恩共出錢三十萬，置宴於子儀第，恩出羅錦二百匹，為子儀纏頭之費，極歡而罷。」

過天子在魚朝恩操弄下，以趙王系取代郭子儀爲天下兵馬元帥。之後程元振用事，又因忌嫉郭子儀，而藉口「子儀功高難制」巧行離間〔註 17〕。過往種種皆讓人擔心。這回儘管補盜未獲，郭子儀未必不知道這一切都是魚朝恩在暗處策劃，萬一追究起來，雙方勢力一旦對立衝突，後果恐將不堪設想。豈料郭子儀只以「天譴」看待，不但讓朝廷和大臣鬆了一口氣，他所展現出的泱泱氣度，更令人由衷佩服。

（三）重視婦德

中國傳統社會向來有重德輕才的傾向。對男性如此，對女性也不例外。所以班昭《女誡・婦行》:「女有四行，一曰婦德，二曰婦言，三曰婦容，四曰婦功。夫云婦德，不必才明絕異也；婦言，不必辯口利辭也；婦容，不必顏色美麗也；婦功，不必工巧過人也。清閒貞靜，守節整齊，行己有恥，動靜有法，是謂婦德。擇辭而說，不道惡語，時然後言，不厭於人，是謂婦言。盥浣塵穢，服飾鮮潔，《梁書》浴以時，身不垢辱，是謂婦容。專心紡績，不好戲笑，潔齊酒食，以奉賓客，是謂婦功。此四者，女人之大德，而不可乏之者也。然爲之甚易，唯在存心耳。古人有言：『仁遠乎哉？我欲仁，而仁斯至矣。』此之謂也。」(《後漢書》卷一一四〈列女傳・曹世叔妻〉)

《世說新語》由於是人倫品鑒風氣下的產物，雖然設有〈賢媛〉這個門類，而且以「賢」名篇，但所載多爲知人善斷、智識過人的士族婦女，對於德行這部分，其實著墨不深。《續世說・賢媛》著錄的二十七則以女性爲主的故事，其中較難以判斷屬於何種類型者只有三則，分別是第 9 則：

> 唐高祖第三女，微時嫁柴紹。高祖起義兵，紹與妻謀曰：「尊公欲掃清多難，紹欲迎接義旗，同去則不可，獨行恐懼後害，爲計若何？」妻曰：「公宜速去，我一婦人，臨時別自爲計。」紹即間行赴太原，妻乃歸鄠縣，散家貲，起兵以應高祖，得兵七萬人，與太宗俱圍京城。號曰「娘子軍」。京城平，封平陽公主。葬時特用鼓吹，以賞軍功。

第 12 則：

> 李光弼母李氏，有鬚髯數十莖，長五六吋。以子貴，封韓國太夫人。弟光進，亦一品節制，雙旌在門，鼎味就養，極一時之榮。

和第 21 則：

〔註 17〕詳《舊唐書》卷一二〇〈郭子儀傳〉。

長孫皇后侍太宗疾累年，晝夜不離側，常繫毒藥於衣帶，曰：「若有不諱，義不獨生。」貞觀十年，皇后疾篤，因取衣帶之藥，以示上曰：「妾於陛下不豫之日，誓以死從乘輿，不能當呂后之地爾。」

其餘二十一則多屬孝女烈婦賢妻良母，描寫才女的實際上只有以下二則：

唐高祖竇后，隋總管毅之女也。毅謂此女才貌如此，不可妄許人。乃於門屏畫二孔雀，有求婚者，與兩箭射之，潛約中目者許之。前後數十輩，皆莫能中。高祖後至，兩發各中一目。毅大悅，遂歸高祖。后善書，字類高祖之書，人不能辨。工篇章，好規戒。（第 5 則）

貝州宋廷芬五女，若莘、若昭、若倫、若憲、若荀，皆有詞學。德宗俱召入，試以詩賦，問經史中大義，深加賞歎。德宗能詩，若莘姊妹應制屬和，每進御，無不稱善。德宗嘉其節概，不以宮妾遇之，呼爲「學士先生」（第 8 則）

不過《續世說》敘述唐高祖竇皇后時，除了描寫她才貌過人、善書法、工篇章之外，也不忘強調好規戒。至於宋家五姐妹相貌如何，書中並未提起，反而強調她們之所以爲德宗所賞識，不單是有詞學、明經史、能應制屬和而已，節概才是贏得皇帝敬重的主要因素。

從這些細微的描述觀察，孔平仲仍舊將婦德放在第一位。和班昭《女誡》「婦德，不必才明絕異」的看法，相互呼應。加上他編撰《續世說》，原本就有理順人倫關係、建立和諧社會的期待，強調婦女在家庭的影響力，成了《續世說・賢媛》的寫作重點。因此孔平仲不但將婦德放在第一位，更佩服那些能夠相夫教子的女性：

朱百年妻孔氏，百年卒於山中，蔡興宗爲會稽太守，餉孔氏米百斛。孔氏遣婢詣郡固辭。時人美之，以比梁鴻。（第 3 則）

令狐峘爲吉州刺史，齊映廉察江西。故事刺史始見觀察使，皆戎服庭趨。峘以前輩。恥爲此禮，入告其妻韋氏。韋氏亦以抹首庭謁爲非，謂峘曰：「卿自視何如人，頭白走小卿生前，卿如不以此禮見映，便雖黜死，我亦無恨。」峘曰：「諾。」乃以客禮見，映深以爲憾，以事奏，貶峘爲衢州別駕。（第 15 則）

孔氏甘心和丈夫過著簡樸的隱居生活；韋氏和丈夫一樣以服戎拜謁晚輩長官爲恥，寧可黜死也不行此禮。她們無懼自身處境，全力支持丈夫的人生抉擇，而且無怨無悔、甘之如飴。因此成爲妻子的典範。

當然婦女對家庭關係的維繫，也有舉足輕重的影響力：

> 劉君良累代義居，尺布尺粟無私焉。大業末，天下饑饉，君良妻勸其分析，乃竊取庭樹上鳥雛，交置諸巢中，令羣鳥鬬競。舉家怪之，其妻曰：「方今天下大亂，爭鬬之秋，禽鳥尚不能相容，況於人乎？」君良從之。分別後月餘，方知其計。中夜，攬妻髮，大呼曰：「此即破家賊爾！」召諸昆弟，哭以告之。於是棄其妻，與兄弟如初。(〈假譎〉15)

> 憲宗以杜悰尚岐陽公主，公主有賢行。杜氏大族，尊行不啻數十人，公主卑委怡順，一同家人禮。度二十餘年，人未嘗以絲髮間指爲貴驕。始至，則與悰謀曰：「上所賜奴婢，卒不肯窮屈。」奏請納之，悉自市寒賤可制者。自是閨門落然，不聞人聲。(〈賢媛〉20)

劉君良妻設計勸夫分家，最終被視爲「破家賊」而仳離。岐陽公主不因身分自我矜貴，反而以怡順的態度侍奉杜家的長輩，連皇帝賜予的奴婢也怕他們不受控制而送還。《續世說》記錄她們的事蹟，褒善懲惡的意味濃厚。

但是孔平仲也不主張壓抑女性的才智，《續世說》中因爲通達明理庇護家族的例子也不少：

> 唐常侍李景讓母鄭氏，性嚴明。早寡，家貧，居於東都，諸子皆幼，母自教之。宅後古牆，因雨隤陷，得錢盈缸，奴婢喜，走奔告母，母往，焚香祝之曰：「吾聞無勞而獲，身之災也。天必以先君餘慶，矜其貧而賜之，則願諸孤他日學問有成，乃其志也。此不敢取。」遽命掩而築之，三子皆進士及第。景讓爲浙西觀察使，左都押衙忤意，杖殺之，軍中憤怒，將變。景讓方視事，母出坐聽事，立景讓於庭而責之曰：「天子付汝以方面，豈得妄殺！萬一致一方不寧，豈惟上負天子，使垂老之母銜羞入地，何以見汝之先人乎！」命左右褫其衣，坐之，將撻其背。將佐皆爲之請，拜且泣，久乃釋之，軍中遂安。(第23則)

> 潘炎，德宗時爲翰林學士，恩渥極異。其妻，劉晏女也。京尹有故，伺候炎，累日不得見，乃遺閽者三百縑。夫人知之，謂炎曰：「豈有京尹願一見，遺奴三百縑，其危可知也。」遽勸炎避位。子孟陽初爲户部侍郎，夫人憂惕曰：「以爾人材而在丞郎之位，吾懼禍之必至。」孟陽解諭再三，乃曰：「不然。試會爾同列，吾將觀之。」因遍召深

熟者。客至，夫人垂簾觀之。既罷會。喜曰：「皆爾之儔也，不足憂矣。末坐慘綠少年何人也？」曰：「補闕杜黃裳。」夫人曰：「此人全別，必是有名卿相。」（第 24 則）

石晉李從溫在兗州，多創乘輿器服，爲宗族切戒，從溫弗聽。其妻關氏素耿介，一日厲聲於牙門曰：「李從溫欲爲亂，擅造天子法物。」從溫驚謝，悉命焚之。家無禍敗，關氏之力也。（第 26 則）

李景讓母鄭氏拒絕不義之財，只願諸孤他日學問有成。兒子行事不當引發眾怒，她挺身而出，親自責罰來平息。她睿智的見解、言語，堪爲婦德、婦言的典範。潘炎妻劉氏以過人的眼光，勸阻丈夫、教育兒子，成功扮演賢內助的角色。李從溫妻關氏驚天一吼，阻止丈夫的野心，也保全整個家族。

從以上選錄的這些故事，也能看出孔平仲對女性的期待是肩負起相夫教子的責任，維護家庭和諧，進而讓夫、子、後代對國家社會有所貢獻。

二、講求道德倫常

孔平仲兄弟之所以受人推崇，不單純只是「博學宏材」，更在於「德業之偉，儷美於當時」（明王直《抑菴文後集》卷五〈臨江府清江縣儒學題名記〉）。加上他們又都是聖人之後，自小深受儒家價值取向的影響。所以相較於《世說新語》將孔門四科置於其他門類之前，以示對儒家重視的做法，孔平仲編撰《續世說》時，體現儒家思想的意圖更爲強烈。畢竟從南北朝到北宋數百年間，中國曾經出現大唐盛世，再遭到帝國傾倒後的分裂，社會、人心隨時代而變化，價值觀也跟著不同。尤其是宋朝經歷了唐末五代武夫擁兵相抗，文化失序，道德淪喪，所謂「臣弒其君，子弒其父，而搢紳之士安其祿而立其朝，充然無復廉恥之色」（《五代史‧一行傳》）的黑暗歲月，如何教化百姓，重建社會秩序，對於數度擔任提刑的孔平仲而言自是瞭然於心。

何況《世說新語》原先就規畫有〈德行〉、〈方正〉、〈雅量〉、〈品藻〉、〈容止〉、〈自新〉、〈企羨〉、〈棲逸〉、〈賢媛〉、〈任誕〉、〈簡傲〉、〈儉嗇〉、〈汰侈〉、〈忿狷〉、〈讒險〉、〈尤悔〉、〈惑溺〉、〈仇隙〉〔註 18〕等與道德相關的門類，

〔註 18〕傅錫壬〈《世說》四科對《論語》四科的因襲與嬗變〉，提出「《世說》前四篇爲經，後三十二篇爲緯」的看法，並以四科爲主軸，歸納出各門類的主人關係。整理如下：（一）德行：〈德行〉及〈方正〉、〈雅量〉、〈品藻〉、〈容止〉、〈自新〉、〈企羨〉、〈棲逸〉、〈賢媛〉、〈任誕〉、〈簡傲〉、〈儉嗇〉、〈汰侈〉、〈忿

只是時空背景不同，關注的對象也有所不同而已。《續世說》承繼這樣的架構，針對時代因素，調整內容，寓教於「書」的目的，顯而易見。

不過要做到恢復倫常，重建社會秩序的訴求，還得將個人的品德修養，擴充至齊家、治國所應具備的條件，因此《續世說》在選擇美德典範時，實際上已經將政治理念巧妙注入其中。孝弟、改過、婦德乍看只是個人修爲，但從蕭穎士爲名史母喪期間縗麻至京師，和劉君良妻設計勸夫分家而成爲「破家賊」，二個負面例子看來，無論男女，一念之差都會影響到人倫關係和道德評價。至於忠信、廉節、氣度不僅是修身之本，對建立和諧有序的社會，尤其重要。張公藝、牛宏靠容忍的精神維繫家庭和諧；徐羨之、郭子儀以過人的氣度免去朝堂紛爭，都是犧牲小我、成就大我的楷模。

當然《續世說》對傳統美德的鋪陳絕對不只如此，以上只是略舉數例，證明其用心而已。但是孔平仲如此強調品德，還有個不能忽略的因素，那就是北宋士大夫已經漸漸打破小人有黨的觀念，認爲君子亦有黨，而君子之黨與小人之黨最重要的區別就在於德行。透過《續世說》的故事，熙寧以降的政治人物，孰爲君子之黨？孰是小人之黨？由此亦能見眞章。

第二節　注意君道與治道

上一章提到《續世說》在思想上深受《說苑》和《貞觀政要》的影響，二書對於人君所行之道（君道），以及君臣上下該如何治國，有許多精闢的見解。孔平仲想效法前賢，讓《續世說》不只是一部單純的筆記小說，還有治國安民的借鑒價值。因此他大量蒐集實例，證明君道、治道的重要性。這一方面是時代風氣所致；另一方面也隱含實踐自己人生理想與政治期待的用意。

原本《世說新語》中的門類，內容涉及政治的只有〈政事〉、〈識鑒〉、〈賞譽〉、〈寵禮〉、〈假譎〉、〈黜免〉〔註 19〕，而且聚集於人物和事件，鮮少出現談論天下黎民的具體言論；《續世說》則除了〈夙慧〉、〈任誕〉、〈容止〉、〈巧藝〉、〈棲逸〉、〈傷逝〉之外，其餘各門類或多或少都錄有和朝政相關的言論

狷〉、〈讒險〉、〈尤悔〉、〈惑溺〉、〈仇隙〉（二）言語：〈言語〉及〈規箴〉、〈夙慧〉、〈排調〉、〈輕詆〉（三）政事：〈政事〉及〈識鑒〉、〈賞舉〉、〈寵禮〉、〈假譎〉、〈黜免〉（四）文學：〈文學〉及〈捷悟〉、〈豪爽〉、〈傷逝〉、〈棲逸〉、〈賢媛〉、〈術解〉、〈巧藝〉、〈紕漏〉。

〔註 19〕據傅錫壬〈《世說》四科對《論語》四科的因襲與嬗變〉，內容已見註 18。

或對話，這也成爲《續世說》最特殊的地方。舉例來說，一般人對術解的印象應該是對技術精闢的分析，但《續世說》中星官趙延乂在後漢隱帝要他禳災祈福之際，他卻以「弭災異莫如修德」，建議隱帝讀《貞觀政要》（詳下文），如此表現已經與所歸屬的門類〈術解〉無關。又〈排調〉：

> 來俊臣與李昭德素不協，乃誣搆昭德有逆謀，因下獄。俊臣以罪，同日被誅。是日大雨，士庶莫不痛昭德而慶俊臣也。相謂曰：「今日天雨，可謂一笑一悲矣。」
>
> 酷吏郭霸爲鬼所殺，時洛陽橋壞，行李病之，至是功畢。則天問羣臣：「比在外有何好事？」舍人張元一素滑稽，對曰：「百姓喜洛橋成，幸郭霸死，此即好事。」（第45則」

這兩則講述悲喜的故事，雖然帶有戲謔嘲笑的口吻，不違背「排調」之旨，但背後卻多了幾分政治味。

從這些小小改變，不難發現《續世說》的寫作重心已經明顯轉向廟堂政事。其所選錄的故事，也都隱含著鑒戒的意思。孔平仲想要發洩憤懣之氣、逆耳之言，也經由以古諷今得以表達。試分述之。

一、對國君的要求

關於國君應具備的修養，《貞觀政要》說法頗爲細碎，除了要求國君必須任賢、納諫、謹慎擇官，還要具備仁義、孝友、公平、誠信……等倫理道德的修養，另外儉約、謙讓、仁惻、慎所好、慎言語、杜讒邪也是人君不可或缺的條件。《續世說》化繁爲簡，以書中所錄故事分析，大概可歸納成以下四端：

（一）崇德

孔門以德行爲四科之首，孔平仲對品德的要求，不因天子或是庶民而有所差別。所以談到國君應該具備的修養，首推道德。至於該落實在那些具體的作爲？《續世說・直諫》：

> 傅縡諫陳後主曰：「夫人君者，恭事上帝，子愛黔黎，省嗜慾，遠諂佞，未明求衣，日旰忘食，是以澤被區宇，慶流子孫。陛下頃來酒色過度，不虔郊廟之神，專媚淫昏之鬼。小人在側，宦豎弄權，惡患直若仇讎，視百姓如草芥。後宮曳綺羅，廄馬餘菽粟，兆庶流離，僵屍蔽野。賄賂公行，帑藏虛耗，神怒人怨，眾叛親離。恐東南王氣，因茲而盡。」後主大怒，竟被賜死。（第3則）

傳縡所說的「恭事上帝，子愛黔黎，省嗜慾，遠諂佞，未明求衣，日旰忘食，是以澤被區宇，慶流子孫」，則是有德之君的努力以赴的方向。

在孔平仲眼中「德治」重於「法治」，所以他特別從《資治通鑑》選錄出一則北魏君臣的對話，證明君德的重要。〈言語〉：

> 魏群臣請增峻京城及修宮室，曰：「《易》曰：『王公設險以守其國。』又蕭何云：『天子以四海爲家，不壯不麗，無以重威。』」魏主曰：「古人言：『在德不在險。』屈丐蒸土築城，而朕滅之，豈在城也？今天下未平，方須民力，土功之事，朕所未爲。蕭何之對，非雅言也。」（第2則）

至於古人將旱澇、妖妄、星變、災異等現象，歸咎於上天譴責國君視聽不明、刑罰失度所致。認爲君王必須修德使國無闕政，方能消除災變，轉危爲安。孔平仲也認同「未聞身治而國亂者」（《列子・說符》）的觀念，希望人君能因此反躬自省：

> 穆宗問：「禳災祈福，其可必乎？」韋綬對曰：「齊景一言，而星退三舍，此禳災以德也。漢文除秘祝，言福不可求致也。如失德以祈災消，媚神以求福至，神苟有知，當以致譴，非其禳之道也。」時人主失德，綬因以諷之。（〈箴規〉12）
>
> 五代漢隱帝時，宮中數有怪，大風雨發屋拔木，吹破門扇，起十餘步而落，震死者六七人，水深平地尺餘。帝召司天監趙延乂，問以禳祈之術，對曰：「臣之業在天文、時日，禳祈非所習也。然王者欲弭災異，莫如修德。」延乂歸，帝遣中使問如何爲修德，延乂請讀《貞觀政要》而法之。（〈術解〉39）

韋綬曾在元和十年充太子諸王侍讀，當時穆宗還只是太子，年幼好戲。韋綬因爲暗中攜帶自家所做食物進宮讓太子享用，而遭到憲宗罷黜，出爲虔州刺史。穆宗即位後，以師友之恩，重新召他回朝〔註 20〕。因此他敢舉齊

〔註20〕《舊唐書》卷一六六本傳云：「元和十年，改職方郎中，充太子諸王侍讀，再遷諫議大夫。時穆宗在東宮，方幼好戲。綬講書之隙，頗以嘲誚悅之。嘗密齎家所造食，入宮餉太子。憲宗嘗召對，綬奏曰：「太子學書，至依字，輒去旁人。臣問之，太子云：君父以此字可天下奏事，臣子不合全書。」上益嘉太子之賢，賜綬錦彩。綬無威儀，時以人間鄙說戲言以取悅太子。太子因入侍，道綬語。憲宗不悅，謂侍臣曰：『凡侍讀者，當以經義輔導太子，納之軌物，而綬語及此，予何望耶？』乃罷侍續，出爲虔州刺史。穆宗即位，以師友之恩，召爲尚書右丞，兼集賢院學士，甚承恩顧，出入禁中。」

景公、漢文帝的先例，直言「失德以祈災消，媚神以求福至」是無法濟於事，禳災最佳妙方唯有修德。星官趙延乂是在隱帝要他禳災祈福之際，坦言「禳祈非所習也」，反而以「弭災異莫如修德」，建議隱帝讀《貞觀政要》。《續世說》選錄這則故事，也和孔平仲不迷信災異，而是期待君王常以德存心的理念不謀而合。

（二）納諫

唐太宗曾經感慨「人臣欲諫，輒懼死亡之禍，與夫赴鼎鑊、冒白刃，亦何異哉？」（《貞觀政要・求諫》）似乎十分體諒大臣進諫時言語激切、冒犯天威的舉動和勇氣。然而良藥苦口，忠言逆耳，一旦所奏之事不合己意，仍舊免不了將「開懷抱，納諫諍。卿等無勞怖懼，遂不極言」（《貞觀政要・求諫》）的承諾拋向九霄雲外。〈直諫〉：

> 柳範爲侍御史，吳王恪好田獵，損居人，範奏彈之。太宗因謂侍臣曰：「權萬紀不能匡正我兒，罪當死。」範進曰：「房玄齡事陛下，猶不能諫止田獵，豈可獨罪萬紀。」太宗大怒，拂衣而起，久之，引範，謂曰：「何是逆折我？」範曰：「臣聞主聖臣直，陛下仁明，臣敢不盡愚直？」太宗乃解。（第26則）

由此可知，人君欲朝臣論事，除了先虛心採納，胸襟氣度也很重要。

> 劉洎竦峻敢言，太宗每與公卿持論，必詰難往復，洎諫曰：「以至愚對至聖，以極卑對至尊，陛下降恩旨，假慈顏，凝旒以聽其言，虛襟以納其說，猶恐羣下未敢對揚；況動神機，縱天辯，飾詞以折其理，援古以排其義，欲令凡庶何皆應答？今日昇平，皆陛下力行所致，欲其長久，匪由辯博，但當忘彼愛憎，愼兹取捨，每事敦樸，無非至公，若貞觀之初，則可矣。」（〈直諫〉18）

劉洎這番話反應出人臣勸君時心中的忐忑與怖慴，身爲至尊的帝王如果不虛心接納，那麼提議之人必定會心懷畏懼，不敢再多言；何況還要受到反覆詰難？相信這不只是劉洎的感受，也是古往今來許多大臣共同的心聲。

不獨唐太宗如此，高祖也有過指斥臣子的行爲：

> 高祖幸涇陽校獵，顧謂朝臣曰：「今日畋，樂乎？」蘇世長進曰：「陛下游獵，薄廢萬幾，不滿十旬，未爲大樂。」高祖色變曰：「狂態發耶？」世長曰：「爲私計則狂，爲國計則忠。」（〈直諫〉22）

高祖校獵回御營，滿心歡喜問眾人是否盡興，冷不防被蘇世長澆了一盆冷水，高祖之所以「色變」也是其來有自；但身爲一國之君，若能多多體察臣子的苦心，也不至於出現劍拔弩張的緊張場面。

倒是唐玄宗即位之初，頗能體諒大臣的心情，〈方正〉：

> 韓休爲相，萬年尉李美玉得罪，上特令流之嶺外。休進曰：「美玉位卑，所犯又非巨害，今朝有大姦，尚不能去，豈在舍大而取小也？臣竊見金吾大將軍程伯獻，恃恩貪冒，僭擬縱恣，臣請先出伯獻，而後罪美玉。」上初不許之，休固爭曰：「陛下若不出伯獻，臣不敢奉詔。」上以其切直，從之。始，蕭嵩以休柔和易制，引爲同列，既知政事，峭直多折正嵩，宋璟聞之曰：「不謂韓休乃能如此，仁者之勇也。」上或宮中宴樂及後苑遊獵，小有過差，輒謂左右曰：「韓休知否？」言終，諫疏已至。上嘗臨鏡，默然不樂，左右曰：「韓休爲相，陛下殊瘦於舊，何不逐之？」上曰：「吾貌雖瘦，天下必肥。蕭嵩奏事常順指，既退，吾寢不安；韓休常力爭，既退，吾寢乃安。吾用韓休，爲社稷爾，非爲身也。」（第 14 則）

唐玄宗能夠了解韓休所言都是爲社稷著想，有體會「吾貌雖瘦，天下必肥」的考量下，拒絕左右逐韓休的建議，是他成功之處。

唐憲宗也曾經想對諫官做出懲處以儆效尤，後來卻體會出察納雅言的重要，態度因此爲之改變：

> 憲宗從容問李絳曰：「諫官多謗訕朝政，皆無事實，朕欲謫其尤者一二人，以儆其餘，何如？」對曰：「此殆非陛下之意，必有邪臣欲壅蔽陛下之聰明也。人臣死生，繫人主喜怒，故敢發口諫者有幾？就有諫者，皆晝度夜思，朝刪暮減，比達什無二三。故人主孜孜求諫，猶懼不至，況罪之乎？如此，杜天下之口，非社稷之福也。」上善其言而止。（〈言語〉43）
>
> 憲宗謂宰臣曰：「朕覽國書，見文皇帝行事，少有過差，諫官論諍，往復數四。況朕之寡昧，涉道未明，今後事或未當，卿等每事十論，不可一二而止。」（〈直諫〉42）

宋代臺諫議政論政發達，另外還形成朝省集議制度，宋太祖「不殺上書言事人」的誓約，應該是士大夫全力以赴的最佳後盾。

（三）推心

國家的長治久安，不能光靠君王或大臣單方面的努力。即使是一代英主，也須要賢士輔佐。故古人以元首比喻君主，視臣子如股肱，君臣必須各司其職，才能成就大業。

既然治國不能委棄股肱，獨任胸臆，那麼君臣之間的關係就很重要。孟子曰：「君之視臣如手足，則臣視君如腹心；君之視臣如犬馬，則臣視君如國人；君之視臣如土芥，則臣視君如寇讎。」（〈離婁下〉）所以明君豈可無禮於大臣：

> 魏高道穆為御史中尉，帝姊壽陽公主行犯清路，執赤棒卒呵之不止，道穆令卒棒破其車。公主深恨，泣以訴帝。帝曰：「高中尉清直人，彼所行者公事，豈可以私恨責之也。」道穆後見帝，帝曰：「家姊行路相犯，深以為愧。」道穆免冠謝，帝曰：「朕以愧卿，卿反謝朕。」（〈方正〉5）
>
> 崔善為為尚書左丞，令史惡其聰察，以其短而身傴，嘲之曰：「崔子曲如鉤，隨例得封侯，髆上全無項，胸前別有頭。」高祖購造言者，加其罪。（〈排調〉49）

北魏孝莊帝為胞姊壽陽公主犯了清道之禁向高道穆致歉，唐高祖處罰拿崔善為身體缺陷開玩笑的官吏，可見禮不止施行於中土，即使是外族也知道國君必須禮遇臣子的道理；而給予朝廷命官一定程度的尊重，君主本身的態度就是最好的表率。

但是君臣相得本非易事，即使明理如太宗，也曾不只一次因為臣下言語不稱旨而動色：

> 程名振奏對失旨，太宗動色詰之，名振酬對逾辯，太宗意解，謂左右曰：「房玄齡常在我前，每見別嗔餘人，顏色無主。名振平生不見我，何來責讓？而詞理縱橫，亦奇士也。」擢為右驍衛將軍。（〈言語〉21）
>
> 太宗令太常卿祖孝孫教宮人音樂，不稱旨，責之。溫彥博、王圭諫，上怒，以為附下罔上。彥博拜謝，圭不拜，曰：「陛下責臣以忠直，今臣所言，豈私曲邪？乃陛下負臣，非臣負陛下。」明日，上謂房玄齡云：「自古帝王納諫誠難，朕昨責溫彥博、王圭，至今悔之。公等勿為此不盡言也。」（〈尤悔〉9）

在這二則故事中，程名振是答覆太宗有關征遼東之事時〔註 21〕，一時緊張失言，引起皇帝不悅；祖孝孫則是教宮人音樂，無法讓太宗滿意而遭到責難。程名振的事，最後是太宗自覺不妥而予以寬恕；祖孝孫表現不如太宗預期而受到責備，同時引來溫彥博、王圭的勸諫，連帶惹惱了唐太宗。祖孝孫在隋代曾因牛弘引薦，與子元、普明參定雅樂。唐高祖登基後，又和竇璡斟酌南北，考以古音，作《大唐雅樂》〔註 22〕。這樣一位雅士，太宗讓他教宮人音樂已屬不當，怎能再予譴責呢？面對太宗「附下罔上」的指控，正直的王圭始終認爲錯不在己、無須謝罪。太宗最初的反應只是默然作罷，隔天才充滿悔意要房玄齡等人別因此噤聲。足以看出要九五之尊的帝王展現容人的雅量，終究是知易行難。

（四）懲貪

俗話說「多財損志，多貨生過。」貪圖財貨、囤積珍寶，乃帝王大忌，所以人君務求清簡寡欲，不務珠玉輿馬之飾，減少紈綺絲竹之音，才能讓臣民有所警惕，不敢競奢華而誇侈靡。因此《續世說・汰侈》一開始就選錄了賀琛進諫梁武帝一段發人深省的建言：

> 梁賀琛言於武帝云：「今之宴喜，相競誇豪，積果如邱陵，列肴同綺

〔註 21〕《舊唐書》卷七八：「太宗將征遼東，召名振問以經略之事，名振初對失旨……」

〔註 22〕《舊唐書》卷七九：「祖孝孫，幽州范陽人也。父崇儒，以學業知名，仕至齊州長史。孝孫博學，曉曆算，早以達識見稱。初，開皇中，鐘律多缺，雖何妥、鄭譯、蘇夔、萬寶常等亟共討詳，紛然不定。及平江左，得陳樂官蔡子元、于普明等，因置清商署。時牛弘爲太常卿，引孝孫爲協律郎，與子元、普明參定雅樂。時又得陳陽山太守毛爽，妙知京房律法，布琯飛灰，順月皆驗。爽時年老，弘恐失其法，於是奏孝孫從其受律。孝孫得爽之法，一律而生五音，十二律而爲六十音，因而六之，故有三百六十音，以當一歲之日。又祖述洗重，依淮南本數，用京房舊術求之，得三百六十律，各因其月律而爲一部。以律數爲母，以一中氣所有日爲子，以母命子，隨所多少，分直一歲，以配七音，起於冬至。以黃鐘爲宮，太簇爲商，林鐘爲徵，南呂爲羽，姑洗爲角，應鐘爲變宮，蕤賓爲變徵。其餘日建律，皆依運行。每日各以本律爲宮。旋宮之義，由斯著矣。然牛弘既初定樂，難複改張。至大業時，又採晉、宋舊樂，唯奏《皇夏》等十有四曲，旋宮之法，亦不施用。高祖受禪，擢孝孫爲著作郎，歷吏部郎、太常少卿，漸見親委，孝孫由是奏請作樂。時軍國多務，未遑改創，樂府尚用隋氏舊文。武德七年，始命孝孫及秘書監竇璡修定雅樂。孝孫又以陳、梁舊樂雜用吳、楚之音，周、齊舊樂多涉胡戎之伎，於是斟酌南北，考以古音，作《大唐雅樂》。以十二月各順其律，旋相爲宮，制十二樂，合三十二曲、八十四調。」

繡，習以成俗，日見滋甚。宜嚴爲禁制，導以節儉，糾奏繁華，變
其耳目。夫失節之嗟，亦民所自患，正恥不能及羣，故勉強而爲之。
苟以純素爲先，足正彫流之敝。」

不過道理人人能講，眞正身體力行又有幾人？於是孔平仲又記錄了幾則君王主動禁止奢侈品，以杜絕耗費人力追求工巧的故事：

宋武帝時，嶺南獻入筒細布一端八丈，帝惡其精麗勞人，即以付有
司彈太守，以布還之。並制嶺南，禁作此布。（〈汰侈〉2）

周太祖戒世宗以儉葬，令刻石置陵前，云：「周天子平生好儉約，遺
令用紙衣瓦棺，嗣天子不敢違也。」（〈儉嗇〉23）

宋武帝劉裕出身行伍，又是南朝宋的開國之君，因此猶有「君貪亡國，臣貪亡身」的觀念，所以能夠防微杜漸，從禁絕細布扼阻歪風；周太祖郭威父母皆早逝，由姨母韓氏提攜鞠養〔註23〕，故能體會建造陵寢是件費人力、耗財力的事，世宗柴榮又是養子〔註24〕，擔心他爲了全禮廣費錢物人力，因此遺命儉葬。二位平民出身的皇帝，稱得上是深諳勤儉治國之道。

至於生於深宮中，不知民間疾苦的嗣位君主，往往將聲色犬馬視爲理所當然，甚至過度沉迷於奢靡享樂而亡國。《續世說》也不忘爲後世留下前車之鑑：

蜀主王衍，奢縱無度。常列錦步障，擊毬其中，往往遠適，而外人
不知。爇諸香，晝夜不絕，久而厭之，更爇皀莢，以亂其氣。結繒
爲山及宮殿樓觀於其上，或爲風雨所敗，則更以新者易之。或樂飲
繒山，經旬不下。山前穿渠通禁中，或乘船夜歸，令宮女秉燭炬千
餘居前船，卻立照之，水面如晝。或酣飲禁中，鼓吹沸騰，以至達
旦，以是爲常。（〈汰侈〉35）

王衍本名王宗衍，是蜀高祖王建第十一子，他的荒唐行爲還不止於此，據《舊五代史》卷一三六〈僭僞〉所載，他曾「奉其母、徐妃同游於青城山，駐於上清宮。時宮人皆衣道服，頂金蓮花冠，衣畫雲霞，望之若神仙，及侍宴，酒酣，皆免冠而退，則其髻髽然。又構怡神亭，以佞臣韓昭等爲狎客，雜以

〔註23〕《舊五代史》卷一一〇〈太祖紀一〉：「帝生三歲，家徙太原。居無何，皇考爲燕軍所陷，歿於王事。帝未及齠齔，章德太后晏世，姨母楚國夫人韓氏提攜鞠養。」

〔註24〕《舊五代史》卷一一四〈世宗紀一〉：「世宗睿武孝文皇帝，諱榮，太祖之養子，蓋聖穆皇后之侄也。本姓柴氏，父守禮，太子少保致仕……

婦人，以恣荒宴，或自旦至暮，繼之以燭。僞嘉王宗壽侍宴，因以社稷國政爲言，言發涕流，至於再三。同宴佞臣潘在迎等姑奏衍云：『嘉王好酒悲。』因翻恣諧謔，取笑而罷。自是忠臣之臣結舌矣。」無怪乎會成爲前蜀的亡國之君，後世君主當以王衍爲鑑。

二、重視治國之道

對於治國，《貞觀政要》提出許多見解，包括和教育文化息息相關的事項，如崇儒學、重文史、修禮樂……等；施政應注意的事項，如務農、刑法、赦令……等；以及征伐、安邊……等國防措施。《續世說》也簡化成以下三項：

（一）輕傜薄賦

《貞觀政要》首篇就以唐太宗「爲君之道，必須先存百姓，若損百姓以奉其身，猶割股以啖腹，腹飽而身斃」（〈君道第一〉）這段比喻當做開頭。孔平仲十分認同這些話，《續世說》稍加改寫，云：

> 唐太宗謂侍臣曰：「君依於國，國依於民，刻民以奉君，猶刻肉以充腹，腹飽而身斃，君富而國亡。故人君之患不自外來，常由身出。夫欲盛則費廣，費廣則賦重，賦重則民愁，民愁則國危，國危則喪矣。朕常以此思之，故不敢縱欲也。」（〈言語〉8）

就是肯定君王治國必須將百姓列爲優先考量。正如孔子所說「百姓足，君孰不足？百姓不足，君孰與足」（《論語・顏淵》）的道理一樣。而太宗本人在制定政策時也能以利民爲優先，〈言語〉：

> 治書侍御史權萬紀上言：「宣、饒銀礦大發，采之可得數百萬緡。」上曰：「朕貴爲天子，所乏者，非財也，但恨無嘉言可以利民爾。與其多得數百萬緡，何如得一賢才。卿未嘗進一賢、退一不肖，而專言稅銀之利。昔堯、舜抵璧於山，投珠於谷，漢之桓、靈乃聚錢爲私藏。卿欲以桓、靈待我耶？」是日，黜萬紀使還家。（第 10 則）

由唐太宗以百萬稅銀之利不及一句嘉惠百姓的建言，可以看出人民在他心中的重要性。而這一點對孔平仲來說，當是良有感慨，因爲他的父親孔延之當年任荊湖北路轉運使、提點刑獄，也曾得報溪洞南江有黃金丹砂之產，以兵勢可坐而取；但孔延之考量這二個地區適合種植麻稻，不願與民爭利而斷然拒絕（詳上編第壹章〈家世考・父母〉）。

以民生爲優先，儘管道理簡單，但養民不能完全倚賴國家賑濟，沒有任何的倉廩府庫足以飽一國之飢、救一國之寒；所以要讓人民具備謀生的本領，老百姓可以自食其力，才是解決問題的根本。〈言語〉：

高宗謂侍臣曰：「朕思養人之道，未得其要，公等爲朕思之。」來濟對曰：「昔齊桓公出遊，見老而飢寒者，命賜之食。老人曰：『願賜一國之飢者。』賜之衣，曰：『願賜一國之寒者。』公曰：『寡人之廩府，安足以週一國之飢寒？』老人曰：『君不奪農時，則國人皆有餘食矣；君不奪蠶妾，則國人皆有餘衣矣。』故人君之養人，在省其征役而已。今山東役丁，歲則數萬，役之則人太勞，取庸則人太費。臣願陛下量公家所須外，餘悉免之。」上從之（第 17 則）

來濟回答唐高宗的這番問話，就點出了避免無謂的戰爭和不必要的傜役，即是讓百姓免於飢寒的良方。

但是人君居宮中何以知道民間疾苦？此時就得仰賴官員居中協助，唐太宗視都督、刺史爲治亂所繫〔註 25〕，不無道理。儘管太宗如此期待，但敢於將民間疾苦反應給皇帝的臣子卻不多見：

裴諝爲河東租庸等使，時關輔大旱，請入奏計。代宗召見便殿，問諝：「榷酒之利，一歲出入幾何？」久之不對。上復問，對曰：「臣有所思。」上曰：「何思？」對曰：「臣自河東來，其間所歷三百里，見農人愁歎穀菽未種，誠謂陛下先問人之疾苦，乃責臣以利。孟子曰：『治國者，亦以仁義而已矣，何必曰利。』」上前坐曰：「微公，不聞此言。」（〈直諫〉44）

正當百姓爲旱災所苦之際，代宗關心的卻是榷酒之利，若非裴諝大膽直言，朝廷在意的恐怕還是租稅財利而已。

然而令人失望的是像裴諝一樣勇敢揭發狀的臣子畢竟只是少數，想藉爲國營利升官求祿者倒是歷來多有：

尚方監裴匪躬，欲鬻苑中果菜，收其利。蘇良嗣爲西京留守，駁之曰：「昔公儀相魯，拔葵去織。未聞萬乘之主，鬻果菜，與下人爭利也。」（〈言語〉18）

少府監裴匪舒，善營利，奏賣苑中馬糞，歲得錢二十萬緡。上以問

〔註 25〕見《貞觀政要・擇官》：「朕居深宮之中，視聽不能及遠，所委者惟都督、刺史，此輩實治亂所繫，尤須得人」，頁 161。

> 劉仁軌，對曰：「利則厚矣，恐後代稱唐家賣馬糞，非佳名也。」乃止（〈言語〉19）

蘇良嗣、劉仁軌認爲無論是「鬻果菜」還是「賣馬糞」，所得都是小利；身爲朝廷官就要有自己即億兆人民父母的體認，不與百姓爭利，才能贏得民心。

雖然裴匪舒，善營利，奏賣苑中馬糞取財一事，因爲劉仁軌的一席話而告終，但在宋代卻成爲官員的私利，《孔氏談苑》卷三：

> 夏守恩作殿帥，舊例諸營馬糞錢分納諸帥，守恩受之，夫人別要一分，王德用作都虞候，獨不受。又章獻上仙，内官請坐甲，王獨以爲不須。興國寺東火，張耆樞相宅近，須兵防衛，王不與。以此數事作樞密副使。

王德用字元輔，是北宋將領王超之子，十七歲就當上先鋒，治軍有方，連他的父親王超都很欣慰地說：「王氏有子矣。」由於他長相奇特，面黑，頸以下卻白晰，御史中丞孔道輔認爲以他的相貌，不適合執掌機密大事，讓他因此罷爲武甯軍節度使、徐州大都督府長史。他也不以爲意，認爲孔道輔只是盡言官的職責，並沒有陷害自己〔註 26〕。對諸帥納馬糞錢他也堅持不接受。孔平仲在自己的筆記小說中錄下這則故事，除了肯定王德用公私分明，足以做爲官員表率，也能看出孔平仲對朝廷官員，無論文臣武將皆應清廉自律、加惠百姓的堅持。

（二）知人善任

君王無法靠一己之力建國治國，必須依賴賢士輔佐始能得天下、致太平。因此如何任賢致治，考驗國君的智指。所謂任賢，包括知人和用人兩個面向：拔擢人才要兼明善惡，善惡好壞均要訂定標準，做爲稽核黜陟的依據，以此裨補主觀上片面瞭解的不足；至於用人，難在善任，明君應該要做到使人如器，取其所長、棄其所短，使各式各樣的人才都能盡情施展他們的專長。因此國君對臣下的了解，顯得格外重要。唐太宗對朝臣也有相當程度的瞭解：

> 唐太宗嘗面談群臣得失，目長孫無忌曰：善避嫌疑，應對敏速。求之古人，亦當無比。而總兵攻戰非所長也。高士廉涉獵古今，心術聰悟，臨難既不改節，爲官亦無朋黨。所少者骨鯁規諫爾。唐儉言詞俊利，善和解人。酒杯流行，發言可喜。事朕二十載，遂無一言論國家得失。楊師道性行純善，自無愆過，而稟性怯懦，未甚更事，

〔註 26〕王德用事詳《宋史》卷二七八〈王超附德用傳〉。

緩急不可得力。岑文本性本敦厚，文章論議其所長也，謀常經遠，自當不負於物。劉洎性最堅正，言多有益，而不輕然諾於朋友，能自補闕，亦何以尚。馬周見事敏速，性甚貞正。至於論量人物，直道而行，朕比任使，多所稱意。褚遂良學問優長，性亦堅正。既寫忠誠，甚親附於朕。譬如飛鳥依人，自加憐愛。（〈品藻〉7）

太宗與群臣謂王珪曰：「卿識鑒清通，尤善談論。自房玄齡等，咸宜品藻。又可自量孰與諸子賢。」對曰：「孜孜奉國，知無不爲，臣不如玄齡。才兼文武，出將入相，臣不如李靖。敷奏詳明，出納惟允，臣不如溫彥博。濟繁理劇，眾務必舉，臣不如戴胄。以諫諍爲心，恥君不及堯舜，臣不如魏徵。至如激濁揚清，疾惡好善，臣於諸子，亦有一日之長。」太宗深然其言。（〈品藻〉8）

無論是公開評論，或聽取他人意見，都反映出唐太宗具有識人的眼光，並且深諳「明主使人如器」的道理，他之所以能夠成就貞觀之治，與其卓越的人才觀和用人政策有著密不可分的關係。只可惜在任賢這方面的能力，也是雖在父兄，不能以移子弟，高宗顯然少了些知人之明與用人的魄力：

高宗責侍臣不進賢良，眾皆莫對，李安期對曰：「天下至廣，非無英俊。但比來公卿有所薦引，即遺囂謗，以爲朋黨。沉屈者未申，而在位者已損，所以人思苟免，競爲緘默。若陛下虛己招納，務於搜訪，不忌親讎，惟能是用，讒毀亦既不入，誰敢不竭忠誠。此事由陛下，非臣等所能致也。」高宗深然其言。（〈言語〉16）

由史實觀之，唐高宗雖然贊同李安期的話，卻缺乏虛己納賢的具體行動；反而是武后在這方面顯得積極許多：

則天問狄仁傑曰：「朕要一好漢任使，有之乎？」仁傑曰：「作何任使？」則天曰：「朕欲待以將相。」對曰：「臣料陛下若求文章資歷，則今宰臣李嶠、蘇味道亦足爲文吏矣。豈非文士齷齪，思得奇才用之，以成天下之務乎？」則天悅曰：「此朕心也。」仁傑曰：「荊州長史張柬之，其人雖老，眞宰相才也。但久不遇，若用之，必盡節於國家矣。」則天乃召拜洛州司馬。它日，又求賢，仁傑曰：「臣前言張柬之，猶未用也。」則天曰：「已遷之矣。」對曰：「臣薦之爲相，今爲洛州司馬，非用之也。」又遷爲秋官侍郎，竟召爲相，果能興復中宗，蓋仁傑推薦之力也。（〈識鑒〉13）

爲了找尋能天下之務的奇才，武后二度諮詢狄仁傑，即使識才眼光不及太宗，至少她有任用人才的決心。狄仁傑是深得武后信任的重臣，他毫不自私地爲國舉賢，武后也聽從他的意見予以重用，果然驗證了孔子所說「舉爾所知，爾所不知，人其舍諸」這番話的效應〔註 27〕，之後狄仁傑陸續拔擢桓彥範、敬暉、竇懷貞、姚崇等人〔註 28〕。他的堅持說動了武后，也成功爲國家留住人才，更嘉惠中宗和大唐子民。

（三）慎刑恤典

早在《尚書》就已經出現「明德愼罰」（〈周書・康誥〉）、「惟刑恤哉」（〈虞書・舜典〉）這類呼籲執法謹愼、惟恐用刑過濫的言論。但是含冤莫白、抱撼以終的例子，依舊史不絕書。連唐太宗也有失察的時候：

> 唐太宗謂侍臣曰：「張亮有義兒五百人，將何爲也，正欲反爾？」命百寮議其獄，多言亮當誅。雖將作少監李道裕言，亮反形未具，明其無罪。太宗盛怒，竟斬於市。歲餘，刑部侍郎闕，令執政擇人，累奏不可。太宗曰：「朕得其人矣。往者李道裕議張亮反形未具，此言當矣。雖不即從，至今追悔。」以道裕爲刑部侍郎。（〈尤悔〉3）
>
> 張蘊古，獻〈大寶箴〉者也，除大理丞。初，河內人李好德語涉妖妄，而素有風癲疾，蘊古以爲法不當坐。侍御史權萬紀，劾蘊古家住相州，好德之兄厚德爲相州刺史，情在阿縱。太宗大怒，斬蘊古東市。尋悔之，自是有覆奏之制。（〈尤悔〉7）

唐太宗錯殺張亮、張蘊古之事，雖然事後他任命在一片張亮當誅聲浪中獨排眾議的李道裕爲刑部侍郎；還爲盛怒之下，錯殺張蘊古的失當行爲，特別下詔往後死刑得經過五次覆奏才能執行〔註 29〕。但再多的補救措施，也無法起死回生。

〔註 27〕《論語・子路》：「仲弓爲季氏宰，問政。子曰：『先有司，赦小過，舉賢才。』曰：『焉知賢才而舉之？』曰：『舉爾所知。爾所不知，人其舍諸？』」

〔註 28〕《舊唐書》卷九三〈狄仁傑傳〉：「仁傑常以舉賢爲意，其所引拔桓彥範、敬暉、竇懷貞、姚崇等，至公卿者數十人。」

〔註 29〕《舊唐書》卷一九〇上〈文苑上〉：「張蘊古，相州洹水人也。性聰敏，博涉書傳，善綴文，能背碑覆局，尤曉時務，爲州閭所稱。自幽州總管府記室直中書省。太宗初即位，上〈大寶箴〉以諷……初，河內人李孝德，素有風疾，而語涉妄妖。蘊古究其獄，稱好德癲病有征，法不當坐。治書侍御史權萬紀劾蘊古家住相州，好德之兄厚德爲其刺史，情在阿縱，奏事不實。太宗大怒，曰：『小子乃敢亂吾法耶？』令斬於東市。太宗尋悔，因發制，凡決死者，命所司五覆奏，自蘊古始也。」

由唐太宗的身上可以得到警惕，刑罰的設立本在勸善懲惡，不能因帝王的喜怒好惡、貴賤親疏而有所差別。一國之君倘若無法貫徹賞罰分明的原則，就無法談論國家治亂：

> 江南李昪問道士王栖霞：「何道可致太平？」對曰：「王者治心治身，乃治家國。今陛下尚未能去飢嗔飽喜，何論太平？」昪後簾中稱歎，以爲至言。（〈言語〉46）

王栖霞之所以否定李昪致太平的能力，關鍵也就在這裡。

反之，國君如果能夠記取教訓，反躬自省，孔平仲也都予以肯定：

> 周世宗用法太嚴，群臣職事小有不舉，往往寘之極刑，雖素有才幹聲名，無所開宥。尋亦悔之。末年浸寬，登遐之日，遠近哀慕焉。（〈尤悔〉24）

第三節　表彰忠良

一、《續世說》中的明君賢臣

《貞觀政要．納諫》記錄了一段唐太宗與魏徵的對話：

> 貞觀六年〔註30〕，有人告尚書右丞魏徵，言其阿黨親戚。太宗使御史大夫溫彥博案驗其事，乃言者不直。彥博奏稱，徵既爲人所道，雖在無私，亦有可責。遂令彥博謂徵曰：「爾諫正我數百條，豈以此小事，便損眾美。自今已後，不得不存形跡。」居數日，太宗問徵曰：「昨來在外，聞有何不是事？」徵曰：「前日令彥博宣敕語臣云：『因何不存形跡？』此言大不是。臣聞君臣同氣，義均一體。未聞不存公道，惟事形跡。若君臣上下，同遵此路，則邦國之興喪，或未可知！」太宗瞿然改容曰：「前發此語，尋已悔之，實大不是，公亦不得遂懷隱避。」徵乃拜而言曰：「臣以身許國，直道而行，必不敢有所欺負。但願陛下使臣爲良臣，勿使臣爲忠臣。」太宗曰：「忠良有異乎？」徵曰：「良臣使身獲美名，君受顯號，子孫傳世，福祿無疆。忠臣身受誅夷，君陷大惡，家國並喪，獨有其名。以此而言，相去遠矣。」太宗曰：「君但莫違此言，我必不忘社稷之計。」乃賜絹二百匹。

〔註30〕君按：依《舊唐書》卷七五〈魏徵傳〉稱「太宗新即位，勵精政道，數引徵入臥內，訪以得失……」當作貞觀元年，應是「六」與「元」形近而誤。

《續世説》也載錄了這段對話，但內容頗有差距，〈言語〉：

> 魏徵謂太宗曰：「願陛下使臣爲良臣，勿使臣爲忠臣。」帝曰：「忠、良有異乎？」徵曰：「良臣：稷、契、臯陶是也；忠臣：龍逄、比干是也。良臣使身獲美名，君受顯號，子孫長世，福祿無疆；忠臣身陷誅夷，君陷大惡，家國並喪，空有其名。以此而言，相去遠矣。」帝深納其言。（第15則）

孔平仲以稷、契、臯陶爲良臣；龍逄、比干爲忠臣。稷、契、臯陶面對的是聖王堯、舜；龍逄、比干所面對的卻是暴君桀、紂。這意味著國之興衰不只在於人臣的忠良與否，國君的昏庸英明也是能不能開創太平盛世的重要關鍵。〈箴規〉：

> 隋煬帝時，五月五日，百僚上饋，多以珍玩。蘇威獻《尚書》一部，微以諷帝，帝意不平。（第3則）
>
> 隋文帝時，蘇威見宮中以銀爲幔鉤，因盛陳節儉之美以諭上。上爲之改容，雕飾舊物，悉命除毀。（第4則）

同樣面對蘇威的諷諫，隋文帝爲之改容，並且立即撤換了銀鉤；隋煬帝卻是意有不平。兩人態度決定隋朝的命運。由於君臣間存有相輔相成的互動關係，所以孔平仲強調君道與治道；也重視官德與吏風。在他心目中舉凡公忠體國者、犯顏進諫者、懲奸除惡者、公正守法者、勤儉廉潔者、體恤百姓者……無論官位高低，他都一一載錄，就是希望人人臣立下典範。略舉數篇以見孔平仲心中群賢的形象。〈政事〉：

> 梁徐勉爲侍中，時師方侵魏，候驛塡委。勉參掌軍書，劬勞夙夜，動經數旬，乃一歸家，羣犬驚吠。勉歎曰：「吾憂國忘家，乃至於此，它日亦是傳中一事。」（第7則）

宋呂本中《官箴》云：「當官之法，唯有三事，曰清、曰愼、曰勤。知此三者，可以保祿位，可以遠恥辱，可以得上之知，可以得下之援。」徐勉已經做到其中的「勤」。

至於「清」、「愼」則有阮長之和裴垍：

> 宋阮長之爲武昌太守，時郡田祿以芒種爲限，前此去官者，一年祿秩，皆入後人。長之去武昌郡，代人未至，以芒種前一日解印綬去。所蒞皆有風政，爲後人所思。宋世言善政者咸稱之。（〈政事〉8）

裴垍作相，器局峻整，人不敢干以私。嘗有故人子自遠詣之，垍資給優厚，從容款狎，其人乘間求京兆判司，垍曰：「公才不稱此官，不敢以故人之私傷朝廷至公。它日有盲宰相憐公者，不妨得之，垍則必不可。」（〈方正〉43）

阮長之是劉宋時代蒞官有風政、爲後人所思的一位好官，他擔任武昌太守因爲當時制度尚未改成計月分祿，竟空手而歸。而他的清廉還不止於此，早在他離京赴任前，就將親故贈別的器物悉以奉還〔註31〕，堪稱廉潔自持的榜樣。裴垍於故人資給優厚，是不忘舊情，但官職非私下可以授受，因而嚴辭予以拒絕；皆表現出剛直無私的品格。尤其是那句「盲宰相」更是對循私亂紀者最嚴厲的譴責。

其他正直敢言，不惜犯顏進諫，以及懲奸除惡，不輕易屈服於權貴的臣子，也深獲孔平仲青睞：

魏主畋於河西，尚書令古弼留守，詔以肥馬給獵騎，弼悉以弱馬給之。帝大怒曰：「筆頭奴，敢裁量朕！朕還台，先斬此奴！」弼頭銳，故帝常以筆目之。弼官屬皇怖，恐并坐誅，弼曰：「吾爲人臣，不使人主盤於游田，其罪小；不備不虞，乏軍國之用，其罪大。今蠕蠕方強，南寇未滅，吾以肥馬供軍，弱馬供獵，爲國遠慮，雖死何傷。」帝聞之歎息，賜之以衮馬。它日，魏主復畋於山北，獲麋鹿數千頭，詔尚書發牛車五百乘載之。詔使已去，魏主謂左右曰：「筆公必不與我，汝輩不如自以馬運之。」遂還。行百餘里，得弼表曰：「今秋穀懸黃，麻菽布野，豬鹿竊食，鳥雁侵費，風雨所耗，朝夕三倍。乞賜矜緩，使或收載。」帝曰：「筆公可謂社稷之臣矣。」（〈直諫〉1）

李元紘爲雍州司户，太平公主與僧寺爭碾磑，元紘斷還僧寺。竇懷貞爲雍州長史，懼太平公主勢，促令改斷。元紘大書判後曰：「南山或可改移，此終無搖動。」懷貞不能奪。（〈方正〉15）

太武帝到河西校獵，讓古弼留守，也看得出對他的倚重和信任。但要求古弼供應馬匹卻遭到拒。但他堅持肥馬供軍，弱馬供獵，完全出自爲國遠慮，因

〔註31〕《宋書》卷九二〈良吏〉：「初發京師，親故或以器物贈別，得便緘錄，後歸，悉以還之。在中書省直，夜往鄰省，誤著履出閤，依事自列門下；門下以暗夜不知，不受列。長之固遣送之，曰：『一生不侮暗室。』前後所蒞官，皆有風政，爲後人所思。」

此日後太武帝需要車輛補給，也顧慮到古弼的態度而打消。可見正臣得遇明君，如同魚水，對彼此而言皆爲美事。李元紘在太平公主承恩用事，百官無不希旨奉承之際，竟然毫不偏袒將碾磑斷還僧寺〔註 32〕，即使他的上司竇懷貞出面勸說，依舊不爲所動。李元紘展現維護法令的堅決意志，連竇懷貞也無法改變。如此道德勇氣，也值得流傳千古。

或許這些所謂的忠臣良吏，他們最初的出發點只爲獨善其身，做好自己的本份，他們的作爲也只得到百姓的讚揚，未必能夠得到朝廷肯定，君主提拔，但有時對邪惡小人也能產生某種程度的嚇阻作用：

> 楊綰久積公輔之望，及大拜詔下，朝野相賀。綰素以德行著聞，質性廉貞，車服儉樸，居廟堂未數日，人心自化。御史中丞崔寬家富於財，有別墅在皇城之南，池館台榭爲當時第一，寬即日毀拆。中書令郭子儀在邠州行營聞綰拜相，座內音樂減散五分之四。京兆尹黎乾騶馭百餘，亦即日減損留十辟而已。其餘望風變奢從儉者，不可勝數。其鎮俗移風若此，人以爲在楊震、丙吉、謝安、山濤之上。（〈德行〉33）

楊綰實際行動力行廉潔，竟讓其他官員願意收斂過去鋪張的作風，對端正世風也有積極正面的意義。

孔平仲視爲忠良的不只是人臣而已，朝夕處於君側的后妃，她們的一言一行往往左右帝王的決定，若能謹守本分，適時進言，或可成就明主；若掩袖工讒，狐媚惑主，則昏君暴主於焉誕生。因此後宮的影響力，著實不可小覷。《續世說》對能勸善阻惡的後宮賢媛，也不吝記上一筆：

> 太宗長孫后，太宗常與后論及賞罰之事，后曰：「牝雞司晨，惟家之索。妾以婦人，豈敢預聞政事。」太宗固與之言，竟不答。后所生長樂公主，太宗特所鍾愛，及將出降，敕所司資送倍於長公主。魏徵諫曰：「昔漢明帝將封皇子，帝曰：『朕子安得同於先帝子乎？』若今公主之禮有過長主，理恐不可。」太宗以徵言告后，后歎曰：「能以義制主之情，可謂正直社稷之臣矣。」因請遣中使齎帛五百匹，詣徵宅賜之。后嘗著論誚漢馬后，以爲不能抑退外戚，令其貴盛，乃戒其「車如流水馬如龍」，此乃開其禍端而防其事爾。（〈賢媛〉6）

〔註 32〕《舊唐書》卷九八本傳：「元紘少謹厚。初爲涇州司兵，累遷雍州司户。時太平公主與僧寺爭碾磑，公主方承恩用事，百司皆希其旨意，元紘遂斷還僧寺。」

> 太宗徐賢妃諫伐遼，云：「運有盡之農功，塡無窮之巨浪，圖未獲之它眾，喪已成之我軍。」諫造宮室，云：「終以茅茨示約，猶興木石之疲；假使和雇取人，不無煩擾之敝。」又云：「有道之君，以逸逸人；無道之君，以樂樂身。」諫服玩纖靡，云：「作法於儉，猶恐其奢，作法於奢，何以制後。」（〈賢媛〉7）
>
> 石晉末年，契丹連歲入寇，中國疲於奔命，契丹人畜亦多死，國人厭苦之。述律太后謂契丹曰：「使漢人爲胡主可乎？」曰：「不可。」曰：「然則汝何故欲爲漢王？」曰：「石氏負恩，不可容。」太后曰：「汝今雖得漢地，不能居也；萬一蹉跌，悔何所及。」（〈尤悔〉20）

長孫皇后的賢德，向來史不絕書，她對唐太宗的襄助，也是後人所津津樂道。徐賢妃常針對唐太宗行事提出建言，用心不下於朝臣。述律太后雖屬外族，她的高瞻遠矚卻值得肯定。契丹入侵中原，非但中國疲於奔命，契丹本身亦未蒙其利，如此損人不利己的行爲，應該要及早停止，述律太后的一番話就如木鐸金聲般發人深省。孔平仲能夠洞察這股來自后妃的影響力，且不因她們是女流之輩就刻意忽視，也是他目解獨到的地方。

二、表彰忠良的用意

由《續世說》對明君賢臣的描述來看，孔平仲筆下沒有不犯錯、完美無瑕的聖君，只有勇於改過、不執著己見危害天下蒼生的明主。而如何洞察國君缺失，及時提出糾正，則有賴於賢臣的輔佐。至於人臣，孔平仲倒不像魏徵願做良臣而非忠臣，能以身殉國，在他看來也是值得尊崇。

不過《續世說》表彰忠良，重心仍舊放在臣子這邊，如此做法是有其時代因素的。雖然孔子要求「君子群而不黨。」（《論語・衛靈公》）荀子也說：「上不忠乎君，下善取譽乎民，不卹公道通義，朋黨比周，以環主圖私爲務，是篡臣者也」（《荀子・臣道》）。但是宋人打破這樣的觀念，王禹偁首先提出「朋黨之來遠矣，自堯舜時有之，八元八凱，君子之黨也；四凶族，小人之黨也……夫君子直，小人諛，諛則順旨，直則逆耳，人君惡逆而好順，故小人道長，君子道消也」（《小畜集》卷一五〈朋黨論〉）的看法。歐陽修進一步指出「大凡君子與君子以同道爲朋，小人與小人以同利爲朋，此自然之理也。」（《歐陽文忠公集》卷一七〈朋黨論〉）承認朋黨存在的合理性，並以「尚道」和「尚中」爲區別。既然朋黨存在是事實，賢明的國君只能透過君子、小人之別，來達到理想的政治格局。

但是士大夫各分黨派，政權又難長久把持，如此一來，躋身政壇的文人士大夫，爲了維護自己的執政地位，就必須千方百計證明自己是正人君子，反對的勢力即是奸邪小人。最明顯的例子就是紹聖元年章惇剛被朝廷以宰相名義召回，人尚且未抵達京師，就急著指稱司馬光爲奸邪〔註 33〕。由此看來，如何訂定標準以爲忠奸之辨，以免流於以成敗論英雄的窠臼，就顯得格外重要。

然而歷代賢臣往往默默盡忠職守，不像姦佞小人長袖善舞、醜態百出。想要傳述他們的事蹟，誠非易事。孔平仲苦心蒐集這類故事，一一載於《續世說》中，還增加〈直諫〉一門，且以全書之冠的篇幅記錄了南北朝到五代的諍臣形象，除了落實《論語》中孔子兩度提到「舉直錯諸枉」〔註 34〕的精神，也有著爲朝廷用人提供借鑒的考量。

第四節　貶斥姦佞

一、《續世說》中的昏君姦佞

秦果〈序〉稱《續世說》具有「載言行美惡，區以別之」的特質，所以孔平仲書寫明君治國安民的事蹟，也蒐羅陳後主、隋煬帝……等亡國昏君的實例；細述忠貞賢良的臣子，還透過〈假譎〉、〈黜免〉、〈讒險〉、〈仇隙〉、〈邪諂〉、〈姦佞〉等門類描寫官場上邪佞群小忝不知恥的行爲。

值得注意的暴君昏主朝中，不乏忠臣良臣相佐；英主明君身邊，也有一班奸邪，隨時準備伺機而動，《世說新語》雖然難得出現廟堂議政的言論，但〈規箴〉卻罕見記錄了一段發人深省的對話：

〔註 33〕《長編》卷四八五：「紹聖初，章惇以宰相召，道過山陽，瓘適相遇，隨艤謁之。惇素聞瓘名，獨請登舟，共載而行，訪以當世之務，曰：『計將安出？』瓘曰：『請以乘舟爲喻，偏重其可行乎？或左或右，其偏一也，明此則可行矣。』惇默然未答。瓘復曰：『上方虛心以待公，公必有以副上意者，敢問將欲方行之序，以何事爲先，何事爲後？何事當緩，何事當急？誰爲君子，誰爲小人？諒有素定之論，願聞其略。』惇復錮思良久曰：『司馬光姦邪，所當先辨，無急於此。』」

〔註 34〕〈爲政〉：「哀公問曰：『何爲則民服？』孔子對曰：『舉直錯諸枉，則民服；舉枉錯諸直，則民不服。』」又〈顏淵〉：「樊遲問仁。子曰：『愛人。』問知。子曰：『知人。』樊遲未達。子曰：『舉直錯諸枉，能使枉者直。』樊遲退，見子夏曰：『鄉也，吾見於夫子而問知。子曰：「舉直錯諸枉，能使枉者直。」何謂也？』子夏曰：『富哉言乎！舜有天下，選於眾，舉皋陶，不仁者遠矣；湯有天下，選於眾，舉伊尹，不仁者遠矣。』」

京房與漢元帝共論，因問帝：「幽、厲之君何以亡？所任何人？」答曰：「其任人不忠。」房曰：「知不忠而任之，何邪？」曰：「亡國之君各賢其臣，豈知不忠而任之？」房稽首曰：「將恐今之視古，亦猶後之視今也。」（第2則）

京房這番話，眞正的用意在勸諫漢元帝不可信任弘恭、石顯之類的小人，以免重蹈幽、厲覆轍。然而歷代君主像漢元帝這樣深諳其理，卻無法付諸行動者，豈在少數。《續世說・邪諂》：

隋太史令袁充言：「隋興以後，日景漸長；太平，日行上道。」文帝曰：「景長之慶，天之祐也。」改元仁壽。百工役作，並加程課，以日長也。丁匠苦之。（第5則）

何澤爲吏部郎中、史館修撰。嘗因起居退，獨自遲留，以笏扣頭，北望而呼曰：「明主，明主！」明宗知其佞，亦不責之。（第40則）

日月運行自有其道，豈有因改朝換代而漸長之理，而隋文帝竟不辨；後唐明宗「雖出夷狄，而爲人純質，寬仁愛人。於五代之君，有足稱也」（《新五代史》卷六〈唐本紀〉），也深知何澤「外雖直言，而內實邪佞」（《新五代史》卷五六〈雜傳〉），卻甘心接受阿諛。印證了「人君無愚智賢不肖，莫不欲求忠以自爲，舉賢以自佐，然亡國破家相隨屬，而聖君治國累世而不見者，其所謂忠者不忠，而所謂賢者不賢也」（《史記・屈原賈生列傳》）。

《續世說》中的奸臣含蓋甚廣，包括徇私誤國者、逢迎諂媚者、迫害忠良者、違法亂紀者、貪汙奢華者、罔顧民生者，雖然其惡行大小有別，但同樣對國家造成傷害。更可恨的是歷來奸臣有許是集數惡於一身，天下莫不銜恨之，而國君獨不知。《續世說・方正》：

肅宗欲大用李勉。會李輔國寵任，意欲勉降禮於已，勉不爲之屈，竟爲所抑，出歷汾、虢刺史。後爲相，盧杞自新州司馬除澧州刺史，袁高奏駁，遂授澧州別駕。勉謂德宗曰：「衆人皆言盧杞奸邪，而陛下獨不知。此所以爲姦邪也。」時人多其正直。（第23則）

盧杞的惡行《續世說》載錄的就有以下三則：

盧杞忌張鎰名重道直，無以陷之，以方用兵西邊，僞自請行。上固以爲不可，乃薦鎰爲隴右節度使，鎰竟爲亂兵所殺。（〈讒險〉15）

盧杞字子良，貌陋而色如藍，人皆鬼視之。初爲御史中丞，尚父子儀病，百官造問，皆不屏姬侍，聞杞至，悉令屏去，獨隱几以待之。

杞去，家人問其故，子儀曰：「杞貌陋而心險，左右見之必笑。此人得權，則吾族無類矣。」杞居相位，忌能妒賢，迎吠陰害，小不附者，必致之於死。楊炎、崔甯、顏眞卿皆杞所殺也。又激怒李懷光，使與朱泚連衡。袁高奏其惡，云：「將校願食其肉，卿士嫉之若讐。」（〈讒險〉16）

盧杞惡顏眞卿，欲出之於外。眞卿謂杞曰：「先中丞傳首至平原，眞卿以舌舐面血，今相公忍不相容乎？」杞矍然起拜，心甚怒之。李希烈叛，德宗問計於杞，杞曰：「誠得重臣爲陳逆順，希烈必革心悔過，可不勞軍旅而服。顏眞卿三朝舊臣，忠直剛決，名重海內，人所信服。眞其人也。」上以爲然，命眞卿詣許州宣慰。詔下，舉朝失色。李勉表言：「失一元老，爲朝廷羞。」眞卿竟爲希烈所殺。（〈讒險〉22）

盧杞雖然字子良，卻是個存心不良的陰險小人，從他陷害張鎰、楊炎、崔甯、顏眞卿，以至「將校願食其肉，卿士嫉之若讐」等事觀之，如此窮兇惡極之人，即使是年高德卲又有功於朝廷的郭子儀，對他猶有所顧忌；但德宗卻聽任他陷害忠良，渾然不覺。李勉的話，眞是一針見血。

而奸臣之所以能夠隻手遮天，讓國君不知其險惡巧詐，往往又與其巧言利口，擅長逢迎諂媚有關。〈姦佞〉：

鄭注本姓魚，人目之爲水族。以藥術游長安權豪之家。李愬鎮襄陽，得其藥力，欲鎮徐州，以注參決軍政。注詭辯陰狡，善探人意，然專作威福，軍府患之。監軍王守澄怒，以軍情白愬，愬曰：「彼實奇才也，將軍試與之語。或不如旨，去之未爲晚也。」愬令謁守澄，守澄初有難色，及與語，機辨縱橫，盡中其意，遂恨相見之晚。守澄入知樞密，注大同事。御史李款奏彈注內通敕使，外連朝士，請付法司。旬日之間，章數十上。守澄匿於右軍。左軍中尉韋元素等皆惡注，左軍將李宏楚說元素曰：「鄭注奸猾無雙，卵㲉不除，使成羽翼，必爲國患。今因御史所劾匿軍中，宏楚請以中尉意召注，僞有疾，使治之，因而擒之。」元素以爲然，召之。注至，蠖屈鼠伏，佞詞泉湧，元素不覺執手款曲，諦聽之忘倦，厚遺金帛而遣之。太和八年，守澄引注見文宗於浴堂門，賜錦綵。是夕，彗星出東方，長三尺，光芒甚緊。（第16則）

鄭注的出身像是方士之流，卻能憑藉詭辯陰狡，善探人意，成爲左右李愬決策的人，連原先對鄭注不滿的王守澄、韋元素都先後被他給說服，甚至還攀附到唐文宗身邊，讓文宗不聽勸諫地任命他爲太僕卿兼御史大夫〔註 35〕。對於鄭注連番奇遇終於躋身君側，竟只能透過慧星的出現，來表達世人對君子道消小人道長，君子遭殃小人得志的無奈。天道如此，守法君子怎能不齒冷心寒！

說起逢迎諂媚，投執政者所好，不顧道理、曲色奉承，就是一種手段：

> 姚璹在桂州時，則天雅好符瑞，璹訪嶺南諸山川草木，名號有「武」字者，皆以爲上符國姓，列奏其事。則天大悅，召爲天官侍郎。（〈邪諂〉12）

姚璹是姚思廉之孫。因爲博涉經史，有才辯，善於選補，爲時人所稱。卻爲了取悅武后而如此妄奏，無怪乎史家會以「矧乃妄求符瑞，已失忠貞；精擇楚茅，難裨過咎。不常其德，罔異承羞」〔註 36〕來評論他的功過。

另一種手段，就是獻上珍奇異寶：

> 齊映爲江西觀察使，自以須爲輔相，無大過而罷，冀復進用。乃倍斂貢奉，及大爲金銀器以希旨。先是，銀瓶高者五尺餘，李兼在江西進六尺者。至是，映因德宗誕日端午，爲瓶高八尺者以獻。（〈邪諂〉21）

齊映爲討好唐德宗，不惜倍斂貢奉，製造規格空前的八尺瓶做爲壽禮。以民脂民膏爲自己的前程鋪路，正是此輩可惡之處。

〔註 35〕《舊唐書》卷一六九本傳：「太和七年，罷邠甯行軍司馬，入京師。御史李款閣內彈之曰：『鄭注內通敕使，外結朝官，兩地往來，卜射財貨，晝伏夜動，幹竊化權。人不敢言，道路以目。請付法司。』旬日內，諫章十數，文宗不納。尋授注通王府司馬，充右神策判官，中外駭歎。八年九月，注進藥方一卷，令守澄召注對浴堂門，賜錦彩。召對之夕，彗出東方，長三尺，光耀甚緊。其年十二月，拜太僕卿、兼御史大夫。」

〔註 36〕《舊唐書》卷九三本傳云：「姚璹，字令璋，散騎常侍思廉之孫也。少孤，撫弟妹以友愛稱。博涉經史，有才辯。永徽中明經擢第。累補太子宮門郎。與司議郎孟利貞等奉令撰《瑤山玉彩》書，書成，遷秘書郎。調露中，累遷至中書舍人，封吳興縣男。則天臨朝，遷夏官侍郎。坐從父弟敬節同徐敬業之亂，貶桂州都督府長史。時則天雅好符瑞，璹至嶺南，訪諸山川草樹，其名號有『武』字者，皆以爲上膺國姓，列奏其事。則天大悅，召拜天官侍郎。善於選補，時人稱之。」又傳後史臣曰：「璹成都布政，始卒不佯；相國上章，或否或中。且焚明堂而避正殿，固掙何多；黜唐頌而立天樞，一言非措。矧乃妄求符瑞，已失忠貞；精擇楚茅，難裨過咎。不常其德，罔畏承羞。」

尤其甚者是將橫徵暴斂的財物飽入私囊：

陳少游除桂州，畏遠官，覬近郡。時中官董秀用事，少游乃宿於其里，候其下直，際晚謁之。從容曰：「七郎家中幾口，月費幾何？」秀曰：「久忝近職，然家累甚重，又屬時物騰貴，月費僅千餘緡。」少游曰：「據此費用，俸錢不足，須求外人，方可取濟。少游雖不才，請以一身獨供七郎之費，每歲請獻錢五萬貫。今先輸大半，餘到官續送，免貴人勞慮，不亦可乎？」秀忻然踰望，厚相結納。少游言訖，泣曰：「南方炎瘴，深愴違辭，恐不生還，再覩顏色。」秀遽曰：「中丞美才，不當遠去。請從容旬日，冀竭蹇分。」時少游又已納財於元載子仲武矣。秀爲之內，載爲之外，數日改拜宣州觀察使。後移越州，又徙揚州。十餘年間，三總大藩，皆天下殷厚處也。徵求貿易，且無虛日，斂積財寶，累巨億萬。初結元載，每歲饋金帛約十萬貫，又納賄於用事中官駱奉仙、劉清潭、吳承倩等，由是美聲達於禁中，累加官至同平章事。（〈邪諂〉36）

陳少游爲揚州觀察使，李希烈陷汴州，聲言欲襲江淮。少游懼，乃遣款於希烈，曰：「濠、壽、舒、廬，尋令罷壘，韜戈卷甲，佇候指揮。」然人不知其送款也。劉洽收汴州，得希烈僞起居注：「某月日陳少游上表歸順。」少游聞之，慙而卒。（〈假譎〉10）

陳少游靠著賄賂，不僅如願獲得官職，甚至「美聲達於禁中」；即使上表歸順李希烈求自保的不堪往事，最後還是紙包不住火地傳開，讓他慚惶發疾而卒，但朝廷仍舊給予「贈太尉，賻布帛，葬祭如常儀」〔註 37〕的待遇。這樣的結果，頗令誠信廉潔的君子拊心切齒、徒呼負負，不過他的穢行終究難逃史家譴責！

付諸歷史公斷，讓這些奸徒遺臭萬年，成了孔平仲懲惡的手段，也是《續世說》繼承《春秋》之筆的具體表現。

二、貶斥姦佞的原委

在宋代特殊的朋黨文化下，剛開始士大夫還能本著強國富國的理想，提出政治主張，不讓私情與利祿之見羼染其間。發展出不同於漢代因反對宦官

〔註 37〕《舊唐書》卷一三〇本傳：「少游聞之，慚惶發疾，數日而卒，年六十一，贈太尉，賻布帛，葬祭如常儀。」

而集結的「黨人」，以及唐代牛李兩黨相互傾軋的模式。但從神宗朝出現新舊兩黨反覆爭權的局面，所謂君子亦有黨，終究還是走向勝者當權、敗者流竄之途，直到北宋滅亡都不曾改變。

在不同立場的政權角力下，極力表明自己是正人君子，指斥反對勢力爲奸邪小人的事情，時有所聞。孔平仲的政治主場，不像孔文仲那樣分明；他在朝爲官的時間，也沒有孔武仲長。但從《宋史》本傳看來，他這一生至少有兩次因爲牽涉到黨爭而仕途受挫，一次是「紹聖中，言者詆其元祐時附會當路，譏毀先烈」；另一次是徽宗親政後，「黨論再起」，他突然被朝廷從永興提刑召回，「送吏部與合入差遣」（說詳上編第參章）。這樣的人生際遇，讓他開始思考君臣間的互動及其歷史影響，讓《續世說》在貶斥姦佞這部分，著力甚深。也因此讓後人感受到《續世說》的編撰其實是藏有弦外之音的。

蕭相愷《宋元小說史》就說：「對於奸邪醜類，《續世說》則給予無情抨擊，尤其是對一些方士行騙，及迷信道家長生術之人的譏諷，在崇信道教的當時，頗有針砭意義。」並舉《續世說．假譎》高駢好神仙〔註 38〕這則故事爲例，謂「小說雖寫的是歷史上的高駢上當受騙，卻很有些借古諷今之意，至少是客觀上諷刺了宋徽宗迷信方士。而在小說中呂用之身上，似乎也帶有宋徽宗所寵信的道士林靈素的影子。」〔註 39〕蕭氏又舉前引〈姦佞〉篇鄭注的故事，並做出評論：

> 這裡的鄭注，看來是個方士或游方郎中，但他靠著「善探人意」、「機辨縱橫」、「佞詞泉湧」，不僅一次次躲過禍患，而且一步步向上爬，

〔註 38〕〈假譎〉16：「高駢好神仙，有方士呂用之，引其黨張守一、諸葛殷同蠱惑之。殷始自鄱陽來，用之先言於駢曰：『玉皇以公職事繁重，輟左右尊神一人佐公。』明日，殷謁見，詭辨（全宋筆記作「辯」）風生，駢以爲神。殷病風疽，駢有畜犬，聞其腥穢，多來近之。駢怪之，殷笑曰：『殷常於玉皇前見之，別來數百年，猶相識也。』有蕭勝者，賂用之求鹽城監，駢有難色，用之曰：『用之非爲勝也，近得上仙書云：「有寶劍在鹽城井中，須一靈官取之。」以勝上仙左右之人，欲使取劍爾。』駢乃許之。勝至鹽城數月，函一匕首以獻，用之見，稽首曰：『此北帝所佩，得之則百里之內，五兵不能犯。』駢乃飾以珠玉，常置座隅。用之又刻青石爲奇字，云『玉皇授白雲先生高駢』，密令左右置道院香案，駢得之，驚喜，用之曰：『玉皇以公焚修功著，將補眞官，計鸞鶴不日當降此際，用之謫張亦滿，必得侍幢節，同歸上清爾。』用之每對駢訶叱風雨，仰揖空際，云：『有神仙過雲表。』駢輒隨而拜之。後用之爲楊行密所誅，發其中堂，得桐人，書駢姓名，桎梏而釘之。」

〔註 39〕見第八章〈宋元軼事小說〉，頁 257。

> 甚至得到皇帝的賞識。作者本意也許是要描繪鄭注的狐媚有術，而小說中那些王公大臣們儘管知道鄭注「專作威福」，「內通敕使，外連朝士」，「奸猾無雙，卵㲉不除，使成羽翼，必爲國患」，儘管也有人要將他繩之以法，擒而除之，然一和鄭注接觸，和他交談，便立刻改變初衷，不但未予懲治，還對他信任有加，委以要任。這至少在客觀上反映了那個時代從皇帝到滿朝文武都喜愛逢迎諂諛的小人。小說末尾寫皇帝帝賜給鄭注錦彩，是夕天垂異象，「彗星出東方，長三尺，光芒甚緊」，含意更其深刻。這是在告誡統治者，不要信用那些狐媚有術的小人。聯繫宋徽宗信用童貫、蔡京等六賊的情況，小說似乎亦有現實針對性〔註40〕。

這番話看似有理，不過目前雖無法證明《續世説》作於何時，可是由孔平仲卒於崇寧初，他寫高駢和鄭注的故事，是否針對宋徽宗寵幸童貫、蔡京、林靈素……等而作，恐怕還有待商榷。但本論文下編第壹章曾指出哲宗非但迷信，而且有服食丹藥的習慣，《續世説》的故事或許就是有感於此而寫下。

可以肯定的是孔平仲極力書寫昏君姦佞，還是有以此書爲鑒別正邪之明鏡的意圖，希望藉此讓姦邪小人陰險醜陋的面目，從此無所遁形。

第五節 推崇人才

一、《續世說》肯定的人才

受宋代「右文」政策的影響，宋人眼中的人才，自然也以文彥學士爲優先。任用文人並非壞事，但如何使人盡其才，方能讓朝廷和百姓得到最大的利益。正如蔡襄所說「凡人之材，各有所能，不一等也。一人之智，兼治數局，時有不能也。有文詞之職，有吏治之職，有兵戎之職，有財利之職。夫有吏治之材，使之臨兵戎之事，則時有不能也。有財利之術，使之論朝廷之事，則時有不能也。今世用人，大率以文詞進。大臣，文士也；近侍之臣，文士也；錢穀之司，文士也；邊防大帥，文士也；天下轉運使，文士也；知州郡，文士也。雖有武臣，蓋僅有也。」因此許多官吏的任命，實際上是不符合朝廷需求的。所以他主張「文士觀其所長，隨其材而任之，使其所能，

〔註40〕見第八章〈宋元軼事小說〉，頁258。

則不能者止。其術莫善於還。詞令之職，還於文士；講說之職，還於儒學；典禮之職，還於博士：兵戎之職，還於武士；吏文之職，還於法吏；金穀之職，還於利臣。」(《端明集》卷二二〈國論要目・任才〉)

孔平仲對人才的看法，和蔡襄相似。雖然他也肯定博學通達、富文采者，不過他所認定的文采，範圍十分寬廣。由於孔平仲本身的文學觀還停留在傳統儒家對文學的認知，而不是趨向文學自覺的純文學觀念，因此仍舊以學術這方面的才能爲優先，所以他頭一個推薦的，當然就是那些博綜經典、精熟注疏的通儒。〈文學〉：

> 陳沈不害通經術，善屬文，雖博綜經典，而家無卷軸。每制文，操筆立成，曾無尋檢。汝南周宏正稱之曰：「沈生可謂無意聖人者乎！」（第 12 則）
>
> 北齊陸乂，於五經最精熟，館中謂之「石經」。人語曰：「五經無對有陸乂。」（第 14 則）
>
> 後魏李謐少好學，師事孔璠。數年後，璠還就謐請業，時人語曰：「青成藍，藍謝青。師何常，在明經。」謐每曰：「丈夫擁書萬卷，何假南面百城。」遂絕迹下帷，杜門卻掃，棄產營書。手自刪削，卷無重複者，四千有餘矣。（第 15 則）

其中沈不害事出自《陳書》卷三三〈儒林傳〉；李謐事見《魏書》卷九〇〈逸士傳〉。這兩人都是平常較少受到矚目的人物，透過《續世說》讀者可以省去檢索浩瀚史書之繁來認識他們，這也是《續世說》的價值。

學術之外，素來講求文章必須具備政治教化等實用目的孔平仲，在曹丕所稱「四科」當中，最重視奏議、綸誥這些文類：

> 王方慶賞徐堅文章典實，常稱曰：「掌綸誥之選也。」楊再思亦曰：「此鳳閣舍人樣，如此才識，走避不得。」（〈文學〉21）
>
> 楊炎與常袞並掌綸誥，袞長於除書，炎善爲德音。自開元以來，言制誥之美者，時稱「常楊」焉。（〈文學〉22）
>
> 柳璨爲左拾遺，公卿朝野托爲箋奏，時譽日洽，以其博奧，目爲「柳篋子」。昭宗召爲翰林學士，即以爲相，任人之速，古無茲例。」（〈文學〉29）

徐堅、楊炎、常袞等人的吏政才幹勝過於文學成就，孔平仲將他們的故事選進〈文學〉中，更能看出《續世說》不同於《世說新語》的選材取向。

另有幾位寫銘誄、撰碑頌的高手，也頗受孔平仲推崇：

權德輿於述作特盛，《六經》百氏，游泳漸漬，其文雅正而宏博。王侯將相洎當時名人薨歿，以銘紀爲請者十八九，時人爲宗匠焉。尤嗜讀書，無寸晷暫倦。（〈文學〉26）

李邕早擅才名，尤長碑頌，雖貶職在外，中朝衣冠，及天下寺觀，多持金帛，往求其文。前後所制，凡數百首，饋遺亦巨萬。時議以自古鬻文獲財，未有如邑者。（〈文學〉31）

由此也能看出孔平仲不但重視史學經世致用的社會功能，文學也講求實用價值。

站在致用的角度，想扭轉國家頹勢，達到富國、足民、強兵之目的，不但要拔擢具備文詞、吏治能力的人才；有兵戎、財利這方面專長，可以守邊防、司錢穀者亦不可或缺。〈政事〉：

裴遵慶判吏部南曹。天寶中，海內無事，九流輻湊。每歲，吏部選人，動盈萬數，遵慶敏識強記，精核文簿，詳而不滯，時稱吏事第一。（第 30 則）

韋元甫、員錫同在韋陟幕中，元甫精于簡牘，錫詳于訊覆，時謂「員推韋狀」。（第 31 則）

劉晏掌計，雅得其術，賦入豐羨。李巽掌使，一年征課所入，類晏之多歲。明年過之，又一年，加一百八十萬貫。舊制，每歲運江淮米五十萬斛抵河陰，久不盈其數，惟巽三年登焉。（第 33 則）

裴遵慶、韋元甫、員錫、劉晏皆不以文章見稱，但都能在各自的領域發揮所長，最後以吏術留名青史，孔平仲同樣予以肯定。對於騎射武藝也是如此：

齊蕭鏗善射，常以堋的太闊，曰：「終日射侯，何難之有！」乃取甘蔗插地，百步射之，十發十中。（〈巧藝〉13）

唐尉遲敬德善用矟，每單騎入賊陣，賊矟攢刺，終不能傷；又能奪取賊矟，還以刺之。齊王元吉亦善馬矟，欲與相校，凡三奪元吉之矟。元吉雖相歎異，然甚以爲恥。（〈巧藝〉26）

可見孔平仲並沒有重文輕武的觀念。

此外孔平仲十分重視有智識者。所謂「智識」者，第一個讓人想到的就明穎悟，智指出眾；不過孔平仲還要求須具備獨到的眼光，並且對環境的變化迅速做出反應。〈識鑒〉：

隋時天下寧晏，論者咸以國祚方永。房玄齡密告其父，言：「隋帝本無功德，但誑惑黔黎，不為後嗣長計，混諸嫡庶，使相侵奪，儲后藩枝，競崇淫侈，終當內相誅戮，不足保全國家。今雖清平，其亡可翹足待也。」其父彥謙驚而異之。（第 8 則）

房玄齡是孔平仲欣賞的對象之一，《續世說》記錄了多則關於他的故事。這裡便是肯定他洞燭先機的能力。隋文帝統一天下之後，四海無不認為太平盛世指日可待，房玄齡卻在河清海晏之際，由隋朝君主但知淫慾奢華，缺乏道德修養，看出眼前的清平不過是一時光景，足以看出他的見識不凡。日後他之所以投靠唐太宗李世民，成為唐朝開國名臣〔註 41〕，絕非偶然。

另一種則是有知人之明，能識才舉賢者。人才固然重要，能夠相中千里馬的伯樂尤不可缺。〈識鑒〉：

安祿山討奚、契丹，敗衄，張守圭執祿山送京師，請行朝典。張九齡奏劾曰：「穰苴出軍，必誅莊賈；孫武教戰，亦斬宮嬪。守圭軍令必行，祿山不宜免死。」上特舍之。九齡奏祿山狼子野心，面有反相，臣請因事戮之，冀絕後患。上曰：「卿勿以王夷甫知石勒故事，誤害忠良。」遂放歸藩。後祿山反，玄宗幸蜀，思九齡之先覺，下詔褒贈，遣使就韶州致祭。（第 16 則）

張九齡前後四次參與吏部試拔，他識才的能力也是有目共睹，玄宗對他一直很信任，唯獨請求除去安祿山這件事，遭到玄宗駁回，日後安祿山果真叛變，足以看出張九齡在識人這方面的能力優於唐玄宗。

基於為國舉才的考量，孔平仲重視上述幾種人，原本無可厚非。但他對於有技藝者也是不厭其詳傳述其事蹟，這點和當時「萬般皆下品，唯有讀書高」的觀念相去甚遠。而他所說的技藝，實際上包括生活技藝和實用技能二方面。生活技藝就是古代讀書人必須學習關於禮、樂、射、御、書、數和琴、棋、書、畫等技藝；實用技能則是指醫療、天文、相術、占卜、建築、造船、雕刻、塑像……等與日常生活密不可分的專業技術。

生活技藝部分，《續世說》著墨最多的就是書法。書法是中國獨有的藝術表現形態，無論是的小篆、隸書、楷書、行草，都有其特色與魅力。為此孔

〔註 41〕《舊唐書》卷七〇本傳：「會義旗入關，太宗徇地渭北，玄齡杖策謁於軍門，溫彥博又薦焉。太宗一見，便如舊識，署渭北道行軍記室參軍。玄齡既遇知己，罄竭心力，知無不為。」

平仲不但列舉各體名家，還記載多篇和書法相關的軼聞趣事。至於繪畫因爲保存不易，許多名著往往只載之書籍，不復傳世。《續世說》只提到蕭賁、閻立本和王維。最特別的還記錄一則「畫」療的故事：

> 齊劉瑱妹，爲鄱陽王妃，伉儷甚篤。王爲明帝所誅，妃追傷，遂成痼疾。有陳郡殷蒨善畫，瑱令畫王形像，併圖王所寵姬共照鏡狀，如欲偶寢。以示。妃唾之，因罵云：「故宜早死。」由此病癒。（〈巧藝〉11）

繪畫除了寫景記勝、摹形狀物，還被古人用來療癒心靈、撫平傷痛，這則故事見證了老祖宗的智慧。

實用技能包括的範圍更廣，巫、醫、樂師、各行各業的巧匠都不因其社會地位低下，而忽略他們的存在。《續世說》記錄下中國過去曾經出現如此輝煌的成就，其實是別有深意的，至於實際內容及文化上的意義和影響，容後再作討論。

二、孔平仲的人才觀

從孔平仲推崇人才，並且肯定所有術業有專攻的各行菁英，足以看出他的胸襟、目眼不同於流俗。只是《續世說》故事的選錄和安排，尚有令人質疑之處，必須釐清。

首先，《續世說．文學》對唐代文人只記錄了杜詩、韓文和李賀。這點頗不尋常。然而文學之士，代不乏才，採擇史料該如何去取？這裡孔平仲顯然是以影響力做爲標準。李賀生平《舊唐書》本傳但云：

> 李賀，字長吉，宗室鄭王之後。父名晉肅，以是不應進士，韓愈爲之作《諱辨》，賀竟不就試。手筆敏捷，尤長於歌篇。其文思體勢，如崇巖峭壁，萬仞崛起，當時文士從而效之，無能彷彿者，其樂府詞數十篇，至於雲韶樂工，無不諷誦。補太常寺協律郎，卒，時年二十四。

孔平仲僅摘錄「文思體勢，如崇岩峭壁，萬仞崛起。當時文士從而效之，無能彷彿者」編入書中。所要傳達的無非就是「文士從而效之」所引領的詩歌風氣，而李賀的獨特詩風，從其身後到宋初對詩壇一直有著深刻的影響力。杜詩、韓文也是如此。所以在「紀大而略小」〔註 42〕的考量下，僅取杜甫、韓愈和李賀三人。

〔註 42〕歐陽修《文忠集》卷六九〈與杜訢論祁公墓誌書〉。

《續世說・文學》的另一個問題是孔平仲對文學的看法不是魏晉以後日漸明朗的純文學概念，而是傾向傳統儒家對文學的認知。這很容易讓人誤會他在這方面是退步、開倒車的。其實孔平仲的文學觀雖然趨於保守，但對於六朝以後才出現的一些新的文學議題，他並沒有摒棄或遺漏。〈文學〉第4則：

> 梁王筠爲詩，能用強韻。沈約嘗啓武帝，言：「晚來名家無先筠者。」又謂王志曰：「賢弟子之文章，可謂後來獨步。謝眺嘗見，語云：『好詩圓美流轉如彈丸。』近見筠數首，方知此言爲實。」

第8則又載：

> 梁沈約撰《四聲譜》，以爲在昔詞人，累千載而不悟，而獨得之胸襟，窮其妙旨，自謂入神之作。武帝雅不好焉，嘗問周舍曰：「何謂四聲？」捨曰：「天子聖哲是也。」然帝竟不甚遵用約也。

顯示他還是注意到齊、梁開始講究文學與聲律結合〔註43〕的現象。就連六朝興起的文學批評與文學鑑賞，《續世說》不但載於〈文學〉，〈品藻〉也有選錄：

> 顏延年問鮑照，已與謝靈運優劣。趙曰：「謝五言如初發芙蓉，自然可愛；君詩若鋪錦列繡，亦雕繢滿眼。」延年每薄湯惠休詩，謂人曰：「惠休制作，委巷間歌謠爾。方當誤後生。」時議者以延年、靈運，自潘岳、陸機之後，文士莫及。江右稱「潘陸」，江左稱「顏謝」焉。（〈文學〉6）
>
> 徐堅問張說文人優劣，說曰：「李嶠、崔融、薛稷、宋之問之文，如良金美玉，無施不可。富嘉謨之文，如孤峰絕岸，壁土萬仞，濃雲鬱興，震雷俱發，誠可畏也，若施於廊廟，駭矣。閻朝隱之文，如麗服靚妝，燕歌趙舞，觀者忘（全宋筆記作「亡」）疲，若類之風雅，則罪人矣。」問後進優劣，曰：「韓休之文如大羹元酒，雖有典則，而薄於滋味。許景先之文，如豐肌膩理，雖穠華可愛，而微少風骨。張九齡之文，如輕縑素練，實濟時用，而微窘邊幅。王翰之文，如瓊杯玉斝，雖爛然可珍，而有玷缺。」堅以爲然。（〈品藻〉10）

這些都是在解讀孔平仲的文學觀時，所應留意的。

其次是《續世說》大量記載生活技藝和用技能這二方面的人才和成就。雖然〈術解〉和〈巧藝〉是《世說新語》原有的門類，但《世說新語・術解》

〔註43〕《梁書》卷四九〈文學上〉：「齊永明中，文士王融、謝朓、沈約文章始用四聲，以爲新變，至是轉拘聲韻，彌尚麗靡，復逾於往時。」

總共十一則，《續世說》爲三十八則；《世說新語・巧藝》十四則，《續世說》也增加到四十二則，兩者數量都超過《續世說・文學》三十五則。這一方面顯示孔平仲對人才的肯定，是以能夠貢獻國家、造福社會、改善民生爲標準；另一方面也其時代因素。宋朝國力儘管不如漢唐，科技文明卻極爲發達，而且人才輩出。這些固然是宋人所創造，卻也是歷代技術累積下來的成就。〈巧藝〉：

> 隋耿詢之，巧思若神，創意造渾天儀，不假人力，以水轉之，施於暗室中，外候天時，動合符契。又作馬上刻漏，世稱其妙。（第 19 則）

如此精良的技術，若非具備豐富的天文知識做爲後盾，是無法輕易達成。

但在史書中，這類的故事通常都載於不容易被察覺的篇章，例如〈巧藝〉：

> 西魏文帝造二欹器：一爲二仙人共持一缽，同處一盤，缽蓋有山，山有香氣，又一仙人持金瓶以臨器上，傾水灌山而注乎器，煙氣通發山中，謂之仙人欹器。一爲二荷同處一盤，相去盈尺，中有蓮下垂器上，以水注荷，則出於蓮而盈乎器，爲鳧雁蟾蜍飾之，謂之水芝欹器。二器皆置清徽前，形似觥而方，滿而平，溢則傾。（〈巧藝〉18）

這段話出自《周書・薛憕傳》，要不是《續世說》選錄，一般人很難注重到早在六世紀的西魏，中國西北鮮卑族建立的國家，就擁有如此精湛的製器技術。透過這些描述，再看今日所保存的宋代文物，其之所以能夠巧奪天工，也就不言可喻。

第肆章　《續世說》的得失與價值

由於《續世說》長久以來被視是《世說新語》的續書，因此歷來對它的評論很難與《世說新語》切割，張一鳴強調「孔平仲祗是《續世說》的編撰者，其書中內容均摘自史書，除因節錄影響文義而作的一些必要改動外，實無創作成份可言」。其他研究者認定《續世說》的文學價值不高，也都是源自和《世說新語》「簡約玄澹，眞致不窮」（胡應麟《少室山房筆叢・九流緒論下》）比較的結果。

就孔平仲編撰《續世說》的動機而言，他最終目的並非撰寫一部文字優美、情節動人的小說，以藝術成就評斷《續世說》價值，是有違孔平仲援筆時的初衷，況且還是有人肯定《續世說》的文學價值（詳第一節）。所以如何跳脫對《世說新語》的既定印象，用客觀獨立的態度評論《續世說》在這方面的得失，值得再議。

下編第壹章提到北宋文人在仕途受挫之時，往往選擇參禪悟道；孔平仲卻始終秉持儒家學者的態度，不向佛老尋求心靈慰藉。而他反對佛、老，維護儒家傳統文化的心意，也具體表現在《續世說》中。因而成就「此書載言行美惡，區以別之，學者博古考類，擇善而從，去古人何必有問，不但資談說而已」（〈秦果序〉）的特質。究竟維護儒家倫理對《續世說》有何影響，也是值得探討的議題。

其他不應忽視的，還有張一鳴都無法否認的學術價值和文獻價值〔註1〕，以及蕭相愷所說「與《世說新語》一樣，此書也有相當高的認識價值」〔註2〕。

〔註1〕見〈《續世說》考校〉：「（《續世說》）還具有一定的學術價值和文獻價值。」頁37。

〔註2〕見《宋元小說史》第八章〈宋元軼事小說〉，頁256。

究竟文學以外，《續世說》還有那些具體的效益，它的得失爲何，本章都將一一予以討論。

第一節　文學成就

《世說新語》以文字雋永成爲六朝志人小說之冠冕〔註3〕，其文學成就及對後世的影響力，自不待言。《續世說》雖然不至於像張一鳴所說「實無創作成份可言」，但平心而論，《續世說》的語言藝術、意境情趣不及《世說新語》，也是事實。所以寧稼雨《中國文言小說總目提要》說：「(《續世說》) 作者選材時還注重以文學性、故事性取勝，選擇嚴格，熔裁精審。多數小說能以精彩片段昭示題旨，寫出人物性格，故全書的文學特色較強。」〔註4〕以「選擇嚴格，熔裁精審」肯定孔平仲的用心，但談到內容只以「文學特色較強」來評判，避談《續世說》敘事風格及語言特色的問題。

第貳章也說，《續世說》敘事避虛就實，文字質樸無華，讓它樹立起自己獨特的風格。而這樣的創作理念又和孔平仲所處的文學環境，以及他本人編撰的態度有關。就像陳川所說「《世說》所在的南朝，是一個文學與文學批評充分發展的時代，在經歷過魏晉這一『文的自覺時代』，文學的審美價值觀和藝術接受觀都發生的質的變化。」「這個時期的文學價值觀發生了趨向於愉悅、超越功利的轉折。身處這樣的時代，劉義慶及其文士們下意識的審美追求必然要受到影響而具有時代色彩。《世說》正是他們審美追求的體現。」〔註5〕而孔平仲所處的時代，北宋文壇經過歐陽修對革新文風做出的努力與貢獻，創造了一種崇尚語言簡潔流暢、筆調平易自然的新風格。這樣的文風不僅廣爲讀者所接愛，也影響到北宋以後的文章寫作。三孔兄弟就是依循文字簡潔、風格平易的路線來創作，加上他們又重視文章實用性（詳上編第肆章）。在這樣的觀念主導下，勢將走出《世說新語》「爲賞心而作」、「遠實用而近娛樂」（用魯迅語，詳下編第貳章）的特色，另闢以求實代替求美，以發人深省取代賞心悅目的編撰方式。因此若論深富韻致、意境幽遠《續世說》的確不如《世說新語》；不過敘事簡明、文字質樸也讓它在小說中獨樹一幟，未必全屬缺失。

〔註3〕見葉慶炳《中國文學史》（台北：臺灣學生書局，1982）第十四章〈魏晉南北朝小〉，冊上，頁256。

〔註4〕見第三編〈宋遼金元〉，頁198。

〔註5〕見陳川在〈《世說新語》文體特色研究〉研刊在《中山大學研究生學刊・社會科學版》，2000年，第21卷第4期，頁39～40。

況且學界評論《續世說》的文學成就時，大都是從《世說新語》續書的觀點出發，認爲它和和原作《世說新語》在內容、敘事、風格、體例……各方面必須有邏輯上的密切聯繫〔註6〕。但是孔平仲雖然將書命名爲《續世說》，並襲用了《世說新語》以短小篇幅來敘述故事，及區分門類、以類相從的編撰體例，不過就內容而言，《續世說》其實更像《說苑》或《貞觀政要》。這兩部期待被當成諫書的作品，也都是不以文采爲首要追求。

再則宋代的史家向來強調文采只是史學傳播的手段，如實呈現歷史事實才是史學的核心和靈魂。歐陽修說：「言之無文，行而不遠，君子之所學也，言以載事，而文以飾言，事信言文，乃能表見於後世。」（《歐陽文忠公》卷六七〈代人上王樞密求先集序書〉）北宋另一位史學家吳縝也指出「夫爲史之要三：一曰事實、二曰褒貶、三曰文采。有是事而如是書，斯謂事實。因事實而寓懲勸，斯謂褒貶。事實、褒貶既得矣，必資文采以行之，夫然後成史。至於事得其實矣，而褒貶、文采則闕焉，雖未能成書，猶不失爲史之意。若乃事實未明，而徒以褒貶、文采爲事，則是既不成書，而又失爲史之意矣。」（〈新唐書糾謬原序〉）可見相較於史實與史識，史筆顯然不是那麼的重要。何況平仲本人曾在《珩璜新論》批評《晉書》不該「競爲綺豔，不求篤實」（說詳下編第貳章〈表現：自成一格〉），既然強調實事求是、秉筆直書才是良史的精神，所以他自己當然不會刻意追求雕文鏤句。

從以上觀點看待《續世說》，它的文學成就不及《世說新語》，是孔平仲貫徹自身理念必然的結果。即使今日《續世說》被置於子部小說類，對於孔平仲來說，或許像《東都事略》、《宋史》那樣將《續世說》當成孔平仲史學專長的具體表現，才更符合當初他編撰此書的目的。

第二節 維護儒家倫理

佛教自東漢傳入中國，對傳統文化的影響日益增加。《世說新語》的時代，

〔註6〕王旭川《中國小說續書研究》（上海：學林出版社，2004）：「對原作的模擬以文言小說續書爲最。模擬之作與續書有密切的關係，但它們之間畢竟是有所區別的。它們的區別在於小說續書在與原作所敘的內容、敘事、風格、體例相似的情況下，還在敘事材料的時間上前後承繼聯繫，即這些小說續書不僅在形式上（如體例等）與原作有邏輯上的密切聯繫，而且在敘事材料的選擇上亦大部分時間前後相續。而且，模擬的續書也在書名上明確表示是以原作的敘事內容，風格規範爲典範進行續寫，有意識地將其放在原作的系統之下。」頁5。

有不少文人是虔信佛、道的；也有堅決反對或抵制佛、道的；當然還有佛、道雙修的〔註 7〕。唐朝立國之初，高祖曾主持三教辯論，劉肅《大唐新語・褒錫》：

> 高祖嘗幸國學，命徐文遠講《孝經》，僧惠乘講《金剛經》，道士劉進嘉進《老子》。詔劉德明與之辯論，於是詰難蠭起，三人皆屈。高祖曰：「儒、玄、佛義，各有宗旨，劉、徐等並當今杰才，德明一舉而蔽之，可謂達學矣。」賜帛五十疋。

以儒學統攝佛、道，反映出唐初朝廷在思想、文化領域的基本立場。但是繼任的國君或崇道、或佞佛，於是佛、道二教大爲發展，到了中唐更是熾盛，對儒學形成嚴重的挑戰。因此有所謂「新儒學」應運而生〔註 8〕，韓愈、李翺等重要文人以「攘斥佛老，獨樹儒學」對抗佛、道「外天下國家」的「出世思想」，影響後世頗深。

孔平仲身爲聖人之後，一向支持韓愈排斥佛、老，維護儒家傳統的主張。所以當他的好友張舜民將所作〈莊子序〉寄給他，孔平仲看到〈序〉裡頭張舜民提到「老子以道治身，釋氏治性，孔子治國，未有不先治性、治身而可治天下國家者也」。還稱呼老子、釋迦牟尼、孔子爲「三聖人」。實在無法苟同，不但在回信中明確指出孔子、孟子、揚雄、韓愈、歐陽修等人對傳承聖賢之道的貢獻；還推崇歐陽修的文章「無一字假借佛老者」，堪爲「韓愈氏之徒」；並呼籲張舜民「勿爲背宗黨寇語」〔註 9〕。不難想見孔平仲的態度。

〔註 7〕蔣寅主編《中國古代文學通論：隋唐五代卷》（瀋陽：遼寧人民出版社，2005），中編〈隋唐代文學與社會文化〉，第三章〈隋唐五代文學與宗教〉：「六朝時期，文人有不少虔誠信佛或修道的；也有堅決反對（如范縝）或抵制（如陶淵明）佛、道的；當然還有佛、道雙修（如沈約）的。」頁 348。

〔註 8〕陳寅恪《金明館叢稿二編》（上海：上海古籍出版社，1980，頁 250。

〔註 9〕宋集珍本《清江三孔集》卷三五〈答張芸叟書〉：「道之塞也屢矣，賴有聖賢時而避之，自孔子承三聖，其後則有孟軻氏、揚雄氏、韓愈氏，至本朝則歐陽文忠公也。文忠公攷其所爲文章，無一字假借佛老者，此亦卓然不惑，韓愈氏之徒也。雖爲文忠公門人，然悄悄有聰明溢出不能約以中道者，肆爲胡語、刻之金石，甚者至以佛説解經義。嗚呼！吾道至還至微至於此極矣。以爲吾輩雖不能振起之，勿自爲譊譊佐＃＃小仁＃＃乎可也。公所示（莊子序）始序其大意而已，而云老子以道治身，釋氏治性，孔子治國，未有不先治性、治身而可治天下國家者也。治性、治身孔子何莫不有，而須以＃於佛老，析而三，謂之三聖人……如公磊磊落落，方將名教主人，宜自茲以往，拔乎流俗，勿爲背宗儻冠語，此區區之望也，如何？如何？不罪、不罪。」

而孔平仲堅持「攘斥佛老，獨樹儒學」的決心，在他的另一部著作《珩璜新論》更是表露無遺。書中不僅出現「祥瑞之不可憑也」、「相之不可憑也」、「陰陽之說，似可信又不足憑」……等言論。對於佛教，反對尤甚，故云：

> 佛果何如哉？以捨身爲福則梁武以天子奴之，不免淨居之禍；以莊嚴爲功，則晉之王恭修營佛事，務在壯麗，其後斬于倪唐；以持誦爲獲報，則周嵩精于佛事，王敦害之，臨刑猶於市誦經，竟死刄下。佛果何如哉？佛出於西胡，言語不通，華人譯之成文，謂之「經」，而晉之諸君子甚好於此，今世所長「經」，說性理者，大抵多晉人文章也，謝靈運繙經臺，今尚存焉。唐傅奕謂佛入中國，纖兒幻夫，摸象莊老，以文飾之。姚元崇《治令》其說亦甚詳……

可見在孔平仲眼裡禮佛、誦經對於禍福都不具影響力，能夠改變歷史，轉危爲安的只有當事人面對問題時的作爲。所以他以梁武帝、王恭等佛徒，虔誠禮佛終究無法逃過劫難，呼籲不可迷信其術。《續世說．直諫》：

> 宋明帝起湘宮寺，曰：「此寺是大功德。」虞愿曰：「陛下起此寺，皆是百姓賣兒鬻婦，佛若有知，當悲哭哀愍。罪高佛圖，有何功德？」袁粲在坐，爲之失色。帝大怒，使人馳曳下殿，愿徐去，無異容。（第 5 則）

將虞願的話視爲直諫，可見孔平仲認同逼迫百姓賣兒鬻婦以起佛寺，只是造業障罷了，根本沒有功德可言！〈惑溺〉又云：

> 太宗俘敵天竺國人，就其中得方士那羅邇娑婆寐，自言二百歲，云有長生之術。太宗深加禮敬，館之於金飆門內，造延年之藥，令兵部尚書崔敦禮監主之，發使天下採諸奇藥異石，不可勝數。延歷歲月，藥成，服竟不效，放還本國。（第 9 則）

從文意解讀，唐太宗禮敬的那位天竺國方士那羅邇娑婆寐，恐怕也是佛教僧侶之一。孔平仲特地錄下這則故事，揭露明主也有識事不清的時候，期待後世君王勿再陷溺長生之術、來世之說的意圖十分明顯。

至於源於中國的道教，因爲李唐皇室的特意扶植、信奉、弘揚，信徒也不在少數，孔平仲同樣不能認同。除了第壹章所說《續世說．惑溺》所選唐武宗、宣宗崇道服藥、身受其害的故事，〈假譎〉又云：

> 柳泌爲憲宗合長生藥，自云壽四百歲。憲宗服藥多躁，爲宦官所弒。泌繫獄，府吏防虞周密，恐其隱化。及解衣就誅，一無變易，但炙灼之瘢浹身而已。（第 13 則）

由孔平仲將故事分別放在〈惑溺〉以及〈假譎〉二個門類來看，可見在他看來，燒製藥餌求長生也是虛妄不實之舉，憲宗、武宗乃至宣宗卻甘心受騙，甚至因此傷身受害，眞是不智。

在孔平仲眼中，足以影響到社會風氣，還是儒家所提倡的品德修養，亦即修、齊、治、平的觀念。只是《續世說》的道德標準，仍有討論的空間。〈德行〉第23則：

> 柳公綽丁母崔夫人之喪，三年不沐浴。事繼母薛氏三十年，姻戚不知公綽非薛氏所生。

又〈政事〉第39則：

> 淮西之師，柳公綽選卒六千，屬李聽軍。既行，公綽時令左右省問其家，如疾病、養生、送死，必厚廩給之。士之妻冶容不謹者，沉之于江。行卒相感曰:「中丞爲我輩治家事，何以報效！」故鄂人戰，每克捷。

表達孝思的方式很多，柳公綽卻選擇三年不沐浴，實在令人匪夷所思；他愛護士卒，時時給予關懷，讓他們在行伍沒有後顧之憂，原本無可厚非，不過「士之妻冶容不謹者」就要溺殺於江中，手段也過於激烈。

另外，對於婦女改嫁與否的問題，《續世說》雖然沒有明確的訴求，但孔平仲的態度，從他所選錄的故事可以看出一二。《續世說・賢媛》：

> 李德武妻裴淑英，裴矩之女也。德武坐事徙嶺表，矩奏請離婚，煬帝許之。德武將與裴別，謂曰：嬿婉始爾，便事分離，遠投瘴癘，恐無還理。尊君奏留，必欲改嫁爾，於此即事長訣矣。裴泣下，欲操刀割耳，誓無他志。裴與夫別後，常誦佛經，不御膏澤。因讀列女傳，見稱述不改嫁者，乃謂所親曰：不踐二庭，婦人常理。何爲以此載於傳記乎。十餘年間，與德武音信斷絕，時有柳直求婚，許之，期有定日。裴以刀斷髮，悲泣絕糧，矩不能奪。德武已於嶺表娶朱氏爲妻，及遇赦得還，至襄州聞裴守節，乃出其後妻，重與裴合。生三男三女。貞觀中，德武終鹿城令，裴歲餘亦卒。（第17則）
>
> 長孫皇后侍太宗疾累年，晝夜不離側，常繫毒藥於衣帶，曰:「若有不諱，義不獨生。」貞觀十年，皇后疾篤，因取衣帶之藥，以示上曰:「妾於陛下不豫之日，誓以死從乘輿，不能當呂后之地爾。」（第22則）

裴淑英爲了守節等待李德武歸來，先是「欲操刀割耳，誓無他志」；之後又爲拒絕再婚而使出「以刀斷髮，悲泣絕糧」的激烈手段，並且於等待的十餘年間，過起「常誦佛經，不御膏澤」的生活。長孫皇后即使唐太宗過世，也不會有人逼她改嫁，她卻毒藥不離身，堅決以身相殉。孔平仲表揚二人的節操，他對這個問題的看法昭然若揭。

況且《續世說・賢媛》二十七則故事當中，守節不屈而死的就佔了四篇：

> 于琮尚廣德公主，黃巢犯闕，僖宗出幸，琮病不能從。賊起爲相，琮以疾辭，爲賊所害。而赦公主。公主視琮受禍，曰：「妾，李氏女也，義不獨存，願與于公并命。」賊不許，公主入室，自縊而卒。（第14則）
>
> 李拯迫於襄王熅僞署內相，心不自安。嘗退朝駐馬國門，望南山而吟曰：「紫宸朝罷綴鴛鸞，丹鳳樓前駐馬看，惟有南山煙色在，晴明依舊滿長安。」吟已涕下。後死於亂兵，妻盧氏知書能文，有姿色，伏拯屍慟哭。賊逼之，至斷一臂，終不顧。竟爲賊所害。（第16則）
>
> 樊彥琛妻魏氏，彥琛卒，屬李敬業之亂，爲賊所獲，逼令彈箏。魏歎曰：「我夫不幸亡沒，未能自盡，今復見逼弦管，豈非禍從手發耶！」乃引刀斬指，棄之於地。賊黨又欲妻之，以刀加頸脅之，大罵被殺。（第18則）
>
> 朱梁朱延壽守壽州，爲楊行密所破。妻王氏聞之，乃部分家僕，悉授兵器，遽闔中州之扉，而捕騎已至。遂集愛屬，出私帑發百僚，合州一廨焚之。既而稽首上告曰：「妾誓不以皎然之軀，爲仇者所辱。」乃投火而死。（第25則）

也可看出孔平仲即使沒有高舉呼籲守節莫嫁的大纛，至少對於以身相遜的貞婦烈女，他是充滿敬佩。

而以身相殉不只是爲人婦的專利，也是爲人臣彰顯志節的方式。雖然孔子曾經說過「志士仁人，無求生以害仁，有殺身以成仁」（《論語・衛靈公》），但他同時肯定蘧伯玉「邦有道，則仕；邦無道，則可卷而懷之」（《論語・衛靈公》）的處世態度。魏徵也向唐太宗表明心跡，說自己「以身許國，直道而行，必不敢有所欺負」。希望能夠成爲「使身獲美名，君受顯號」的良臣，而不是「身受誅夷，君陷大惡，家國並喪，獨有其名」的忠臣〔註10〕。可見他

〔註10〕《貞觀政要・納諫》：「徵乃拜而言曰：『臣以身許國，直道而行，必不敢有所

們並不以殉國爲高。不過這個觀念逐漸改變，首創忠義傳的《晉書》開宗明義就說：

古人有言：「君子殺身以成仁，不求生以害仁。」又云：「非死之難，處死之難。」信哉斯言也！是知隕節苟合其宜，義夫豈吝其沒；捐軀若得其所，烈士不愛其存。故能守鐵石之深衷，厲松筠之雅操，見貞心於歲暮，標勁節于嚴風，赴鼎鑊其如歸，履危亡而不顧，書名竹帛，畫象丹青，前史以爲美談，後來仰其徽烈者也。(卷八九)

可見在唐人眼中，忠義兩字已經漸漸接近殉國，之後新舊《唐書》都延續這樣的認知。孔平仲受到這幾部史書的影響，他對忠臣的看法，也側重在寧死不屈的高貴情操。《續世說》就選錄多篇這類型的故事：

權皐爲安祿山從事，察祿山有異志，欲潛去，又慮禍及老母。天寶十四年，祿山使皐獻戎俘於京師，過福昌，福昌尉仲謨，皐妹婿也，密以計約之。比至河陽，詐以疾亟召謨，謨至，皐示已喑，瞪謨而瞑。謨乃勉哀而哭，手自唅襲。既逸皐而葬其棺，人無知者。從吏以詔書還。皐母初不知，聞皐之死，慟哭傷行路。祿山不疑其詐死，許其母歸。皐時微服匿跡，候母於淇門，既得侍其母，乃奉母晝夜南去。及渡江，祿山已反矣。由是名聞天下，其子德輿爲相。(〈德行〉20)

涇師作亂，駕幸奉天。兵部侍郎劉迺臥疾在私第，賊泚遣使以甘言誘之，迺稱疾篤。又令其僞宰相蔣鎮日來招誘，迺托瘖疾，灸灼遍身。鎮再至，知不可劫脅，歎息曰：「鎮亦嘗忝列曹郎，苟不能死，以至於斯。寧以自辱羶腥，復欲污穢賢哲乎？」歔欷而退。乃聞駕再幸梁州，搏膺呼天，絕食而卒。(〈德行〉21)

劉迺因爲臥病在床，落入朱泚陣營，在無法扈從的情形下，選擇絕食而卒。孔平仲認定劉迺的殉國是德行的表現，還算合乎情理。權皐爲了躲避安祿山而用盡心計，最後不惜與妹婿仲謨共謀詐死來逃脫魔掌。孔平仲沒有把這則故事歸類到〈假譎〉，反而放在〈德行〉一類。還不忘強調「其子德輿爲相」，他尊崇守節不二的忠臣，由此已見端倪。

欺負。但願陛下使臣爲良臣，勿使臣爲忠臣。』太宗曰：『忠良有異乎？』徵曰：『良臣使身穫美名，君受顯號，子孫傳世，福祿無疆。忠臣身受誅夷，君陷大惡，家國並喪，獨有其名。以此而言，相去遠矣。』」

〈直諫〉中也不乏「身受誅夷，君陷大惡」的例子：

傅縡諫陳後主曰：「夫人君者，恭事上帝，子愛黔黎。省嗜慾，遠諂佞，未明求衣，日旰忘食，是以澤被區宇，慶流子孫。陛下頃來酒色過度，不虔郊廟之神，專媚淫昏之鬼。小人在側，宦豎弄權，惡忠直若仇讎，視百姓如草芥。後宮曳綺羅，廄馬餘菽粟，兆庶逃離，僵屍蔽野。賄賂公行，帑藏虛耗，神怒人怨，眾叛親離。恐東南王氣，因茲而盡。」後主大怒，竟被賜死。（第3則）

章華諫後主曰：「陛下即位，於今五年，不思先帝之艱難，不知天命之可畏，溺於嬖寵，惑於酒色，祠七廟而不出，拜妃嬪而臨軒。老臣宿將，棄之草莽，諂佞讒邪，升之朝廷。今疆埸日蹙，隋軍壓境，陛一如不改弦易轍，臣見麋鹿複游姑蘇矣。」後主大怒，即日斬之。（第4則）

傅縡、章華皆非朝廷重臣，他們所事奉的陳後主又是昏君，本可選擇「卷而懷之」，明哲保身。但二人最後都因力諫而遭賜死，這非但不符合孔門「事君數，斯辱矣」〔註11〕的理念，還因為他們的死，再再暴露出陳後主的昏庸無德。

而孔平仲卻將他們視為直諫的典範，一方面源自在宋代文人宇大夫眼裡，「每感激論天下事，奮不顧身」（《宋史》卷三一四〈范仲淹傳〉），是人臣所當行；另一方面，又和宋人著史的目的有關。歐陽修作《新五代史》，就是為了抨擊五代時期「縉紳之士安其祿而立其朝，充然無復廉恥之色。(〈五代史一行傳論〉）的現象，達到孔子所說《春秋》作而亂臣賊子懼的效果。這部唐代設館修史以後唯一的私修正史，數度為《續世說》所引用，書中獨創的「死節傳」、《死事傳》（卷三二、三三）所揭櫫「世亂識忠臣」，及褒揚「初無卓然之節，而終以死人之事者」的觀念。兩者都深深影響到孔平仲。

不過歐陽修也明白，「士之不幸而生其時，欲全其節而不二者，固鮮矣。于此之時，責士以死與必去，則天為無士矣」。故於「於死事之臣」，「樂成其美而不求其備」（〈死事傳序〉）。顯示出他也同意值不值得以身相殉，是見仁見智的問題。孔平仲重視傳統的道德規範，希望賦予《續世說》教化的功能，讓它更有可觀之處，立意固然良善，但過度激烈的要求，反而背離儒家所說的中庸之道，恐怕是他始料未及的事。

〔註11〕《論語・里仁》：「子游曰：『事君數，斯辱矣，朋友數，斯疏矣。』」

第三節　歷史文獻

我國史書無論是紀傳體還是編年體，通史或者斷代史，都是爲記錄特定時期社會生活的各個面向而作。由於內容廣泛，不能鉅細靡遺、盡收其中，只能載錄重大事件及代表性人物，傳諸後世。《續世說》的優點在於孔平仲編撰就已掌握到史書兩大重要關鑑——人與事，並且從眾多大書中精心採摭具有代表性的故事，納入特殊門類中（發史氏之英華）；讓讀者不必費心翻閱，就能認識更多讀平時不大會去注意的人物，知道更多典章制制和歷史掌故的來龍去脈（便學者之觀覽）。所以《續世說》也算是一個小小的資料庫，增長讀者的歷史知識。同時由孔平仲看待歷史人物、事件的態度，也可以感受到宋代文人士大夫價値觀的微妙變化。

一、透過門類重新審視人物

司馬遷創立的紀傳體，是以人物爲寫作核心的一種體例。《漢書》以後的正史莫不遵循，孔平仲編撰《續世說》，因爲摘錄自群史的關係，所以書中人物都是眞實存在於歷史。只是經過孔平仲篩選置於不同的門類，不僅讓人物性格更加突出，也讓一些平時讀者不太會去關注的人物得以從歷史的洪流躍出，讓世人有機會從不一樣的角度重新認識他們。舉例來說：〈德行〉：

> 唐河間王孝恭次子晦，私第有樓，下臨酒肆。其人嘗候晦，言曰：「微賤之人，雖則禮所不及；然家有長幼，不欲外人窺之。家迫明公之樓，出入非便，請從此辭。」晦即日毀其樓。（第 7 則）

故事中的李晦，就是唐代鮮爲人知的皇室成員。河間王李孝恭，是高祖從父兄之子，和李世民同輩。李晦雖然不是李孝恭的嫡子，也算是個王孫。他擔任營州都督時，以善政聞名，曾獲唐高宗璽書勞問；後轉任右金吾將軍，兼檢校雍州長史，又以糾發奸豪，無所容貸，爲人吏畏服〔註 12〕。他在《舊唐書》的傳記不過區區二百餘字，既非功勳卓著，也非大奸大惡之徒，很少有人注意到他。由於《續世說》載錄他情願爲市井小民的一席話而毀樓，他寬厚體貼的一面才得以爲世人所知。

〔註 12〕《舊唐書》卷六四〈宗室・太祖諸子・代祖諸子〉：「襄武王琛，高祖從父兄子也。」又云：「河間王孝恭，琛之弟也。」又云：「孝恭次子晦，乾封中，累除營州都督，以善政聞；璽書勞問，賜物三百段。轉右金吾將軍，兼檢校雍州長史，糾發奸豪，無所容貸，爲人吏畏服。」

又〈賢媛〉：

> 穆宗大漸，命太子監國，宦官欲請郭太后臨朝稱制，太后曰：「武氏稱制，幾傾社稷。我家世守忠義，非武氏之比也。太子雖少，但得賢宰相輔之，卿輩勿預朝政，何患國家不安？自古豈有女子爲天下主而能致唐虞之理乎？」取制書手裂之。太后兄太常卿釗聞有是議，密上箋曰：「若果徇其請，臣請先帥諸子納官爵歸田里。」太后泣曰：「祖考之慶，鍾於吾兄。」（第21則）

故事中的郭皇后，她是郭子儀的孫女，父親郭曖，母親是代宗長女升平公主。憲宗還是廣陵王時，納她爲妃。穆宗就是她和憲宗的親生兒〔註13〕，所以太監才會在穆宗病重之際，請她臨朝稱制。但在這則故事當中，不只看到郭后謹守婦道，也看到她的兄長郭釗公私公明的性格。郭釗《舊唐書》只說他「大勳之後，姻聯戚裏，而謙和接物，恭愼自持，居家臨民，無驕怠之色，無奢侈之失，士君子重之。十五年正月，憲宗寢疾彌旬，諸中貴人秉權者欲議廢止，紛紛未定。穆宗在東宮，民甚憂之，遣人問計於釗，釗曰『殿下身爲皇太子，但旦弘視膳，僅守以俟，又何慮乎！』迄今稱釗得元舅之體。」〔註14〕《通鑑》卷二四三補上兄妹間這段軼事，姑且不論其眞實性爲何，至少讓整個故事更加生動感人。但《通鑑》長約三百萬字，一般人很難注意到這位謙和守分的外戚。《續世說》選錄之後，郭釗兄妹的事蹟由是得到彰顯。

當然《續世說》也肯定歷史上那些懷抱眞知卓見的隱士異人。〈尤悔〉：

> 玄宗幸蜀，至咸陽望賢宮，有老父郭從謹進言曰：「祿山包藏禍心，固非一日，亦有詣闕告其謀者，陛下往往誅之，使得逞其奸逆，致陛下播越。是以先王務延訪忠良，以廣聰明，蓋爲此也。臣猶記宋璟爲相，數進直言，天下賴以安平。自頃以來，在廷之臣，以言爲諱，惟阿諛取容，是以闕門之外，陛下皆不得而知。草野之臣，必知有今日久矣！但九重邃，區區之心，無路上達。事不至此，臣亦何由睹陛下之面而訴之乎？」上曰：「此朕之不明，悔無所及。」慰諭而遣之。（第11則）

〔註13〕《舊唐書》卷五六〈后妃下〉：「憲宗懿安皇后郭氏，尚父子儀之孫，贈左僕射、駙馬都尉曖之女。母代宗長女升平公主。憲宗爲廣陵王時，納后爲妃。以母貴，父、祖有大勳於王室，順宗深寵異之。貞元十一年，生穆宗皇帝。」

〔註14〕見《舊唐書》卷一二〇〈郭子儀傳〉附傳。

此外，一般人研究史，無論是紀還是傳，眼神往往落在人物的德行、事功或重大歷史事件上，透過《續世說》可以出人意表的輕鬆面。〈讒險〉：

> 武后禁屠殺，右拾遺張德生男三日，私殺羊，會同僚。補闕杜肅懷一餤，上表告之。明日，太后對仗，謂德曰：「聞卿生男甚喜。」德拜謝，太后曰：「何從得肉？」德叩頭服罪。太后曰：「朕禁屠宰，吉凶不預，然卿自今召客，亦須擇人。」出肅表示之。肅大慚，舉朝欲唾其面。（第 21 則）

向來高高在上的武后竟然會用閒話家常的方式向張德賀喜，並順口問他「何從得肉」；又在張德誠惶誠恐謝罪之際，補上一句「自今召客，亦須擇人」，還出示杜肅所上奏表。武后的慧黠，張德的老實，杜肅的奸險，及滿朝官員義憤填膺的神態，皆鮮活如在眼前。

摒除不必要的人物介紹，將目光聚焦於某個單一事件，讓人物形象變得立體飽滿起來，於也是小說比起正史更引人入勝的地方。《續世說》在這方面即使是述多於作，整體表現還算是成功的。

二、反映歷代制度及社會風尚

史家立傳時，常會考量到兩個問題，一是該為什麼人立傳；二是該如何為傳主立傳。前者考驗史識，後者仰賴史筆。選擇記載何人因史書的旨趣而有所不同，但傳主必須有不可不記的事蹟，或不可不書的影響力，是必須謹守的原則。正因如此，在人物身上多少能看出其所處的時代氛圍及社會風尚。

如皇室的婚姻，向來也是受人矚目的大事。宋王欽若等撰《冊府元龜》卷三百〈外戚部・選尚〉：「昔者堯以二女嬪于虞，周以太姬配胡公，盖王姬之下嫁由古道也。秦漢而降，以選尚為重，義取於承配，勢極於崇盛，曷嘗不慎擇世胄，參求雋望，或舊勛之族，隆象賢之美；台貴戚之懿，篤因親之好。自魏晉之後，著之班籍，預國婚之選者，悉加駙馬之拜，爵品通貴，榮寵兼極，自非履謙而思義，共泰而處約者，亦曷能克終而無咎哉！」從這段話解讀，能夠迎娶公主，成為皇室一員，是何等榮寵之事。但唐代士族以娶不到五大姓為終生恨事〔註 15〕，對娶公主為妻卻是興趣缺缺。即使唐太宗重批山東崔、盧、李、鄭於「婚姻之際，則多索財物」；但「新官之輩，豐財之

〔註 15〕唐劉餗《隋唐嘉話》卷中：「薛中書元超謂所親曰：『吾不才，富貴過分，然平生有三恨：始不以進士擢第，不得娶五姓女，不得修國史。』」

家，慕其祖宗，競結婚姻，多納貨賄，有如販鬻」〔註 16〕，這種盲目求配於大姓的情況也得不到改善。《續世説》中就披露了皇家選尚的秘辛。〈企羡〉：

> 唐初選尚，多於貴戚，或武臣節將之家。憲宗時，翰林學士獨孤郁，權德輿之女婿。德輿作相，郁避嫌，辭内職。上頗重學士，不獲已，許之，且歎德輿有佳婿。遂令宰相於卿士家，選文雅之士可居清列者，以尚岐陽公主，人皆辭疾不應，惟杜悰願焉，仕至三公。（第 6 則）

又〈讒險〉：

> 宣宗令白敏中爲萬壽公主選佳婿，敏中薦鄭顥。時顥已婚盧氏，行至鄭州，堂帖追還，顥甚銜之，由是數毀敏中於上。敏中自相府除邠寧節度使，將赴鎮，言於上曰：「鄭顥不樂尚主，怨臣深入骨髓。臣在政府，無如臣何；今臣出外，顥必中傷，臣死無日矣。」上曰：「朕知之久矣，卿何言之晚也。」命左右於禁中取小檉函以授敏中，曰：「此皆鄭郎譖卿之書也。朕若信之，豈任卿以至今日？」敏中置檉函於佛前，焚香事之。（第 23 則）

鄭顥本已婚結縭盧氏，因爲白敏中推薦他爲萬壽公主駙馬，被迫放棄原有的婚姻，衍生出鄭顥不樂尚主而屢次在宣宗面前毀謗白敏中的事端，還算情有可原；憲宗想選文雅之士，做尚岐陽公主的乘龍快婿，居然「人皆辭疾不應」，可見時人非但不以選尚爲榮，還避之爲恐不及。

另外，《續世説》中還談到一項唐代官場的特殊文化，〈方正〉第 41 則：

> 中宗時，斜封官皆不由兩省而授，兩省莫敢執奏，即宣示所司。吏部員外郎李朝隱，前後執破一千四百餘人，怨謗紛然，朝隱一無所顧。

〈直諫〉第 27 則又補充了後續的作爲：

> 睿宗時，姚、宋秉政，奏停中宗朝斜封官數千員。及姚、宋出爲刺史，太平公主又特爲之言，有敕總令復舊。柳澤上疏諫，以爲：斜官封授，皆是僕妾汲引，迷謬先帝。今又令敍之，將謂斜封之人不忍棄也，先帝之義不可違也。内外咸稱太平公主令胡僧慧範曲引此輩，將有誤於陛下矣。故語曰：「姚、宋爲相，邪不如正；太平用事，正不如邪。」臣恐積小成大，累微起高。勿謂何傷，其禍將長；勿謂何害，其禍將大。

〔註 16〕詳《貞觀政要》卷七〈禮樂〉。

究竟「斜封官」是什麼樣的制度？為何會在中宗、睿宗朝造成困擾？依唐朝定制，官吏的任命制度有嚴格的既定程序，即先由吏部注官，再經過門下省過官，最后經過中書省對皇帝頒下的任命狀進行「宣署申覆」。皇帝和宰相掌管五品以上的高級官員的授職和遷轉，以及六品以下的一些清要官職的任命權，吏部則主持六品以下的中低級官員的授職、升遷。此外，兵部也掌握一部分由門蔭入仕者的授職之權〔註 17〕。

唐中宗、睿宗時期，韋后、安樂公主、太平公主等擅寵用事，貪污受賄，公開賣官鬻爵，違反正常任官制度。這些皇帝直接頒下敕書，不經兩省就徑自封拜的官員，就稱為「斜封官」，或「墨敕斜封官」。因為他們的任命狀是斜封著從側門交付聲中書省執行，而且上頭的「敕」字是用墨筆書寫；和經過中書目提名和門下省核對才發給的任命敕書，正封上敕命所用的黃紙朱筆不同。除了「斜封官」這個帶有蔑視性的稱呼，通常在官銜之前冠上「正」、「試」、「攝」、「檢校」、「判」、「知官」等名目〔註 18〕。

《續世說》中這類可資察考前代制度的篇章甚多，例如：頒佈赦令這項政策，儘管歷來施行的動機不一而足，卻是極為常見的活動，《續世說》也蒐集了相關故事，〈言語〉第 1 則、45 則，〈直諫〉第 6 則，記錄了不同時代大臣對大赦的看法。還有〈方正〉第 27 則：

> 李藩為校書郎，王紹持權，邀藩一相見即用，終不肯就。為給事中，制敕有不可，遂於黃敕後批之。吏白：「宜別連白紙。」藩曰：「別以白紙，是文狀。豈曰批敕耶！」裴垍言於帝，以藩有宰相器，擢為平章事，與權德輿同在政府。河東節度使王鍔遺賂權幸，有密旨：「王鍔可兼宰相，宜即擬來。」藩遂以筆塗「兼宰相」字，卻奏入，云：「不可。」德輿失色，云：「縱不可，宜別作奏，豈可以筆塗詔耶？」藩曰：「勢迫矣！出今日，便不可止。日又暮，何暇別作奏？」鍔命果寢。史云：「藩為相，材能不及裴垍，孤峻頗後韋貫之，然人物清整，亦其流也。」

〔註 17〕詳《新唐書》卷四四〈選舉志上〉。

〔註 18〕《新唐書》卷八三〈諸帝公主·安樂公主〉：「安樂公主，最幼女。帝遷房陵而主生，解衣以褓之，名曰裹兒。姝秀辯敏，后尤愛之。下嫁武崇訓。帝復位，光豔動天下，侯王柄臣多出其門。嘗作詔，箝其前，請帝署可，帝笑從之。又請為皇太女，左僕射魏元忠諫不可，主曰：『元忠，山東木強，烏足論國事？阿武子尚為天子，天子女有不可乎？』與太平等七公主皆開府，而主府官屬尤濫，皆出屠販，納訾售官，降墨敕斜封授之，故號『斜封官』。」

則可供做考察唐代詔令發佈程序及格式的參考。

又〈紕漏〉第23則：

唐明宗時，國子司業張溥，奏請復八館以廣生徒。按《六典》，監有六學：國子、太學、四門、律學、書學，算學是也。而溥云八館，謬矣。

提供關於五代的教育制度的實例。

以上雖然都是一麟半爪，和史書中有系統的〈禮儀志〉、〈職官志〉、〈食貨志〉無法相比。但是讀者在閱讀之餘，還能從中吸收知識，也算得上是《續世說》的附加價值。

三、反映宋人的觀念與想法

《世說新語》爲何未收錄陶淵明行誼，是學界廣泛討論的一個問題。而《續世說》一口氣錄了三則，分別是〈方正〉第4則：

陶淵明，侃之曾孫，自以晉世宰輔，恥復屈身後代。自宋武帝王業漸隆，不復肯仕，所著文章，皆題其年月，義熙以前，明書晉氏年號，自永初以來，惟云甲子而已。

〈棲逸〉第4則：

陶淵明爲彭澤令，郡遣督郵至縣，吏白：「應束帶見之。」潛曰：「我不能爲五斗米，折腰向鄉里小兒。」遂賦《歸去來》以遂志。嘗言五六月，北窗下，遇涼風暫至，自謂是羲皇上人。

和〈賢媛〉第2則：

陶淵明賦〈歸去來〉以遂志，其妻翟氏，志趣亦同，能安苦節，夫耕於前，妻耘於後云。

由此不難想像，唐代以前在詩史上沒有顯著地位的陶淵明，到了宋朝，無論詩品或人品都廣受士大夫的喜愛與推崇，評價也大幅提昇。

值得一提的是〈方正〉安排在梁徐勉、朱异，齊顏見遠之後；〈棲逸〉安排在齊孔稚珪之後；〈賢媛〉安排在宋蕭矯妻羊氏之後。以《續世說》的體例而言，故事大抵依時代編排，唯獨和陶淵明有關的敘述，巧妙避開陶淵明的朝代歸屬問題。從這些細微的動作，亦可想「南窗白日羲皇上，未害淵明是晉人」（金元好問〈論詩絕句其四〉）的觀念，在宋人心中已經悄悄萌生。

尤其是〈賢媛〉舉淵明妻翟氏這個例子，最早爲陶淵明立傳的沈約在其《宋書・隱逸傳》中對陶妻之事隻字未提。直到蕭統的〈陶淵明傳〉才說：

其妻翟氏，亦能安勤苦，與其同志。（宋李公煥《箋注陶淵明集》卷末）

《南史》卷七五〈隱逸上〉：

其妻翟氏，志趣亦同，能安苦節，夫耕於前，妻耘於後云。

是史傳中關於陶妻最詳盡的記載。不過房玄齡等人編纂的《晉書・隱逸傳》，並無翟氏能安勤苦爲稱頌。載與不載的微妙變化，給了後人討論陶淵明的新話題，王國瓔先生在〈陶淵明「室無萊婦」之憾〉一文當中提到：

有關翟氏「志趣亦同，能安苦節」之類的評語，僅見蕭〈傳〉及《南史》，不見《宋書》與《晉書》。當然，史傳記載有異，其資料取捨，或許代表撰寫者對資料之觀有所不同。《宋書・隱逸傳》所述十七位隱士之事跡，繁簡有別，其中不乏隱士夫妻志趣相同者，如本文注（5）所引〈宗炳傳〉:「妻羅氏，亦有高情，與炳協趣」;〈劉凝之傳〉:「妻亦能不慕榮華，與凝之共安儉苦。」但是《宋書》陶淵明本傳中，卻並無翟氏能安苦節之類的評語。沈約是否因資料欠缺，用筆謹愼，則不得而知。《晉書》撰者應看過蕭〈傳〉，其未取蕭統評翟氏之語，理由安在，亦不敢妄測。有趣的是，《宋書》本傳撰寫最早，《南史》本傳卻後來居上，更受到後世青睞。或許因《南史》繼蕭〈傳〉稱「其妻翟氏，志趣亦同，能安苦節」之後，又增添兩句「夫耕於前，妻鋤於後」，篇幅加長，且顯得格外動人，乃至成爲宋代以來大凡撰寫〈陶淵明年譜〉，者，涉及其妻之處，幾無例外，樂於引述。翟氏之模範婦女形象亦由茲確立〔註19〕。

孔平仲在〈賢媛〉記上《宋書》、《晉書》都沒提到的翟氏事蹟，除了他本身就是那「幾無例外，樂於引述」的宋人之一；也反應出宋代士人心中理想的夫妻相處之道。

另外《續世說》所選關於謝靈運的故事及其歸屬門類，也可以視爲宋人對他看法轉變的參考（詳下編第參章〈強調傳統美德〉）。其他如帝王中的唐太宗、武后；賢臣魏徵、狄仁傑；奸臣李仁甫、盧杞，也能透過《續世說》瞭解他們在宋人眼中的形象。

〔註19〕見王國瓔先生撰〈陶淵明「室無萊婦」之憾〉，收錄在《古今隱逸詩人之宗・陶淵明論析》（台北：允晨文化實業股份有限公司，2009），頁332～333。

第四節 考證校勘

雖然《續世說》在摘錄史書時，爲化繁爲簡，也會以重新組合或數篇連綴的方式，處理史書中過於冗長或分散的情節。但經過孔平仲多方構思，重新熔鑄的文字，和引用的文本之間仍舊保有平行互文的關係。這層關係無形中讓《續世說》具備考證、校勘、輯佚的價值。

第一個值得關注的就是目前僅見於《續世說》的故事。如〈排調〉：

> 韓退之戲孟郊云：「公合識安祿山。」郊低頭云：「識即不識，大知有他。」（第 41 則）

這條資料新舊《唐書》韓愈、孟郊傳中都未載錄，其他書籍也沒有類似的敘述。單獨保留於《續世說》中，彌足珍貴。

又〈假譎〉：

> 慕容彥超，漢隱帝時鎮鄆州，嘗召富僧數輩就食，日晏不進饌，大餒而回，如是者累日。他日復召之食，遣庖人致蠅蟲於饌中，諸僧立嘔。彥超使人驗之，則皆已肉食矣。大責其賂，乃釋之。（第 21 則）

同樣不見於新舊《五代史》，倒是南宋人鄭克所著《折獄龜鑑》卷六〈證慝〉出現類似的敘述，〈慕容彥超賜酒〉條云：

> 漢慕容彥超，帥鄆。有役人盜食櫻桃，主吏白之，不服，彥超慰喻曰：「汝輩豈敢盜吾所食之物，主吏誣執，不須憂懼。」各賜以酒，密令入藜盧散於酒中。既飲，即吐，有櫻桃在焉，於是服罪。此蓋和凝所聞之事。

五代時和凝父子著有《疑獄集》，鄭克《折獄龜鑑》即是以《疑獄集》爲基礎，加入宋朝故事，並以逐條作按語的方式說出自己對事件的看法。故事多見於正史，或出自墓誌。這則故事情節和《續世說》有多處雷同，都是發生在慕容彥超在鄆州時，而且由嘔吐物中覓得證據，只是對象和盜食的東西略有不同罷了。

《折獄龜鑑》這一條〈注〉云：「此蓋和凝所聞之事」，應爲《疑獄集》舊文。和凝卒於後周顯德二年（955 年），而《舊五代史》乃是宋太祖開寶六年（973 年）四月詔薛居正等修撰，隔年完成。但自《新五代史》問世，《舊五代史》逐漸湮失，今本乃四庫館臣自《永樂大典》等文獻中輯出，書中亦有〈慕容彥超傳〉，卻不見《續世說》及《折獄龜鑑》所載的故事。而《續世說》故事多採擇自正史，〈假譎〉所引很可能是《舊五代史》的佚文。

而錢熙祚校刻《守山閣叢書》時一再強調《續世說》的內容「於五代取薛居正」(《續世說・序》)，今日載於《續世說》的五代人物故事，雖未必皆出自《舊五代史》，也可以當成校勘《舊五代史》輯本的參考。

此外張一鳴還利用《續世說・輕詆》:

> 劉總以河朔歸朝，穆宗命張宏靖鎮之。宏靖莊默自尊，所辟韋雍輩，多少年輕薄之士，數以「反虜」詬責吏卒，謂軍士曰:「今天下太平，汝曹能挽兩石弓，不若識一個字。」由是軍中人人怨怒。(第24則)

以及〈仇隙〉:

> 北齊文宣崩，當時文士各作挽詞十首，擇其善者用之。魏收、陽休之、祖孝徵不過得一二首，惟盧思道獨得八首，時號「八采盧郎」。劉逖亦只二首中選，中書郎李愔戲逖云:「盧八問訊劉二。」逖銜之。武成時，逖典機密，以事中愔，武成怒，大加鞭扑。逖喜，復前憾曰:「高捶兩下，執鞭一百，何如呼劉二時？」(第5則)

做爲考證「目不識丁」及「八米盧郎」二個事典的重要參〔註20〕。

其實《續世說》中兼具趣味性和知識性的典故、諺語、歌謠，何止於此。讀者閱讀此書即可省去在浩瀚的史籍當中大海撈針找資料的困擾，輕易從中增廣見聞。而《續世說》所網羅的典故當中，又以和人物相關的典故居冠。其中職官類爲數最多，包括：黑衣宰相、山中宰相、入鐵主簿、鐺腳刺史、方外司馬、火迫酇侯、青錢學士、隨駕處士……等。列舉如下：

> 北齊許惇爲司徒主簿，以明斷見知。時人號曰「入鐵主簿」。後遷平陽太守，政爲天下第一。惇美鬚髯，下垂至帶，號「長鬣公」。文宣因酒酣，提惇鬚稱美，以刀截之，惟留一握。惇懼，因不敢復長，又號「齊鬚公」。(〈政事〉13)
>
> 薛大鼎爲滄州刺史，開無棣河引魚鹽於海。百姓歌之曰:「新河得通舟楫利，直達滄海魚鹽至。昔日徒行今騁駟，美哉薛公德滂被。」大鼎與瀛州賈敦頤、冀州鄭德本，俱有美政。河北稱爲「鐺腳刺史」。(〈政事〉42)
>
> 張薦祖鷟爲兒童時，夢紫色大鳥，五彩成文，降於家庭。其祖謂之曰：五色赤文鳳也，紫文鸑也，爲鳳之佐。吾兒當以文章瑞於明廷，因名鷟。騫味道嘗賞之曰：此生天下無雙矣。凡應入舉，皆登甲科。

〔註20〕見〈考校〉，頁37～39。

員半千曰：張子之文如青錢，萬簡萬中，未聞退時。時因之爲「青錢學士」。（〈文學〉25）

宋文帝以惠琳道人善談論，因與議朝廷大事，遂參權要，賓客輻湊，門車嘗有數十兩。四方贈賂相繫，方筵七八座上常滿。琳著高屐，披貂裘，置通呈書佐。會稽孔顗嘗詣之，遇賓客塡咽，暄涼而已。顗慨然曰：「遂有黑衣宰相，可謂冠屨失所矣。」（〈寵禮〉1）

梁陶宏景隱茅山，武帝每有征討，吉凶大事，無不前以咨詢。月中嘗有數信。時人謂爲「山中宰相」。（〈寵禮〉2）

北齊王晞爲并州司馬，人謂之「方外司馬」。昭帝欲以晞爲侍中，苦辭不受。或勸晞勿自疏，晞曰：「我少年以來，閱要人多矣。充詘少時，鮮不敗績。且性實疏緩，不堪時務。人主恩私，何由可保？萬一披猖，求退無地，非不愛作熱官，但思之爛熟爾。」（〈任誕〉10）

朱泚僭逆，姚令言爲侍中，源休同知政事。群凶宴樂既醉，令言與休論功。令言自比蕭何，休曰：「帷幄之謀，成秦之業，無出子之右者。吾比蕭何，子爲曹參可矣。」時朝士在賊庭者聞之，皆笑謂休爲「火迫酇侯」。（〈排調〉32）

盧藏用初隱居時，往來少室、終南二山，時人稱爲「隨駕處士」。及登朝，趑趄詭佞，專傒權貴，奢靡淫縱，獲譏於世。（〈姦佞〉9）

還有女性專屬的典故，如唐高祖第三女，在高祖起義時「散家貲，起兵以應高祖，得兵七萬人」，號曰「娘子軍」（〈賢媛〉9）。貝州宋廷芬五女，被唐德宗稱爲「學士先生」（〈賢媛〉8）。皆屬此類。

其中薛大鼎、賈敦頤、鄭德本一起被稱爲「鐺腳刺史」事，出自《舊唐書・良吏上》，《全宋筆記》改「鐺」爲「錦」。君按：「鐺」是古代的一種器具，三足，可以用來溫熱食物。如：酒鐺、茶鐺、藥鐺皆屬之。薛大鼎、賈敦頤、鄭德本之所以被稱爲「鐺腳刺史」，蓋因滄州、瀛州、冀州地理位置的關係。由於三人俱有美政，「鐺腳」，一詞也成了德政的象徵。唐白居易《自到郡齋題二十四韻兼寄常州賈舍人湖州崔郎中仍呈吳中諸客》：「愧無鐺腳政，徒忝犬牙鄰。」就是套用這個典故。改「鐺」爲「錦」，則意義全失。所以考核異文，不可不愼。而《續世說》中的異文，也要可以通過典故溯源的工作，來判定孰是孰非。

另外，孔平仲在翻閱諸史、尋找故事的過程中，也曾針對《舊唐書》提出糾正。《續世說・紕漏》：

> 舊史〈唐紹傳〉云：「先天二年冬，今上講武於驪山，紹以修儀注不合旨，坐斬。」此元宗事也，修史者劉煦，後唐人也，乃謂之「今上」，蓋只用舊史，失於刪潤爾。（第10則）

孔平仲認爲《舊唐書》的編撰者以「今上」稱呼唐玄宗，並不得體，即使引用舊史，也要留意敘述時文字的轉化。因爲有這樣的認知和堅持，更增添《續世說》在「考證校勘」方面的價值。

小 結

「臨江三孔」生在文化高度發展，國力卻始終不振的宋代。和多數科舉出身的文人士大夫一樣，他們感受到朝廷重用文人、崇儒禮士，期待與士大夫共治天下的用心；也警覺到經濟凋敝，政令不暢、官吏擾民帶來的危機。這些文人士大夫除了透過作品關心時事，表現出心懷天下的憂慮。致力於研究歷史，希望從歷史經驗找到治國良方，來解決當前國家面臨的困境，進而成就自己的人生理想與抱負。因此宋代史學空前繁盛，不但修史機構完備，官修史書數量眾多，在搜集、整理前代史料這方面，也有卓越的成績。

三孔出身官宦之家，又是孔子後裔，自幼接受父親的教導和儒家思想的薰陶，於文學、史學都有良好的素養。特別是孔平仲，從南宋初年王偁的《東都事略》就肯定他的史學專長，他的《續世說》、《璜玠新論》就是他發揮長才的具體成果。

但是《續世說》一書，由於名稱很容易讓人聯想到是《世說新語》，加上選材範圍起自劉宋、終於五代，又和《世說新語》的敘事時間緊密銜接，而且還是唐劉肅《大唐新語》以後，少數延續《世說新語》通代敘事形態的作品，因此歷來往往將它視爲《世說新語》的續書之一。從《續世說》以類相從的體例，以及採用短小篇幅來敘事這兩個特點來看，《續世說》的確有《世說新語》的影子。但就內容而言，就像「從名士風流到朝臣議政」〔註1〕，相去甚遠。

王能憲認爲《世說新語》一書十分突出表現了魏晉風流。書中既沒有廟堂對策的弘論，也沒疆場浴血的渲染，更沒有民生疾苦的悲訴。翻開《世說》，

〔註1〕用齊慧源〈從名士風流到朝臣議政_《世說新語與《續世說》比較》語。

迎面走來的是一群率眞曠達、恣情任性的風流名士，諸如玉柄麈尾的清談家，辨析名理的玄學家，月旦人物的鑒賞家，傳神寫照的書畫家，服藥求仙的道士，論道講佛的高僧，清才博學的文士，芝蘭玉樹的俊秀，縱酒的醉客，裸裎的狂士……眞可謂是一部風流名士的人物畫卷〔註2〕。

《續世說》恰恰與之相反，君臣對話成爲全書主軸，他們談論的內容不再是山水逸興或濠濮情趣；而是治國方針與民生關懷。因此《續世說》幾乎找不到「簡文入華林園，顧謂左右曰：『會心處不必在遠，翳然林水，便自有濠、濮間想也，覺鳥獸禽魚自來親人。』」（《世說新語·言語》61）這類即景談玄的例子，取而代之的是「古人有言：『在德不在險。』屈丐蒸土築城，而朕滅之。豈在城也。今天下未平，方須民力，土功之事，朕所未爲。」（〈言語〉2）以及：「君依於國，國依於民，刻民以奉君，猶刻肉以充腹。腹飽而身斃，君富而國亡。故人君之患不自外來，常由身出。夫欲盛則費廣，費廣則賦重，賦重則民愁，民愁則國危，國危則喪矣。朕常以此思之，故不敢縱欲也。」（〈言語〉8）這類說理意味濃厚的治國名言。

《續世說》不崇尚風流名士，所以玉柄麈尾的清談家，和辨析名理的玄學家，不是孔平仲所要描寫的對象；他卻記錄了一班明君賢臣、清官循吏。這些英主清簡寡欲、崇德守禮，不僅求賢若渴，使人善任，對臣子更是推心置腹，廣納善言。這些良臣得國君見用，皆能公忠體國，爲了懲奸除惡，不惜犯顏進諫；無法常在君側，也不忘勤儉廉潔、正直守法，體恤百姓。至於昏君闇主、亂臣賊子，《續世說》亦毫不掩飾地傳述其惡。無論是逢迎諂媚、循私誤國，還是貪污奢華、罔顧民生，抑或是違法亂紀、迫害忠良，孔平仲都一一將其惡行羅列書中，做爲身受朝廷奉祿卻不思赤忱報國者的警惕。

另外，六朝盛行品題之風，《世說新語》當然不能遺忘那些月旦人物的鑒賞家：《續世說》雖然保留〈識鑒〉、〈賞譽〉、〈品藻〉三個門類，但因爲物換星移，重視名流門閥已成陳跡，所收錄的故事無論是質與量都產生變化。六朝時期的人物品題與政治沒有直接關聯，但他可以影響和決定人的名譽、地位、聲望等等〔註3〕。孔平仲選錄的鑒賞家則更貼近東漢月旦人物的初衷，特別是篇幅大量增加的〈識鑒〉一門，將《世說新語》原有鑒事的成分加以擴允，讓更多見微知著、預言治亂的例子得以流傳。

〔註2〕見氏著《世說新語研究》（南京：江蘇古籍出版社，2009），頁116。
〔註3〕見《世說新語研究》，頁139。

至於人才，孔平仲看到的不只是傳神寫照的書畫家而已，其他生活技藝，以及醫學、天文、相術、占卜等特殊方技，也都見諸書中。讓後人得以認識這些擁有特殊專長的人物，和他們的成就與功勞。

站在維護儒家傳統的立場，孔平仲十分反對佛教虛妄、道教迷信，所以服藥求仙的道士，論道講佛的高僧，非但不是他所要書寫的對象，侈言長生、服食丹藥更是他所要極力勸阻的行為。《續世說》之所以記錄了唐太宗禮敬天竺方士那羅邇娑婆寐的故事（見本章第二節），動機無非是要告誡世人，像太宗這樣一位絕世英主也有惑溺不明的時候，希望後代君王以為殷鑑。〈直諫〉又云：

> 宋明帝起湘宮寺，曰：「此寺是大功德。」虞願曰：「陛下起此寺，皆是百姓賣兒鬻婦，佛若有知，當悲哭哀愍。罪高佛圖，有何功德？」袁粲在坐，為之失色。帝大怒，使人馳曳下殿，願徐去，無異容。（第5則）

虞願「罪高佛圖，有何功德」這番話，恐怕才是孔平仲內心最真切的想法。《珩璜新論》又云：

> 蕭瑀好奉佛，太宗令出家。玄宗開元六年。河南參軍鄭銑、朱陽丞郭仙舟投匭獻詩，敕曰：「觀其文理，乃崇道法，於時用不切事情，宜各從所好。」罷官度為道士。如使佞佛者出家，諂道者為道士，則士大夫攻乎異端者息矣。

如此言論讓人見識到孔平仲詆斥佛道的強硬態度，這點和宋代談禪論道、持經拜僧的士大夫大不相同。

至於清才博學的文士，芝蘭玉樹的俊秀，對一向奉行儒家思想的孔平仲而言，基於對人才和教育的重視，當然也在收錄之列。不過孔平仲編撰《續世說》，還有更遠大的目標，那就是要達到「人倫之紀備矣，軍國之政存焉」（《貞觀政要・序》），因此他視品德修養更勝才氣學問。凡是能夠身體力行孝弟、忠信、清廉、儉樸、寬容……等傳統美德者，無論其身分如何，都一一予以表揚。另一方面，他十分看重實際效益，只要有一言俾益國家，有一行造福百姓，都是他不能錯失的書寫對象。但無俾於風教的酒徒和裸裎的狂士，在他看來根本不足取法，相對的著墨也不深。所以《世說新語》是一部大量記錄士族生活的名士教科書；而《續世說》卻像是一本懲惡揚善的言行錄，也是其來有自。

為反對佛道，孔平仲極其重視儒家修、齊、治、平的修養工夫。值得深思的是孔平仲基於重整倫理綱紀，而將儒家道德倫常的觀念傾注書中，對恢復固有文化，雖然有一定的影響力，但他所強調的殉國、殉節精神，和儒家所說的中庸之道明顯不同。但孔子也有「知其不可而為之」的堅持，加上宋代文人士大夫為天下可以奮不顧身的精神。如何評價《續世說》的激烈主張，恐怕仍要深思。

過去學界將《續世說》視為《世說新語》的續書之一，以世說體小說的角度評論《續世說》質直少文、藝術成就不高。平心而論，《續世說》的語言藝術、意境情趣的確不及《世說新語》。但文學經常受到時代風氣所影響，《世說新語》所處的南朝，是一個文學與文學批評充分發展的時代，文人追求賞心悅目的審美感悟，讓《世說新語》韻致深遠而且饒富趣味。宋人所崇尚的是語言簡潔流暢、筆調平易自然的文學風格風格，原本就不強調文字雕琢。而孔平仲本人也不贊成繁縟為巧，加上《續世說》的編撰，是以借鑑歷史出發點，史書原本就「以明核為美，不以環隱為奇」(《文心雕龍・議對》)，所以相較於事實、褒貶，文采對孔平仲而言顯然不是那麼重要。

《續世說》能在孔平仲身後十餘年就得以刊刻，作者的苦心在當時就已受到後人肯定。只是過去將它視為《世說新語》的續書，忽略它重事實、講褒貶的精神，其實它具有歷史文獻及考證校刊的價值，值得探討。

結　論

一個人的品德教育和人格養成，深受成長環境、家庭教育、交游往來……諸多因素所影響。孔文仲、武仲、平仲兄弟不僅以文學為時名儒，又兼具「蕭散君子性，頡頏古人風」的人格特質，這和他們幼承訓以養其才德，有著密不可分的關係。但《宋史・孔文仲傳》只說「文仲與弟武仲、平仲皆以文聲起江西，時號『三孔』」，不曾提起他們乃是聖人之後，甚至未載明其父為何人，也沒有替孔延之立傳。曾鞏〈司封郎中孔君墓誌銘〉、蘇頌〈中書舍人孔公墓誌銘〉雖然都對臨江孔氏的傳承做了敘述，但涉及孔平仲的部分仍舊有限。透過上編第壹章〈家世考〉對孔平仲世系源流、兄弟姻婭、子孫後輩的一番考述，孔家兄弟三人同胞而生、同枝而長，卻才情各異、性格不一，人生際遇亦大相逕庭，或由此可見出端倪。

《論語》勉勵人「仕而優則學，學而優則仕」(〈子張〉)。這二句話，雖出自子夏，卻是代表孔子的理想，孔平仲一家自然也是奉行不悖。他在父親的教導下，學有所成，並於治平二年登進士第，正式步入仕途，當時年僅二十二歲。然而《東都事略》、《宋史》所載他的為官經歷都是從元祐元年召試館職說起，《東都事略》甚至只提到「入館選」和「京西路提點刑獄」，其他皆略而不談。今人整理的《全宋詩》的增加「神宗熙寧中為密州教授」、「元豐二年為都水監勾當公事」二事；《全宋文》則以「治平二年舉進士」，「又應制科，為秘書丞、集賢校理」，概括說明孔平仲入仕前期的經歷，綜合起來還是不夠全面。幸好有宋集珍本《清江三孔集》開世，裡面所保留部分孔平仲過去未被解讀的作品，或多或少可以填補這段空白，讓孔平仲屈居下僚二十餘年的仕履生涯，能夠較為完整的呈現，其中包括任江西錢監時，一度為人陷害、鋃鐺入獄的悲慘遭遇，及平反後諸書交代不清的動向。

至於元祐元年以後，孔平仲的生活狀況，文獻記載儘管已經有所增加，但自衡州失官米受貶謫，晚年行跡眾說紛紜，特別是徽宗在位期間，孔平仲究竟經歷那些波折，由於《族譜》所載和《宋史》的說法也有著極大的出入，學者各憑所見做出不同的解讀，因而讓李之亮將《宋史》本傳「帥鄜延、環慶」，當成永興提刑後的新職，做出孔平仲崇寧元年任永興提刑，崇寧二年到三年知延州，崇寧四年知慶州的結論。連帶孔平仲何時管勾宮觀，何時辭世，都出現截然不同的說法。最後仍舊依靠宋集珍本《清江三孔集》中相關文章的分析，抽絲剝繭，找出最接近事實的眞相。拜新資料之賜，也讓本論文得以補充前人不足之處。

綜觀孔平仲一生，仕途坎坷，自登科以後，長期外任，連他自己都忍不住感嘆「濯纓空有滄浪志，斂板猶趨塵土中」（〈晦之厭州縣之勞作詩奉勉〉）。但他始終不曾改變其政治理想，也不曾忘記知識份子的社會責任。無論身處何職，總是不忘對百姓應有的關懷。監江州錢監時，他感慨「三更趨役抵昏休，寒呻暑吟神我愁。從來鼓鑄知多少，銅沙叠就城南道。錢成水運入京師，朝輸暮給苦不支。海內如今半爲盜，農持斗粟却空歸」（〈鑄錢行〉）。三度擔任提刑，他十分同情「囚豈不樂有父母，囚豈不樂有室家。公行劫掠自取死，迫於窮餓情非它」（〈愍囚〉）。心裡掛念的不是將犯人定罪，而是如何爲他們決獄求生。甚至在失官米案，面臨生死一線的重要關頭，他上書章惇，仍舊不忘強調「若使此言得聞，此法明白，朝廷之澤下流，遠方之民得所。某即日棄官，沒齒林下，亦所甘心焉」（〈上章丞相辯米事〉）。這一切都再再顯示他是位言行一致的正人君子，也是一位爲國爲民的好官。

《宋史》本傳稱「平仲長史學，工文詞。」《豫章叢書》的點校者也說：「《清江三孔集》的內容和價值至少可從文學和史學兩個角度來考察。」「史學的角度又包括兩方面。一是三孔反映當時社會現實的一些詩文，可作爲研究宋代歷史的資料。平仲〈鑄錢行〉詩所反映的元豐年間的錢荒問題，〈上章丞相辯米事〉所揭示的不同政見官吏之間的傾軋狀況，武仲〈上省部書〉所描述的政府攤派鹽額給農民帶來的災難，就是突出的例子。文仲的〈制科策〉全面抨擊革新派的各項措施，對於研究宋代黨爭和王安石變法，更是重要的參考資料。二是三兄弟皆撰有爲數不少的史學評論，平仲書紀傳後即有二卷。在這些文章中，作者或褒貶歷史人物，或質疑前人著作，每有目光犀利、識見過人處，可資今日史學研究的借鑒。」〔註1〕其實詩歌和書紀傳後一類的文

〔註 1〕見《清江三孔集》書前〈點校說明〉，頁 10 和 11。

章之外，孔平仲「長史學」還表現在他的幾本筆記小說。舊名《孔氏雜說》的《珩璜新論》〔註2〕就以「考證舊聞，亦間托古事以發議，其說多精核可取」（《四庫全書總目》卷一二〇〈子部三十・雜家四・珩璜新論提要〉）而見稱。而另一部著作《孔氏談苑》儘管「多錄當時事而頗病叢襍」（《四庫全書總目》卷一四〇〈子部・小說家類・孔氏談苑提要〉），不過照《說文解字》的講法，苑原本就是爲了養禽獸而設〔註3〕；隨著時代轉變「苑」的意義由養禽獸、植樹木的地方，引申爲薈萃之處，衍生出文苑、藝苑等詞彙。孔平仲之所以將此書名爲「談苑」，也許就是帶著匯集眾說的期待而寫下。因此內容以記錄北宋時人軼事趣聞爲主軸，所記並非全然皆是虛妄之語。只要稍加分辨，仍有其存世價値也。

但是孔平仲這兩部以宋人筆記模式寫成的小說，雖然展現他的史學才華，卻少了他作品中一貫的社會理想和對人民的關懷。倒是他費心勞神從浩瀚無涯的史傳摘錄故事編撰而成的《續世說》，被後人認爲極具深意。除了前引王旭川認爲孔平仲蓋因一生仕途偃蹇，屢以黨論削職或遠貶，因此才會通過對官場險惡的故事來表達自己的不平之氣，或對理想政治的嚮往。蕭相愷《宋元小說史》說「對於奸邪醜類，《續世說》則給予無情抨擊」。另一位學者苗壯也說：「（孔平仲）曾因黨爭而一再被貶官，對官場的虛僞奸邪、勾心鬥角、爾虞我詐深爲厭棄，而贊頌唐初的直臣獲顏敢諫、英主從諫如流，體現其對政治民主的嚮往」〔註4〕。

幾位學者之所以如此認爲，不是沒有道理。《續世說》的確蘊藏著孔平仲的政治期許、人生理想和社會責任感，因爲他是繼承歐陽修、司馬光、曾鞏等人希望從歷史經驗找到良方，來解決國家面臨困境的精神，並且以著史的精神來編撰此書。雖然名爲《續世說》，又兼具《世說新語》以類相從以及採用短小篇幅來敘事的兩個特點，卻不見《世說新語》那「執麈尾而談玄，怡山悅水」，「疏離功利的賞心悅目的審美感悟」〔註5〕。反而比較接近被劉向當成諫書的《說苑》，和「義在懲勸」的《貞觀政要》。

〔註2〕宋趙希弁撰〈郡齋讀書志・附志〉卷五上〈雜說類〉：「《孔氏雜說》一卷，右孔平仲毅父之記錄也。《圖志》謂之珩璜論。」《四庫全書總目》卷一二〇〈子部三十・雜家四〉：「《珩璜新論》一卷……是書一曰《孔氏襍說》。」

〔註3〕見《說文解字》卷一：「苑：所以養禽獸也。」

〔註4〕見《筆記小說史》（杭州：浙江古籍出版社，1998），頁289。

〔註5〕見楊義《中國古典小說史論》，頁147。

就體例而言，《續世說》儘管依循《世說新語》的體例，將大約一千一百則南北朝至唐五代的朝野軼事，分成三十八個門類來敘述。但其主要內容，實際上可歸納成宣揚傳統道德倫常、注重君道與治道、表彰忠良、貶斥姦佞和推崇人才五個部分。宣揚傳統美德有助於理順人倫關係，建立和諧社會；注重君道與治道，是北宋天子與士大夫共治天下理念下，爲人臣忠君報國的具體做法；表彰忠良、貶斥姦佞的構想，源自《說苑・臣術》「人臣之行有六正六邪」之別，希望以此爲君王辨別忠奸提供借鑒，同時藉由古諷今的方式反映出北宋後期小人當道的現象；推崇人才是爲了扭轉國家頹勢，達到富國、足民、強兵之目的。孔平仲以道德評判歷史的立場，和重視史學實用價值的態度，充分展現其中。

《續世說》的另一特色就是政治味濃厚。受到吳兢《貞觀政要》的影響，孔平仲偏好篩選帶有政治色彩的故事，《貞觀政要》所載唐太宗和他的四十多位大臣間的問答，很多重複見於《續世說》中。單看《續世說》全書卷帙最重、材料最多的〈直諫〉一門，記載唐太宗時大臣直諫和太宗本身求諫、納諫的故事，就佔了十九則，大約四分之一的篇幅。吳兢「義在懲勸，人倫之際備矣，軍國之政存矣」的理念自然也滲透到《續世說》中。以孔門四科之一的〈德行〉爲例，《世說新語》強調的是與玄學思想有關的道德品行；《續世說》講的卻是忠臣孝子、朋友義舉、官員仁愛、良吏清廉。除了傾向以記錄官僚爲主，值得注意的還是孔平仲筆下的「忠」已經超越傳統儒家「盡己」的認知，趨近寧死不屈的高貴情操。

《續世說》偏愛論政說理，實事求是的風格，和《世說新語》避實就虛、以韻化質，重視小說的語言和文學意味，淡化政事和德行的價值〔註6〕，重「趣」的作風相去甚遠，使得它的文學價值受到質疑。不過就孔平仲所處的文學環境和創作理念來看，當時的文壇崇尚文字簡潔、風格平易；孔平仲本人也不喜歡雕文鏤句、追求辭采。加上宋代的史家向來強調文采只是史學傳播的手段〔註7〕，載明事實、寄寓褒貶才是史學的核心和靈魂。從著史的觀點評論，

〔註6〕見《中國古典小說史論》，頁149。

〔註7〕北宋吳縝〈新唐書糾謬原序〉：「夫爲史之要有三：一曰事實、二曰褒貶、三曰文采。有是事而如是書，斯謂事實。因事實而寓懲勸，斯謂褒貶。事實、褒貶既得矣，必資文采以行之，夫然後成史。至於事得其實矣，而褒貶、文采則闕焉，雖未能與書，猶不失爲史之意。若乃事實未明，而徒以褒貶、文采爲事，則是既不成書，而又失爲史之意矣。」

《續世說》的文學成就確實不及《世說新語》，但就內容來說，它依然是一部可讀性高的著作。何況《續世說》還有其文獻及考證校刊的價值，這也是其他資談笑的宋人筆記小說，和世說體小說所不及的。

通過《續世說》的編撰，孔平仲抒發了壯志難酬之情，也貫徹當年孔子作《春秋》的精神。雖然孔平仲自永興提刑被召回朝廷之後，接下來便事蹟成謎，著作也隨之散佚，南宋王遷著手編《清江三孔集》時就已經「存一二於千百」（周必大〈序〉，文章還曾一度落到「僅表啓，無可觀，蓋佳處不傳多矣」（《居易錄》卷十二）的慘況。但《續世說》在其身後只有短短十餘年，就雕板刊印，並流傳至今。後人得以由此書想見其人，對孔平仲而言，也算是不幸中之大幸。

【附編】孔平仲年譜及作品繫年

述要

宋代文學昌隆，人才輩出，當時同胞兄弟並以理學、文章、經濟、節義……顯名於世者，不在少數。其中眉山蘇氏昆仲，最富盛名。而臨江三孔：文仲、武仲、平仲，文辭翰墨傳頌于世，人品節操見重當時。故黃庭堅以「聯璧」美二蘇，以「分鼎」譽三孔。五人當中，除孔文仲早卒，武仲、平仲即使晚年並因坐黨謫官覊旅，亦不改天下對其傾慕，堪爲有宋一代名賢中，道德、文章並垂不朽者。

而臨江三孔的嘉言懿行，深入人心。所以在身後不久，就有年譜問世。《宋史》卷二○三〈藝文志二〉著錄南宋・龔頤正撰《清江三孔先生列傳譜述》不掘。龔頤正（1140～1201）爲元祐黨人龔原之孫，活躍於南宋光宗、寧宗二朝，有文名，尤爲范成大所賞，周必大亦稱其「博通史學、嫻於辭章」〔註1〕。推測龔頤正爲三孔撰寫年譜的時間，與慶元五年王蓬訪求三孔遺文編纂《清江三孔集》相去不遠。所以元代的虞集才會說「元祐同朝諸賢歷官行事，月日可考知者尚多。」(《道園學古錄》卷一一〈題劉貢父蘇子瞻兄弟鄧潤甫曾子開孔文仲兄弟賡和竹詩墨蹟〉）可惜此譜在「明時尚在人間，清代已不復存」〔註2〕。

《龔譜》佚失之後，近年又有李春梅〈三孔事迹編年〉出版，此書標榜「在廣泛搜集三孔研究資料的基礎上，將兄弟三人合編爲一譜，以資考見三

〔註1〕參明・王鏊撰《姑蘇志》卷五四〈人物十三儒林〉。
〔註2〕見李春梅〈編年・序言〉，頁2860。

孔生平事迹」〔註3〕。正因爲是以三孔爲寫作重心，即使孔平仲在三兄弟中排行最小、年壽最長，而李春梅對他的描述並未因此增多；反倒是採用三十卷本《清江三孔集》做爲考證依據，受此一版本中孔平仲的文章佚失最多所影響，孔平仲生平事蹟缺漏尤多，作品繫年也不夠詳實。

本論文以孔平仲爲寫作重心，上編各章屢屢對李春梅〈三孔事迹編年〉所載可疑之處，提出補證。爲便於閱讀，採取以時間爲經，事件爲緯，將孔平仲生平相關人、事編纂成年譜。並選擇作品數量最齊全的四十卷宋集珍本《清江三孔集》爲底本，於孔平仲現存詩文，無論是有切確年月可考，或無年月可考，而能證實寫於任職某處者，匯集在一起，並作按語說明，繫年附於事蹟之後。

凡例

一、年譜以時間爲經，依年代先後將孔平仲相關事蹟列入其中。治平元年，孔平仲仕宦以前，每一年紀事，先擇要列出《宋史》所載國家重大政策、人事易動；其次是該年孔家相關訊息；再次是同時之名臣、學者或親友之生卒陞遷。治平二年，孔平仲登科入仕之後，每一年紀事，先記孔平仲當年官職、所處地點及仕途變化，餘皆依循前述之體例。

二、年譜所引孔平仲作品以宋集珍本《清江三孔集》爲依據，參以他本。寫作年月確實可考者，依時間先後條列說明；只知作於是年，而無月份、季節者，並置於後。無年月可考，但知寫於任職某處者，則列集中於去職之後。

三、年譜所引各書，僅於首次出現時註明時代與撰者，其後只引書名或簡稱。

四、年譜所引地名，一般不加註在今日何處。但引用其他著作，爲尊重原書內容，亦不刪除。

五、所有引文或有刪節，但無更改。唯宋集珍本《清江三孔集》所錄孔平仲文，部分字跡模糊難辨，爲維持原貌，無法辨識處皆以＃代替。

〔註3〕見李春梅〈編年・序言〉，頁2860。

仁宗慶曆四年（1044）甲申生　1歲【文仲7、武仲3】

六月己亥（初九），孔平仲生。

君按：《族譜》：「宋仁宗慶歷四年，甲申歲，乙亥月，己亥日，丙寅時生。」

三月乙亥，詔天下州縣立學，更定科舉法。（《宋史》卷十一〈仁宗一〉）

同時有關之名臣、學者或親長：

曾公亮（998～1078年），五十七歲《歷代名人生卒年表》）

余靖（1000～1064年），四十五歲（《歷代名人生卒年表》）

蕭固（1000～1066），四十五歲（《歷代人物年里碑傳綜表》，以下簡稱《碑傳表》）

杜杞（1005～1050），四十歲（《碑傳表》）

文彥博（1006～1097），三十九歲（《碑傳表》）

李肅之（1006～1089年），三十九歲（《宋人傳記資料索引》）

范鎮（1007～1087），三十八歲（《碑傳表》）

呂公弼（1007～1073），三十八歲（《碑傳表》）

歐陽修（1007～1072），三十八歲（《碑傳表》）

趙抃（1008～1084年），三十七歲（《宋人傳記資料索引》）

程師孟（1009～1086年），三十六歲（《宋人傳記資料索引》）

陳升之（1011～1079），三十四歲（《中國古代名人分類大辭典》）〔註4〕

李師中（1013～1084），三十二歲（《碑傳表》）

孔延之（1014～1074），三十一歲（《碑傳表》）

李潛（1016～1104），二十九歲（《江西歷代人物辭典》）

周惇頤（1017～1073），二十八歲（《碑傳表》）

呂公著（1018～1089），二十七歲（《碑傳表》）

司馬光（1019～1086年），二十六歲（《碑傳表》）

曾鞏（1019～1083），二十六歲（《碑傳表》）

劉敞（1019～1068），二十六歲（《碑傳表》）

滕甫（1020～1090），二十五歲（《碑傳表》）

〔註4〕胡國珍主編《中國古代名人分類大辭典》（北京：華語教學出版社，2009）。

蘇頌（1020～1101），二十五歲（《碑傳表》）
王安石（1021～1086），二十四歲（《碑傳表》）
吳充（1021～1080），二十四歲（《碑傳表》）
蕭洵（1021～1065 年），二十四歲（《碑傳表》）
劉攽（1022～1088 年），二十三歲（《碑傳表》）
王存（1023～1101 年），二十二歲（《碑傳表》）
熊本（1026～1091 年），十九歲（《江西歷代人物辭典》）
鄧潤甫（1027～1094 年），十八歲（《江西歷代人物辭典》）
范純仁（1027～1101 年），十八歲（《碑傳表》）
王安國（1028～1074 年），十七歲（《碑傳表》）
孫覺（1028～1090 年）十七歲（《宋人傳記資料索引》）
呂陶（1029～1105），十六歲（《碑傳表》）
劉摯（1030～1077 年），十五歲（《碑傳表》）
周之道（1030～1100）〔註 5〕，十五歲（〈尚書刑部侍郎贈通議大夫周公墓誌銘〉）
蔣之奇（1031～1104 年），十四歲（《宋人傳記資料索引》）
范純禮（1031～1106 年），十四歲（《碑傳表》）
范純粹（1032～1101 年），十三歲（《碑傳表》）
李清臣（1032～1102 年），十三歲〔註 6〕
劉恕（1032～1078 年），十三歲（《碑傳表》）
韋驤（1033～1105 年），十二歲（《碑傳表》）
程頤（1033～1107），十二歲（《碑傳表》）
曾覺（1034～1070 年），十一歲（《宋人傳記資料索引》）
章惇（1035～1105 年），十歲（《宋人傳記資料索引》）
徐禧（1035 年～1082 年），十歲（《江西歷代人物辭典》）
曾布（1036～1107），九歲（《江西歷代人物辭典》）
蘇軾（1036～1101），九歲（《碑傳表》）

〔註 5〕據王藻撰《浮溪集》卷二六〈尚書刑部侍郎贈通議大夫周公墓誌銘〉所載，周之道「卒年七十一實元符三年（1100）四年甲寅也……」以此逆推之，當生於仁宗天聖八年（1130）。

〔註 6〕《全宋文》卷一七〇九，冊 78，頁 288。

王蘧（1037～1110）〔註7〕，八歲（〈墓志〉）

胡靜（1038〔註8〕～1086），七歲（《江西歷代人物辭典》）

孔文仲（1038～1088），七歲（孔文仲之生卒年及年壽，說法紛歧，請參考上編第壹章〈家世考〉）

游師雄（1038～1097年），七歲（《碑傳表》）

蘇轍（1039～1112）六歲（《碑傳表》）

郭知章（1039～1114），六歲（《江西歷代人物辭典》）

鄭俠（1041～1119），四歲（《碑傳表》）

鄭佃（1042～1102），三歲（《碑傳表》）

陸佃（1042～1102），三歲（《碑傳表》）

彭汝礪（1042～1095年），三歲（《碑傳表》）

舒亶（1042～1104），三歲（《宋人傳記資料索引》）

孔武仲（1042～1098）〔註9〕，三歲（說詳第壹章〈家世考〉）

張商英（1043～1121），二歲（《碑傳表》）

楊節之（1043～1093）〔註10〕，二歲（右通直郎楊君墓誌銘）

王雱（1044～1076），一歲（《江西歷代人物辭典》）

仁宗慶曆五年（1045）乙酉　2歲【文仲8、武仲4】

三月六日，父孔延之以欽州軍事推官，參與廣南西路轉運按察安撫使杜杞討伐歐希範、蒙趕之役，作〈宋桂州瘞宜賊首級記〉。

〔註7〕據河北臨城縣保存之王蘧出土〈墓志〉云：「庚寅（徽宗大觀四年）閏八月二十二日卒於私第之正寢，享年七十有四。」以此逆推之，則王蘧當生於仁宗景祐四年。〈王蘧墓志〉係蔣靜所撰，拓本見楊超、張志忠、謝飛著〈王蘧墓志及相關問題〉〔《中原文物》，2010年4期〕，頁77～82。

〔註8〕《江西歷代人物辭典》謂生年不詳，卒於1086年。據孔平仲〈胡應侯墓誌銘〉云：「元祐元年三月二十九日卒於京師，享年四十九。」元祐元年正是1086年，以此逆推之，則胡靜生於宋仁宗寶元元年（1038）。

〔註9〕孔武仲之生卒年諸書未載，《宋史・本傳》但云：「卒，年五十七。」《族譜》云：「仁宗慶曆二年壬午歲，壬寅（正）月，丙辰（十一）日，庚寅時生。」《長編》卷五〇二：「（元符元年九月甲戌）朝散郎、管勾玉隆觀孔武仲卒。」孔平仲〈祭三兄侍郎〉（宋集珍本叢刊《清江三孔集》卷三七）亦有「元符元年十二月二十七日，弟具位某謹以清酌庶羞之奠，致奠於亡兄侍郎之靈……」等語，由是可知孔武仲生於宋仁宗慶歷二年，卒於哲宗元符元年。

〔註10〕《雞肋集》卷六八〈右通直郎楊君墓誌銘〉謂元祐八年二月卒，年五十一。由此逆推之，則楊節之當生於仁宗慶曆三年。

君按：環州蠻歐希範、蒙感叛亂事始末，《長編》卷一四六、一四八、一五五載之甚詳，可參。孔延之與役，事見〈宋桂州瘗宜賊首級記〉及本論文上編〈家世考〉。

黃庭堅（1045～1105）生（《碑傳表》）

仁宗慶曆六年（1046）丙戌　3 歲【文仲 9、武仲 5】

三月，賜禮部奏名進士、諸科及第出身八百五十三人。（《宋史》卷一一〈仁宗三〉）

狀元賈黯；周豫、熊本、應舜臣、蕭注、劉敞、劉攽皆登是榜進士〔註 11〕。

仁宗慶曆七年（1047）丁亥　4 歲【文仲 10、武仲 6】

正月己亥，頒《慶曆編敕》。八月乙丑，析河北爲四路，各置都總管。（《宋史》卷一一〈仁宗三〉）

曾肇（1047～1107 年）生（《碑傳表》）

畢仲游（1047～1121 年）生（《宋人傳記資料索引》）

蔡京（1047～1126 年）年）生（《宋人傳記資料索引》）

劉安世（1047～1125 年）生（《中國古代名人分類大辭典》）

仁宗慶曆八年（1048）戊子　5 歲【文仲 11、武仲 7】

三月甲辰，詔禮部貢舉。十二月乙丑朔，以霖雨爲災，頒德音，改明年元，減天下囚罪一等，徒以下釋之。（《宋史》卷一一〈仁宗三〉）

曾安止（1048～1098）生（《江西歷代人物辭典》）

宋神宗趙頊（1048～1185 年）生〔註 12〕（《中國古代名人分類大辭典》）

仁宗皇祐元年（1049）己丑　6 歲【文仲 12、武仲 8】

三月，賜禮部奏名進士、諸科及第出身千三百九人。（《宋史》卷一一〈仁宗三〉）

〔註 11〕《浙江通志》卷一二三〈選舉一·慶曆六年丙戌賈黯榜〉下云：「周豫，永嘉人，司封郎中。」其餘幾人見《江西通志》卷四九〈選舉〉。

〔註 12〕《宋史·神宗紀一》：「神宗紹天法古運德建功英文烈武欽仁聖孝皇帝，諱頊，英宗長子，母曰宣仁聖烈皇后高氏。慶曆八年四月戊寅（初十）生於濮王宮……」

狀元馮京；王安仁、曾誼、鄧潤甫登進士。（《江西通志》卷四九〈選舉〉）

六月甲戌，置觀文殿大學士。（《宋史》卷一一〈仁宗三〉）

秦觀（1049～1100）生（《碑傳表》）

曾孝序（1049～1127）生（《宋人傳記資料索引》）

仁宗皇祐二年（1050）庚寅　7歲【文仲13、武仲9】

六月，呂公著同判吏部南曹，以其有恬退之節也〔註13〕。

仁宗皇祐三年（1051）辛卯　8歲【文仲14、武仲10】

五月，文彥博推薦王安石、韓維，並辭不就〔註14〕。

七月丙辰，以孔氏子孫復知仙源縣事。辛酉，河決大名府郭固口。（《宋史》卷一二〈仁宗四〉）

仁宗皇祐四年（1052）壬辰　9歲【文仲15、武仲11】

四年正月乙亥，塞大名府決河。五月，范仲淹卒〔註15〕。六月庚辰，改余靖爲廣西安撫使、知桂州〔註16〕。七月，命知桂州余靖經制廣南東、西路盜賊〔註17〕。

〔註13〕《長編》卷一六八：「（皇祐二年六月）辛巳，屯田員外郎呂公著同判吏部南曹。公著，夷簡之子也。嘗召試館職，不就。於是上諭曰：『知卿有恬退之節。』因賜五品服。」

〔註14〕《長編》卷一七〇：「（皇祐三年）庚午，宰臣文彥博等言：『臣等每因進對，嘗聞德音，以搢紳之間多務奔競，匪裁抑之，則無以厚風俗。若恬退守道者稍加旌擢，則奔競躁求者庶幾知恥。伏見工部郎中、直史館張瓌，十餘年不磨勘，朝廷獎其退靜，嘗特遷兩浙轉運使。代還，差知潁州，亦未嘗以資序自言。殿中丞王安石進士第四人及第，舊制，一任還，進所業求試館職，安石凡數任，並無所陳。朝廷特令召試，亦辭以家貧親老。且館閣之職，士人所欲，而安石恬然自守，未易多得。大理評事韓維嘗預南省高薦，自後五六歲不出仕宦，好古嗜學，安於退靜。並乞特賜甄擢。』詔賜瓌三品服，召安石赴闕，俟試畢，別取旨。維令學士院與試。安石、維並辭不就。安石，臨川人。維，億之子也。」

〔註15〕《長編》卷一七二：「（皇祐四年五月丁卯）資政殿學士、户部侍郎范仲淹，以疾求潁州，詔自青州徙，行至徐州，卒，贈兵部尚書，謚曰文正。」

〔註16〕《宋史》卷一二〈仁宗四〉。

〔註17〕《長編》卷一七三：「（皇祐四年七月）丙午，命知桂州余靖經制廣南東、西路盜賊。時諫官賈黯言：『靖及楊畋皆許便宜從事，若兩人指蹤不一，則下將無所適從。又靖專制西路，若賊東嚮，則非靖所統，無以使觽。不若併付靖經制兩路。』而靖亦自言賊在東而使臣西，非臣志也。上從其言，故有是命。」

張耒（1052～1112）生（《碑傳表》）

陳師道（1052～1101）生（《碑傳表》）

君按：姜亮夫《歷代人物年里碑傳綜表》及其他文獻皆作皇祐五年（1053），陳師道〈御書記〉云：「臣生於皇祐四年，被蒙恩澤，上下田里，不畏不夭，至於成人……」（《後山集》卷一二）據以改。

仁宗皇祐五年（1053）癸巳　10 歲【文仲 16、武仲 12】

三月，賜禮部奏名進士、諸科及第出身千四十二人。（《宋史》卷一二〈仁宗四〉）

狀元鄭獬；黃序、曾易則、孫立節皆登是榜進士。（《江西通志》卷四九〈選舉〉）

晁補之（1053～1110）生（《碑傳表》）

仁宗至和元年（1054）甲午　11 歲【文仲 17、武仲 13】

皇祐六年與至和元年實爲同一年，《宋史》卷一二〈仁宗四〉：「三月乙亥（十一日），太史言日當食四月朔。庚辰（十六日），下德音：改元，減死罪一等，流以下釋之。」

孔平仲因父命，與兄文仲、武仲從濂溪周茂叔（惇頤）學。

君按：《族譜・孔延之》：「嘗宰新建，與濂溪周茂叔同官，遂命子文仲、武仲、平仲從學。時未有知濂溪之賢者性，公先知之，人服公之識。」又同治《峽江縣志》卷八〈宦業・孔延之〉：「初在建昌秋試，得曾子固；知洪州，與南昌宰周茂叔相友善，世稱其知人」〔註 18〕。據許毓峯《宋周濂溪先生惇頤年譜》所載，周惇頤知洪州南昌縣是至和元年（1054）事，隔年六月即改太子中舍僉書署合州判官事〔註 19〕，故平仲兄弟從學當在此年。

王漢之（1054～1123 年）生（《宋人傳記資料索引》）

仁宗至和二年（1055）乙未　12 歲【文仲 18、武仲 14】

三月丙子（十八日），封孔子後爲衍聖公。

〔註 18〕見同治《峽江縣志》，頁 736。

〔註 19〕見許毓峯撰《宋周濂溪先生惇頤年譜》，頁 38～39。

六月戊戌，以文彥博同中書門下平章事、昭文館大學士，劉沆監修國史，富弼同中書門下平章事、集賢殿大學士。(《宋史》卷一二〈仁宗四〉)

仁宗嘉祐元年（1056）丙申　13歲【文仲19、武仲15】

至和三年與嘉祐元年實爲同一年，《宋史》仁宗紀四：「九月，命宰臣攝事於太廟，恭謝天地於大慶殿，大赦，改元。」(《宋史》卷一二〈仁宗四〉)

孔文仲應鄉舉。

孔延之知筠州新昌，秋試得曾子固。

君按：《峽江縣志》卷八〈宦業・孔延之〉：「初在建昌秋試，得曾子固；知洪州，與南昌宰周茂叔相友善，世稱其如人」〔註20〕。曾鞏登嘉祐二年第，以此推之，所謂「建昌秋試」當在嘉祐元年秋。

十二月，曾公亮爲給事中、參知政事；包拯爲右司郎中、權知開封府〔註21〕。

仁宗嘉祐二年（1057）丁酉　14歲【文仲20、武仲16】

正月，歐陽修權知貢舉。時進士習爲奇僻之文，修深疾之，遂痛加裁抑，文體自是少變〔註22〕。三月，賜禮部奏名進士、諸科及第出身八百七十七人。狀元章衡；曾鞏、曾布及蘇軾、蘇轍兄弟皆登是榜進士〔註23〕。

是歲周惇頤長子周壽生於合州〔註24〕。

仁宗嘉祐三年（1058）戊戌　15歲【文仲21、武仲17】

孔文仲再應鄉舉。(《族譜》)

〔註20〕見同治《峽江縣志》，頁736。

〔註21〕《長編》卷一八四：「(嘉祐元年十二月壬子)翰林學士、兼侍讀學士、中書舍人、集賢殿修撰、權知開封府曾公亮爲給事中、參知政事，龍圖閣直學士、刑部郎中、知江寧府包拯爲右司郎中、權知開封府。」

〔註22〕《長編》卷一八五：「(嘉祐二年)春正月癸未(初六)，翰林學士歐陽修權知貢舉。先是，進士益相習爲奇僻，鉤章棘句，寖失渾淳，修深疾之，遂痛加裁抑，仍嚴禁挾書者。及試牓出，時所推譽，皆不在選。囂薄之士，候修晨朝，羣聚詆斥之，至街司邏吏不能止；或爲祭歐陽修文投其家，卒不能求其主名置於法。然文體自是亦少變。」

〔註23〕見《宋史》卷十二〈仁宗四〉、卷三一九〈曾鞏傳〉、卷三三八〈蘇軾傳〉、卷三三九〈蘇轍傳〉。

〔註24〕見許毓峯撰《宋周濂溪先生惇頤年譜》，頁47。

仁宗嘉祐四年（1059）己亥　16歲【文仲22、武仲18】

孔武仲應鄉舉。（《族譜》）

劉羲仲（約1059～1120）生（《中國古代名人分類大辭典》）

仁宗嘉祐五年（1060）庚子　17歲【文仲23、武仲19】

五月己酉（二十二日），王安石召入爲三司度支判官。八月乙酉，罷諸路同提點刑獄使臣。丙戌，置江、湖、閩、廣、四川十一路轉運判官。（《宋史》卷一二〈仁宗四〉）

鄒浩（1060～1111）生（《碑傳表》）

王渙之（1060～1124）生（《宋人傳記資料索引》）

仁宗嘉祐六年（1061）辛丑　18歲【文24、武20】

三月，賜進士、諸科及第同出身二百九十五人。（《宋史》卷一二〈仁宗四〉）

狀元王俊民；孔文仲、鄒軻、黃廉、曾宰、王安禮、劉奉世登是榜進士。（《江西通志》卷四九〈選舉〉）

文仲調餘杭尉。

武仲國子解元。

六月丙子，以司馬光知諫院。戊寅，王安石任知制誥。（《宋史》卷一二〈仁宗四〉）

八月，蘇軾、蘇轍應制科試〔註25〕。

仁宗嘉祐七年（1062）壬寅　19歲【文25、武21】

孔平仲應鄉試（《族譜》）。

五月，程師孟出知洪州。

> 君按：《王荊公詩注》卷八〈送程公闢之豫章〉注：「公闢先爲夔州路提點刑獄，夷數犯渝州邊，公闢自夔乞徙，治渝州，大賑民饑，旋徙節河東路，入爲三司判官、刑部郎中，出知洪州。時嘉祐七年五月。」故繫於此。

〔註25〕《長編》卷一九四：「（嘉祐六年八月）乙亥（二十五日），御崇政殿，策試賢良方正能直言極諫者，著作佐郎王介、福昌縣主簿蘇軾、澠池縣主簿蘇轍。軾所對入第三等，介第四等，轍第四等次。以軾爲大理評事、簽書鳳翔府判官事，介爲祕書丞、知靜海縣，轍爲商州軍事推官。」

八月，立濮安懿王允讓第十三子爲皇子，賜名曙〔註26〕。

是歲周惇頤次子周燾生於虔州〔註27〕。

仁宗嘉祐八年（1063）癸卯　20歲【文26、武22】

三月甲子，賜進士、諸科及第於延和殿〔註28〕。狀元許將；孔武仲、曾準、董敦逸、黃炎、蕭世範等人登是榜進士〔註29〕。（《江西通志》卷四九〈選舉〉）

武仲授穀城主簿。（《宋史》卷三四四本傳）

三月辛未（二十九日），仁宗崩。（《宋史》卷一二〈仁宗四〉）

四月壬申朔，皇后傳遺詔，命皇子趙曙（原濮安懿王第十三子）嗣皇帝位，是爲英宗。丙子（初五），尊皇后曹氏爲皇太后。庚子（二十九日），立京兆郡君高氏爲皇后。（《宋史》卷一三〈英宗〉）

李朴（1063～1127）生（《江西歷代人物辭典》）

英宗治平元年（1064）甲辰　21歲【文27、武23】

孔平仲爲國學解魁（《族譜》），有〈國學解元謝啓〉（《清江三孔集》卷三十）。居京師，本年始與蘇轍論交。

> 君按：蘇轍〈次韻孔平仲著作見寄四首〉其一云：「昔在京城南，成均對茅屋。清晨屣履過，不顧車擊轂。時有江南生，能使多士服。同儕畏鋒鋭，兄弟更馳逐。文成劇翻水，賦罷有餘燭。連收領底髭，未耗髀中肉。飛騰困中路，黽勉啄場粟。歸來九江上，家有十畝竹。一官粗包裹，萬卷中自足。還如白司馬，日聽杜鵑哭。我來萬里外，

〔註26〕參《長編》卷一九七。

〔註27〕見許毓峯撰《宋周濂溪先生惇臨年譜》，頁47。

〔註28〕《長編》卷一九八「（嘉祐八年三月）甲子，御延和殿，賜進士許將等一百二十七人及第，六十七人同出身；諸科一百四十七人及第、同出身；又賜特奏名進士、諸科一百人及第、同出身、諸州文學、長史。」

〔註29〕《宋會要·選舉》一之一一：「嘉祐八年正月七日，以翰林學士范鎮權知貢舉，知制誥王安石、天章閣制制司馬光並權同知貢舉，合權奏名進士孔武仲已下二百人。」《汴京遺蹟志》卷二十：「八年：進士一百九十三人，諸科十一人。省元：孔武仲；狀元：許將。」《長編》卷一九八：「甲子，御延和殿，賜進士許將等一百二十七人及第，六十七人同出身，諸科一百四十七人及第、同出身；又賜特奏名進士、諸科一百人及第、同出身、諸州文學、長史。將，閩人也。」二者說法略有不同。

命與江波觸。罪重慙故人，囊空仰微祿。已爲達士笑，尚謂愚者福。米鹽已草草，奔走常碌碌。尺書慰貧病，佳句爛珪玉。多難畏人知，胡爲強題目。徂年慕桑梓，歸念寄鴻鵠。但願洗餘愆，躬耕江一曲。」詩中「成均」即指國學，「能使多士服」謂孔平仲舉國子解魁一事，由是可知，蘇轍與孔平仲定交始於治平元年。

英宗治平二年（1065）乙巳　22 歲【文 28、武 24】

年初在京師，進士及第後授洪州分寧縣主簿（《江西通志》卷四九〈選舉〉、《族譜》），孔平仲離京赴任。

君按：《長編》卷二〇四：「（治平二年二月丙午）賜貢院奏合格進士、明經、諸科鄱陽彭汝礪等三百六十一人及第、出身，汝礪等三人授初等幕職官，如咸平元年例，餘授判、司、簿、尉，出身人守選。」

同年進士可考者有：

彭汝礪、董鉞、董乂、張滂、張允、鄧祐甫、廖平、曾覺、李權、劉蒙、曾鎮、段藻、郭知章、張鎮、梁完、彭持、陳衮臣、李子高、蕭規（以上見《江西通志》卷四九）

蔡申、楊規、潘景純、朱伯熊、郭璪、梅顥、范彖、劉撝、樓常、舒亶、馮師古、余蒻、王長彥、陳貽序、羅適、馬隆、毛握、江汝欽、皇甫師中、戴士元、鮑朝儒、梅仲南、周沃、鮑祗（以上見《浙江通志》卷一二三）

閩縣：李譚、王祖道、辛琮、陳□；候官縣：池鄂；懷安縣：劉儼；長樂縣：陳毅；莆田縣：周譚、柯濟、方希；仙遊縣：黃宁；晉江縣：蔡碩、蘇咸、周密、李伯亨、陳端；南安縣：林世規；同安縣：許權；龍溪縣：劉衍、李亨伯、鄭俊；劍浦縣：練毖、朱甲立；將樂縣：廖子平；建安縣：楊凝、曹極；何甫、賈思、彭璟；甌寧縣：范咨、袁符、魏森、廖平、陳讓能；浦城財：章楶（以上見《福建通志》卷三三）

毛浚、毛杭（以上見《廣西通志》卷七十）

游師雄（見《陝西通志》卷三〇）

雷�（見《廣東通志》卷三十一）

張商英（見《名臣碑傳琬琰之集》下卷十六）

孫升（績中）（見《中吳紀聞》卷四）

練毖（見《宋詩紀事》卷二三）

張舜民（見《全宋文》卷一八一三作者簡介）

陶舜咨

君按：《江西通志》卷四九〈選舉・治平二年乙巳彭汝礪榜〉所錄，並無陶舜咨之名，孔平仲〈陶寺丞夫人孔氏墓誌銘〉（宋集珍本叢刊《清江三孔集》卷三八）云：「子男七人：舜咨某庫部推官、舜儀、舜文、舜中……」又云：「余與推官君同年得第……」故補於此。

較著名及日後與孔平仲有互動者有：

曾覺（1034～1070），字道濟，南豐人。吉州司法參軍，調韶州軍事判官。熙寧三年卒，年三十七〔註30〕。

游師雄（1038～1097），字景叔，武功人。初調儀州司戶參軍。熙寧四年，遷德順軍判官、潁州軍事推官。元祐元年，除宗正寺主簿，遷軍事監丞。五年，爲陝西轉運判官、提點秦鳳路刑獄。七年，除祠部員外郎，加集賢校理，權陝西轉運使。紹聖二年，知邠州，後改知河中府。三年，權知秦州兼秦鳳路經略安撫使，移知陝州。四年，卒，年六十。《宋史》卷三三二有傳〔註31〕。

張舜民（1044～？），字芸叟，自號浮休居士，又號矴齋，邠州人。初爲襄樂令。元豐四年，從高遵惠征西夏，因作詩述及宋軍久屯失利之情，坐謫監邕州鹽米倉，又改監郴州酒稅。元祐初，以司馬光薦，召爲監察御史，累擢吏部侍郎。崇寧初，坐元祐黨，謫處州團練副使，商州安置。後復集賢殿修撰〔註32〕。

舒亶（1041～1103），字信道，號嬾堂，明州慈溪人。治平二年進士，試禮部第一。調臨海縣尉。元豐五年，知制誥。累官御史中丞。舉劾多私，氣燄熏灼。後坐罪廢斥十餘年，始復通直郎。崇寧元年，起知南康軍，改知荊南府。以開邊功，由士龍圖閣進待制。二年卒，年六十三〔註33〕。《宋史》卷三二九有傳。

彭汝礪（1042～1095）字器資，饒州鄱陽人。治平二年進士第一。歷保信軍推官、武安軍掌書記、潭州軍事推官、國子直講、大理寺丞、太子中允、監察御史裏行。元豐初，以館閣校勘爲江西轉運判官，改提點京西刑獄。元祐二年握起居舍人，三年，遷中書舍人。加集賢殿修撰。入權兵、刑二部侍

〔註30〕見《宋人傳記資料索引》，冊四，頁2815。

〔註31〕參《全宋詩》卷843，冊15，頁9763。

〔註32〕參《全宋文》卷1813，冊83，頁259。

〔註33〕參《全宋文》卷2180，冊100，頁63。

郎。進權吏部尚書。紹聖元年，降待制出知江州。紹聖二年正月卒，年五十四〔註 34〕。《宋史》卷三四六有傳。

張商英（1043～1121），字天覺，號無盡居士，蜀州新津人，唐英弟。初調達州通彎主簿，辟知南川縣，以檢正中書禮房擢監察御史裏行，責監荊南稅。更十年，得館閣校勘、檢正刑房，責監赤岸鹽稅。哲宗初，爲開封府推官，反對變更新法，出提點河東刑獄，連使河北。江西、淮南。哲宗親政，召爲右正言、左司諫，力攻元祐大臣。又以事責監江寧酒。起知洪州，入爲工部侍郎，遷中書舍人，出爲河北轉運使，降知隨州。崇寧初，歷吏部、刑部侍郎、翰林學士。雅善蔡京，拜尚書右丞，轉左丞。復攻京，罷知亳州，入元祐黨籍，削籍知鄂州。大觀四年，除中書侍郎，拜尚書右僕射，變更蔡京之政。政和元年，爲臣僚所攻，罷知河南府，旋貶衡州安置，繼復還故官職。宣和三年十一月卒，年七十九。紹興中賜謚文忠。有《無盡居士集》一百卷，久佚。《宋史》卷三五一有傳〔註 35〕。

陳貽序字叔倫，臨海人。爲蘇軾、曾鞏所知。終奉議郎、湖南運判。有《天臺集》行于世〔註 36〕。

郭知章（1039～1114），字明叔，北宋龍泉人。歷官知海州、濮州，提點梓州路刑獄，監察御史，殿中侍御史，左司員外郎，左司諫，權工部侍郎，中書舍人，工部侍郎并加寶文閣直學士，知太原府，刑部尚書，知開封府，知鄭州，知成都，後入元祐黨人籍，落職奉祠。崇寧中起知虔州、知青州。以疾請祠，復顯謨閣直學士。工詩律。著有《明叔文集》〔註 37〕。《宋史》卷三五五有傳。

羅適字正之，寧海人。爲江東令，凡民有訟，曲直徑決於前，不以屬吏，黎明視事，入夜猶不已，居數月，政化大行，訟者益少，乃出行郊野，所過召耆老，問以疾苦及所願欲而不得者，爲罷行之。官至提點兩浙、京西刑獄〔註 38〕。

彭持字知權。北宋分宜人。工詩。元豐間累遷至司農丞、監司、江西提舉常平〔註 39〕。

〔註 34〕參《全宋文》卷 2196，冊 101，頁 1。
〔註 35〕參《全宋文》卷 2228，冊 102，頁 106。
〔註 36〕參《赤城志》卷三三。
〔註 37〕參《江西歷代人物辭典》，頁 47。
〔註 38〕參《浙江通志》卷一六九。
〔註 39〕參《江西歷代人物辭典》，頁 47。

董鉞字毅夫。德興人。官至夔州轉運使。遇事剛果，耿介不群〔註40〕。

董乂字彥臣。德興人。累官大理寺卿，進樂書，釋青囊經，遷敷文閣待制，封華亭縣開國男〔註41〕。

陳衮臣字廷黼。贛縣人。困學拙記，乃屏書渺慮，晝夜靜坐一小庵中，後乃大敏。聞曾子忠師事周子，訪之，與曾言論深相悅，遂謁周子，執贄為弟子，參究太極圖說，發明宗旨，為贛純儒〔註42〕。

劉蒙字資深。分宜人。歷官南雄州司理參軍、知平陽縣、武城縣、知霍邱縣、御史臺主簿、韶州通判、知永州，廣東提舉、湖北通判和廣西提刑、朝議大夫〔註43〕。

鄧祐甫，崇寧元年以直秘閣知江寧府，遷宗正寺少卿〔註44〕。

練愢，延平人。元祐中，知旌德，政尚簡易，興學獎士，邑子弟如汪澥、呂鏜皆其造就。雅有清操，人飲酒清者輒稱練長官酒。嘗建北渡橋，亦以練公名之〔註45〕。

英宗治平三年（1066）丙午　23歲【文仲29、武仲25】

在洪州分寧主簿任。

本年程師孟任江南西路轉運官。

君按：李之亮《宋代分路長官通考》引《江西通志》謂：「程師孟，江西轉運使。仁宗朝任。」〔註46〕說詳熙寧三年〈謝程卿舉職官啓〉條。

英宗治平四年（1067）丁未　24歲【文仲30、武仲26】

在洪州分寧主簿任。

春，正月丁巳（初八），英宗崩，太子趙頊即位，是為神宗。己未（初九），

〔註40〕參《江西歷代人物辭典》，頁47。

〔註41〕參《江西歷代人物辭典》，頁47。

〔註42〕參同治《贛州府志》卷五十四〈人物志・儒林〉，頁991。

〔註43〕參《江西歷代人物辭典》，頁47。

〔註44〕參《宋人傳記資料索引》，冊五，頁3744。

〔註45〕參《江南通志》卷一一六〈職官志〉。

〔註46〕李之亮《宋代分路長官通考・江南西路轉運使・治平三年丙午》：「《祠部集》卷二五〈代謝江西轉運程大卿寄詩書〉。《江西通志》卷九：『程師孟，江西轉運使。仁宗朝任。』」冊上，頁642。

尊皇太后曹氏爲太皇太后，皇后高氏爲皇太后。二月乙酉（初六），初御紫宸殿。立向氏爲皇后。二月庚寅（十一日），以四月十日神宗生日爲同天節。（《宋史》卷一四〈神宗一〉）

三月壬子，賜禮部進士及第、出身四百六十一人。（《宋史》卷一四〈神宗一〉）

狀元許安世；黃庭堅、王雱、曾肇、何正臣、歐陽棐、李潛縣登是榜進士。（《江西通志》卷四九〈選舉〉）

閏三月癸卯（二十五日），王安石出知江寧府。九月戊戌（二十三日），以王安石爲翰林學士。辛丑（二十六日），樞密副使呂公弼爲樞密使，張方平、趙抃並參知政事，邵亢爲樞密副使。壬寅（二十七日），以曾公亮爲尚書左僕射，文彥博爲司空。癸卯（二十八日），以司馬光爲翰林學士。（《宋史》卷一四〈神宗一〉）

本年所作文有〈代賀韓樞密〉（宋集珍本《清江三孔集》卷三四）

君按：韓樞密指韓絳。韓絳，字子華。韓億子，舉進士甲科，神宗立，韓琦薦絳有公輔器，拜樞密副使。《宋史》卷三一五有傳。《宋史・宰輔表二》：「（治平四年九月辛丑）韓絳自三司使、吏部侍郎，除樞密副使。」文章開頭稱「伏審光奉制麻，榮陪樞府，陶鎔所暨，鼓舞皆和……」知作於新除之際。

〈代賀邵三司〉（宋集珍本《清江三孔集》卷三四）

君按：邵三司指邵必。邵必字不疑。舉進士，爲上元主簿。國子監立石經，必善篆隸，召充直講。進集賢校理、同知太常禮院。出知常州，召爲開封府推官。坐在常州日杖人至死，責監邵武稅，知高郵軍，提點淮南刑獄，爲京西轉運使。入修起居注、知制誥，知諫院。編《仁宗御集》成，遷寶文閣直學士、權三司使，加龍圖閣學士、知成都，卒於道。《宋史》卷三一七有傳。《宋會要・食貨》四二之二一：「（治平四年）十一月十四日，權發遣三司使公事邵必言事。」文章開頭有「伏審光奉細書，榮司大計，有識相慶，不謀同辭」等語，當作於改官之初，故繫於此。

神宗熙寧元年（1068）戊申　25歲【文仲31、武仲27】

在洪州分寧主簿任。

正月甲戌朔，日有食之。詔改元。二月乙卯，孔若蒙襲封衍聖公。四月，詔翰林學士王安石越次入對。（《宋史》卷一四〈神宗一〉）

本年所作詩有〈同天節口號〉（宋集珍本《清江三孔集》卷三四）

君按：《宋史》志六五〈嘉禮三〉：「神宗以熙甯元年四月十日爲同天節，以宅憂，罷上壽，惟拜表稱賀。」此云：「伏以熙朝啓祚，運乘火德之炎；睿主挺生，時得陽明之正」，當作於熙寧之初，故繫於此。

神宗熙寧二年（1069）己酉　26歲【文仲32、武仲28】

在洪州分寧主簿任。

二月，王安石任參知政事。六月，右諫議大夫、御史中丞呂誨以論王安石，罷知鄧州。以翰林學士呂公著爲御史中丞。八月，殿中侍御史孫昌齡以論新法，貶通判蘄州。（《宋史》卷一四〈神宗一〉）

神宗熙寧三年（1070）庚戌　27歲【文仲33、武仲29】

在洪州分寧任主簿。夏秋任滿，進京待選。曾往江陵其父孔延之湖北轉運使任所。

三月己亥（初八），始策進士，罷詩、賦、論三題。壬子（二十一日），賜禮部奏名進士、明經及第八百二十九人。（《宋史》卷十五・神宗二）

狀元葉祖洽；應昭式、蔡京、蔡卞皆登是榜進士〔註47〕。

九月辛丑（十四日），朝廷原本屬意孔延之出任湖北轉運使，遭神宗以「精力緩慢，恐非監司之宜」予以否決〔註48〕，改權開封府推官。乙巳（二十四日），孔文仲入京應賢良方正。

十二月以韓絳、王安石並同中書門下平章事，王珪參加政事。（《宋史》卷一五〈神宗二〉）

本年所年詩什有〈和經父寄張績〉（「蕭蕭木落洞庭湖」）

〔註47〕應昭式見《江西通志》卷四九〈選舉〉；蔡京、蔡卞見《福建通志》卷三三〈選舉〉。

〔註48〕《長編》卷二一五：「（辛丑）湖南轉運使張顒知鄂州，權發遣户部判官范子奇權湖南轉運副使，湖北轉運副使孔延之權開封府推官，權發遣開封府推官孫珪爲湖北轉運使。上批：『聞顒母老，罕出巡，性亦好靜。延之精力緩慢，恐非監司之宜。』故以珪、子奇易之。子奇，雍孫也。」

君按：經父指長兄孔文仲，其所作原詩已佚失；孔平仲現存作品有和詩二題三首，韻腳各不相同，應是分二次和寄（說詳下二首）。詩中有「蕭蕭木落洞庭湖，一葉扁舟盡室居」等語，當亦作於停留湖北期間。

〈詠櫓〉

君按：詩中有「駕浪來湘浦，搖風過洞庭」等語，知作於停留湖北期間。

〈和經父寄張績〉（「解縱梟鵶啄鳳凰」及「半通官職萬人才」）

君按：張績，生平不詳。只知道他曾任河南府鞏縣主簿〔註 49〕，國子監丞、秘書省正字〔註 50〕，不過那是元祐以後的事了。照孔平仲給他的詩看來，作詩時張績尚未得到施展的機會，原因很可能是張績爲了貫徹某些理念，而與權貴勢不兩立，以至在仕途上遭到挫折，所以第一首詩對此除了同情，也給予安慰和勸勉。第二首則是重點所在，一方面推崇張績，肯定他是萬中選一的人才，只是官運不亨通，讓他空有經綸天下之才，卻得不到重用（「半通官職萬人才，卷蓄經綸未得開」，但是鸞鳳托巢於枳棘，應是暫時性而已；前途依舊看好（「鸞鳳託巢雖枳棘，神仙定籍已蓬萊」）。況且塞翁失馬焉知非福，只要此心不渝，定有功成名就的一天。

〈和經父登黃鶴樓〉

君按：黃鶴樓在湖北武昌蛇山上，當亦作於停留湖北期間。

〈至日阻風飲於轉運行衙呈經父〉。

君按：是年冬至在十一月戊戌（十一日）。孔平仲待選期間曾暫住其父孔延之湖北轉運使任所。詩云：「杜渚停風棹，華堂置酒壺。雲低岳陽市，雪滿洞庭湖。醉眼看梅蘂，歡心合棣柎。去年今夕夢，江國面京都。」蓋去年此時猶在分寧，故有「江國面京都」云云。

〔註 49〕《長編》卷二四〇：「（熙寧五年十一月癸亥）詔宣徽南院使、雄武軍留後、判渭州郭逵落宣徽南院使，使潞州；通判秦州、太常少卿馮潔己，管勾機宜文字、殿中丞蕭敦善，河南府鞏縣主簿張績、司理參軍張續，勘管光祿寺丞杜純並衝替；前知通遠軍王韶罰銅八斤。」

〔註 50〕《長編》卷三九四：「（哲宗元祐二年正月）乙亥，承議郎、祕閣校理張舜民爲監察御史。從御史府舉也。國子監丞張績爲正字。宣德郎陳烈落致仕，充福州州學教授。本路監司言烈雖老猶少，請加任使，故有是詔。」

本年所作文有：〈謝襄州史大卿狀〉

君按：史大卿，指史炤。文末有「方秋之初，於氣尚熱，伏期順時保練，對國寵光」等語，據《長編》卷二二三：「（熙寧四年五月癸卯）光祿卿史炤知邢州。上謂執政曰：『炤在襄州，于水利甚宣力，宜優獎以勸眾。』王安石曰：『便除邢州，亦足示勸；其詳須勘會具備，乃可推恩，不然，恐濫有異論，則無事狀可質也。』」則熙寧二年秋，孔平仲尚在分寧；四年秋史炤已改知邢州，故繫於此。

〈代與孫珪〉（宋集珍本《清江三孔集》卷三四）

君按：此代其父孔延之而作，《長編》卷二一五：「（熙寧三年，九月）湖南轉運使張顒知鄂州，權發遣戶部判官范子奇權湖南轉運副使，湖北轉運副使〔註 51〕孔延之權開封府推官，權發遣開封府推官孫珪爲湖北轉運使……」文書開頭云：「伏審光膺優渥，榮領轉輸」，呼應孫珪新職乃轉運使也；繼而曰「洞庭之野，乃經制之嘗游；皇華之官，聯澄清之素志」，暗喻湖北；末云：「惟渺然之無似，辱賢者之相承。叨麋久居，豈有告新之政」，交接意味由此可知。

孔平仲在洪州主簿期間所作詩計有：〈平上去入四首寄豫章舊同官〉、〈還鄉展省道中作四聲詩寄豫章寮友〉

君按：《方輿勝覽》卷一九〈江西路．隆興府．建置沿革〉：「春秋戰國屬楚；秦屬九江郡；漢高祖始置豫章郡；東漢因之。隋爲洪州；唐置洪州總管，改曰都督府。又置觀察使陞節度使，後避代宗諱，止稱章郡，加鎮南節度。南唐遷都南昌。國朝復爲洪州，以爲江南西路兵馬鈐轄升馬步軍都總管，升安撫使。以孝宗皇帝潛藩，賜府額，今統郡十一、領縣八，治南昌、新建兩縣。」故用以代稱洪州。因繫於此。

孔平仲在洪州主簿期間所作文計有〈謝程卿舉職官啓〉

君按：題下原注：「得之按：尚書謝公鄂所跋，蓋轉運程師孟，時先生爲分寧主簿。」徐得之是當初協助王蓬編輯《清江三孔集》的人員之一（說詳本文上編第貳章〈出任洪州分寧主簿〉），他罕見爲孔

〔註 51〕按：「副使」誤也，揆之上下文，應是「湖北路轉運使」。

平仲文章加註，必有所考。程師孟，字公闢，吳人。景祐元年（1034）張唐卿榜進士〔註 52〕，累知南康軍、楚州，提點夔路刑獄、徙河東路、知洪州、出爲江西轉運使。《宋史》卷三三一有傳。《王荊公詩注》卷三十〈送程公闢轉運江西〉注：「公闢於嘉祐間嘗爲洪州主，治平三年爲江西路轉運副使，故公詩有『不異重臨』、『最慰漳濱』之句。」據李之亮《未代分路長官通考》所考，程師孟任江南東路轉運使就在治平三年到熙寧元年五月二十五日〔註 53〕，而孔平仲文章無年月可辨，姑繫於此。

〈謝方卿舉職官啓〉

君按：題下原注：「得之按：方卿，乃提刑方嶠。」方嶠事上編第貳章〈出任洪州分寧主簿〉已有敘述，故繫於此。

〈謝周學士舉職官啓〉

君按：題下原注：「得之按：周學士，乃知洪州周豫。」周豫事上編第貳章〈出任洪州分寧主簿〉已有敘述，故繫於此。

〈謝洪帥大監啓〉

君按：文章云：「筮仕伊始，自天與幸，得公來臨」，知作於任職洪州時期。

〈謝洪倅啓〉

君按：文章云：「向備員於簿領，幸託迹於庇庥」，知作於任分寧主簿時。

〈謝洪簽啓〉

君按：文章有「向者初官，獲依幕府」等語，觀此知其亦作於任職洪州時期。

〈上運判屯田狀〉

〔註 52〕見范成大撰《吳群志》卷二八〈進士題名〉。

〔註 53〕〈江南東路運運使〉下引《祠部集》卷二五〈代謝江西轉運程大卿寄詩書〉，《江西通志》卷九：「程師孟，江西轉運使。仁宗朝任。」證明程明孟治平三年任此職。又引《宋會要．選舉》卷三三之一〇：「（熙寧元年）五月二十五日，江南東路轉運使、光祿少卿程師孟直昭文館、知福州。」。冊上，頁 642。

君按：運判屯田指夏倚。《長編》卷二〇瘼：「（治平四年三月庚子）學士院言屯田員外郎夏倚、雄武節度推官章惇，詩賦中等。詔以倚爲江南西路轉運判官，惇爲著作佐郎。」文章云：「某竊以求聞於世，所難得者特達之相知；受之於人，又難得者始終之如一。顧惟淺陋，向託部封，自引拜於堦墀，洎告辭於行屏，歷時固乆，蒙惠甚均。蓋待下之從容，皆由中之悃愊，故無變易，尤切感銘。恭惟某官賦資深沉，挾量宏偉。志優名美，居不倦於討論；官高職崇，動必由於法律。清明如日，端重若山，豈外計之可淹，想嚴召之伊邇。小則翺翔於臺閣，大則運動於樞機，所養有餘，何施不可！某乆於恩館，齒在仕途，豈獨一身敢私於態覆，願同庶物皆被於生成。」故繫於此。

神宗熙寧四年（1071）辛亥　28 歲【文仲 34、武仲 30】

年初，因待選未決，一度來至其父孔延之越州新任所。夏秋後，因獲薦教授密州離開會稽，仲冬抵達。

君按：《族譜・平仲》下云：「熙寧三年六月薦舉密州教授。」《宋史》卷一五〈神宗〉：「二月丁巳朔，罷詩賦及明經諸科，以經義、論、策試進士。置京東西、陝西、河東、河北路學官，使之教導。」孔平仲授密州教授在朝廷罷詩賦及明經諸科，改以經義、論、策試進士之後，當繫於本年而非熙寧三年，《族譜》說法籠統不可採信。而孔延之改知越州一事，按：宋人施宿所纂的《嘉泰會稽志》以爲「孔延之，熙寧四年以度支郎官知，五年十一月赴闕。」〔註 54〕《趙清獻公年譜》熙寧四年下亦云：「三月，與越守孔度支延之餞別於金山，夏到青州任。」〔註 55〕《四庫全書・會稽掇英總集提要》：「臣等謹案《會稽掇英總集》二十卷，宋孔延之撰。原本自序首題其官爲尚書司封郎中、知越州軍州事、浙東兵馬鈐轄，末署熙寧壬子五月一日越、清思堂。案：施宿《嘉泰會稽志》：『延之於熙寧四年以度支郎官知越州，五年十一月召赴闕。』壬子正當熙寧五年，其歲月與《會

〔註 54〕見嘉慶十三年刊嘉泰《會稽志》，頁 6194。

〔註 55〕見羅以智編《趙清獻公年譜》，收錄在《年譜叢刊》（北京：北京圖書館出版社，1999）冊一三，頁 8、頁 9。

稽志》相合。惟《志》稱延之爲度支郎官，而此作司封郎中；集中有沈立等〈和蓬萊閣詩〉，亦作孔司封，《集》爲延之手訂，於官位不應有誤，未知施宿何所據也？」由是可知熙寧四年三月以前，孔延之已易守越州矣。至於孔延之知越州時官銜爲何，黃師啓方以爲施宿所言亦未必有誤。孔延之熙寧四年三月先以户部度支郎中知越州，故趙抃赴青州與延之餞別於金山時，有詩曰〈酬越守孔延之度支〉〔註 56〕；既到任，遷爲吏部司封郎中。孔延之與趙抃餞別在先，與沈立會晤在後，故沈詩曰〈和孔司封題蓬萊閣〉〔註 57〕。吏部郎中較户部爲高，且延之手訂《會稽掇英總集》的時間，又晚於和沈立唱和，所以才會自署「尚書司封郎中、知越州軍州事、浙東兵馬鈴轄」。至於四庫館臣提到的沈立（1007～1078），他字立之，歷陽人。舉進士，簽書益州判官，提舉商胡埽。《會稽志》卷二云：「沈立熙寧三年四月以右諫議大夫知，四年正月移杭州」《會稽掇英總集》卷十八附鄭戩所作〈宋太守題名記〉亦稱「右諫議大夫沈立，熙寧三年四月二十七日到，四年正月四日就移知杭州。」蓋孔延之前一任越州郡守也。

四、五月間，曾鞏改知齊州軍事。

君按：李震編《曾鞏年譜》卷三云：「震按：曾鞏於六月入齊境，當於四、五月有是命。」又云：「曾鞏當於熙寧四年六月十三日入齊起，六月十六日（己巳）到任。」〔註 58〕

六月，歐陽修致仕。（《宋史》卷一五〈神宗二〉）

七月，曾布知制誥〔註 59〕。

十一月丁亥（初八），作中太一宮。（《宋史》卷一五〈神宗二〉）

唐庚（1071～1121）生（《中國古代名人分類大辭典》）

釋惠洪（覺範 1071～1128）生。

〔註 56〕詩云：「君詩感別我依依，言念朋懷與願違。京口落帆初醉後，江心登寺復分飛。回思二浙風烟好，來喜三齊獄訟稀。舊里未歸徒仰羨，小蓬萊上占春輝。」收錄在《清獻集》卷四。

〔註 57〕詩云：「拂雲高閣擬蓬萊，面向稽山鑑水開。文舉清尊無限樂，微之佳句不勝才。屢嘗雪夜凭朱檻，幾對花天醉綠杯。明主未容休退去，會須重乞一麾來。」

〔註 58〕見《曾鞏年譜》卷三，頁 269、272。

〔註 59〕《長編》卷二三五：「（熙寧五年七月）按布知制誥在四年七月，今因密院傳旨改法附見，當考。」

君按：黃師啓方〈釋惠洪五考〉：「惠洪寫〈寂音自序〉的時間是在他五十三歲時，也就是宋徽宗宣和五年（1123），上推他的生年，則是神宗熙寧四年（1071）。」〔註60〕

本年所作詩什，赴密州前有〈越州飛來山〉、〈和常甫寄經父〉、〈見潮〉、〈秋夜舟中〉

君按：以上數詩皆描寫會稽、錢塘風光，乃孔延之知越州軍州事時，平仲前去探親期間所作，說詳上編第貳章〈六年任滿前途難期〉。

〈熙寧四年中秋〉

君按：本年中秋在八月丁卯。詩云：「月滿光尤好，秋殷氣更清。頻年若陰雨，此夜獨清明。後閣羅甥妹，前堂合弟兄。團圓最相稱，盡飲至更深。」如此一家團圓和樂景象，可知當時人尚在越州。

〈和舍弟送行至密州〉、〈次韻和常父發越州〉、〈渡淛江未得〉、〈懷越〉

君按：以上諸詩皆作於赴密州途中，說詳上編第貳章〈赴密州教授行跡考述〉。

〈近兗〉

君按：詩云：「龜蒙山上泉如湧，白石河邊雨已流。喬木烟深迷故國，黃蘆風急戰高秋。新科一變人方銳，舊學都忘我可羞。驅馬遠來徒自苦，敢將衡鑑定三州。」「龜蒙山」又名蒙山，《太平寰宇記》卷二一：「泗水縣東北一百十一里，舊十二鄉，今四鄉。《左傳・成十八年》：『晉侯使士魴來乞師，仲孫蔑會晉侯、宋公，同盟于虛朾。』《杜注》：『虛朾，地闕。』學者舊傳此地即虛朾也。漢爲下縣之地；隋分汶陽縣于此城，置泗水縣，屬兗州」，又云：「蒙山在（泗水）縣東北七十五里，詩曰『奄有龜蒙』……」而「新科一變」的時間在熙寧四年二月，但孔平仲來到密州，已經是「仲冬十一月」（〈日出〉）了，詩裡描述的景色卻是「喬木烟深迷故國，黃蘆風急戰高秋」，顯然是抵達密州以前，接近兗州時所作，才會有「驅馬遠來徒自苦」的感慨。

〔註60〕收錄在《宋代詩文縱談》（台北：臺灣商務印書館股份有限公司，1997），頁249。

〈費縣〉

君按：《太平寰宇記》卷二三〈沂州〉：「元領縣五：臨沂、沂水、費縣、承縣、新泰。」詩云：「途經古費邑，遺堞草萊平。東瞻龜蒙山，西望顓臾城。弗擾以畔召，仲尼猶欲行。許由亦在塚，子子何獨清。」亦作於赴密州途中。

〈日出〉

君按：詩開頭即云：「仲冬十一月，我行赴高密」，中又有「扶桑想可到，俗慮苦南訖」等語，由是可知亦作於赴密途中。

〈收家書〉

君按：詩云：「早承會稽信，晚接清江使。兩地千里餘，尺書同日至。既知骨肉安，復得鄰里事。丁寧問兒女，委瑣及奴婢。開包視封題，親故各有寄。牛狸與黃雀，路遠不易致。東人罕曾識，專享無所遺。豈徒抵萬金，鼓腹快異味。」當是孔平仲赴密州後，越州及清江兩地親人致書問候，有感而作。孔平仲另有詩曰〈兄長舟次會稽以十月九日發書清江故舊以此日遣使仍以十一月十二日同到去歲會稽書清江人亦同日到嘗有詩記其事〉（說詳熙寧五年），疑詩題中所說「會稽書、清江人亦同日到，嘗有詩記其事」之詩，即是此篇。

本年所作文章有：

〈謝鄂守張職方啓〉

君按：張職方指張顒（見李之亮《宋兩湖大郡守臣易替考》），《長編》卷二一五：「（熙寧三年九月）湖南轉運使張顒知鄂州，權發遣户部判官范子奇權湖南轉運副使，湖北轉運（副）使孔延之權開封府推官，權發遣開封府推官孫珪爲湖北轉運使……」文中有「方淑氣之甚喧」之語，故知乃作於本年春天。

〈謝荊門知軍啓〉

君按：荊門知軍，據李之亮《宋兩湖大郡守臣易替考》所考，熙寧四年知荊門軍者乃張維〔註 61〕。張維，生平不詳。文中有「向者北境帝都，南還親侍，兩趨赤戟，再屈朱轓，蒙下接之加優，結中藏

〔註 61〕〈荊門軍〉下云：「《欒城集》卷一〈答荊門張都官維見和惠泉〉。」頁 214。

而增感……」云云。所謂「北走帝都」蓋指赴京待選；「南還親侍」，即前往越州父親任所，故繫於此。

〈代越州與兩浙漕〉（宋集珍本《清江三孔集》卷三四）

君按：越州屬兩浙路〔註 62〕，此二篇皆代其父孔延之而寫。開頭並云：「叨奉宸俞，濫當郡寄，分一麾之守，深愧非才……」，內容亦多有雷同，應是一時之作。兩浙漕據《宋會要・食貨》六一之九九：「（熙寧五年）正月，兩浙轉運副使俞希旦言事……」蓋指俞希旦。俞希旦嘉祐六年王俊民榜進士〔註 63〕。餘待考。

〈代與兩浙憲〉（宋集珍本《清江三孔集》卷三四）

君按：兩浙憲據《長編》卷二二四：「（熙寧四年四月癸酉）先是中書以兩浙路水利差役事皆不舉，已差殿中丞張靚代醇，又下提點刑獄王庭老體量……」蓋指王庭老。

〈上密守啓〉

君按：密守，待考。李之亮《北宋京師及東西路大郡守臣考・密州》引《宋會要・食貨》七之二一：「（熙寧三年）九月二十一日，以知密州、尚書兵部郎中、集賢殿張芻知滄州。」張芻離開後，熙寧四年熙寧七年蘇軾來知之前，其間歷任知州姓名皆付之闕如〔註 64〕。文章稱「言念某治身闕畧，處世迂疎，向僅習於簡編，遂誤塵於科第。自罷官於縣道，方進等於賓筵，將效驅馳，遂蒙移易。使奉行於新詔，往倡率於諸生。以其學問荒唐，文章鄙淺，固當退避，安可叨居。然而吏責之差輕，又有德庇之可託，故茲受命，漸以治行。方素節之戒涼，望黃堂而馳想……」且題下原注云：「教官未到，上太守。」應作於赴密州途中，故繫於此。

〈上王相公書〉（宋集珍本《清江三孔集》卷三五）

君按：書中有「昨蒙恩授密州教授，已於某月日到任訖」等語，由是可知當作於到任述職後，故繫於此。

〔註 62〕《宋史・地理四》：「兩浙路。熙寧七年，分爲兩路，尋合爲一；九年，復分；十年，復合。府二：平江，鎮江。州十二：杭，越，湖，婺，明，常，溫，台，處，衢，嚴，秀。」

〔註 63〕宋羅願撰《新安志》卷八〈敘進士題名〉：「俞希旦，朝議大夫，贈金紫光祿大夫。」

〔註 64〕見《北宋京師及東西路大郡守臣考》，頁 278。

神宗熙寧五年（1072）壬子　29歲【文仲35、武仲31】

教授密州。二月，因事自密州經青州至齊州。夏秋後始返密。

君按：孔平仲〈寄常父〉其云：「六月涼泉聲似雨，千家脩竹勢凌雲。齊州瀟灑共閒暇，洗耳清流對此君。」可見孔平仲六月尚滯留齊州。十月已在密州哦亭陪伴州守品嘗百花釀（詳下文〈太守視新堂〉條），在此之前即已返回密州。

四月，齊魯旱。

君按：曾鞏〈泰山祈雨文〉：「今年二邦不雨，自四月以訖于茲，積水之澤，塵起冥冥，粟將槁死，蝗亦滋生……」（《元豐類稿》卷三九），旱象嚴重可想而知。

五月一日，父孔延之於越州纂成《會稽掇英總集》二十卷。

君按：《會稽掇英總集》書前自序末提有「熙寧壬子五月一日越州清思堂」，由是可知。

閏七月，知青州趙抃爲資政殿學士，知成都〔註65〕。

八月，歐陽修卒〔註66〕。

九月，孔文仲赴台州推官，過杭州、晤蘇軾，有詩。詳上編第貳章〈錢監時期交遊舉要〉

十一月，孔延之罷越州任，赴闕，過杭州，與杭州通判蘇軾飲於有美堂。

君按：有美堂，宋潛說友撰《咸淳臨安志》卷五二：「嘉祐二年梅龍學摯出守，仁宗皇帝賜詩，摯乃作堂，取賜詩首句名之曰有美。歐陽公修爲記，蔡端明襄書。」《三蘇年譜》：「本月（熙寧五年，十一月），孔延之（長源）罷越州。延之過杭赴京師，飲有美堂。」〔註67〕

〔註65〕《長編》卷二三六：「閏七月甲戌，知青州、資政殿學士趙抃爲資政殿大學士、知成都府。抃在青州踰年，要錄京東旱，蝗及境，輒遇風墮水而盡。於是上欲移抃知成都。」《曾鞏年譜》亦云：「七月，知青州趙抃爲資政殿學士，知成都，有〈送趙資政〉（《集》卷第七）。」卷三，頁286。

〔註66〕《長編》卷二三七：「潁州言觀文殿學士、太子少師致仕歐陽修卒。贈太子太師。太常初謚曰『文』，常秩曰：『修有定策之功，請加以「忠」。』乃謚文忠。」

〔註67〕《三蘇年譜》卷二二：「《長編》卷二百四十本月丁巳記事謂延之乃以沮壞鹽法虧歲額而銜替。《蘇軾詩集》卷十三〈孔長源輓詞〉敘過杭事。延之乃文仲之父，長蘇軾二十二歲。《元豐類稿》卷四十二有墓銘。」冊一，頁657。

是月壬戌（十七日），天章閣待制、知永興軍李肅之知青州〔註68〕。
本年所作詩什如下：〈止謁先聖廟者〉

君按：詩云：「高密古名城，其地近闕里。絃歌聲相聞，往往重夫子。學宮雖荒涼，廟貌頗嚴偉。上元施燈燭，一俗奠醪醴。高焚百和香，競爇黃金紙。所求乃福祥，此事最鄙俚。朝廷謹庠序，五路茲焉始。建宮以主之，不肖實當此。澆敝皆掃除，安可循舊軌。丁寧戒閽人，來者悉禁止。嘗聞之魯論，丘之禱久矣。生也既無求，歿豈享淫祀。夜亭甚清虛，古柏自風起。悦之以其道，吾祖當亦喜。」由是可知密州當地民眾有焚香、燒紙錢祭拜孔子的習俗，孔平仲以爲不可循而予以禁止。應是任職學宮後有感而作。

〈走筆〉

君按：詩共有三首，其一有：「霽雪如泉滴，荒城作阜遮。買猿裝野景，插柳待春華。終日開黃卷，諸生望絳紗。王官勸奔走，何幸獨安家」，由是可知詩應是作於教授密州期間的某個春天。其二云：「種竹禁當雪，栽花準擬春。詩書最閒局，寢食自由身。淛外音聞數，齊州問訊頻。郵筒煩郡縣，此外不干人」，淛外謂越州之父母家人；齊州指兄長孔武仲。平仲父孔延之去年來知越州，本年十一月因召赴闕，能自浙江寄書問訊，只有熙寧五年春天而已，故繫於此。

〈寄常父〉（「繚繞龍山半府陰」）

詩云：「繚繞龍山半府陰，春來飄泊阻登臨。蓬萊閣下花多少，清曠亭前水淺深。暮靄漫天迷望目，東風絕海送歸心。新詩亦有思家意，應記當年共醉吟。」據聶言之〈孔平仲詩中的蓬萊閣在何處〉所考「孔平仲詩中的蓬萊閣不在登州，也不在杭州，而是在越州（參上編第貳章〈赴密州教授行跡考述〉），龍山乃指越州城內的臥龍山。「由此可知，〈寄常父〉一詩作於孔平仲到達密州的第二年（君按：指熙寧五年）春天。密州濱海，故孔平仲〈和舍弟送行至密州〉有云：『蓬萊醉中夢，尋我海邊州。』詩中『蓬萊』指越州蓬萊閣，『海邊』即指密州。」〔註69〕

〔註68〕《長編》卷二四〇：「（熙寧五年十一月）壬戌，龍圖閣直學士吳中復知永興軍，天章閣待制知永興軍李肅之知青州。」

〔註69〕刊登在（江西師範大學學報・哲學社會科學版）第26卷，第4期，1993年10月。以上分別引自頁110、111及112。

〈以事赴齊州初發密〉、〈折柳亭〉、〈里伏驛〉、〈將至青州〉、〈青州席上〉、〈馬上小睡〉、〈王舍人莊〉

君按：以上諸詩皆二月孔平仲自密州經青州赴齊州時所作，說明已見上編第貳章〈密州時期交遊及生活〉，不再贅述。因〈青州席上〉有「笙歌相引入東園，二月青州花正繁」等語，由是得知，其出發時間當在二月前後。

〈寄常父〉

君按：詩云：「歷城未到己嘗聞：文綵魚鹽市不貧。修里山川齊故地，百年風俗舜遺民。泉聲滑滑長如雨，海氣昏昏晚得春。北渚環波皆好景，爲兄詩筆長精神。」知此詩亦作於赴齊州途中。

〈上曾子固〉

君按：《元豐類稿》卷七有〈和孔平仲〉，詩云：「園池方喜共追尋，正是槐榆夾路陰。雙燭縱談樽酒淥，一枰消日紙牕深。波壽萬字驚人筆，塵土千鍾異俗心。佳句從來知寡和，愧將沙礫報黃金。」李震《曾鞏年譜》謂：「此和孔平仲〈上曾子固〉。」〔註70〕由是可知此詩乃孔平仲抵達齊州後所作。

〈曾子固令詠齊州景物作二十一詩以獻〉

君按：這二十一首分別是：〈閱武堂〉、〈閱武堂下新渠〉、〈凝香齋〉、〈芍藥廳〉、〈仁風廳〉、〈竹齋〉、〈水香亭〉、〈采香亭〉、〈靜化堂〉、〈鵲山亭〉、〈芙蓉橋〉、〈芙蓉臺〉、〈環波亭〉、〈水西橋〉、〈水西亭〉、〈西湖〉、〈百花橋〉、〈北湖〉、〈百花臺〉、〈百花堤〉、〈北堵亭〉。皆孔平仲停留齊州期間所寫下。

〈六月五日〉

君按：本年齊魯乾旱。齊州亦從四月起不雨，曾鞏有詩題曰〈去年久旱六月十三日入境得雨今年復旱得雨亦六月十三日也國（《元豐類稿》卷七），李震《曾鞏年譜》繫於本年。而此詩云：「灑汗通宵己廢眠，起來猶覺眼生煙。黃埃滾滾人行地，赤氣騰騰日出天。紈扇急揮風亦熱，銀瓶空掛井無泉。狂心於此思霜雪，安得師文扣羽弦。」當作於六月十三日天降甘霖之前。

〔註70〕見《曾鞏年譜》，卷三，頁278。

〈喜雨上太守〉

君按：孔平仲〈曾子固令詠齊州景物作二十一詩以獻〉之〈仁風廳〉云：「太守政何如？茲焉名可見。齊州一萬家，揮以袁宏扇。」就援用「袁宏扇」的典故來比喻曾鞏對齊州的教化之功，此詩亦云：「曾佩金章禱象龍，滂沱飛雨出無窮。泰山吐霧連朝暗，東海驅波半夜空。爽壓炎蒸民少病，潤流枯涸歲將豐。黃堂下視相歡意，助之袁宏一扇風。」當是久旱得雨後，上呈曾鞏以爲祝賀之作，時間應晚於六月十三，故次於此。

〈晚霽〉

君按：前舉曾鞏〈泰山祈雨文〉有「粟將槁死，蝗亦滋生」等語，而平仲詩云：「疫癘且不作，稻粱行亦稠。吾徒今則喜，向者爲民憂」由是可知，當是同時期之作。

〈太守視新堂〉

君按：李震編《曾鞏年譜．熙寧五年六月》下云：「臨視閱武堂」。並引孔平仲〈太守視新堂〉詩爲證〔註 71〕。然平仲詩云：「邉邉元崇胄，藹藹東州守。留心學校事，遇我若寮友。蔽空起新堂，鼛鼓百夫走。枉架親視之，丁寧到榱枓。北風沙迷眼，佇立相與久。晏我登哦亭，推我居席首。初嘗百花釀，希藪無不有。是日十月中，新霜脱人肘。醺酣一消鑠，和氣回物朽。昔人歌魯侯，在泮嘗飲酒。我今作此詩，亦以綴厥後。美哉姚侯政，豈弟民父母。此詩所不歌，先已在民口。」已點明時間就在十月。且詩中提及「北風」、「新霜」皆非六月應有之景象；和曾鞏臨視閱武堂，明顯不相關。又《明一統志》卷二二〈山東布政司．濟南府〉：「閱武堂，在府城內。曾鞏詩：『五朝坏治歸皇極，萬里車書共太平。胡馬不窺光祿塞，漢家常隸羽林兵。梛間自詑投壺樂，桑下方安佩犢行。高枕四封無一事，腐儒何幸偶專城。』」然孔平仲詩卻云「宴我登哦亭，推我居席首」，其中「哦亭」在密州不在齊州（說詳下文〈哦亭〉條）。

〔註 71〕《曾鞏年譜》卷三：「七月，知青州趙抃爲資政殿等士，知成都，有〈送趙資政〉（《集》卷第七）。」頁 286。

由此看來孔平仲十月做此詩時，已經返回密州；詩中所說的太守並非曾鞏，新堂也不是閱武堂。

〈次韻和常父〉

君按：和詩共二首，其一云：「角吹海上千山月，草入江南萬里春。欲去尚留心未決，夢魂長在越谿濱」；如前一條所說孔延之在本年十一月因召赴闕，那麼孔平仲離開後，家人也只有熙寧五年春天在越州居住，故繫於本年。其二云：「赴官並出江湖上，講學聯居海岱中。會合尤嗟別離促，音書何似笑言同。黃鸝度曲爭催曉，紅杏薰香半倚風。景物佳時憶相見，恨無雙翅逐飛鴻」，首句即點出是兄弟倆教授齊州、密州時的作品；而「會合尤嗟別離促」一句又道出短暫相聚後匆促話別的感慨。回顧孔平仲在密州，只有在本年曾前往齊州，和孔武仲短暫聚首，故繫於此。

〈呈夢錫〉（「與君來往半歲餘」）

君按：夢錫，姓鄭，名待考，從孔平仲的詩中約略可知他在密州擔任節度推官（說詳上編第貳章〈新知舊識歡聚唱和〉）。《清江三孔集》共有〈呈夢錫〉詩二首，一為五絕；一為七律。此即七律，詩開頭謂「與君來往半歲餘，三日不見已為疎」，對照〈立秋日呈夢錫〉有云：「憶初同赴官，相後惟一月」，以孔平仲至密州後半年，當作於熙寧五年。

〈送董監部赴舉〉

君按：詩云：「西風槐半黃，行客車馬動。揚鞭望都城，壯氣不可控。朝廷新改科，詩賦斥無用。君能通古書，義理善折衷。先鋒陳典謨，後騎出歌貢。以茲趨大敵，坐可圓百中。青春聞喜處，醉弁宮花重。去矣當自強，勿作思歸夢。」所謂「朝廷新改科」蓋指熙寧四年二月「罷詩賦及明經諸科，以經義、論、策試進士」（《宋史》卷一五〈神宗二〉）一事。事詳《長編》卷二二〇〔註72〕。而改科後首次考

〔註72〕《長編》卷二二〇：「（熙寧四年）二月丁巳朔，中書言：『古之取士皆本於學校，故道德一於上，習俗成於下，其人材皆足以有為於世。自先王之澤竭，教養之法無所本，士雖有美材而無學校師友以成就之。此議者之所患也。今欲追復古制以革其弊，則患於無漸。宜先除去聲病偶對之文，使學者得以專意經義，以俟朝廷興建學校，然後講求三代所以教育選舉之法，

試在熙寧六年舉行〔註 73〕，此云：「西風槐半黃，行客車馬動」，當作於熙寧五年秋，故繫於此。

〈惜別爲從道作〉

〈送從道〉、〈適值劉從道供奉往信陽鎮用前韻送之〉、〈寄從道〉（「相逢苦不早」）

君按：今存孔平仲詩集中與「從道」有關者計有〈惜別爲從道作〉、〈送從道〉、〈寄從道〉（「憶初撫掌笑」）、〈適值劉從道供奉往信陽鎮用前韻送之〉、〈寄從道〉（「相逢苦不早」）及〈送段從道司户〉六首，

施於天下，則庶幾可復古矣。明經及諸科欲行廢罷，取元解明經人數增解進士，及進更俟一次科場，不許諸科新人應舉，漸令改習進士。仍於京東、陝西、河東、河北、京西五路先置學官，使之教導。其禮部所增進士奏名，止取五路進士充數，所貴合格者多，可以誘諸科嚮習進士。今定貢舉新制，進士罷詩賦、帖經、墨義，各占治詩、書、易、周禮、禮記一經，兼以論語、孟子。每試四場，初本經，次兼經並大義十道，務通義理，不須盡用注疏。次論一首，次時務策三道，禮部五道。禮部五道，當考。中書撰大義式頒行。量取諸科解名增解進士，以熙寧二年解明經數爲率。如舉人數多於熙寧二年，即每十人更取諸科額一人，諸科額不及三人者聽依舊。不解明經處，每增二十人，如十人法。禮部奏名，於諸科解額取十分之三增進士案。京東州、陝西、河北、河東、京西進士，開封府、國子監、諸路嘗應諸科改應進士者，別作一項考校。其諸科内取到分數，並充進士奏名，將來科場，諸科宜令依舊應舉，候經一次科場，除舊人外不得應諸科舉。五路先置學官，中書選擇逐路各三五人，雖未仕，有經術行誼者，亦許權教授，給下縣主簿、尉俸。願應舉者亦聽，候滿三年，有五人奉舉，堂除本州判、司、主簿、尉，乃再兼教授。即經術行誼卓然，爲士人所推服者，除官充教授。其餘州軍並令兩制、兩省、館閣、臺諫臣寮薦舉見任京朝官、選人有學行可爲人師者，中書體量，堂除逐路官，令兼本州教授。諸州進士不及二百人處，令轉運司併鄰近三兩州考試，仍各用本州解額。殿試策一道，限千字以上。分五等：第一等、二等賜及第，第三等出身，第四等同出身，第五等同學究出身。』從之。

〔註 73〕《長編》卷二四二：「（熙寧六年正月）翰林學士曾布權知貢舉，知制誥呂惠卿、天章閣待制鄧綰、直舍人院鄧潤甫並權同知貢舉。」又「（二月丙子）禮部貢院言：『乞依發解條，以前次科場明經到省、及明經奏名人數同比較，係若干人到省取一人奏名外，據所剩奏名額，並撥添進士奏名，即雖到省人數多，合格人少，亦將不合格明經奏名人額添進士。』從之。」卷二四三：「（熙寧六年三月）己酉，御集英殿試禮部奏名進士……辛亥，試奏名、特奏名明經諸科。」又「庚申，詔春試出官人，上等賜進士出身，中等以上升一季名次。四年十月改立銓試法，六年三月始書春試恩例，八年亦但書春試，九年、十年則春秋並書。大抵實錄初無義例，今亦因之。」

前五首所稱的「從道」，姓劉，身分爲供奉；第六首〈送段從道司户〉之從道則是司户。只不過目前均無法查證劉、段二人姓名。但是這四首詩都和劉從道赴信陽有關。〈送從道〉有「去年風雲攪天暗，君馬區區之海涯。今年苦寒又訪別，正是去年行役時。信陽雖遠重來得，小桃常探春消息……」等語，〈適值劉從道供奉往信陽鎮用前韵送之〉，這有自注云：「君約春中還城下。」故繫於此。

〈還楊秘校賦〉

君按：楊秘校者，孔平仲教授密州時同僚楊節之也。楊節之是晁補之的舅父輩。節之卒後，晁補之曾爲他撰寫墓誌銘，墓誌有「初調密州諸城主簿。再舉進士，又首薦不第。遂盡屏其少所學，益治經考古，去華而居實矣」等語，孔平仲熙寧四年十一月至密州，始與鄭夢錫、楊節之、孫昌齡論交。詩中有云：「楊君示我賦一編，讀之百復不能已。新詞琢就若瑤琨，故實織成侔錦綺。可憐苦心自少年，近日改科無用此……」，應是〈送董監部赴舉〉前後期作品。

〈夜聚楊節之秘校廨廚〉

君按：詩中有「雲亂海天低，風吹馬耳破」、「倒載夜深靜，雪花如掌大」等語，皆呈現出冬日景象，故次於後。

〈出郭〉

君按：詩中有「去年十二月，踏雪茲往復，嗟今再見冬，回首如信宿」等語，去歲謂熙寧四年初到時，以是知作於五年冬。

〈題濂溪書堂〉〔註74〕

君按：是歲，周惇頤築濂溪書堂於廬山山麓，遂卜居於此。趙抃、孔平仲均有題濂溪書堂詩。此詩諸本皆未見錄，清·張伯行編《宋周濂溪先生惇頤年譜》有載，詩云：「廬阜秀千峰，濂溪清一掬。先生性簡淡，住在溪之曲。深穿雲霧占幽境，就翦茆茨結空屋。堂中堆積古圖書，門下回環老松竹。四時風物俱可愛，嵐彩波光相映綠。先生於此已優游，洗去機心滌塵目。樵夫野叟日相侵，皓鶴哀猨夜同宿。方今世路進者多，百萬紛紛爭轉轂。矯其言行鬻聲名，勞以

〔註74〕見《宋周濂溪先生惇頤年譜》，頁70。

機關希爵祿。由來物役無窮已，計較愈多彌不足。何如瀟灑靜中閒，脫去簪紳臥林麓。先生此趣殊高遠，不以尋常論容辱。奈何才大時所須，猶曳緋衣佐方牧。鸞章鳳羽出爲瑞，未得冥冥逐鴻鵠。先生何時歸去來，古人去就尤宜速。須憐溪上久寂寥，蒼煙白露空喬木。」〔註75〕

〈寄常父二首〉

君按：由詩中「寒燈一點靜相照，風雪打窻冬夜長」（其一），「雪意尚濃雲黯淡，角聲吹絕晚蕭條」（其二）可知詩作於冬季。且有「欲和來詩詩未就，恍然心在歷山陽」（其一）、「相看惟有兄相近，回首時能慰寂寥」（其二）等語，顯示作詩時武仲尚在齊州，而武仲於熙寧六年夏秋離職，故繫於此。

〈兄長舟次會稽以十月九日發書清江故舊以此日遣使仍以十一月十二日同到去歲會稽書清江人亦同日到嘗有詩記其事〉

君按：此處所謂兄長當指孔文仲，《三蘇年譜》載孔文仲制策受黜罷歸台州時，曾「過杭，與蘇軾唱酬」。而此時孔延之尚在越州，文仲趁回台州之便，前往探視父母，並寫信給孔平仲

〈寄常父〉（「台州與京邑」）

君按：詩云：「台州與京邑，中有泰山陰。誰謂三隅遠，長分一寸心……」「台州」指孔文仲，孔文仲制策受黜，罷歸本任（見上編第貳章（仕宦考上）之〈六年任滿前途難期〉），就返回台州繼續擔任軍事推官，直到熙寧七年孔延之去世時都在任上〔註76〕。京邑指孔延之及其他家人，孔延之因「言者奏越州鹽法不法」（曾鞏〈司封郎中孔君墓誌銘〉），於本年十一月入闕，就一直滯留在京師，最後雖然有機會出知潤州。卻是「未行，暴得疾」，病逝於京城。由此可知，詩作於孔延之入闕後，因一下首有「梁苑雪天低」句，故繫於本年冬。

〈再用前意〉

君按：詩云：「台州雲海闊，梁苑雪天低。地隔書來少，心分夢去迷。惟兄最鄰近，同路隔東西。常欲投簪笏，相招傍虎溪。」「台州」指

〔註75〕見清・張伯行編《宋周濂溪先生惇頤年譜》，頁70～71。
〔註76〕曾鞏〈司封郎中孔君墓誌銘〉：「文仲，台州軍事推官。」

孔文仲，前一條已有解說。梁苑，又名梁園、兔園、睢園、修竹園，俗名竹園，故址在今河南省商丘市東南。園林規模宏大，方三百餘裏，宮室相連屬，供遊賞馳獵。梁孝王在其中廣納賓客，當時名士司馬相如、枚乘、鄒陽等均爲座上客。事見《史記·梁孝王世家》。此處代指在京師的父母。「雪天低」顯示詩當作於熙寧五年十一月孔延之進京後的某個冬天，但熙寧六年冬，孔武仲已經離開密州，不再與孔平仲「鄰近」，故次於此。

本年所作文有：〈上曾子固謝答書〉（宋集珍本《清江三孔集》卷三五）

君按：書信開頭云：「昨進奏官迎到，賜書一封，伏讀五六，不勝震越……」末云：孟秋猶熱，不審台候如何。某守官之拘，僻在海郡，未緣趍走左右，究所欲言，下情拳拳，瞻感之至。」據前引李震編《曾鞏年譜》「曾鞏於熙寧四年六月入齊境」的說法，對孔平仲〈日出〉詩「仲冬十一月，我行赴高密」，則是歲孟秋孔平仲猶未進人山東；而熙寧六年九月李師中已由登州來知齊州，於此之前曾鞏就已去齊，故繫於本年。然以題目〈上曾子固謝答書〉觀之，則在此之前平仲當另有文字上呈。

神宗熙寧六年（1073）癸丑　30歲【文仲36、武仲32】

教授密州。年底或七年初因辟離密州，轉赴京師。

正月作〈正月七夜飲楊節之廨廚〉

君按：孔平仲熙寧四年仲冬十一月始來至密州，有機會與楊節之、孫昌齡等論交，應是熙寧五年以後的事，而且這年他又因公事赴齊州；七年春天則是隨倅入京，眞正能在正月初七與楊節之夜飲的時間，恐怕就只有熙寧六年了。且由孔平仲作品敘述得知，熙寧五年冬就曾造訪楊節之，把酒言笑至於「倒載夜深歸」（詳〈夜聚楊節之秘校廨廚〉條），正月再度歡聚夜飲應是有跡可循，故繫於此。

三月庚戌（初七），神宗親策進士。置經局，命王安石提舉，呂惠卿、王雱同修撰。辛亥（初八），試明經諸科。己未（十六日），置諸路學官。壬戌（十九日），賜奏名進士、諸科及第出身五百九十六人（《宋史》卷一五〈神宗二〉）。

狀元余忠；黃公器、朱京皆登是榜進士。（《江西通志》卷四九〈選舉〉）

四、五月間，蘇轍改齊州掌書記〔註77〕；六、七月間，至齊〔註78〕。

六月七日（己卯），周惇頤卒〔註79〕，孔平仲作〈祭周茂叔文〉（宋集珍本《清江三孔集》卷三七）悼之。

君按：李春梅〈編年〉云：「據《周元公集》卷四潘興嗣〈濂溪先生墓誌銘〉，周敦頤卒於是年六月七日。文仲有〈祭墓文〉，見《周元公集》卷八，武仲兄弟〈祭周茂叔文〉，見《清江三孔集》卷一九。」〔註80〕但未說明孔文仲、武仲兄弟所作祭文內容爲何。考周沈珂編《周元公集》卷八〈祭文〉所錄孔文仲〈祭墓文〉，與宋集珍本《清江三孔集》中的〈祭周茂叔文〉，二者實爲同一篇。但宋集珍本《清江三孔集》不謂出自孔文仲，而稱是孔平仲所作。《朱子語類》卷九三亦引道夫語，謂「濂溪清和。孔經父祭其文曰：『公年壯盛，玉色金聲；從容和毅，一府皆傾。』墓碑亦謂其『精密嚴恕』，氣象可想矣！」也說是孔文仲經甫作。不過《四庫全書周元公集．提要》引《朱子語類》已改稱「孔毅甫祭文」云云，只是未加以說明罷了。觀此篇開頭云：「嗚呼！童蒙之時，隨宦於洪，論父之執，賢莫如公。公年壯盛，玉色金聲；從容和毅，一府皆傾……」孔平仲兄弟常隨父官而遷居，《輿地紀勝》卷九四〈廣南東路．封州．人物〉就有「孔延世（『之』字之誤），嘉祐閒守封州，遺愛在民。三子曰：文仲、武仲、平仲，初讀書於黃堂後，人榜曰『桂堂』」的記錄。這裡所說的「隨宦於洪」，蓋指孔延之知洪州新建縣一事。可惜同治《新建縣志》但云：「仁宗時知新建縣」〔註81〕，沒有確切的時間。據許毓峯撰《宋周濂溪先生惇頤年譜》所考：「（至和元年）先生（指周惇頤）用薦者言，遷大理寺丞知洪州南昌縣。」而且任期僅此一年，至和二年就「改太子中舍僉書署合州判官事」去了〔註82〕，因此孔延之與周惇頤交遊當在至和元年，這年周惇頤年三十八，孔平仲十一歲，

〔註77〕見《三蘇年譜》，卷二三，冊一，頁710。

〔註78〕見《三蘇年譜》，卷二三，冊一，頁717。

〔註79〕按許毓峯《宋周濂溪先生惇頤年譜》：「（熙寧六年）六月七日，先生卒於九江郡之私第。」頁74。

〔註80〕見李春梅〈編年〉，頁2878。

〔註81〕見清同治十年刊，承霈修、杜友棠、楊兆崧纂《新建縣志》（台北：成文出版社股份有限公司，1989），頁1199。

〔註82〕見《宋周濂溪先生惇頤年譜》，頁38～39。

和文中所說「童蒙之時」、「公年壯盛」皆吻合。若是孔文仲所作，那時他已經十七歲，斷無自稱「童蒙」之理。文章又提到「公貳永州，嘗以旅見，公貌雖衰，不以憂患，生簿江西，公使于南……」《宋周濂溪先生惇頤年譜》云：「（治平元年）冬，虔州民間失火，焚千餘家，朝廷行遣差替，時先生季點外縣，不自辯明，遂對移通判永州。」又云：「（治平二年）三月十四日，抵廬山。」〔註 83〕孔平仲治平二年登第後爲洪州分寧主簿，兩人因此相遇於各自赴任途中，也是合乎情理。以上皆足以證明《朱子語類》、《周元公集》所說「孔經甫」實乃「孔毅甫」之誤，祭文眞正作者當爲孔平仲。

七月乙巳（初四），詔京西、淮南、兩浙、江西、荊湖等六路各置鑄錢監。（《宋史》卷一五〈神宗二〉）

九月，曾鞏去齊，徙知襄州軍事。

君按：曾肇〈亡兄行狀〉：「既罷，州人絕橋閉門遮留，夜乘間乃得去。」〔註 84〕尚書右司郎中、知登州李師中知齊州〔註 85〕。有〈送登州太守出城馬上作〉

君按：登州太守，指李師中。考李師中生平至少二度路過密州，一是熙寧五年由洪州知登州〔註 86〕；另一次則是熙寧六年九月由登州知齊州〔註 87〕。李師中是繼榮諲之後知洪州，根據《長編》所載，約略可以推知時間應在熙寧四年底到五年初〔註 88〕，至於他離開洪州赴登州的詳細時間，目前則無法考證。不過李師中登州知齊州的

〔註 83〕見頁 60～61。

〔註 84〕見《南豐先生元豐類藁（續）》，收錄在《宋集珍本叢刊》（北京：線裝書局，2004），冊十一，頁 89。

〔註 85〕《欒城集》卷五〈和李誠之待制燕別西湖・敘〉：「熙寧六年九月，天章閣待制李公自登州來守此邦，愛其山川泉石之勝，怡然有久留之意……」

〔註 86〕李之亮《北宋京師及東西路大郡守臣考・登州》引《登州志》：「李師中，右司郎中，熙寧五年任。」頁 310。

〔註 87〕李之亮《北宋京師及東西路大郡守臣考・登州》引《蘇潁濱年表》上：「（熙寧六年）九月，尚書右司郎中、知登州李師中來知齊州。」頁 310。《欒城集》卷五〈和李誠之待制燕別西湖敘〉亦云：「熙寧六年九月，天章閣待制李公自登州來守此邦……」

〔註 88〕《長編》卷二二七：「（熙寧四年十月）己巳，江南西路提點刑獄陳倩、轉運判官金君卿等言，體量知洪州、祕書監、集賢殿修撰榮諲老病，文書皆不簽押。詔徙知舒州，以右司郎中李師中知洪州。」

年月就相對明確。觀孔平仲詩中有「匆匆送客出城闉，霜意方高日漸醺」等語，正是秋天景象，姑繫於此。

本年所作詩什尚有〈送夢錫往齊州〉

君按：詩中有「我兄在歷城，相別歲已周，音問月三四，東西交置郵。豈如一相見，君今涉其州，爲我道亡恙，深言致綢繆。先馳魂夢往，迎子鵲山頭」等語。孔平仲於熙寧三年分寧主簿任滿，曾會孔武仲於襄州，時武仲任職於襄陽守史炤府中；四年二人又在越州孔父任所聚首，之後兄弟各自赴齊州、密州任學官；熙寧五年孔平仲嘗因事往齊州，再與孔武仲團聚。從齊州一別「歲已周」計算，則詩當作於熙寧六年。

〈有感時夢錫尋醫而思求免官〉

君按：詩云：「去年城門坐徹晚，前年火閣飯連宵。當時已是嫌羈束，今日那堪轉寂寥。綠水紅蓮非舊客，清風明月想同寮。不知比我離高密，誰向長亭折柳條。」孔平仲於熙寧四年來至密州，當時已是仲冬，而夢錫來密州作官的時間和孔平仲前後只差一個月，因此所謂「前年火閣飯連宵」，指熙寧四年剛認識時；而「去年城門坐徹晚」，則熙寧五年的事。故夢錫「思求免官」，應是熙寧六年才有的想法。以下各篇則是孔平仲得知夢錫即將去職後，所寫的相關作品，依照詩意區分前後，順序繫於次。

〈呈夢錫〉(「結綬本何意」)

君按：詩云「結綬本何意，浩歌今欲歸。從君卧病去，使我出門希。燕領新雛出。鴟盤落景飛。何時起相見，一笑兩忘機。」猶期待相見，可見夢錫雖臥病去職，仍未離開密州。

〈又寄夢錫〉

君按：詩云：「自君臥漳濱，我意恍若疾。無人與笑言，兀兀守一室。當寢或不寢，當食或不食。有思氣填胸，可駭幾戰慄。想君端在家，比我乃安逸。妻孥以嬉娛，簿領从閣筆。南城趨北城，道路無所隔。我豈無僕馬？子不見賓客。哦亭足清風，林木助蕭瑟。葵花無數開，蓮葉亦已出。起來定何時，幸會能幾日。已令篘白醪，待子歡促膝。」應是夢錫有意辭退之後，謝絕會客，孔平仲思念友人所作。

〈謁夢錫見几上粉箋援筆書此〉

君按：前詩因夢錫不見賓客而無緣相會，此詩則是會面之後，知道「此時駕君車，去意不可縛」，有感而書。

〈雨中戲夢錫〉

君按：詩云「雲橫金嶺迷驅轍，水溢沂河卷斷梁。預祝愁霖貫秋序，留君行色到重陽」，由此看來夢錫已有動身離去的打算，只爲天氣因素而延遲，推測時間又在〈謁夢錫見几上粉箋援筆書此〉之後，故次於此。

〈餞夢錫於折柳亭醉中倚柱〉

君按：詩云：「折柳亭邊柳已衰，送行猶拗最高枝。西風黃葉蕭蕭地，多少傷心爲別離。」應是爲夢錫餞行而作，時間當晚於前面幾首。

〈一字至七字詩送夢錫夢錫託疾引歸〉

君按：孔平仲偏好創作雜體詩，此爲寶塔詩，亦是贈別夢錫時所作。

〈立秋日呈夢錫〉

君按：本年立秋在九月丁酉（二十五日）。詩云：「今日纔立秋，涼風已蕭瑟。我不感時節，念子行有日。憶初同赴官，相後惟一月。子先脱然去，我獨不得發……」由此看來，夢錫在立秋之前已經離開。

〈十月旦懷夢錫〉

君按：詩云：「去歲開爐郡中起，芙蓉幕下醉相邀。今年兩事俱蕭索，白日孤城轉寂寥。緣飾新茶烹下鳳，咨嗟名畫展蒼鵰。長篇藁出依然在，千里思君不可招。」明顯是夢錫離開後，懷念故人所寫。

〈祈雨〉

君按：詩云：「皇天久不雨，旱風滿東國。春田廢鉏犁，秋事闕牟麥。縣官緊租賦，守令抱憂責。交馳謁羣望，不敢愛牲帛。而我處學宮，于邦乃賓客。霜寒怯早起，卧聽車馬適。方茲祈求急，不預奔走役……」由此可知，是年秋天旱象已成，而孔平仲因爲是學官的身分，無法參與祭祀活動，才會在太守前往常山致祭時，代爲作詩祈神。則此篇當是〈常山四詩〉序曲。

〈十月二十一日夜〉

君按：本年十月二十一，乃庚寅日。詩中有「是時久旱水泉竭，高屋一燎如毛翎」，故繫於此。

〈常山四詩并序〉

君按：〈序〉云：「熙寧六年之仲冬，太守以旱有事于常山。平仲職在學校，不預祭祀，太守以常山密之望，而太守出城，爲非常故，帥以往。平中既不辭，又不敢無言以助所請也，作〈迎神〉、〈酌神〉、〈禱神〉、〈送神〉四詩以畀祠官。」故繫於此。

〈熙寧口號〉

君按：《宋史》卷十五〈神宗二〉：「（熙寧四年十一月）丁亥（初六），作中太一宮。」又同卷：「（熙寧六年）十一月癸丑（十四），中太一宮成，減天下囚罪一等。流以釋之。乙卯（十六），親祀太一宮。」原詩共五首，其二云：「萬户康寧五穀豐，江淮相接至山東。須知錫福由京邑，天子新成太一宮。」故繫於此。

〈冬至日作〉

君按：本年冬至在十一月甲寅（十五日）。詩末云：「遙想京師盛，新宮太一迎。」故繫於此。

〈寄從道〉（〈憶初撫掌笑〉）

君按：孔平仲詩中所稱的「從道」，有二人：一姓劉，身分爲供奉；一姓段，身分爲司户，此詩蓋指劉供奉。〈送從道〉云：「黄髯半醉舌若蜚，它日樽前無此客。」（說詳熙寧五年）此云：「憶初撫掌笑，嘗謂子猿猱。斑然武而文，譏罵舌若刀。髭黄喉骨結，内敏見秋豪。」可見二詩中的「從道」爲同一人。而詩中又云「聞子在定州，深山坐披毛。何如東海上，萬疊觀波濤。不見歲再晚，北風方怒嘷。圍爐捧美酒，思子持蟹螯」，意謂作詩時間距離上回送從道之信陽已經「歲再晚」，故繫於此。

〈代小子廣孫寄翁翁〉

君按：詩中謂「爹爹來密州，再歲得兩子：牙兒秀且厚，鄭鄭已生齒。翁翁尚未見，既見想懽喜」；又謂「婆婆到輦下，翁翁在省裏」，

「輦下、省裏」皆代稱京師，平仲父孔延之在他熙寧四年前來密州時，原本知越州；熙寧五年十一月才因沮壞鹽法虧歲額赴闕。以孔平仲來密州兩年內連生二子，且幼子業已長牙計算，詩當作於本年。

〈不雨〉

君按：詩中云：「不雨今已久，北風還起埃。聲搴海嶽動，寒挾雪霜來」，當作熙寧六年密州大旱時。

神宗熙寧七年（1074）甲寅　31歲【文仲37、武仲33】

隨辟入京，被命改調衢州軍事判官，旋以父孔延之驟逝，未赴任所，即回京奔喪，並於本年返回新淦居喪。

二月癸未（十五日），父孔延之卒於京師。

君按：曾鞏《元豐類稿》卷四二〈司封郎中孔君墓誌銘〉：「（孔延之）暴得疾卒京師，熙寧七年二月癸未也，年六十有一。

曾鞏有〈祭孔長源文〉。

君按：祭文全文如：「嗚呼長源，拔迹孤艱。刻志勵力，升德自幽。迺不家食，燕其壽母。歸養以色，興其士友。跂我淳則，微獨考古。載辭于策，亦從爾知。有婉軍畫，爲長以舒，爲將不亟。迺使荊粵，銓材著職。滅熄苛嬈，蘇僵慱瘠。會稽之治，里無猝迫。初以詆去，民實戴德。卒還省部，廷論之直。維曰將歸，東符之析。孰云不幸，奄與生隔。有親九十，世爲楚惻。維其篤行，匪矜匪飾。其彪爲文，其霈爲澤。天與厥後，賢能交蹠。有實有華，光長譽白。善豈無勸，慶焉茲得。維我與公，綢繆平昔。詩書討論，相求以益。我試于鄉，自公考擇。彌久彌親，情隆意獲。聞公之訃，泫然心盡。馳奠千里，寓陳悃愊。」（《元豐類稿》卷三八）李震《曾鞏年譜》卷三：「震按：據曾鞏〈司封郎中孔君墓誌銘〉，孔延之，字長源，元豐七有二月卒於京師。文云：『聞公之訃，泫然心盡』，當作於卒時。」〔註89〕

未幾，母楊氏，祖母劉氏亦相繼辭世。

君按：蘇頌《蘇魏公文集》卷五九〈中書舍人孔公（孔文仲）墓誌銘〉：「初，公熙寧中遭正議公憂，未幾，母夫人仁和縣君楊、祖母

〔註89〕見《曾鞏年譜》，頁308、309。

仁壽縣君劉相繼棄養。值歲之不易，並舉三大喪，而祖塋無可葬者，遂謀去新淦而宅九江，卜德化縣某鄉某里之某穴吉，躬冒山谷，涉歷寒暑，不數月而冢宅成，未終喪而室堂具。鄉人見其區處，咸以爲得禮之實。」

七月，護喪返鄉安葬。

君按：孔武仲〈蝗説〉:「熙寧甲寅秋七月，余將還江南，繫舟于長蘆之川。登高而望，見羣飛而至者，若烟若霧，若大軍之塵，自西而東，前後十餘里，相屬不絕野……」是爲孔家兄弟尚丁憂，此時還江南，當爲歸葬先人。

本年所作詩什有〈隨辟入京師答同列贈別〉、〈省謁有日〉、〈途中口占〉、〈寄內〉

君按：此四詩皆去年底本年初孔平仲因辟離開密州，沿途所作，說詳本文上編第貳章〈密州後之經歷〉。

孔平仲教授密州期間所作詩什尚有〈郡官送楊文思獨以事不赴〉

君按：詩中有「我雖居學宮，不往若疎懶。斯心獨搖搖，送客千里遠」等語，由是可知作於教授密州時。

〈呈宋思叔縣丞〉

君按：宋思叔，待考。詩中有「海上一邂逅，歡然如故人」等語，由是可知作於教授密州時。

〈二月一日〉

君按：詩中有「春時雖己半，春色猶尚淺。海上氷霰多，城中花木晚」等語，由是可知作於教授密州時。

〈城南〉

君按：詩云:「密州三月猶有寒，地平更在大海上」，由是可知。

〈夢錫惠墨答以蜀茶〉、〈夢錫楊節之孫昌齡見過小飲〉、〈夢錫遺蔗〉、〈呈夢錫〉(「妻孥能相期」)、〈集于昌齡之舍〉(「初筵稍無語」)〈呈夢錫節推林思永察推〉、〈夢錫同遊賀園題詩云誰知清淡者冬月亦登臨〉、〈新作書室夢錫示詩羨其清坐〉、〈晚晴見雪呈夢錫〉、〈春色最佳呈夢錫〉、〈謝夢錫見臨〉、〈飲夢錫官舍出文君西子小小畫眞〉、〈次韵昌齡落梅〉、〈晝眠呈夢錫〉

君按：孔平仲來密州始與鄭夢錫、楊節之、孫昌齡等人論交，以上皆紀錄彼此往來而年月無可考者，故繫於此。

〈寄高密令王達夫〉

君按：王達夫，待考。有王益恭者，字達夫，據蔡襄爲其撰寫的〈司農少卿致仕王君墓誌銘〉(《蔡忠惠公文集》)，益恭卒於治平二年三月十二日，當時孔平仲未爲官，因此必非其人。《宋史・地理志一》：「(密州) 縣五：諸城、安丘、高密、莒、膠西。」由是可知作於教授密州期間。

〈食鰒〉

君按：詩云：「風流東武鰒，三月已看花。及冬稍稍盛，來自滄海涯。」東武《元和郡縣志》卷十二〈密州〉：「管縣四：諸城、高密、輔唐、莒。諸城縣，本漢東武縣也。屬琅琊郡，樂府章所謂東武吟者也。後漢屬琅琊國；至屬東莞郡；後魏屬高密郡；隋開皇十八年改東武爲諸城縣……」由是可知，亦爲密州時期作。

〈食梨〉

君按：詩中有「東方早寒雪霜摯，新梨十月已滿市」、「今解以多見賤，南方橘柚東方梨」等語。亦客居密州所作。

〈會食〉

君按：詩中有「學官不置酒，相聚惟一飦」等語，亦學官時期作品。

〈呈幕客〉

君按：詩中有「雲昏天帶海，風濶地無山」、「新書正多事，何幸擁爐閒」等語，由是推知作於教授密州時。

〈立春〉

君按：詩中有「春風不擇地，亦到海邊城」等語，故知作於密州。

〈十六夜〉

君按：詩中有「君飲露臺春易醉，我眠書館月同清」等語，由是可知作於教授密州時。

〈春陽〉

君按：詩中有「溪流成小派，海氣亂新晴」等語，故知作於密州。

〈登資聖閣〉

君按：詩云：「平時嘗仰望，今日一登臨。海岱封疆小，乾坤氣象深。廢城增古意，疊嶂起詩心。遠目方馳騁，春雲還自陰。」由此可知，詩中所稱之資聖閣，不是汴京相國寺的資聖閣，而是密州資聖閣。

〈登賀園高亭〉

君按：詩中有「東武名園數賀家，更於高處望春華」等語，《元和郡縣志》卷十二〈密州〉：「諸城縣，本漢東武縣也……隋開皇十八年改東武爲諸城縣。」（詳〈食鰒〉條）由是可知，亦作於密州。

〈送蔡充道赴密院召〉

君按：蔡充道，待考。詩中有「人留海上煙花老，夢入塞垣冰雪深」等語，由是可知，乃密州時期所作。

〈西行〉

君按：詩中有「莒臺東嚮情無限，那更秋風作暮寒」等語，莒，密州所轄五縣之一（參〈寄高密令王達夫〉條），以是知其爲密州時期作品。

〈荊林館〉

君按：孔凡禮《三蘇年譜》：「《蘇軾詩集》卷十四有〈和孔郎中荊林馬上見寄〉。此『荊林』當爲荊林館。知來往密州官員，常經此館，則此館實具有一定規模。」〔註90〕由是判定詩作於密州。

〈哦亭〉

君按：「哦亭」在密州，孔平仲〈又寄夢錫〉有「想君端在家，比我乃安逸。妻孥以嬉娛，簿領从閣筆。南城趨北城，道路無所隔。我豈無僕馬？子不見賓客。哦亭足清風，林木助蕭瑟。葵花無數開，蓮葉亦已出。起來定何時，幸會能幾日。已令篘白醪，待子歡促膝」云云，故繫於此。

〈中和節〉

君按：《舊唐書》卷十三〈德宗下〉：「（貞元）五年春正月壬辰朔。乙卯，詔：『四序嘉辰，歷代增置，漢崇上巳，晉紀重陽，或說禳除，

〔註90〕見卷二五，冊二，頁817。

雖因舊俗，與眾共樂，咸合當時。朕以春方發生，候及仲月，勾萌畢達，天地和同，俾其昭蘇，宜助暢茂。自今宜以二月一日爲中和節，以代正月晦日，備三令節數，内外官司休假一日。』」詩中有「二月中和節，海邊猶積陰」等語，由是可知，乃密州時期所作。

〈學舍〉

君按：詩云：「簿領如棼處處忙，日華偏向此中長。吟餘林表孤雲改，夢覺窗間小雨涼。珮玉上趨承斗極，棹歌深入釣滄浪。何如瀟灑詩書局，不在山林不廟堂。」「簿領如棼處處忙」指昔日任洪州分寧主簿；「瀟灑詩書局」指教授密州，故繫於此。

〈楊慎之著作孫正甫推官歐陽勉甫長官隨詔使東來併會齋中〉

君按：楊正甫、歐陽勉甫，待考。詩中有「靜失秋天幕，幽忘海上居」等語，由是可知，乃密州時期所作。

〈寄板橋卞進之主簿〉

君按：卞進之，待考。《宋史・地理志一・京東路・密州》：「元祐三年，以板橋鎮爲膠西縣，兼臨海軍使。」又詩云：「以才牽挽自由身，歲暮無家寄海濱，擾擾滿前人一把，紛紛趨事抱千鈞。風掀駝島波聲壯，雲知蓬山雪意新。回首高城已搖落，菊花羞逼小陽春。」由此知詩做於密州。

〈七月二十六日〉

君按：詩中有云：「蘄州小簟琴光枕，等館無人日午時」，由是可知，亦學官時期作品。

〈早陰〉

君按：詩中有「霜花結不就，散作海天陰」等語，以是知作於密州。

〈寓目〉

君按：詩開頭即云：「倏此年華晚，蕭然學館幽」，由是可知亦教授密州時所作。

孔平仲在密州期間所作文尚是〈上密倅郎中啓〉

君按：密倅，待考。文章開頭云：「言念某賦職最卑，效官未久，使當教育之任，深有曠敗之憂……」由此可知作於任學官時。

〈賀青倅監丞啓〉

君按：文章有「某備員庠中，託迹府下，即依盛德之態，預極私心之懽」等語，當作於任學官時。

〈回都巡啓〉一作面都巡賀到任啓

君按：文章開頭云：「言念有素欽風，無階拜德，來備負於黌舍，幸託庇於英寮……」，亦作於學官時期。

〈上察訪舍人〉

君按：察訪舍人指鄧潤甫。鄧潤甫（1034～1111）字溫伯，又字聖求。北宋南城人。皇祐元年（1049）進士。歷官上饒（今江西上饒市）尉、知武昌（今湖北武漢市武昌）、編修中書條例、檢正中書户房事。協助王安石推行新法。繼官集賢校理、直舍人院、知諫院、知制誥、御史中丞、翰林學士、知撫州（治今江西撫州市）、知杭州，以龍圖閣直學士知成都府、翰林學士、吏部尚書、知亳州（治今安徽亳縣）、端明殿學士、禮部尚書、知蔡州（治今河南汝南縣）、兵部尚書、尚書左丞。著有《安惠公集》〔註91〕《宋史》卷三四三有傳。《長編》卷二三九：「（熙寧五年十月）冬十月丁丑，以太常丞、檢正中書户部公事鄧潤甫爲集賢校理、直舍人院、同知審官東院。初，曾布舉潤甫經筵館職，詔取潤甫應制科進卷，至是始擢用之。」又卷二四四：「（熙寧六年夏四月乙亥）太常丞、集賢校理、直舍人院鄧潤甫，常州團練推官、館閣校勘呂升卿，察訪京東路常平等事」。故孔平仲稱其「察訪舍人」。鄧潤甫爲孔平仲同鄉，其弟祐甫與孔平仲同年登科。故文中有「某自惟不肖，謬出所知。盼睞之榮，固已重於九鼎；成就之德，尚有託於一陶」等語，唯不詳寫作年月，故繫於此。

〈上鄧舍人狀〉

君按：鄧舍人，亦指鄧潤甫。文章開頭云：「言念闕然，參侍已積歲時，職是驅馳，遂稽竿牘……」又有「炎蒸方盛，匽薄爲勞。更冀順序保調，副人屬望」等語，由此推之或作於熙寧六年夏，然其時間當在〈上察訪舍人〉之後。

〔註91〕見《江西歷代人物辭典》，頁39～40。

〈上安撫諫議啓〉

君按：從文章開頭稱「向日沿牒濟南，嘗瞻大旆；假涂戲下，又造崇墉」及「託迹部封，備員庠序」等語看來，當作於孔平仲教授密州期間。而「安撫」者，意指京東東路安撫使也。京東東路安撫使例兼知青州〔註 92〕，據李之亮《北宋京師及東西路大郡守臣考》所載，熙寧四年至七年間知青州者有：趙抃及李肅之二人〔註 93〕。參酌文中「恭惟某官勤勞著於王家，聞望高於世表。氣和體重，出於天性之自然；內明外嚴，卓爾相門之餘烈……」等敘述，趙抃顯然無此背景，而李肅之父李迪曾任中書門下平章事，時稱賢相〔註 94〕，孔平仲上書的對象當是李肅之。《長編》卷二三六：「（熙寧五年閏七有）甲戌，知青州、資政殿學士趙抃爲資政殿大學士、知成都府。」卷二四〇：「（熙寧五年十一月）壬戌，龍圖閣直學士吳中復知永興軍，天章閣待制知永興軍李肅之知青州。」文中又提到「以至咨嗟近詞之興學，詢問諸生之改科」，改科後首次科舉於熙寧六年舉行（參考熙寧五年〈送董監部赴舉〉條），則本篇應作於熙寧五年冬李肅之到任後，熙寧六年春科舉以前。

神宗熙寧八年（1075）乙卯　32 歲【文仲 38、武仲 34】

守制，在臨江軍新淦

二月，王安石復拜相。

君按：《長編》卷二六〇：「（熙寧八月二月）癸酉，觀文殿大學士、吏部尚書、知江寧府王安石依前官平章事、昭文館大學士。始，安石薦韓絳及呂惠卿代己，惠卿既得勢，恐安石復入，遂欲逆閉其途，凡可以害安石者無所不用其智，又數與絳忤，絳乘間白上請復相安石，上從之，惠卿聞命愕然。翼日，上遣勾當御藥院劉有方齎詔往江寧召安石，安石不辭，倍道赴闕。安石復相，實錄不詳，今參取魏泰、邵伯溫、吳幵所記修入，更俟考求。」

〔註 92〕《北宋經撫年表》：「京東東路安撫使、兵馬巡檢、知青州（平盧軍），領濟南一府、青密沂登萊濰淄七州、淮陽一軍。」卷二，頁 66。

〔註 93〕見〈青州〉，頁 259。

〔註 94〕《宋人傳記資料索引》：「李迪（971～1047 年）字復古，其先趙郡人，後徙幽洲，再徙濮州。景德二年舉進士第一，授將作監丞，累官資政殿大學士，中書門下平章事。當章獻皇后臨朝時，正色危言，時稱賢相。慶歷七年卒，年七十七。贈司空侍中，諡文定。」冊二，頁 850。

五月，蘇軾作〈孔延之挽詞二首〉〔註95〕。

君按：熙寧五年十一月孔延之之越州罷官還朝，途經杭州，曾與當時任杭州通判蘇軾飲於有美堂。《蘇軾全集》卷一三自注云：「長源自越過杭，夜飲有美堂上聯句。長源詩云：『天日遠隨雙鳳落，海門遙蹙兩潮趨。』一坐稱善。」

九月，葬父母於德化縣仁貴鄉龍泉原。

君按：曾鞏〈司封郎中孔君墓誌銘〉：「初，君（指孔延之）樂江州之佳山水，買宅將居之，故其子以八年九月乙酉（二十六日）葬君于江州之德化縣仁貴鄉龍泉原，以楊氏祔君。」《族譜》亦云：「卜葬九江府德化縣仁貴鄉龍泉源。南豐曾鞏誌其墓。」

本年所作文尚有：〈上王學士元澤一作代人〉（宋集珍本《清江三孔集》卷三三）

君按：王學士，指王雱。雱，字元澤，安石子。《長編》卷二六五：「（熙寧八年六月）辛亥（二十一日），吏部尚書、平章事、昭文館大學士王安石加左僕射、兼門下侍郎，右諫議大夫、參知政事呂惠卿加給事中，右正言、天章閣待制王雱加龍圖閣直學士，太子中允、館閣校勘呂升卿直集賢院，並以修詩、書、周禮義解畢，惟恩也。安石辭曰：『雱前以進書，自太子中允、崇政殿說書除右正言、天章閣待制，既病，不復預經局事，今更有此授，極爲無名。』上曰：『特除雱待制，誠以詢事考言，雱宜在侍從，不爲修書也。今所除，乃錄其修經義之勞，褒賢賞功，事各有施，不須辭也。』」文章開頭云：「伏審錫命寰廷，正名冊府，英材漸進，公議均歡」者，即《長編》所說「王雱加龍圖閣直學士」一事，故繫於此。文末稱「顧惟陋質，恩出相君，屬守外官，迹遙材館，其爲尉扦，莫可指陳」。而熙寧八年六月，時平仲以父母之喪未滿，斷無「屬守外官」之理，應是代作。

〔註95〕見《三蘇年譜》卷二五，頁835。〈孔長源挽詞二首〉：「少年才氣冠當時，晚節孤風益自奇。君勝宜爲夫子後，林宗不愧蔡邕碑。南荒尚記誅元惡，東越誰能事細兒。耆舊如今幾人在，爲君無憾爲時悲。（其一）」「小堰門頭柳繫船，吳山堂上月侵筵。潮聲夜半千巖響，詩句明朝萬口傳。豈憶日斜庚子後，忽驚歲在巳辰年。佳城一閉無窮事，南望題詩淚灑牋。（其二）」

神宗熙寧九年（1076）丙辰　33 歲【文仲 39、武仲 35】

守制，在臨江軍新淦。

二月甲戌，賜進士諸科及第出身五百九十六人。（《宋史》卷一五〈神宗二〉）

狀元徐鐸；彭汝霖、徐輔、曾安止皆登是榜進士。（《江西通志》卷四九〈選舉〉）

六月，王雱卒。（《江西歷代人物辭典》）

冬十月丙午（二十三日），王安石罷判江寧府〔註 96〕；吳充、王珪並同中書省門下平章事〔註 97〕。

十二月己丑（七日）宋哲宗趙煦（1076～1100）生〔註 98〕。

神宗熙寧十年（1077）丁巳　34 歲【文仲 40、武仲 36】

制滿後似曾任農正，並與莊公岳短暫共事（詳上編第貳章〈守制後的三孔動向〉）。年底職務易動，孔平仲攜眷南下赴任。

正月，文彥博上奏黃河底淤澱，通流不快，河勢變移，不循故道，若不預行經制，將來河水泛漲，必決溢爲患。七月丙子，河決澶州曹村埽。八月又決滎澤。十二月壬午（初六），詔改明年爲元豐。（《宋史》卷一五〈神宗二〉）

本年所作詩什有：〈送程給事知越州〉

> 君按：程給事，指程師孟。治平、熙寧年間，程氏任江南西路轉運使，嘗薦舉孔平仲。李壁《箋註王荊文公詩》卷二六，〈次韻送程給事知越州〉註：「公闢，熙寧十年五月守越」〔註 99〕。李之亮《宋兩浙路郡守年表》引《會稽志》：「熙寧十年十月以給事中、充集賢殿修撰知，元豐二年十二月替。」〔註 100〕《長編》卷二八二：「（熙寧十年五月）癸亥，知越州、資政殿大學士趙抃知杭州。」《長編》卷二八三：「（熙寧十年六月壬辰）權判都水監程師孟減磨勘一年，監

〔註 96〕《長編》卷二七八：「（熙寧九年十月）丙午，左僕射、兼門下侍郎、平章事、昭文館大學士、監修國史王安石罷爲鎮南軍節度使、同平章事、判江甯府。」

〔註 97〕《宋史》卷十四〈神宗一〉：「以吳充監修國史，王珪爲集賢殿大學士，並同中書門下平章事。資政殿學士馮京知樞密院。」

〔註 98〕《宋史・哲宗紀一》：「哲宗憲元繼道顯德定功欽文睿武齊聖昭孝皇帝，諱煦，神宗第六子也，母曰欽聖皇后朱氏。熙寧九年十二月七日己丑生於宮中……」

〔註 99〕見《箋註王荊文公詩》（台北：廣文書局，1990 年），頁 649。

〔註 100〕見〈越州／紹興府〉，頁 61。

丞耿琬三年，管勾官霍翔與有官親屬一名指射差遣，餘推恩有差。以師孟等引河水淤京東、西沿汴田九千餘頃也。去年八月二十七日，師孟、琬建請。」故繫於此。

〈次韻常父二十九日閘上作〉君按：二十九日當指本年十二月二十九（說詳上編第貳章〈守制後的三孔動向〉）。

神宗元豐元年（1078）戊午　35 歲【文仲 41、武仲 37】

充都水監勾當公事。

正月乙卯（初九），以王安石爲尚書左僕射、舒國公、集禧觀使。閏二月辛巳（初六），以翰林侍讀學士、寶文閣學士、提點中太一宮呂公著兼端明殿學士。四月戊辰，塞曹村決河，名其埽曰靈平。（《宋史》卷一五〈神宗二〉）

五月一日新堤成，河還北流，詔獎官吏。

九月，劉恕卒。

君按：黃庭堅《山谷集》卷二三〈劉道原墓誌銘〉：「夫人蔡氏亦有賢行，生三男：義仲、和叔、義叔，稱材器皆過人，和叔以文鳴而稱篤行，不幸相繼死，義仲沈於憂患不倦學，猶能力其家；一女嫁秀州司法參軍孔百祿。」《族譜》謂孔百祿乃「武仲次子」，「字天錫，蔭補大廟齋郎」。不云娶何姓女。果如黃庭堅所說，則劉恕當是孔武仲親家。

本年所作詩什有〈初三夜作〉、〈再用元韻〉、〈招常父承君舟中觀雪〉、〈初十夜作〉、〈眞州元弘〉、〈發儀眞寄常父兄〉

君按：以上數詩乃孔平仲之任時過揚州與孔武仲短暫相聚所作，說詳上編第貳章〈守制後的職務易所〉。

〈造王館公第馬上作〉、〈呈館公〉

君按：此二詩豫章本作〈造王舒公第馬上作〉、〈呈舒館公〉，此據豫章本改。亦孔平仲攜眷南下赴任沿途所作，說詳上編第貳章〈守制後的職務易動〉。

〈游江寧天慶觀久視軒見梅已落有寄常父〉

君按：《景定建康志》卷四五：「天慶觀在府治西北。」〈造王舒公第馬上作〉云「濯濯春容在柳梢，野梅相壓吐香苞」此詩則稱「記得東齋折小梅，數枝寒色未全開。江上別來今幾日，暖風吹遻雪成堆」。自梅花吐蕊，到爲風吹落宛如堆雪，其間當有一段時日，故次於後。

〈二十二日大雪及長蘆〉

君按：二十二日乃指本年閏正月二十二，詩中有「是時正月尾，於節甫驚蟄」等語，依照常理驚蟄這個節氣多半落在農曆二月，本年由於閏月的關係，驚蟄才會落在閏正月庚寅（十五日）這一天，此時孔平仲一家已經坐上官船，啓程赴任，故繫於一連串紀行詩之最後。

〈呈王子高殿丞〉

君按：王明清《玉照新志》卷一：「王子高遇芙蓉仙人事，舉世皆知之。子高初名迥，後以傳其詞徧國中，於是改名蘧，易字子開。與蘇、黃遊甚稔，見於尺牘。東坡先生又作〈芙蓉城〉詩，云，決別之時，芙蓉授神丹一粒，告曰：『無戚戚，後當偕老於澄江之上。』初所未喻。子開時方十八九，已而結婚向氏，十年而鰥居，年四十，再娶江陰巨室之女，方二十矣。合巹之後，視其妻則倩盼冶容，修短合度，與前所遇無纖毫之異。詢以前語，則惘然莫曉。而澄江，江陰之里名也。子開由是遂爲澄江人焉。服其丹，年八十餘，康強無疾。明清壬午歲，從外舅帥淮西，子開之孫明之譓在幕府，相與遊從，每以見語如此。此事與《雲谿友議》玉簫事絕相類。子開，趙州人，忠穆觳之孫，虞部員外郎正路之子。仕至中散大夫，晚歸守濡須，祠堂在焉。賀方回爲子開挽詩詞云：『我昔官房子，嘗聞忠穆賢。』又云：『和璧終歸趙，干將不葬吳。』今乃印在秦少遊集中，明之子即爲和寧也，少遊沒於元符末，子開大觀中猶在，其誤明矣。」隨著〈王蘧墓志〉出土，關於王蘧生平的記述也得以釐正。若王明清所言屬實，王蘧年十八九遇芙蓉仙人，依〈王蘧墓志〉推知王蘧生於仁宗景祐四年（1037），則遇仙事當在仁宗至和、嘉祐間，而王蘧改名大致在元豐年間，迎娶第二任妻子張氏前後〔註 101〕，《東坡全集》卷九〈芙蓉城・引〉有云：「世傳王迥字子高，與仙人周瑤英游芙蓉城。元豐元年三月余始識子高，問之，信然，乃作此詩，極其情而歸之正，亦變風『止乎禮義』之意也。」《東坡先生年譜》

〔註 101〕見楊超、張志忠、謝飛著〈王蘧墓志及相關問題〉，頁 81。

因將此詩繫在元豐元年三月〔註 102〕，當時蘇軾權知行徐州軍州事〔註 103〕。而王迥之所以更名蘧字子開的原因，靈感來自蘇軾詩中有句云：「蘧蘧形開如醉醒」，見《施註》。此事當時文人頗多詠和，孔平仲此詩題作「呈王子高殿丞」，且云「天上人間事不同，相思何日却相逢。芙蓬城在蓬萊外，海潤波深千萬重。」也是因王蘧遇仙事而寫。平仲與蘇家兄弟素有往來，當是同時之作，故繫於此。

〈詩致卓道士靈座〉

君按：孔武仲〈道士卓君墓誌銘〉：「卓君名玘，字磯石，泉州晉江人。棄家爲道士，遊四方，嘗北濟大河，南出嶺表，公卿大臣，多與相善。成德軍節度使留後李瑋奏得紫衣。呂誨自御史謫守江州，請君居天慶觀，凡十八年乃退，屬其事于弟子胡洞微。元豐元年五月某日卒，作三頌以遺所常往來，大較皆落去世累，追逐神仙之言。享年七十有五，以九月某日葬于德化縣仁貴鄉陵家壠……」則此詩應成於本年五月之後。

本年所作文有〈代都水謝表〉

君按：文章云「曾未周星，已趨故道」，這次黃河大決從熙寧十年七月曹村受災算起，到元豐元年四月封贈治水有功者，前後不到一年，故繫於此。（說詳上編第貳章〈充都水監勾當公事〉）。

神宗元豐二年（1079）己未　36 歲【文仲 42、武仲 38】

充都水監勾當公事，五月任滿。改監江州錢監，九月以前到任。時李昭遠知江州（說詳元豐三年〈九江王廟記〉條）。

君按：《長編》卷二九八：「（元豐二年五月）壬辰，詔：都水監主簿陳祐甫罷相度河事，止令逐路監司同相度以聞。都水監勾當公事孔平仲，歲滿，減罷，更不補人。」九月前到達，見宋集珍本《清江三孔集》卷三五〈李侍郎文集序〉。

〔註 102〕《東坡先生年譜》：「元豐元年戊午，先生年四十三，在徐州任。適值春旱，徐州城東二十里有石潭，置虎頭其中可致雷雨作起伏龍行。是年三月始識王迥子高，聞與仙人周瑤英遊，作芙蓉城詩。」

〔註 103〕冊二，卷二七：「職銜全程：朝奉郎、尚書祠部員外郎、直史館、權知徐州軍州事、騎都尉。」頁 930。

正月己丑（十九日），趙抃致仕〔註104〕。

三月，庚辰，親試禮部進士，壬午，試特奏名進士及武舉。（《宋史》卷一五〈神宗二〉）狀元時彥；晁補之、李存、李格皆登是榜進士。

君按：狀元時彥；李存、李格見《江西通志》卷四九〈選舉〉。晁補之《宋史》卷四四四本傳未著登進士之具體年月。《山谷外集詩注》卷六〈次韻晁庚之廖正一贈答詩〉注文引《登科記》：「已未元豐二年，晁補之、廖正一同榜。」《福建通志》卷四六〈人物四〉：「廖正一，字明畧，正古弟。元豐二年進士。」《雞肋集》卷三十〈澶州學生登科記〉，作於元豐三年十二月，益爲補之今年登第之明證也。

七月，發生烏臺詩案。

君按：「烏臺」即御史臺，因官署內遍植柏樹，樹上常有烏鴉棲息築巢之故，又稱烏臺。所謂「烏臺詩案」，蓋指元豐二年七月，太子中允權監察御史何大正、舒亶，諫議大夫李定等官員以作詩文謗訕新政的罪名按劾蘇軾謗訕朝政及中外臣僚，無所畏憚，七月二日奉聖旨送御史臺根勘，二十八日皇甫遵到湖州；八月十八日蘇軾赴臺獄。時獄司必欲置之死地，而煅煉久之不決，蘇轍請以所賜爵贖之，神宗憐之，促具獄，十二月二十四日下旨責授蘇軾檢校尚書水部員外郎、黃州團練副使，本州安置〔註105〕。

十月乙卯（二十日），太皇太后曹氏薨逝。（《宋史》卷一五〈神宗二〉）

十二月庚申（二十八日），蘇軾貶黃州團練副使；蘇轍監筠州鹽酒稅務〔註106〕。

〔註104〕《長編》卷二九六：「（元豐二年正月）己丑，資政殿大學士、右諫議大夫、知杭州趙抃爲太子少保致仕。」

〔註105〕宋朋九萬《東坡烏臺詩案》（台北建業書局，1972年）〈監察御史裏行何大正箚子〉：「御史臺根勘所元豐二年七月四日……」又〈御史臺根勘結按狀〉：「御史臺根勘所今根勘蘇軾、王詵情罪於十一月三十日結按……聖旨蘇軾可責授檢校水部員外郎充黃州團練使（君按：當是團練副使）、本州安置，不得簽書公事。」

〔註106〕《長編》卷三〇一：「（元豐二年十二月庚申）祠部員外郎、直史館蘇軾責授檢校水部員外郎、黃州團練副使、本州安置，不得簽書公事，令御史臺差人轉押前去。絳州團練使、駙馬都尉王詵追兩官勒停。著作佐郎、簽書應天府判官蘇轍監筠州鹽酒稅務，正字王鞏監賓州鹽酒務，令開封府差人押出門，趣赴任。」

本年九月初六作〈李侍郎文集序〉

君按：此篇乃平仲應李京之請爲其叔祖李受文集所撰之序文，李受字益之，長沙瀏陽人。生平附在《宋史》卷三百十〈李柬之傳〉中，云：「仁宗治平中，仕至右諫議大夫、天章閣待制兼侍讀。屢以老乞骸骨，不聽。神宗立，進給事中、龍圖閣直學士。復請曰：『臣在先帝時，年已七十，不敢竊祿以自安。今又加數年，筋力憊矣，惟陛下哀之。』於是拜刑部侍郎致仕，賜宴賦詩及序，如柬之禮。相去數月，故時稱『二李』。卒年八十，贈工部尚書。」宋集珍本叢刊《清江三孔集》卷三五所錄文字自「放心希夷，擺落取容拎是」以下，文意無法連慣，明顯有錯置現象，蓋他篇竄入。而同卷〈送范成老赴省序〉後半段云：「噫！如公進退終始，言行之大槩，可謂豈弟篤實，大雅君子矣。公薨之年，二子雖死，京其兩從子也，自長沙來九江，不遠千里，盼能孜孜次公遺文以＃＃於世，其志可尚，不得不爲之書。元豐二年九月初六日魯國孔平仲序」。其中「公薨之年，二子雖死，京其兩從子也，自長沙來九江……」對比〈李侍郎文集序〉開頭曰：「長沙進士李京，集其先侍郎所爲文以進余……」兩者若合符節，應銜接於「擺落取容拎是」之後，始得其原貌。由此文亦可證明孔平仲應在九月初六以前就已經到達九江。

神宗元豐三年（1080）庚申　37歲【文仲43、武仲39】

監江州錢監。

二月丙午，以翰林學士章惇參知政事。四月乙未，觀文殿大學士吳充薨。（《宋史》卷一六〈神宗三〉）

九月二十六日，王安石由舒國公，改封荊國公〔註107〕。

本年春，有〈謝王通叟回紋詩〉、〈送王通叟〉

君按：王通叟，指王觀。《長編》卷三〇一：「（元豐二年十二月辛酉）詔大理寺丞王觀除名，永州編管，坐如江都縣受賄枉法罪至流也。」〈謝王通叟回紋詩〉云「北風吹波客桅折，尋陽維舟不敢發。觀君和我回紋詩，滿眼春光破氷雪。」〈送王通叟〉云：「潯陽江頭夜吹

〔註107〕《長編》卷三〇八：「（元豐三年九月乙酉）觀文殿大學士、集禧觀使、左僕射、舒國公王安石爲特進，改封荊國公。」

簫，旁若無人聲正調。問之誰何天羇子，謫官東南數千里。」當爲王觀南遷時途經江州時所作，故繫於此。

四月吳充卒，有〈常父相率作吳丞相挽詞〉二首

君按：吳丞相，指吳充。吳充字沖卿，建州蒲城人，寶元元年進士。《宋史》卷三一二有傳。熙寧九年，充代王安石爲同中書門下平章事、監修國史。用人唯才，《宋史》卷三四四〈孔文仲傳〉云：「吳充爲相，欲置之館閣，又有忌之者，僅得國子直講。」孔文仲以范鎮薦應賢良方正，對策九千言，極言新法之不當，因此激怒王安石，上御批罷黜還故官，吳充之子吳安持，乃王安石婿，吳充卻不偏袒親家，願意拔擢孔文仲，實爲難能可貴。《長編》卷三〇三：云：「夏四月乙未（初二），贈司空、兼侍中、謚正憲吳充卒，輟視朝二日，幸其第奠之。充臨死，戒妻子勿以私事干朝廷。」李清臣爲作〈吳正憲公充墓誌銘〉亦云：「元豐三年十一月丙申（初八）葬開封府開封縣新里鄉大邊村之原」（《名臣碑傳琬琰之集中》卷二七），故繫於此。詩題曰「常父相率作吳丞相挽詞」，則孔武仲也應有所作，惜今已佚失。又《紫微詩話》稱孔平仲嘗於建中靖國間爲吳充夫人作輓詩〔註108〕，也非事實，詩實爲蘇轍所寫，題作〈吳沖卿大夫秦國挽詞二首〉，收錄在《欒城集・後集》卷三。李春梅〈臨江三孔研究〉已有辨明〔註109〕，此不贅述。

本年秋有〈送張天覺〉

君按：張天覺即張商英，孔平仲同年。《長編》卷三〇八：「（九月庚午）知諫院舒亶言：『中書檢正官張商英與臣手簡，對以其婿王潙之所業示臣，臣職在言路，事涉干請，不敢隱默。其商英手簡二紙，并潙之所業一冊，今繳進。』詔商英落館閣校勘，監江陵府江陵縣稅。」此詩云：「車上不須儛，途窮不須泣。萬事倏忽如疾風，莫以乘車輕戴笠。愛君清，如玉立；愛君直，朱弦急。膽肝磊落貯星斗，

〔註108〕《紫微詩話》：「孔毅甫平仲學士，建中靖國間作吳正憲夫人輓詩云：『贊夫成相業，聽子得忠言。』其子蓋傳正安詩舍人也。傳正有賢行，紹聖初，以左史權中書舍人，欲論事而懼其親老未敢。夫人聞之，屢促其子論列時事，傳正由此遂貶，夫人不以爲恨也。」

〔註109〕見肆之二〈三孔作品考辨〉，頁70。

意氣軒騰脱羈縶。聖明天子聚羣材，下至榱杙猶收拾。况君屢薄青雲飛，暫爾低回豈長蟄。我亦區區有心者，海水期君更注挹。蕭蕭江路澁，烟濛客帆濕。惜君又作千里行，欲別還留手重執。」當是針對遷謫事而作，故繫於此。

閏九月熊本提舉江州太平宮，有〈入山馬上口占〉、〈再用元韵呈熊伯通〉

君按：熊伯通，指熊本。元豐三年提舉江州太平觀〔註110〕。這二首詩都是孔平仲造訪熊本時所作，〈入山馬上口占〉云：「奕奕秋光照眼明，野鄉山秀互相迎」，故繫於此。〈再用元韵呈熊伯通〉：「一望膺門眼已明，欣然倒屣辱公迎。林泉眞作仙人宅，杖屨容參長者行。道論風生揮玉麈，渴心塵積飲金莖。忽忽短棹依城去，連日西齋夢寐清。」是乘船前去，且用前一首詩韻，時間當在〈入山馬上口占〉後。

又作〈寄熊伯通〉、〈再用宵字韵〉

君按：〈寄熊伯通〉：「南山九疊勢干霄，中有長松胤寸苗。好景常聞太平觀，謫仙更住上清橋。風吹石徑秋聲早，泉落雲根暑氣消。方外相期蒙雅眷，只應心隱不須招。」亦作於熊本提舉江州太平觀那年秋天。

十一月有〈元豐三年十一月施君發之縣丞艤舟潯陽出所收書相示好之篤蓄之多裝褫之妙可尚也詩以記其事〉

君按：施君發，待考。依詩題繫於此。

本年所作詩什尚有〈滕元發池州蕭相樓〉、〈再賦〉

君按：滕元發，初名甫，字元發。以避高魯王諱，改字爲名，而字達道，東陽人。《宋史》卷三三二有傳。張舜民撰《畫墁集》卷七〈郴行錄〉：「甲申，觀州宅有蕭相樓、九華樓，蕭相謂復也，嘗爲池州刺史，裴度、竇滈皆守土，各有記述。州宇前臨清溪，規制古壯，廳事頗雄。近歲，吳仲庶、滕元發皆葺新之，江上諸郡，皆不及也。」《江南通志》卷三十四〈輿地志・古蹟五〉：「蕭相樓在府城東南隅，唐大歷中刺史蕭復建，後杜牧重建，名之曰『蕭相樓』。宋蘇轍有詩。」

〔註110〕《長編》卷二九八元豐二年五月己卯注：「熊本自元年正月降官分司西京，三年閏九月提舉太平宮，四年知滁州，九月二日復集賢殿修撰，知廣州……」

《江南通志》所謂「宋蘇轍有詩」，蓋指《欒城集》卷十〈池州蕭丞相樓二首〉也，《三蘇年譜》卷三十：「（元豐三年）五月，至池州，轍重遇孔武仲，作詩，約晤於廬山陰。晤州守滕元發，同游蕭丞相樓，應元發命題詩。」〔註111〕蘇轍詩其一「我來邂逅公歸國，猶喜登臨共一樽」自注云：「池守滕元發時將解去。」《長編》卷三〇五：「（元豐三年六月癸卯）御史何正臣言：『禮部侍郎滕甫近自知池州移知蔡州。甫頃嘗阿縱大逆之人，法不容誅。朝廷寬容，尚竊顯位，於甫之分僥倖已多，豈可更移大藩！乞別移遠小一州。』詔改知安州。（自池移蔡乃四月二十四日，今并此。）」而孔平仲詩稱「廊廟之才守一州，暮年名位等鄺侯。簪纓七葉皆當軸，棟宇千章爲起樓。撫事蕭條人已遠，臨風慷慨意相投。期公便握璣衡去，留取餘光照斗牛。」當亦作於滕元發解職前，故繫於此。

〈寄常父〉（「愁霏久不霽」）

君按：詩中有「吾兄近仳離，咫尺非異方。官守畏簡書，羈絆不得驤。如星限河漢，東西但相望」等語，據孔武仲〈渡江集序〉、〈陳成肅公畫像記〉所說，他大約在熙寧十年夏天以學官身分抵達揚州，元豐三年四月以後改調信州。信州、江州皆在江西，故云「咫尺非異方」。且武仲任此一職至元豐六年四月才再易動。而詩又云：「蕭條秋氣高」，故繫於此。

〈冬日久雨有懷保德〉

君按：孔文仲通判保德軍一事，《族譜》：「熙寧七年二月丁父憂，服滿，除充國子監直講、換三班院主簿，遷著作郎、通判寶（君按：當是「保」字之誤）德軍，宣德郎、遷奏議郎、大（君按：當是「火」字之誤）山軍通判……」，不載年月。蘇頌〈中書舍人孔公墓誌銘〉：「元豐四年王師問罪夏臺，兵夫數十萬皆出保德境上。軍須百用，通判專任其責，雖趣辦麼猝，措置無乏；然兵乆不解，邊人厭苦。公上疏論其不便有三……」由此看來，早在元豐四年宋軍對西夏興師問罪之前，孔文仲就已經來到保德軍，對照〈寄常父〉（「愁霏久不霽」）詩中已提到「伯氏副邊城，苦寒天早霜」，他上任的時間約

〔註111〕見《三蘇年譜》，頁1200。

在元豐三年秋天。然而《江西通志》卷九〈職官表〉云：「孔文仲，江浙等路提點坑冶。神宗朝任。」李之亮明知「《宋史》卷三四四本傳不會孔文仲爲坑冶事」，仍舊認同《江西通志》的說法，將孔文仲的任期列在元豐五年到六年期間，繼張次元之後〔註112〕。其實這件事非但《宋史》沒有記載，《族譜》及蘇頌〈中書舍人孔公墓誌銘〉也都未曾提及。再說朝廷在元豐二年將提點坑冶鑄錢司一分爲二：在饒者，領江東、淮浙、七閩；在虔者，領江西、荊湖、二廣〔註113〕。孔文仲如果當眞任此職務，那麼應該住在虔州，而當時監江州錢監的孔平仲於公是其下屬；於私虔州、江州距離並非遙遠，何以一向感情融洽的兄弟，完全沒有往來的跡象，連詩文唱和都沒有！更加顯示《江西通志》的說法不可信。況且孔文仲在火山軍時日頗長，孔武仲〈焚黃疏〉言「賴天子仁聖，以孝治天下，許以子恩推及父母。粵今四月，得告贈先考中散大夫，先妣德化縣君。已附遞往火山軍文仲收掌供養……」該疏文作於元豐七年六月二十九日，可見元豐七年六月底以前，孔文仲一直待在火山軍。云「神宗朝任」當是《江西通志》誤載也。

本年有以下各文：

〈九江王廟記〉（宋集珍本《清江三孔集》卷三五）

君按：據嘉靖《九江府志》卷八〈職官志・附民祀神廟〉所載：「龍王廟，舊在湓浦門外，茶引所之旁；今廢。湖口縣亦有之。」〔註114〕孔平仲於此記開頭即云：「潯陽城北門曰『九江門』，將至門道左，山林中有神祠，曰『九江王廟』……」蓋指湓浦門外者。這篇記的要點有：1、潯陽百姓「謠俗相傳，此所祠乃九江王黥布」，孔平仲以爲其實不然。「項羽裂秦地以封諸有功者」，黥布爲九江王，其地在六安縣，而不在潯陽。2、「按地理志，尋陽隸屬廬江郡，南有九江，合爲大江，蓋候諸宓妃名山大川之在其境者，則九江王當爲江

〔註112〕見《宋代路分長官通考・浙江荊湖福建廣南等路提點坑冶鑄錢公事》，冊上，頁190。

〔註113〕見《江西通志》卷九〈職官表〉：「元豐二年定爲兩司：在饒者，領江東淮浙七閩；在虔者，領江西荊湖二廣。元祐元年詔併爲一。政和七年復置兩員。」

〔註114〕見嘉靖六年刊，何棐、馮曾等纂修之《九江府志》（台北，成文出版社股份有限公司，1989），頁500。

神」。3、元豐己未（二年）夏及庚申（三年）七月大旱，郡守太常博士李侯謁廟祈雨，皆得嘉應，因治新祠宇以爲報，而屬平仲爲之記。照李之亮《宋兩江郡守易替考》考證的結果，文仲所稱「太常博士李侯」，即李昭遠〔註115〕。《福建通志》卷三三〈選舉・嘉祐八年許將榜〉也有「李昭遠，大理丞，知江州」的記載。而記後又有詩，詩中有「是歲既登，有報在秋，爾稷既馨，爾酒斯柔……」等語，故繫於本年秋天。

〈九江甘棠湖南堤清暉館記〉（宋集珍本《清江三孔集》卷三五）

君按：據孔平仲文章所說，甘棠湖南堤乃「唐李渤所爲」，並且「就湖之陽，起清暉館」。但卻因熙寧八年一場大雨「館廢不存」，直到「元豐三年，太常博士李侯守此州，因館故基，築而新之，又完堤之傷，而甓其上」，「踰三月乃成，堅燥夷直度絕，南北往來之人，無復塗潦之患」。有感於自唐長慶至宋元豐三百餘年，堤之由廢而興，皆得於李姓郡守，冀民常思甘棠遺愛，遂作此記。足以看出南堤清暉館之重新修整，和翻新九江王廟一樣，都是李昭遠任內的治績，故次於此。

神宗元豐四年（1081）辛酉　38歲【文仲44、武仲40】

監江州錢監。

本年孔平仲於江州官舍作小菴，有〈小庵詩〉、〈夜坐菴前〉、〈小菴初成奉酬元師〉、〈蘇子由寄題小菴詩用元韵和〉、〈子瞻子由各有寄題子菴詩卻用元韵和呈〉

君按：孔凡禮《三蘇年譜》卷二二：「《欒城集》卷十一有〈孔平仲著作江州官舍小庵〉，作於元豐四年。」〔註116〕故繫於此。

〈春暄大旱率爾援筆〉

君按：詩云：「去歲有閏既苦寒，今年春早亦大暄。清明寒食在二月，禁火正如揮箑天……」，元豐三年適閏九月，而四年又遭大旱，故次於此。

〔註115〕〈江州〉下引《福建通志》卷三四〈選舉〉謂：「嘉祐八年李昭遠。知江州。」惟李昭遠事實載於《福建通志》卷三三，而非三四。頁344。

〔註116〕見《三蘇年譜》，頁1311。

〈出城至太平將見熊伯通〉

君按：元豐三年熊伯通提舉太平觀時，孔平仲曾親至太平觀造訪，作〈入山馬上口占〉、〈再用元韵呈熊伯通〉、〈寄熊伯通〉、〈再用宵字韵〉等詩。此詩云：「日出鳥呼樂，春歸林翠明」、「咫尺久不覿，渺如隔蓬瀛」。當是去年秋天之後，再次前往時所作。

〈夏旱〉

君按：詩開頭即云：「元豐四年夏六月，旱風揚塵日流血。高田已白低田乾，陂池行車井泉竭。多稼如雲欲成就，天胡不仁忍斷絕？雷聲隆隆電搖幟，雨竟無成空混熱……」由是可知作於本年。

九月十七日有〈題織錦璇璣圖迴文〉

君按：璇璣圖相傳出自前秦苻堅時，秦州刺史扶風竇滔妻蘇氏之手，原本是用五彩絲線織成，絢麗多彩外，也便於閱讀。全詩計二十九行，每行二十九字，共八百四十一字，可從左右、上下、裡外、交互、退一字、疊一字、半段順逆、旋迴誦讀，完成七言、六言、五言、四言、三言等多種格式的詩。可惜後人輾轉抄錄時往往單用墨色。因此增加解讀的難度。孔平仲所題的璇璣圖是彩絲織成或墨本，不得而知，但他選擇迴文的形式題詩誌之。因爲沒有詩序或自注，原本無法寫作年月，宋桑世昌編《回文類聚》卷一〈璇璣圖考異〉稱：「璇璣圖士夫家所藏類不同，有前序而無凡例者十常八九，故艱於句讀，且復差舛……近於友人王守正處見一本，兼著人物，乃治平中太常少卿沈立將漕河朔，於東都陳安期家所得古本，唐文宣所製，畫筆絕精，命工模廣爲橫軸，且云『詞句脫畧，讀不成文，僅見梗概。』其後有東坡及孔毅甫、秦太虛跋語。坡則三詩，元豐二年七月十二日書。孔則五詩，四年九月十七日題。秦則一詩，元祐戊辰正月十四日。派南蠹魚閣所記，皆今所刊者。但五詩以補子瞻之遺，平時多見《淮海集》中，初不以爲出于毅甫也。而少游跋乃云『蘇、孔二公所載八絕，雖極新奇，然與圖上詩體不類遠甚，疑是唐人擬作。』」姑次於此。

是年秋有〈送提舉太平觀熊舍人〉

君按：熊舍人，指熊本。詩共三首，其二云：「江州幾日到滁州，風送征帆暮不收。幽谷水聲先入夢，爐峰山色遠隨舟。素無公事多閒暇，當有新詩自唱酬。寂寞舊居誰復顧，桂花深鎖一堂秋。」應是熊本除滁州時，孔平仲爲其送行而作。

〈熊伯通阻風未發挐舟就謁留飲數杯〉

君按：前詩云：「江州幾日到滁州，風送征帆暮不收。」此又云：「清晨已送君南浦，薄暮未行天北風。此別謂言千里遠，笑談還此一樽同。」二詩當作於同一日。

〈送馬朝請使廣西〉

君按：馬朝請，指馬默。默字處厚，單州成武人。。《宋史》卷三四四本傳云：「默與富弼善，且論新法不便，出知濟、袞二州。還，提舉三司帳司。爲神宗言用兵形勢，及指畫河北山川道裏，應對如流。神宗喜，將用之，大臣滋不悅，以提點京東刑獄。默性剛嚴疾惡，部吏有望風投檄去者。金鄉令以賄著，其父方執政，詒書曰：『馬公素剛，汝有過，將不免。』令懼，悉取不義之物焚撤之。改廣西轉運使。」但未載明年月。李之亮《宋代路分長官通考》，謂馬默提點京東東路刑獄公事，在元豐四年〔註117〕，孔凡禮《三蘇年譜》亦稱馬默路經黃州時，蘇軾曾作簡與賓州王鞏，請默順道致之，並將時間繫在元豐四年〔註118〕。而孔平仲詩中有「海水揚波今何清，秋風千里使華行」之句，由此看來，馬默道經江州已是元豐四年秋。

十二月有〈元豐四年十二月大雪郡侯送酒〉

君按：郡侯，依照李之亮《宋兩江郡守易替考》考證的結果，元豐四年江州郡守已非李昭遠，而是劉瑾。劉瑾，字元忠，吉州人，劉沆之子。第進士，爲館閣校勘。《宋史》卷三三三有傳。劉瑾知虔州時，戰棹都監楊從先奉旨募兵不至，又遣其子懋糾諸縣巡檢兵集郡下，受到劉瑾怒責，楊懋因此投訴於朝廷，致使劉瑾遭奪官，在家逾年，才得以復待制、知江州。但劉瑾知江州時間不長，元豐四年四月便已轉赴福州。繼任者及五年知江州官員，《宋兩江郡守易替考》皆付之闕如，故不知送酒之人爲誰，今依詩題繫於此。

〔註117〕見〈提點京東東路刑獄公事〉，冊中，頁1398。
〔註118〕見《三蘇年譜》卷三一，冊二，頁1280。

〈十二月二十五日大雪〉

君按：詩云：「前時大雪風擾之，有無厚薄皆不齊。今朝大雪無風色，下隰高原總盈尺……」與前首似爲同時之作，姑繫於此。

歲末有〈送周元翁赴省試〉

君按：《宋詩紀事》卷二八：「壽字李（「季」之誤書）老，一字元翁，濂溪先生長子，元豐五年進士。初任吉州司户，次秀州知錄，終司封郎中。」黄䓵《山谷年譜》卷十三〈奉送周元翁鎖吉州司法曹赴禮部試〉亦繫於「元豐四年辛酉下」。因詩中有「歲暮氷雪氣，關山車馬音」句，故繫於此。

〈寄子由〉

君按：孔凡禮《三蘇年譜》卷三二〈轍次韵孔平仲（毅父）著作見寄四首〉下云：「《清江三孔集》卷二〈寄子由〉：『晨興悲風鳴，霜霰集我屋。忽驚歲云晚，日月疾轉轂。穴蟲知天時，閉户各潛伏。而我亦勞止，擾擾尚馳逐。宵征戴星明，暮飯多見燭。灰塵彫鬚眉，銅臭蝕肌肉。念當投劾去，牽繫五斗粟。豈無數畝田，亦有千箇竹。平生羨爲農，水旱憂不足。空效鳥雀飢，喞啾如聚哭。內顧復遲回，後藏類羝觸。長卿著犢鼻，揚子投天祿，岷峨能生賢，獨不主爲福。如君乃栖栖，似我宜碌碌。連山積雪狀，霽色明群玉。對此想清標，凛然疑在目。安得兩翅長，高峯逐黃鵠。飛去墮君前，綢繆論心曲。』作於元豐四年歲末。」〔註119〕

本年有以下各文〈陶寺丞夫人孔氏墓誌銘〉（宋集珍本《清江三孔集》卷三八）

君按：孔氏，大理寺丞陶X授之妻，孔平仲同年陶舜咨之母；先是寺丞辭世時，孔平仲亦有〈陶寺丞挽詩〉〔註120〕。依據〈墓誌〉說法，「聖人之後今在江西者，惟新淦、潯陽」，而夫人是潯陽人，並非孔平仲一系。〈墓誌〉又稱夫人卒於元豐三年七月某日，四年九月某日將葬于德化鄉來龍社，孔平仲因「官於潯陽」，遂受陶舜咨之託爲作墓誌銘。寫作時間當在下葬前，故次於此。

〔註119〕見《三蘇年譜》卷三二，冊二，頁1310。

〔註120〕原詩如下：「清德如彭澤，高名繼隱居。弦歌非我志，泉石愛吾廬。世事冥心外，門風積慶餘。魚軒偕鶴髮，歸葚引雙車。」

〈代熊伯通滁州謝表〉

君按：《康熙滁州志》卷三十三〈職官〉：「熊本，元豐四年以朝請郎知。」〔註121〕（說詳〈送提舉太平觀熊舍人〉條）

十二月八日月〈江州太平觀任道士墓誌銘〉（宋集珍本《清江三孔集》卷三八）

君按：任道士，任君禹也。居廬山二十餘年不出其門，孔平仲目爲「異人」，且嘗從其室與言。文中有「元豐四年十月無疾而終……以十二月八日葬君於觀東長崙嶺」云云，由此推之，則墓誌當作於十二月八日前後，故次於此。

神宗元豐五年（1082）壬戌　39歲【文仲45、武仲41】

監江州錢監。

四月丁丑，同知樞密務呂公著罷知定州。五月甲辰，遣給事中徐禧治鄜延邊事。

九月戊戌，永樂陷，徐禧、李舜舉、李稷戰死。（《宋史》卷一六〈神宗三〉）

十月丁巳（初十），宋徽宗趙佶（1082～1135年）生（《中國古代名人分類大辭典》）

春有〈再寄子由〉

君按：孔凡禮《三蘇年譜》卷三二〈轍次韵孔平仲（毅父）著作見寄四首〉下又云：「同上〈再寄子由〉：『湓城趨高安，相望若隣屋。思君腸九迴，終夕轉車轂。一從江上別，再見臘與伏。岧嶤阻躋攀，疲曳躡逐。此心敢忘德，烱烱如寸燭。念昔見教勤，綢繆均骨肉。及今無所成，長大惟食粟。讀君〈黃樓賦〉，溢耳感絲竹。蹈海始知深，秋水暫自足。斯文道中喪，弔古堪慟哭。勃興得公家，萬物困陵觸。聲名載不朽，豈羨卿相祿。琢琱窮乃工，未剝不爲復。嗟予空有心，資性本碌碌。佳篇屢寄酬，珍賜比金玉。隋珠照十乘，只報一魚目。反顧拙丹青，何由希畫鵠。黃華強再奏，取笑陽春曲。』

〔註121〕見清康熙十二年刊，余國澢修《滁州志》（台北：成文出版社股份有限公司，1989），頁445。

作於元豐五年春。」〔註 122〕

〈余比見管勾太平觀劉朝奉見嫌太盛教以一食之法自用有效因以告子由且進先耆後欲之說蒙示長篇竊服高致謹再用元韵和寄〉

君按：此詩與前引〈寄子由〉、〈再寄子由〉二詩韻腳相同，所謂「再用元韵和」，當是就此而言。而《欒城集》卷十一〈次韻孔平仲著作見寄四首〉其二有「感君探至道，勸我減粱肉。虛心有遺味，實腹不須粟」、「息微知氣定，睡少驗神足。胡爲嗜一飽，坐使百神哭」等語，亦呼應平仲詩所稱「一從屏晚膳，已覺失頤肉。諒能早如此，盎自有餘粟」、「甘肥自煎熬，其毒甚回祿。願公亦澹薄，同享秀眉福。」故次於後。

五月有〈送徐德占〉

君按：徐德占，指徐禧。洪州分寧人。既是黃庭堅姑表兄，也是其堂姐夫〔註 123〕。黃師啓方〈徐禧事跡考〉云：「（元豐五年）四月乙丑，以承議郎直龍圖閣勾當三班院爲知制誥，權御史中丞。既改試御史中丞。五月已丑，試給事中。丙午，與內侍省押班李舜舉往鄜延路議邊事，受命後五日上道。」〔註 124〕孔平仲詩云：「魚蝦爭後先，波浪拂西北。今朝卧龍起，且與收風色。」以諸葛亮（卧龍）收風色、定大局相喻，當是徐禧行前，孔平仲以同鄉之誼，爲壯行色而作。

本年所作詩什尚有〈久旱已而甚雨〉

君按：《蘇軾詩集》卷二一有〈次韻孔毅甫久旱已而甚雨三首〉其二云：「去年東坡拾瓦礫，自種黃桑三百尺。今年刈草蓋雪堂，日炙風吹面如墨。平生懶惰今始悔，老大勤農天所直。沛然例賜三尺雨，造化無心怳難測。四方上下同一雲，甘霔不爲龍所隔俗有分龍日。蓬蒿下濕迎曉來，燈火新涼催夜織。老夫作罷得甘寢，卧聽墻東人響屐。奔流未已坑谷平，折葦枯荷恣漂溺。腐儒麄糲支百年，力耕不受眾目憐。破陂漏水不耐旱，人力未至求天全。會當作塘徑千步，

〔註 122〕見《三蘇年譜》卷三二，冊二，頁 1310。

〔註 123〕見黃師啓方〈黃庭堅與《江西詩派宗派圖》〉之〈徐禧事跡考〉收錄在《黃庭堅與江西詩派論集》（台北：國家出版社，2006），頁 463。

〔註 124〕見〈黃庭堅與《江西詩派宗派圖》〉，頁 460～461。

橫斷西北遮山泉。四鄰相率助舉杵，人人知我囊無錢。明年共看決渠雨，饑飽在我寧關天。誰能伴我田間飲，醉倒惟有支頭甎。」則東坡此詩時間，在築成雪堂之後。而東坡雪堂究竟作於何時，孔凡禮《三蘇年譜》卷三二依據《東坡樂府》卷下〈江城子〉引：「元豐壬戌之春，余躬耕於東坡，築雪旁居之。」置於元豐五年二、三月之間〔註 125〕。東坡詩既云「次韻」，則孔平仲之作又先於東坡，姑繫於此。今佚。

本年有以下等文：

〈賀安龍圖〉（宋集珍本《清江三孔集》卷三三）

君按：安龍圖，指安燾。安燾字厚卿，開封人。嘉祐四年進士。《宋史》卷三二八本傳：「知審刑院，決剖滯訟五百餘案。因言：『每蔽獄上省，輕重有疑，則必致駁，勢既不敵，故法官顧避稽停。請自今以疑獄讞者，皆得輕論。』從之。求知陳州，還，爲龍圖閣直學士、判軍器監。」對照《長編》的說法，安燾由陳州赴闕時的身份是「左諫議大夫」，而不是與「龍圖」相關的頭銜〔註 126〕；至於他判軍器監和遷龍圖直學士的時間，史傳也沒有確切說明，但依據《長編》卷三一二所載：「（元豐四年夏四月）癸卯，判軍器監、龍圖直學士、太中大夫安燾降授中大夫。坐與丞曾孝廉議事不協，互論奏，而大理推治燾所奏不實也。」推測當在元豐四年夏四月以前。但本文開頭云：「拜寵中宸，升華內閣，正人光顯，公議歡愉……」又與判軍器監不相符，應是指元豐五年安燾改任戶部尚書而言〔註 127〕，故繫於此。

〈代廣州謝上表〉

君按：此表亦代熊本而作。熊本元豐四年知滁州，平仲有〈代熊伯通滁州謝表〉。熊本知廣州事，《宋史》本傳但云：「安石白，出本分

〔註 125〕見《三蘇年譜》卷三二，冊二，頁 1312。

〔註 126〕《長編》卷三〇二：「（元豐三年正月）壬午，詔左諫議大夫、知陳州安燾赴闕押賜高麗進奉使朝見。罷御筵，仍假給事中。」又「（元豐三年二月）知陳州、左諫議大夫、史館修撰安燾知審官東院，仍爲濮安懿王夫人遷護使。」

〔註 127〕《長編》卷三一二：「（元豐五年四月）降授中大夫、龍圖閣直學士、權發遣三司使安燾試戶部尚書。」

司西京。居三年，起知滁州，改廣州，召爲工部侍郎。」無年月。《長編》卷三二五：「（元豐五年四月）丙子，朝奉郎、集賢殿修撰、知廣州熊本試工部侍郎。」《廣東通志》卷二六〈職官志〉謂：「元豐五年任。」李之亮《宋兩江郡守易替考》引江西省博物館藏拓片〈熊公墓志銘〉：「元豐四年，除滁州。視事之明日，授集賢殿修撰、知廣州。」〔註128〕與〈謝表〉開頭所稱「分符淮右（滁州屬淮南東路），僅獲到官；持節嶠南，遽蒙易地」者相吻合，孔平仲代筆對象由是益明。

神宗元豐六年（1083）癸亥　40歲【文仲46、武仲42】

監江州錢監。妻陳氏於本年去世。

君按：孔平仲喪妻一事，本人未曾提起。然蘇軾、蘇轍皆作輓詞悼之。據《族譜》記載，孔平仲「夫人陳氏，封清江碩人，葬前崗祖墳山」；未著明逝世年月。孔凡禮《三蘇年譜》卷三三：「（元豐六年）八月，轍作詩輓孔平仲（毅父）封君。」又云：「詩見《欒城集》卷十二，其一首云：『交契良人厚，家風季婦賢。詩書中有助，蘋藻歲無愆』，知此封君即孔平仲夫人。」〔註129〕其實蘇氏兄弟皆有輓詞，軾作〈孔毅父妻挽詞〉，見《東坡全集》卷十三；轍作〈孔毅父封君挽詞二首〉，見《欒城集》卷十二。二蘇輓詞作於八月，則孔平仲遭逢喪妻之痛，當在此前。

四月丙辰（十一日），曾鞏卒。

君按：《長編》卷三三四：「（四月丙辰），丁憂人前朝散郎、試中書舍人曾鞏卒。」孔武仲作〈祭曾子固文〉。

十月，浙江荊湖福建廣南等路提點坑冶鑄錢公事董鉞卒〔註130〕。

本年所作詩什尚有〈二偈〉等多首與蘇軾昆仲唱和之作。

〔註128〕見〈滁州〉，頁198。

〔註129〕見《三蘇年譜》卷三二，冊二，頁1399。轍詩題作「孔毅父封君挽詞二首」，詩云：「交契良人厚，家風季婦賢。詩書中有助，蘋藻歲無愆。象服期他日，恩封屬此年。神傷自不覺，弔客問潸然。」「別日笑言重，歸來藥餌憂。鍾歌掩不試，貝葉亂誰收。恨極囊封在，情多壟木稠。埋文應自作，一一記徽猷。」

〔註130〕《三蘇年譜》卷三三：「數日間，又聞董毅夫化去。」冊二，頁1407。

君按：孔凡禮《三蘇年譜》卷三：「（元豐六年三月）二十五日，軾〈書弟轍答孔平仲二偈後〉，寄弟轍。」下云：「《欒城集》卷十二〈答孔平仲二偈〉其一：『熟睡將經作枕頭，君家事業太悠悠。要須睡著元非睡，未可昏昏便爾休。』其二：『龜毛兔角號空虛，既被無收豈是無。自有眞無遍諸有，燈光何礙也嫌渠。』本年蘇軾及平仲詩多首：〈次韻孔毅甫集古人句見贈五首〉、〈孔毅父妻挽詞〉、〈孔毅甫以詩戒飲酒、問買田且乞墨竹，次其韻〉，皆在《蘇軾詩集》卷二十二。足見情誼深厚，平仲原唱已佚。」〔註 131〕其中除〈孔毅父妻挽詞〉外，皆蘇軾次平仲韻而作，則平仲所作諸詩，當在蘇之前，今雖亡佚仍繫於此。

本年所作文有：〈謝蔣發運〉

君按：蔣發運，指蔣之奇。《宋史》卷三四三本傳說他「字穎叔，常州宜興人。」又說他一生「爲部使者十二任，六曲會府，以治辦稱。且孜孜以人物爲己任，在閩薦處士陳烈，在淮南薦孝子徐積，每行部至，必造之」。以發運使來說，他就曾在元豐六年〔註 132〕和元祐四年二度江、淮、荊、浙發運使〔註 133〕。孔平仲寫這封謝啓時，兩人尚未謀面，而蔣之奇卻「特賜薦埸」，這份提攜之情，讓孔平仲感慨過去「雖有己知，莫非面覿，或一見而如故，或既久而相諳。固未有不因左右之容，素無平昔之分，惠然紀錄，借以吹噓」；所以文章當中特別提出「苟曰知之，何必識也」，來向蔣之奇道謝。文中還談起蔣之奇「以高文大策取賢科，以正諫敢言爲御史，陝西之政，

〔註 131〕見《三蘇年譜》卷三二，冊二，頁 1377。

〔註 132〕《長編》卷三三六：「（元豐六年閏六月乙未）賜江、淮等路發運副使蔣之奇紫章服。運司歲漕穀六百二十萬石，之奇領漕事，以五月至京師，於是入覲，上勞問備至，面賜之，且曰：『朕不復除官，漕事一以委卿。』之奇辭謝，因條畫利病三十餘事，多見納用。」而卷三三七：「（元豐六年七月壬子）户部言：『江、淮等路發運使蔣之奇奏，知州、通判與監事官未有賞罰，請以租額遞年增虧，從制置司比較。本部欲乞江、淮、湖、浙路諸州，其收鹽課，歲終申發運司類聚比較，一路内取最多、最少者各兩處，以知州、通判、職官、令、佐姓名上户部。其提舉監事官一路增虧準此。』」由此可知蔣之奇由發運副使爲發運使當在入覲後。

〔註 133〕《長編》卷四二四：「（元祐四年）三月乙酉，知廣州、寶文閣待制蔣之奇爲江、淮、荊、浙等路制置發運使，朝散郎、江、淮、荊、浙等路發運副使路昌衡爲直祕閣、權知廣州。」

摧拉閹寺而冒不測之威；淮南之牧，開通溝洫以建無窮之利……」比對本傳「之奇在陝西，經賦入以給用度，公私用足。比其去，庫緡八十餘萬，邊粟皆支二年」；「請鑿龜山左肘至洪澤爲新河，以避淮險，自是無覆溺之患」二項政績，後者《長編》有載，卷三三八：「（元豐六年八月己卯）江淮等路發運副使蔣之奇言長淮、洪澤河實可開治，願亟興工，詔陳祐甫相視以聞。」則此文當作於元豐六年月蔣之奇提出「洪澤河實可開治」的建言之後，時孔平仲監江西錢監。一向「孜孜以人物爲己任」的蔣之奇或在入覲期間曾薦舉孔平仲，故有此文以謝蔣。

神宗元豐七年（1084）甲子　41 歲【文仲 47、武仲 43】

監江州錢監。因同僚謗辭攻訐一度入獄。

君按：孔平仲入獄事，他書從未記載，獨見於宋集珍本《清江三孔集》卷三二〈謝侯漕〉。時間約在元豐七年四月前後。（詳上編第貳章〈喪妻又因案下獄〉）

八月癸巳（二十六日）趙抃卒〔註 134〕。

曾幾（1084～1166 年）生（歷代名人生卒年表）

孔平仲監江州錢監期間所作詩什有：

〈用常甫元韵寄彭澤曾移忠〉

君按：曾安止，字移忠，號屠龍翁。北宋泰和人。熙寧九年進士。歷官洪州豐城縣（今江西豐城縣）主簿、知江州彭澤縣（今江西彭澤縣）。因潛心研究水稻品種及栽培，致雙目失明、棄官歸鄉。著有《禾譜》五卷、《車說》一卷、《屠龍集》若干卷〔註 135〕。蘇軾嘗爲作〈秧馬歌〉（《東坡全集》卷二二）。

〈謝郟正甫〉

君按：郟正甫，指郟亶。平仲詩開頭二句云：「當年輦轂參農正，今日江湖望歲星。」首句當指《長編》卷二四〇所載「（熙寧五年十一月癸丑）睦州團練推官知於潛縣郟亶爲司農寺丞、兩浙路提舉，與

〔註 134〕《長編》卷三四八：「（元豐七年八月）衢州言，資政殿大學士、守太子少保致仕趙抃卒。輟視朝，贈太子少師，謚清獻。」

〔註 135〕見《江西歷代人物辭典》，頁 49。

修水利……」一事。而李之亮《宋代路分長官通考・江南東路轉運判官》引《宋史翼》卷二本傳：「除江南東路轉運判官。元祐初，入爲太府丞。」謂郟亶元豐四年至六年任江南東路轉運判官〔註136〕。《宋代京朝官通考・司農寺丞》又引《至正昆山郡志》卷四小傳：「復召爲司農寺簿，遷丞，除江東轉運判官。元祐初，入爲太府丞。」〔註137〕對比《宋會要・職官》六六之二六：「（元豐六年十月八日）坐失點檢江南東路轉運判官郟亶見有罪被劾，乞上殿故也。」則郟亶曾二度除江南東路轉運判官，其間或曾薦舉孔平仲，故詩又云：「冷局自安心有素，故人相厚眼偏青。幅央舒散殊官屬，華衮騰驤入帝庭。一薦未爲門下德，荷公敦篤好忘形。」惟不知其確切寫作時間，因次於此。

〈和項元師見遺栁書〉

君按：元豐四年孔平仲於江州官舍作小菴，有〈小菴初成奉酬元師〉。知其亦爲江州時期友人。

〈奉朱明叟〉

君按：朱明叟，名易，是孔平仲九江時同僚（請詳〈朱都實字序〉條）。這是一首八音詩，詩云：「金榜閱名姓，於今二十秋。石隕鷁退飛，才命不相謀。絲繩可比直，應笑曲如鈎。竹未遇蔡邕，有聲誰見求。匏瓜豈無蔓，奈何枝不樛。土俗相慢侮，有如東家丘。革囊貯珠玉，至寶勿暗投。木若假先容，爲君効綢繆。」和〈朱都實字序〉所說「君議論有直氣，且扵朋游忠告善道，無所愛惜，自以爲不負吾心。方其沉酣尊俎間，放歌大笑，吹竽擊缶，遺落巾冠，若無所不同者；及其守職事、爭是非扵上官前，屢却復前，既久益堅，左右爲之動色，而君持不肯變，必使如吾言而后已。雖賁、育之勇，殆不過也」，以及「登進士第二十餘年，猶困扵州縣，未得大顯」等敘述相呼應，當屬同一時期作品。

又平仲監江州錢監期間所作文尚有〈宋故朝奉郎張公行狀〉（宋集珍本《清江三孔集》卷三八）

〔註136〕見《宋代路分長官通考》，頁614、615。
〔註137〕見《宋代京朝官通考》冊五，頁67。

君按：張舉乃孔平仲棋友，平仲有〈戲張子厚〉詩，描述二人對奕的情景。孔武仲也與他交往，嘗爲作〈張子厚睦州唱和集序〉。葉夢得《巖下放言》卷中：「正素處士張舉。字子厚，毗陵人。治平初試春官，司馬溫公（即司馬光）主文，『賦公生明』以第四人登第，既得官歸，即不仕終身。元祐初，嘗起爲潁州教授，力辭不就。余家與之有舊故，余未冠得拜之；稍長，益相親，亦不以不肖視余。清通遠略，不爲崖異，與前此號隱居，曄然自誇於俗者不類。士大夫既以相與推敲，日款其門，隨高下接之，無不滿其意。賀鑄有口才，最好雌黃人物於後，亦無間言。每折節事之，常稱人曰『通隱先生』。余嘗扣其棄官之説，子厚笑曰：『吾豈不欲仕者，初但以二親年俱高，止吾一子，不忍去左右。既親歿，吾將老矣，欲仕復何爲？因循至是爾。』其言大抵若此。家藏書數萬卷，善琴碁，曰『惟玩此三物。』不甚飲酒……」這篇文章雖字跡模糊，猶能分辨「元豐七年二月甲申終于武進縣德壽坊之私第，享年六十四。其年四月乙酉，葬于清＃＃義鄉趙家＃之原」云云，故次於此。

〈祭范庫部文〉（宋集珍本《清江三孔集》卷三七）

君按：孔平仲文中謂范庫部「昔者來臨我里，清江民今愍之曰：『父母同。』」由是可知此人曾任臨江軍官長也。而曾鞏〈庫部員外郎知臨江軍范君墓誌銘〉：「嘉祐五年（1060）六月辛巳尚書庫部員外郎知臨江軍事范君卒於位，年五十有三。其年十有辛酉葬於江州德化縣之仁貴鄉萬家山……」又云「君諱端，字思道，江州德化人也」（《元豐類稾》卷四三）〔註138〕。兩相對照，則孔平仲所祭之人，當是曾鞏筆下之墓主范端。依李之亮《宋兩江郡守易替考・江州》記載，范端於嘉祐四年來知江州，那一年孔武仲始應鄉舉，孔平仲年方十六，故云「我時學校，實載歌舞。察公所爲，蓋出其惟」。而文章又提到「我來尋陽，是曰公鄉，瞻公之宇，久矣其亡。視公之子，髮白顏蒼。頎然曾孫，比父之長……」

由此觀之文蓋作於江州錢監時。

〈朱都實字序〉（宋集珍本《清江三孔集》卷三七）

〔註138〕收錄在宋集珍本叢刊（北京：線裝書局，2004），冊十一，頁426。

君按：指朱易，淮南人，乃孔平仲九江時同僚。孔平仲這篇序的要點有1、朱易以爲易者窮理盡性之書也，故稱名明焉。一夕有僧夢神告之曰：「易，從日、從月。」朱君以自名太重，由是思有以更之，乃即其舊而變其音爲簡易，而丐字於孔平仲。2、孔平仲認爲朱易議論有直氣，且拎朋游忠告善道，無所愛惜。方其沉酣尊俎間，放歌大笑，吹竽擊缶，遺落巾冠，若無所不同者；及其守職事、爭是非拎上官前，屢却復前，既久益堅，是個以直自養的人。於是取《禮記》「致樂以治心，則易直子諒之心油然生矣」（〈樂記〉和〈祭義〉）的典故，爲作字序。3、感慨朱易登進士第二十餘年，猶困拎州縣，未得大顯。可惜文末雖署有「十一月十九日，魯國孔平仲序」，卻未說明是何年，故次於此。

神宗元豐八年（1085）乙丑　42歲【文仲48、武仲44】

因爲侯漕辨明是非而獲釋，稍後改倅虔（詳上編第貳章〈知贛州台倅虔〉）。

三月戊戌，神宗崩，哲宗即位；丙辰，太皇太后高氏聽政〔註139〕。

四月乙亥，詔以太皇太后七月十六日生辰爲坤成節。五月丁酉，群臣請以十二月八日爲興龍節。戊午，以蔡確爲尚書左僕射兼門下侍郎，韓縝爲尚書右僕射兼中書侍郎，章惇知樞密院，司馬光爲門下侍郎。七月戊戌，以資政殿大學士呂公著爲尚書左丞。（《宋史》卷一七〈哲宗一〉）

本年所作文有〈上章樞密狀〉

君按：章樞密，指章惇。本年五月知樞密院。故繫於此。

〈與江東宋提刑〉

君按：宋提刑指宋彭年。宋彭年元豐八年（1085）五月，提點江南西路刑獄〔註140〕。文章有「方薄寒之伊始，計樂職之多閒」云云，推測孔平仲上書的時間應在元豐八年（1085）初冬。

〔註139〕《長編》卷三五三：「（神宗元豐八年三月）戊戌，上崩于福寧殿，宰臣王珪讀遺制。哲宗即皇帝位。尊皇太后爲太皇太后……丙辰，上御迎陽門幄殿，同太皇太后垂簾，宰臣、親王已下合班起居。」

〔註140〕《長編》卷三五六：「（元豐八年五月甲辰）朝請郎、太府少卿宋彭年提點江南西路刑獄。」

哲宗元祐元年（1086）丙寅　43 歲【文仲 49、武仲 45】

年初尚倅虔。四月，因呂公著舉薦應召赴闕，中選，擢館職。十月，曾返回臨江軍（詳〈夢蟾圖記〉條）。

君按：《長編》卷三八〇：「（元祐元年六月壬寅）尚書左僕射司馬光舉奉議郎張舜民、通直郎孫準、河南府右軍巡巻官劉安世，尚書右僕射呂公著舉朝奉郎孔平仲、承議郎畢仲游、孫樸，中書侍郎張璪舉承議郎趙挺之、梅灝、宣義郎陸長愈，同知樞密院事安燾舉承議郎盛次仲、太學博士王柄、蘄州錄事參軍廖正一，尚書左丞李清臣舉宣德郎陳察、太學正晁補之、常州晉陵縣丞李昭玘，尚書右丞呂大防舉奉議郎趙叡、劉唐老、黃陂縣令李籲，同知樞密院事范純仁舉宣德郎楊國寶、承議郎畢仲游、太學博士張耒，並堪館閣之選。詔候過明堂，令學士院試，其在外者，召赴闕。」

正月庚寅朔，改元。閏二月庚寅（初二），罷蔡確，以司馬光爲尚書左僕射、門下侍郎。壬辰（初四），以呂公著爲門下侍郎。丙午（十八日），李清臣爲尚書左丞，呂大防爲尚書右丞。四月癸亥（初六），王安石卒〔註 141〕。辛丑（十四日），詔執政大臣各舉可充館閣者三人。壬寅（十五日），以呂公著爲尚書右僕射兼中書侍郎，文彥博平章軍國重事。呂公著舉朝奉郎孔平仲召試學士院。七月辛酉（初五），設十科舉士法。九月丙辰（初一），司馬光卒〔註 142〕。丁卯（二十二日），試中書舍人蘇軾爲翰林學士、知制誥。（《宋史》卷一七〈哲宗一〉）

閏二月丙申（初八），孔文仲經文彥博薦舉，由禮部員外郎遷起居舍人〔註 143〕。

君按：孔文仲遷起居舍人，有蘇轍撰〈劉奉世起居郎孔文仲起居舍人告詞〉（《欒城集》卷二八）。

孔平仲倅虔事期間所作詩什有：

〈題贛州嘉濟廟祈雨感應〉

〔註 141〕《長編》卷三七五：「（元祐元年四月癸巳，觀文殿大學士、守司空、集禧觀使、荊國公王安石卒。）」

〔註 142〕《長編》卷三八七：「（元祐元年）九月丙辰朔，正議大夫、守尚書左僕射兼門下侍郎司馬光卒。」

〔註 143〕《長編》卷三六八：「（元祐元年閏二月丙申）校書郎孔文仲爲禮部員外郎。」

君按：元傅若金撰〈江東神廟記〉：「贛之雷岡，有神祠曰江東嘉濟廟者，相傳其神姓石氏，諱固。自先秦時，已血食茲土。漢穎陰侯嬰過而祀之。神遂顯名，由是歷唐宋迄今，靈異益著……」（《傅與礪文集》卷三）即孔平仲所祀者，可惜詩中但稱「江東禱雨眞靈跡，香火未收簷溜滴」，而無年月，故繫於此。

〈和徐道腴波字〉、〈席上口授杜仲觀〉

君按：徐道腴、杜仲觀，生平待考。二詩下皆注有「虔州作，人名」等語，姑繫於此。

〈四日群集於景德寺〉

君按：《三蘇年譜》略云：靖中建國元年正月下旬，蘇軾抵虔州，遊景德寺湛然堂，爲僧學顯賦詩。孔凡禮注云：「詩見《蘇軾詩集》卷四十五。《輿地紀勝》卷三二〈贛州〉謂寺乃贛州第一大刹，堂在寺內。」〔註144〕以是知作於虔州。

平仲倅虔期間所作文有：

〈與江東宋提刑〉

君按：宋提刑指宋彭年。說詳上編第貳章〈知贛州或倅虔〉。

〈吉州通判廳題名記〉（宋集珍本《清江三孔集》卷三五）

君按：文章開頭云：「承議郎通判王君公濟錄前官名氏，自太平興國初訖元豐二年得四十六人……」王公濟是王汝舟的字，《江南通志》卷一四七〈人物志．宦績九〉：「王汝舟，字公濟，婺源人。皇祐五年進士。知南劍州，捕盜官邀賞，增益盜贓擬死者十三人。汝舟閱牘得其狀，皆免死。以治行第一聞。哲宗時，擢河北轉運判官，諫罷市珠之令，徙夔州提點刑獄，告歸，先守南劍時，祖母沒，上言諸父無在者，乞以適孫解官，終三年喪。詔從之，著爲令。有《雲溪文集》。」文末署有「元祐元年三月十一日魯國孔平仲記」云云，知當做於倅虔時。

其他作於本年之詩什有：〈雍丘驛作〉、〈寄蘇子由〉、〈入陳留界〉、〈自雍丘取別路至陳留界較汴堤徑二十里〉數詩

〔註144〕見《三蘇年譜》卷五六，冊四，頁2948。

君按：孔凡禮《三蘇年譜》卷三七〈元祐元年三月〉下云：「據《長編》卷三百八十九元祐元年六月壬寅紀事及注文，尚書左僕射司馬光舉奉議郎張舜民等，尚書右僕射呂公著舉朝奉郎孔平仲等，及中書侍郎張璪、同知樞密院安燾、尚書左丞李清臣、尚書右丞呂大防、同知樞密院范純仁等共舉二十一人，并堪館閣之選。閏二月十四日，朝廷詔候過明堂，令學士院試，其在外者召赴闕。」平仲此詩作於赴闕途中，其前爲〈雍丘驛作〉，其後爲〈入陳留界〉。後者有『青青麥壠鳥相呼』之句，時約在三四月。」〔註 145〕

〈惠蕉布〉

君按：蘇轍有〈答孔平仲惠蕉布二絕〉，孔凡禮《三蘇年譜》卷三七：「轍詩見《欒城集》卷十四，其一首云：『裘葛終年累已輕，薄蕉如霧氣尤清』，蕉布質地精。」〔註 146〕。由蘇轍所作可知孔平仲必有詩在前，今已佚失。

本年所作尚有以下各文：〈謝舉充館閣啓〉、〈謝試館職啓〉、〈謝同官〉

君按：以上三篇皆爲試館職而作，故繫於此。

〈夢蟾圖記〉（宋集珍本《清江三孔集》卷三五）

君按：原文曰：「元祐元年十月初六夜五鼓將既，夢日光斜照一高巖，中有物如蝦蟇，雪色，僅一升器大，目圓而明，眉源黑而纖長。有二道士侍其側，手各持文言。有人告余云，此是上界眞人，號婆羅一青蓮白衣菩薩，請余圖其型事之。又教以用井水或冰雪來供養。余問若一不及如何？答云：『但書寫此號供養亦可也。』時在臨江軍澄翠庭下艤舟，朝奉郎魯國孔某題。」由是可知作於本年秋。南宋范成大《石湖詩集》卷二四有〈贈臨江簡壽玉二首簡攜王仲顯使君書來謁并示孔毅甫夢蟾圖今廟堂五府皆有題字〉二首，其一云：「蕭灘遠客扣田廬，貽我讀書樓上書。千里故情元共月，錯云多病故人疎。」其二云：「卷中圖畫袖中珍，上有三階五朵雲。白日青天光範路，未饒蟾窟夢紛紜。」

若其所觀者非贗品，則孔平仲在作文之後，果依民俗圖其型來供養。

〔註 145〕見《三蘇年譜》卷三七，冊三，頁 1691。
〔註 146〕見《三蘇年譜》卷三七，冊三，頁 1705。

哲宗元祐二年（1087）丁卯　44歲【文仲50、武仲46】

在京師。二月，爲集賢校理〔註147〕。八月，除太常博士〔註148〕。十一月，改秘書丞〔註149〕。

君按：《族譜》云：「元祐二年二月，即除太常博士。本年又遷大僕丞，校理。」與此有出入。此說蓋受《族譜》第一卷〈舊序贊銘傳〉所收藏之三孔誥命中和孔平仲相關的勅文所影響。本論文〈敘論〉已有所述，可參。

正月辛未，校書郎黃庭堅爲著作佐郎〔註150〕。

七月出張商英爲江東提刑〔註151〕，孔武仲有〈送天覺使河東〉詩。

八月罷賈易、程頤〔註152〕。

本年所作詩有：〈和子瞻西掖種竹二首〉

君按：孔凡禮《三蘇年譜》卷三九：「五月，劉攽（貢父）西省種竹，賦詩。蘇軾兄弟、鄧潤甫、曾肇（子開）、孔文仲兄弟賡和。」〔註153〕下云：「《蘇軾詩集》次韵攽西省種竹詩題下『查注』引孔文仲次攽韻詩：『西垣種竹滿庭隅，正值天街小雨初。漸近涼風侵夢覺，已留清露滴吟餘。卜隣近喜蒼苔滿，託迹方驚上苑疎。昨夜青藜光照席，綠陰相對小除書。』此詩，不見今《豫章叢書》本孔文仲之《舍人集》，而見《豫章叢書》本孔平仲之《朝散集》卷六，爲〈和子瞻西掖種竹二首〉之第一首。『查注』尚引孔武仲次攽韻詩：『此君安可一朝無，請看西園種竹初。嶰谷正當吹鳳後，葛陂猶是化龍餘。風搖夢枕秋聲碎，月滿吟窗夜影疎。他日如封管城子，莫嫌老禿不中

〔註147〕《長編》卷三九五：「（元祐二年二月丁酉）朝奉郎孔平仲爲集賢校理，奉議郎劉唐老爲祕閣校理，以召試學士院皆中格也。」與《族譜》：「元祐二年二月即除太常博士，本年又遷大僕丞、校理。」說法不一。

〔註148〕《長編》卷四〇四：「（元祐二年八月癸卯）朝奉郎、集賢校理孔平仲爲太常博士。」蘇轍爲撰〈孔平仲太常博士告詞〉（《欒城集》卷三十）。

〔註149〕《長編》卷四〇七：「（元祐二年十一月壬申）太常博士孔平仲、祕書監丞姚勔兩易其任。（二人易任必有故，當考。）」

〔註150〕《長編》卷三九四：「（元祐二年正月辛未）校書郎黃庭堅爲著作佐郎。」

〔註151〕《長編》卷四〇三：「（元祐二年七月乙卯）朝奉郎、權知開封縣羅適爲開封推官，朝奉郎、權開封府推官張商英爲提點河東路刑獄。」

〔註152〕《長編》卷四〇四：「（元祐二年八月）八月辛巳，朝奉郎、右司諫賈易知懷州……通直郎、崇政殿說書程頤罷經筵，權同管勾西京國子監。」

〔註153〕見《三蘇年譜》卷三八，冊三，頁1831。

書。』此詩，不見今《豫章叢書》本孔武仲之《宗伯集》，而見《豫章叢書》本孔平仲之《朝散集》卷六，爲〈和子瞻西掖種竹二首〉之第二首』。」〔註154〕孔凡禮本人則傾向接受「查注」說法，認爲此二詩乃孔文仲、武仲兄弟賡和之作〔註155〕。但李春梅卻認爲「劉攽（貢父）西省種竹，作詩。文仲、平仲亦作詩」〔註156〕。以宋集珍本《清江三孔集》亦將此二詩置於孔平仲名下，姑繫於此。

又平仲於館職期間所作詩什尚有〈詳定次口占〉、〈密雲龍茶〉、〈題小閣〉、〈省宿〉

君按：蘇頌《蘇魏公文集》卷十一有〈次韻孔平仲學士詳定次口占〉、〈次韻孔學士密雲龍茶〉；畢仲游《西臺集》卷十八有〈和孔毅夫學士題小閣〉、〈和孔毅夫省宿〉、〈再和孔毅夫省宿〉，皆稱孔平仲學士，且爲回應平仲而作，以此逆推之，平仲在館閣時當有以上數詩，惟原詩今已亡佚。

本年所作文有〈賀左丞啓〉、〈賀右丞啓〉

君按：〈賀右丞啓〉題下原注：「前後俱同前啓。」由此可知，二篇當作於同一時期。而〈賀左丞啓〉又有「方兩宮圖治之勤，蓋九德觀人之法。三省皆政事之地，二丞蓋管轄之司。最爲要嚴，不輕付予」等語。所謂「兩宮」乃指哲宗親政前、太皇太后高氏同聽政那些年，期間左、右丞同時更動僅出現在元祐二年五月丁卯，劉摯自中大夫、守尚書右丞除尚書左丞。王存自守兵部尚書除中大夫、尚書右丞。(《宋史》卷二一二〈宰撫三〉)

〈罷散御筵謝太皇太后表〉、〈罷散御筵謝皇帝表〉

君按：《長編》卷四〇三：「(元祐二年七月丁巳）禮部言，請用太常

〔註154〕見《三蘇年譜》卷三八，冊三，頁1832。

〔註155〕《三蘇年譜》卷三九：「『查注』謂今本平仲二詩，分別爲文仲、武仲所作，必有依據。豈查氏所見之孔文仲、武仲集及《清江三孔集》與今本不同。查氏爲《補注東坡先生編年詩》五十卷，據卷首例略代序，作於清康熙壬午(1702)，書當成於此時。時當清初，理或然也。然又不知如何誤入平仲詩中。」冊三，頁1823。

〔註156〕李春梅〈編年・元豐二年〉：「查愼行《補注東坡編年詩》卷二八下還引有〈和子瞻西掖種竹〉詩，卻云武仲作，而孔凡禮《三蘇年譜》亦因此而錯引，實未細檢《三孔集》而致誤矣。」

寺以故事修撰到坤成節三師、三公、宰臣已下上壽儀，從之。(曾肇云云見九日。)」又云：「己未，太皇太后詔：「坤成節可只依天聖八年以前章獻明肅皇后御崇政殿上壽禮。」(曾肇以七月九日論奏，十日批出。實錄並不載，今據肇集追書於己未前，可見宣仁聖烈從諫之美也。)」卷四○五：「(元祐二年九月) 乙丑，呂公著以下謝賜宴及御書，太皇太后曰：『皇帝天資聰敏，宮中惟好學字，學則易成。昨日所賜，欲卿等知爾。』」

〈代宋彭年邢州謝執政〉(宋集珍本《清江三孔集》卷三四)

君按：宋彭年，蘇州人。元豐八年（1085）五月，提點江南西路刑獄。任內嘗舉薦孔平仲。孔平仲有〈與江東宋提刑〉、〈虔倅謝宋提刑〉致謝。元祐二年（1087）六月，由朝奉大夫、江西提刑遷司農少卿。同年八月，御史趙屼劾其險刻，黜權知邢州（詳上編第貳章〈從文章看倅虔一事〉)。《宋會要・職官》卷六六之三七：「(元祐二年八月) 十二日，司農少卿宋彭年權知邢州。」文章開頭云：「九農備位，常深負乘之憂；千里分封，猶竊藩籬之寄……」故繫於此。

〈胡應侯墓誌銘〉(宋集珍本《清江三孔集》卷三八)

君按：胡應侯，指胡靜，《江西通志》卷七三〈人物〉但云：「胡靜字應侯，向之子。磊曲有大志。讀兵書應武舉，試祕閣爲第一。從西師入夏界，修羅九城，破賊於賞逋嶺，勇冠三軍，以功加閤門祗候，累遷秦、東路蕃漢巡檢。《林志》」《江西歷代人物辭典》除了註明胡靜的卒年，還補充了「作《綏銀記》并地形圖奏告朝廷。王安石以其才，使隸湖北察訪司。既至，首下懿州（治今湖南芷江縣)，以功加閤門祇候」一段。但對胡靜及其家族的敘述，皆不及這篇墓誌銘來得詳細。這篇墓誌的要點有：1、胡靜七世祖的姓名、仕歷，及胡氏家族由金陵徙居清江的始末。2、胡靜的生平事蹟，從少有大志，應進士舉失利，思以功名自顯，苦讀兵書，獻策數十萬言，到應武舉，試祕閣爲第一，乃至出仕後種種，均有詳細記載。3、對於胡靜妻兒子女的描述。4、胡靜的性格爲人。文中謂胡靜「元祐元年三月二十九日卒」，以「元祐二年十月二十九日」葬，故繫於此。

哲宗元祐三年（1088）戊辰　45 歲【文仲 51、武仲 47】

年初在京師，四月以江南東路轉運判官的身份，送孔文仲棺柩返鄉安葬〔註 157〕。夏，抵達九江〔註 158〕。尋臥病〔註 159〕。

正月十七日孔文仲知貢舉〔註 160〕。三月二十一日孔文仲卒〔註 161〕。閏十二月，范鎮卒〔註 162〕。

本年所作文有〈回臨江馬朝奉啓〉

君按：馬朝奉疑指馬申。馬申，元豐中曾經制熙河路邊防財用司勾當公事〔註 163〕。《江西通志》卷四六〈秩官一〉著錄宋代知臨江軍官員有馬申者。在劉定之後，馬永功之前。《長編》卷四一一有「元祐三年五月丁巳朝奉大夫、集賢校理、管勾鴻慶宮劉定知臨江軍」云云；而文章開頭又稱：「叨被宸恩，就分指使。整征艎而未發，望故里以將歸，先辱貽書，豈勝佩德！方朱用之在候，訃素履之集休……」應是受詔爲江南東路轉運判官，送兄柩返鄉歸葬之後，當時知臨江軍的馬申先來信致意，孔平仲回覆於途中，故次於此。

〈江東到任謝執政啓〉

君按：文章開頭稱「某準告授前件差遣，已於今月初四到任訖」，雖無年月，亦知其爲例行公事，自陳對此番派任之謝忱而作。故繫於此。

〔註 157〕《長編》卷四〇九：「（元祐三年四月庚子）朝奉郎、祕書丞、直集賢校理孔平仲爲江南東路轉運判官。」蘇頌〈中書舍人孔公墓誌銘〉：「又命其季弟集賢校理平仲爲江南東路轉運判官，俾得以撫孤弱而視窀穸也。」

〔註 158〕君按：孔平仲〈德化縣尉何公墓誌銘〉（宋集珍本《清江三孔集》卷三八）中有「元祐三年夏，余來官九江……」等語，由是可知其到任時間。頁 791。

〔註 159〕〈何君美墓誌銘〉（宋集珍本《清江三孔集》卷三八云：「寶文閣待制何公君表以某年某月某甲子奉其兄君美之喪歸葬于臨江軍新淦縣某鄉某里之原，以書抵余請爲銘，余以病始間，氣力＃甚，懼不能爲，復書以情告……」頁 792。

〔註 160〕《長編》卷四〇八：「（元祐三年正月）乙丑，命翰林學士蘇軾權知禮中貢舉，吏部侍郎孫覺、中書舍人孔文仲同知貢舉。」

〔註 161〕《長編》卷四〇九：「（元祐三年三月）戊辰，朝奉郎、中書舍人孔文仲卒。」

〔註 162〕《長編》卷四一九：「（元祐三年閏十二月癸卯朔）端明殿學士、銀青光祿大夫致仕范鎮卒。」

〔註 163〕《長編》卷三〇三：「（元豐三年三月戊戌）奉禮郎馬申爲太子中舍，權發遣陝西轉運判官，兼同管勾邊防財用。」

〈與本路傅憲啓〉

君按：《長編》卷四一四：「（元祐三年九月戊申）朝廷使江西提刑傅變體量其事，變畏避權勢，歸罪於新州官吏……」又卷四一七：「（元祐三年十一月）丙辰，權知廣德軍賈易權發遣江南東路提點刑獄。」由是可知，元祐三年原本擔任江南東路提點刑獄公事者爲傅變。《江西通志》卷七三〈人物八〉：「傅變字志康，清江人。嘉祐進士。熙寧中由幕府累遷少府少監，專劇郡，所至有聲，尤博學，藏書萬卷，皆手自校勘，年八十，好學不衰。《林志》」由於同鄉的關係，故文章中強調「高誼曷忘，況聯里閈」。又有「比奉命書之渥，俾參計事之繁，何慶會之自天，得光華之同路……」等語，且文末有「炎蒸方熾，澄按多餘，更祈爲國保綏，副人願望，知作於上任不久。

〈與傅提刑啓〉

君按：傅提刑，亦指傅變。文章稱「近在南都，嘗馳短牘，竊惟悃愊，已徹高明……」，所謂「嘗馳短牘」當指前述〈與本路傅憲啓〉，文末又云「秋炎尚熾」，亦足以證明時間較爲晚出，故次於後。

〈江東交代鄒漕啓〉

君按：李之亮《宋代路分長官通考》謂孔平仲前一任江南東路轉運判官爲鄒軻〔註164〕鄒軻，《江西通志》卷四九〈選舉〉：「嘉祐六年辛丑王俊民榜：鄒軻，奉新人。知饒州。」是孔平仲兄長文仲的同年。孔平仲文章開頭即稱「言念去德雖新，馳誠已劇。比忝使乎之任，輒承賢者之餘」云云，足以證明他是繼鄒軻之後擔任江南東路轉運判官；文末又有「秋暑尚熾，歲計多豐。更冀保安，前席光寵」等語，故次於此。

〈回諸州太守啓〉

君按：文章開頭云：「叨被宸恩，謬江使指。金科玉律，上推欽恤之仁；皂蓋朱轓，幸值循良之守。先承紆問，良切感銘」。知作於江南東路轉運判官之時。文末又云：「秋容正清，德履何似？更祈保衛，以對寵光」，故次於此。

〔註164〕《宋代路分長官通考・江南東路轉運判官》：「《彭城集》卷二二〈朝奉大夫新權知撫州鄒軻可江南東路轉運判官制〉，元祐二年制。」冊上，頁615。

〈德化縣尉何公墓誌銘〉（宋集珍本《清江三孔集》卷三八）

君按：德化縣尉何公，據墓誌內容顯示蓋指何墨。何墨字公遠，建昌軍南城人。平仲父孔延之爲洪州新建令時，與何墨父「仕同郡，又同年登科」。由於兩家子弟年少時曾一啓讀書，因此孔平仲來九江任職，身爲德化縣尉的何墨〔註 165〕像對待自己兄長般敬重孔平仲。據《江西通志》卷四九〈選舉〉所載，孔延之同年中有南城人何佰，然而何潛事蹟僅《江西通志》卷四〈古蹟〉所載「三清樓，《輿地紀勝》:『在新城縣東，宋何淵、何潛、何濱兄弟同登慶曆進士，淵謚清節；潛謚清敏；濱謚清忠；後人瞰江作三清樓以紀其盛也。』」一件，孔平仲謂墨父嘗爲尚書職方郎中，何潛仕宦經歷則無法考證，亦不詳其子女狀況，不敢遽下結論，姑存其說。

〈與宣守張修啓〉

君按：《長編》卷四一一：「（元祐三年五月癸酉）朝奉大夫、鴻臚少卿張修爲福建路轉運副使，尋改知宣州。」注云：「改宣州在八月十六日，並入此。」而孔平仲於文章開頭稱「伏審進靡溫綍，出偃名藩，練時之剛，班條伊始，恭維歡慶……」當作於張修赴任之初，故繫於此。

〈上范發運啓〉

君按：范發運，指范純禮。《宋史》卷三一四本傳：「純禮字彝叟，以父仲淹蔭，爲秘書省正字……元祐初，入爲吏部郎中，遷左司。又遷太常少卿、江淮荊浙發運使。以光祿卿召，遷刑部侍郎，進給事中。」《長編》卷四〇六：「（元祐二年十月丙午）太常少卿范純禮爲江淮等路發運使，以御史論純禮以廕得官不可任奉常也。」又卷四三〇：「元祐四年七月庚寅」朝散大夫權江淮荊浙等路制置發運使范純禮爲光祿卿。」而孔平仲文章稱「近者假道淮壖，修容門仞，特蒙宴犒，仍賜屈臨。方祗服於官常，顧密承於德態」，又云：「秋炎向熄，使事多餘，更冀順序保綏，對國休寵」。孔平仲元祐二年秋尚在京師，范純禮元祐四年七月入闕，故二人相會當在本年。

〔註 165〕〈德化縣尉何公墓誌銘〉有「元祐三年夏，余來官九江，君爲德化縣尉」等語。

〈上杭帥熊伯通啓〉

君按：熊伯通，蓋指熊本。《長編》卷四一二：「（元祐三年六月）癸巳，龍圖閣從制知越州熊本知杭州，尋罷之。」宋周淙撰《乾道臨安志》卷三：「元祐三年六月癸巳，以龍圖閣待制、知越州熊本知杭州。四年五月庚午，徙知江寧府。」孔平仲監江州錢監時，嘗與熊本交游。由文章中有「缺然座隅，俄此歲暮」、「祈寒向盡，雅俗多餘，更冀順序保綏，副人願望」諸語觀之，當作於本年冬天。

〈與賈憲啓〉

君按：頁憲，指賈易。易字明叔，無爲人。《宋史》卷三五五有傳。《長編》卷四一七：「（元祐三年十一月）丙辰，權知廣德軍賈易權發遣江南東路提點刑獄。」文章開頭云：「竊審光奉宸綸，外司邦憲，伏惟歡慶……」蓋喜迎之詞，故次於此。

〈與賈提刑啓〉

君按：賈提刑，亦指賈易。文章開頭即云：「比貢柔緘，少伸慶禮，伏蒙教答，仰認愛恩……」由是可知，賈易初到任時，孔平仲先有〈與賈憲啓〉致賀，因賈易有書答之，故又作此回覆。

〈上江寧知府啓〉

君按：《長編》卷三九一：「（元祐元年十一月壬辰）資政殿學士、知江寧府王安禮知揚州；龍圖閣待制、知宣州蔡卞知江寧府。」《建康志》亦曰：「元祐元年十二月七日安禮移知揚州；十八日，龍圖閣待制蔡卞知府事。」由是可知孔平仲所說的「江寧知府」，即爲蔡卞。蔡卞字元度，仙遊人。與兄蔡京同登熙寧三年進士第，調江陰主簿，王安石妻以女。元豐中，居官皆以王安石執政親嫌辭；哲宗立，以龍圖閣待制知宣州，徙江寧府。《宋史》卷四七二有傳。而《長編》卷四一九又云：「（元祐三年閏十二月丁卯）龍圖閣待制、知江寧府蔡卞知揚州。」且文末有「方冬律之沍寒，計鈴齋之富暇。更祈爲國自重，副時所瞻」等語。由是可知孔平仲上此書當在就任江南東路轉運判官以後，元祐三年閏十二月丁卯蔡卞改調以前，故繫於本年冬天。

〈何君美墓誌銘〉（宋集珍本《清江三孔集》卷三八）

君按：何君美，名正彥。何正臣之兄，何昌言之父。依據墓誌說法，何正彥卒後，其弟何正臣奉喪回新淦歸葬，並且請銘於孔平仲。由文中「元祐三年十二月」安葬，推論寫作時間當在此前後。

〈回饒倅徐安道啓〉

君按：徐安道，待考。饒州在江南東路轄下，且文章開頭又有「叨奉宸恩，謬參使指。方方練時而視事，承走价爾貽書……」等語，知上任時答覆官員所作，故繫於此。

哲宗元祐四年（1089）己巳　46歲【文仲卒、武仲48】

任江南東路轉運判官，本年六月曾上疏請今後官吏差替並即時放罷〔註166〕。

二月甲辰，呂公著卒〔註167〕，二十七日孔平仲有〈祭申國呂司空文〉（宋集珍本叢刊《清江三孔集》卷三七）。

賈易爲禮部員外郎，胡宗師繼其任。（詳〈賀江東胡憲啓〉條）

五月熊本移守金陵。（詳〈又賀移帥金陵啓〉條）

六月，殿中侍御史翟思通判宣州〔註168〕。

本年所作文有〈賀江東胡憲啓〉

君按：《長編》卷四一七：「（元祐四年三月乙未）朝散郎、權發遣江南東路提點刑獄賈易爲禮部員外郎。」據李之亮《宋代路分長官通考》考證結果，蓋由胡宗師繼任〔註169〕。孔平仲文章開頭云：「竊審光奉宸綸，榮司邦憲，恭惟慶慰。」由是推知當作於胡宗師除命之際。

〈上揚帥蔡元度〉（宋集珍本《清江三孔集》卷三一）

君按：此篇諸本皆無，宋集珍本《清江三孔集》亦未收錄於正文當中，而是手抄寫於書楣。蔡元度，指蔡卞。《長編》卷四一九：「（元祐三年閏十二月丁卯）龍圖閣待制、知江寧府蔡卞知揚州。」元祐

〔註166〕《長編》卷四二九：「（元祐四年六月辛亥）詔今後官吏差替，並即時放罷。從江南東路轉運司官孔平仲之請也。」

〔註167〕《長編》卷四二二：「（元祐四年二月）甲辰，司空、同平章軍國事呂公著卒。」

〔註168〕《長編》卷四二七：「（元祐四年六月辛巳）又詔侍御史、新除太常少卿盛陶知汝州，殿中侍御史翟思通判宣州，監察御史趙挺之通判徐州，王彭年通判廬州。」

〔註169〕〈提點江南東路刑獄公事〉下引民國《泉州府志》卷二六：「胡宗師，（元祐）四年除江東提刑。」冊中，頁1585。

三年孔平仲初任江南東路轉運判官時，適值蔡卞知江寧府，嘗上書致意（詳前述〈上江寧知府啓〉條）。此次蔡卞職務更動，再上此書。據清吳廷燮《北宋經撫年表》稱：「（四年）七月丙申，卞改廣，新發運使蔡京知揚州。」當繫於本年夏天。

〈上府帥林子中啓〉

君按：林子中，指林希。李之亮《宋兩江郡守易替考》引《建康志》云：「（元祐）四年正月十一日，（蔡）卞移知揚州。四月朔，以朝奉大夫、集賢殿修撰林希知府事。五月十三日，希赴闕。」〔註170〕孔平仲文開頭云「仰高有日，承教無階，審拜渥恩，就移仲鎮。方促裝之在道，計視履之集休……」文末又有「當此餘春，正宜行色」，當是時任江南東路轉運判官的孔平仲於林希未到前所上。

〈又賀移帥金陵啓〉

君按：蓋賀熊本也。熊本於去年三月知杭州（詳元祐三年〈上杭帥熊伯通啓〉條），本年五月徙知江寧〔註171〕。文中有「方衝冒於炎蒸，計保寧於興寢」等語，當作於是歲夏。

〈祭蔣山祈雨文〉（宋集珍本《清江三孔集》卷三六）三篇

君按：蔣山即鍾山，《方輿勝覽》卷十四〈江東路・建康府・鍾山〉注云：「《輿地志》：『古曰金陵山，縣名，因此又名蔣山。漢末秣陵尉蔣子文討賊死事於此，吳大帝爲立廟，子文祖諱鍾，因改曰蔣山。』」三篇祈雨文，首篇云：「今當七月大旱，己亥有事于祠下，嘿與神期，三日之內，冀蒙嘉應……」，次云：「比以秋旱，己亥有事于祠下，嘿與神期，三日之內，冀蒙嘉應……」以是觀之，一、二實相延續。據孔平仲到任江南東路轉運判官時所作〈江東交代鄒漕啓〉云：「秋暑尚熾，歲計多豐」，似無乾旱之虞；而元祐四年旱象頗著，「三月丁亥，以不雨，罷春宴。」「四月乙巳，呂大防等以久旱求罷。」（《宋史》卷十七〈哲宗紀〉）更因諸路闕雨，委逐處長吏選日躬詣本廟祈雨〔註172〕。而末篇有「比以冬旱，十一月乙酉詣祠下請雨雪，戊子

〔註170〕見〈升州／江寧府／建康府〉，頁17。

〔註171〕李之亮《宋兩浙路郡守年表》引《乾道志》：「四年五月庚午，徙知江寧府。」

〔註172〕《長編》卷四二四：「（元祐四年三月丁酉）詔諸路闕雨，中嶽、西嶽、江瀆、河瀆、淮瀆委逐處長吏選日躬詣本廟，精潔祈禱。」

雨，庚寅又雨，壬辰夕大雨，至今尚未釋也。旬日之間，屢獲佳應……」等語，依〈提點到任謝執政〉提及江南東路轉運判官之後，「待次雖踰冬春」，方得調新職。則元祐五年十一月，平仲已前往京師，當無法參與祈雨，故並繫於此。

〈賀蔣發運啓〉

君按：蔣發運，指蔣之奇。蔣之奇曾經二度擔任江、淮、荊、浙發運使，時間分別是元豐六年和元祐四年。元豐六年首次任江、淮、荊、浙發運使，孔平仲有〈謝蔣發運啓〉，當時孔平仲監江西錢監，兩人其實未曾謀面。蔣之奇升發運使六年，原本有機會進天章閣待制、知潭州。卻因御史韓川、孫升，諫官朱光庭以「之奇小人，不足當斯選」爲由阻撓。最後改以集賢殿修撰、知廣州〔註173〕。直到元祐四年三月才又回鍋擔任江、淮、荊、浙等路制置發運使〔註174〕。孔平仲文章開頭云：「竊審解五嶺之節旌，總六路之金粟，已練時日，來臨部封，恭惟懽慶。」即指由知廣州調任江、淮、荊、浙等路制置發運使一事，故繫於本年。

〈上路發運啓〉

君按：路發運指路昌衡。《宋史》卷三百五十四本傳云：「路昌衡，字持正，開封祥符人。起進士，至太常博士。參鞫陳世儒獄，逮治苛峻，至士大夫及命婦，皆不免。遷右司員外郎，歷江淮發運、陝西轉運副使，知廣州，徙荊南……」《長編》卷四二四云：「（元祐四年）三月乙酉，知廣州、寶文閣待制蔣之奇爲江、淮、荊、浙等路制置發運使，朝散郎、江、淮、荊、浙等路發運副使路昌衡爲直祕閣、權知廣州。」由此看來，路昌衡原本是要接替蔣之奇前去廣州的；但事情似乎有了變數，卷四三〇又云：「（元祐四年七月丙申）詔朝散郎路昌衡依舊江、淮、荊、浙等路發運使，其新除直祕閣、知潭州告繳納。朝議大夫、新除直龍圖閣、知廣州謝麟再任知潭州。」

〔註173〕《宋史》卷三四三本傳：「升發運使。凡六年，其所經度，皆爲一司故事。元祐初，進天章閣待制、知潭州。御史韓川、孫升、諫官朱光庭皆言之奇小人，不足當斯選。改集賢殿修撰、知廣州。」

〔註174〕《長編》卷四二四：「（元祐四年）三月乙酉，知廣州、寶文閣待制蔣之奇爲江、淮、荊、浙等路發運副使，路昌衡爲直祕閣、權知廣州。」

結果一切回到原點，他依舊擔任江、淮、荊、浙等路發運使，「徙荊南」已是約莫一年後的事〔註175〕。孔平仲文章開頭便說「言念素辱恩章，近瞻使節，特蒙宴犒，仍賜屈臨……」當是路昌衡就任時兩人曾經會晤，且文末有「秋炎向熄，心計多聞，更祈順序保綏，對國休寵」等語，故繫於本年秋。

哲宗元祐五年（1090）庚午　47歲【文仲卒、武仲49】

任江南東路轉運判官。是年冬被召赴闕。

君按：孔平仲被召赴闕事，見元蘇天爵撰《滋溪文稿》卷二九〈題孔氏家藏宋勅牒後〉。說詳上編第參章〈以運判護兄柩歸葬〉

七月，通判宣州翟思改知兗州〔註176〕。

平仲在江南東路轉運判官期間所作文有〈賀左丞蘇子容啓〉

君按：蘇子容，指蘇頌。蘇頌字子容，泉州晉江人。仁厚恭謹喜，怒不形於色。自書契以來，六藝之流、百家之說、至於圖緯陰陽五行、律呂風角、算法、山經、本草無所成通。慶曆二進士，與孔延之「同年進士，從游有素」(〈中書舍人孔公墓誌銘〉)，與孔平仲兄弟亦往來頻繁。《宋史》卷三四〇本傳云：「元祐初，拜刑部尚書，遷吏部兼侍讀……遷翰林學士承旨。五年，擢尚書左丞。」《長編》卷四三九亦云：「(元祐五年三月壬申）翰林學士承旨、光祿大夫、知制誥兼侍讀蘇頌爲右光祿大夫、守尚書左丞。」宋方勺撰《泊宅編》卷上：「王欽臣除太僕卿，東坡賀啓有云：『萬事不理，問伯始而可知；三篋若亡，賴安世之猶在。』其後孔平仲賀蘇子容頌吏部尚書復云：『萬事不理，當問胡公；三篋若亡，請詢安世。』」即指此篇。

〈江東賀中書侍郎啓〉

君按：中書侍郎，待考。以題中有「江東」字樣，故繫於此。

〔註175〕《長編》卷四四二：「(元祐五年五月壬申）陝西路轉運副使章楶爲右司郎中，晁端彥爲江、淮、荊、浙等路發運使，江、淮、荊、浙等路發運使路昌衡知荊南。」

〔註176〕《長編》卷四四五：「(元祐五年七月乙酉）知汝州盛陶知晉州，通判宣州翟思知兗州，通判徐州趙挺之知楚州，通判廬州王彭年知滁州。」

哲宗元祐六年（1091）辛未　48 歲【文仲卒、武仲 50】

本年春，孔平仲轉任提點江浙鑄錢。秋後，除提點京西南路刑獄公事。

君按：〈提點到任謝執政〉中有「待次雖踰於冬春，守官無異於鄉里」等語，由此推知，孔平仲之受命殆在此時。之後因爲朱光庭上奏京西南路提刑劉定不適任，建議「擇公正仁厚者爲之」，孔平仲遂與劉定調換職務。說詳上編第參章〈提點江浙荊浙鑄錢〉。

本年所作詩什有〈奉使京西呈諸公〉、〈八音詩呈諸公〉、〈再賦〉

君按：這三首詩都是赴任前與江淮荊浙福建廣南路提點坑冶鑄錢時的同僚話別而作，故次於此。說詳上編第參章〈提點江淮荊浙鑄錢〉。

〈新裁梅花〉

君按：今《陶山集》卷一有〈依韵和毅夫新栽梅花〉，既云「依韵和」，可見平仲必先有「新栽梅花」詩，今原作已佚失。

本年所作文有〈賀劉相啓〉

君按：劉相，指劉摯。東光人。嘉祐四年進士〔註 177〕。爲監察御史，神宗精勵求治，摯請辨君子小人之分；又論常平、免役法，陳十害。《宋史》卷二一二〈宰輔三〉：「（元祐六年）二月辛卯，劉摯自守門下侍郎、太中大夫加右僕射兼中書侍郎。」文章云：「伏審光膺制命，峻陟台司」，當作於劉摯陞遷後不久。

〈江淮提點謝到任表〉、〈提點到任謝執政〉

君按：江淮提點即江淮荊浙福建廣南路提點坑冶鑄錢之簡稱，〈提點到任謝執政〉云：「遭伯兄之喪，遂來江外。方行多忤，孤立誰忤。謹財賦則人習於惰偷，繩官吏則或謂之刻覈。積成謬戾，甘在譴呵，更舉眾事。憐其奉饟之久，試以督鑄之能。」由是可知孔平仲轉任提點江浙鑄錢，在江南東路轉運判官之後。

〈通交代劉提點學士啓〉

君按：劉提點學士，指劉定。劉定，鄱陽人。皇祐五年進士。算是孔平仲同鄉的前輩。《長編》卷四五四：「（元祐六年正月戊寅）左朝

〔註 177〕《汴京遺蹟志》卷十二〈雜志一〉：「四年進士一百六十五人，諸科一百八十四人。省元：劉摯；狀元：劉煇。制科二人。」

奉大夫、集賢校理、知和州劉定爲提點京西南路刑獄。（三月二日朱光庭有言，十六日改命。）〔註 178〕」文章云「竊審光奉明綸，統司圜法，恭惟歡慶」，又云「辱許同升；總課鍾官，偶先承之，併爲事契，彌躍懦衷」，可見二人乃互調職務。

〈謝執政啓〉

君按：孔平仲在文章開頭即稱「朝政本根，在於郡縣；郡縣耳目，在於監司……」由是可知做於提刑時期。李春梅〈編年〉將此篇繫於元祐八年春〔註 179〕，殆有所誤解。（說詳上編第參章〈提點江淮荊浙鑄錢〉。）

〈通京西交代蔣憲啓〉

君按：據李之亮《宋代路分長官通考》所載，元祐年間提點京西南路刑獄公事者，有元祐六年的劉定；七年的孔平仲。但依上述《長編》卷四五四和卷四五六的記載，劉定恐怕在赴任之前就已改命，因此和孔平仲辦理交接的是另一位孔平仲的舊識，卻未曾被李之亮提起蔣姓官員〔註 180〕。〈通京西交代蔣憲啓〉，中云：「言念開寶校文，如瞻風采；金陵假道，再接緒餘。悵歲月之易消，愧緘縢之罕致」，由是可知。而文末又稱「九暑炎蒸，百城閒暇，更祈順時保育，對國寵光」，亦可推知孔平仲到職，當在炎夏之際。

〈再與蔣憲啓〉

君按：文章云：「被命按刑，涓辰視事。代大匠之斲，方愧非材；枉記室之書，先蒙垂眷……」又云：「秋容正清，行色漸遠，其爲仰戀，何以慰言」當作於秋天，蔣氏離職後。

〔註 178〕《長編》卷四五六：「（元祐六年三月辛酉）給事中朱光庭言：『近除劉定爲京西南路提刑。按定天姿刻薄，罪惡不一，向任河北路提舉保甲，一路被害，觽所共知，豈可更擢監司，復爲一路之害？』詔依前行下。光庭又言：『竊以監司爲一路表率，必擇公正仁厚者爲之，則人人受賜，定之姦惡，安得預茲選？』詔劉定爲江、淮、荊、浙、福建、廣南路提點坑治鑄錢事。」注云：「定改命乃三月十六日，今并書。定初除在正月十八日。」

〔註 179〕見李春梅〈編年〉，頁 2918。

〔註 180〕李之亮《宋代路分長官通考・提點京西南路刑獄公事》載孔平仲以前擔任此一職務的官員僅記錄了元祐三年到四年七月的王兟，餘皆從缺，冊中，頁 1376～1377。

〈回隨守王朝奉啓〉

君按：京西南路提點所轄範圍包括襄陽府、鄧、隨、金、房、均、郢、唐數州和光化軍〔註 181〕。王朝奉，待考。文章開頭云：「叨膺詔渥，與掌刑平」，當是剛上任時回覆轄下官員申賀之作，因文中未註明季節，故次於此。

〈回襄倅梁朝奉啓〉

君按：襄，謂襄陽府，和隨州一樣都是京西南路所管轄。梁朝奉，待考。文章開頭云：「當奉宸綸，俾持邦憲」，同樣是上任之作回覆轄下官員申賀而作。

〈通鄧帥陸侍郎啓〉

君按：鄧帥陸侍郎，蓋指陸佃。吳廷燮《北宋經撫年表》：「京西南路安撫使、兵馬巡檢，知鄧州（武勝軍）」〔註 182〕；陸佃以「前朝奉大夫，充龍圖閣待制，就差知鄧州軍事，充京西南路安撫使」（《陶山集》卷七〈鄧州謝上表〉）。說詳本文上編第參章〈提點京西南路刑獄〉。

哲宗元祐七年（1092）壬申　49 歲【文仲卒、武仲 51】

孔平仲爲京西南路提點刑獄公事。

六月辛酉，以呂大防爲右光祿大夫，蘇頌爲尚書右僕射兼中書侍郎，韓忠彥知樞密院事，蘇轍爲門下侍郎，翰林學士范百祿爲中書侍郎，翰林學士梁燾爲尚書左丞，御史中丞鄭雍爲尚書右丞，戶部尚書劉奉世簽書樞密院事。（《宋史》卷一七〈哲宗一〉）

七月有〈賀坤成節表〉

君按：《宋史》志六五〈嘉禮三〉：「哲宗即位，詔以太皇太后七月十六日爲坤成節。」今《清江三孔集》錄孔平仲〈賀坤成節表〉二篇，其一云：「臣祇服官常，阻趨朝闕，瞻天望聖，激切屏營之至。」但知並非元祐元年、二年孔平仲任職館閣所作，不詳作於何時。其二

〔註 181〕《宋史·地理志一》：「京國路。舊分南、北兩路，後並爲一路。熙寧五年，復分南、北兩路。南路：府一：襄陽；州七：鄧、隨、金、房、均、郢、唐；軍一：光化。縣三十一。」

〔註 182〕見卷二，頁 102。

有「八年之間，四海無事。適遘誕彌之旦，咸輸難老之忠臣。厠跡書林，倫員使斧。稱觴上壽，阻陪北闕之班；決獄求生，仰助南山之筭」等語，太皇太后自元豐八年三月陪同哲宗垂簾聽政以來，今年正好是第八年；此時孔平仲又擔任京西南路提點刑獄公事，符合表中所稱「決獄求生」，故繫於此。

孟秋有〈祈晴〉(「鄧之爲州，地下水無所洩」(宋集珍本《清江三孔集》卷三七)

君按：考陸佃知鄧時期作品，並沒有關於久雨的敘述，由此論推斷，孔平仲所説的「孟秋以來，淫雨不止」，並非發生在元祐六年秋天，而是陸佃離開後才作，故繫於此。

本年所作詩什計有：〈因來詩有題橋之句呈陸農師〉三首、〈呈陸農師〉五首。〈即事〉、〈百花洲新橋〉、〈遺橘株之什〉、〈倒用無字韻春詩〉、〈病目〉、〈兒病〉、〈贈別陸農師易守建業〉

君按：〈因來詩有題橋之句呈陸農師〉三首、〈呈陸農師〉五首，均爲藏頭詩；〈即事〉以下諸詩，今皆亡佚。考《陶山集》中陸佃與平仲詩共有：〈依韵和毅夫新栽梅花〉、〈再用前韻呈毅夫〉(以上見卷一)；〈依韻和毅夫即事五首〉、〈依韻和毅夫百花洲新橋〉、〈答毅夫遺橘株之什三首〉、〈和毅夫倒用無字韻春詩四首〉、〈和毅夫病目三首〉、〈依韻和毅夫兒病〉、〈易守建業毅夫有詩贈別次韻五首〉(以上皆在卷三)。其中〈依韵和毅夫新栽梅花〉爲元祐六年作品；〈依韻和毅夫即事五首〉、〈依韻和毅夫百花洲新橋〉、〈答毅夫遺橘株之什三首〉、〈和毅夫倒用無字韻春詩四首〉、〈和毅夫病目三首〉、〈依韻和毅夫兒病〉，均是和答孔平仲而寫，以此逆推之，平仲當有〈即事〉、〈百花洲新橋〉、〈遺橘株之什〉、〈倒用無字韻春詩〉、〈病目〉、〈兒病〉、〈贈別陸農師易守建業〉數詩。

哲宗元祐八年(1093)癸酉　50歲【文仲卒、武仲52】

提點京西南路刑獄公事，五月胡宗炎繼其任〔註183〕，孔平仲改任淮南西路提刑，秋天到任。

〔註183〕《長編》卷四八四：「(元祐八年五月甲申)駕部員外郎胡宗炎提點京西刑獄。」

君按：《長編》卷四八三：「（元祐八年四月）甲寅，禮部言：『提點京西南路刑獄孔平仲奏，鄧州社稷壇牆垣頹毀，壇壝蕪沒，並無齋廳，亦無門户。令本州增改修建，并行下其餘州縣，欲乞令後長吏到任，須詣社稷春秋祈報，自非有故不得委官。』從之。」〔註 184〕由是可知本年四月他還在任上，但五月胡宗炎已經受命前來，推測孔平仲易動當在四、五月間或稍後。

九月戊寅（初三），太皇太后崩。哲宗親政。（《宋史》卷十七〈哲宗一〉）

本年有以下各文〈與淮東陳憲啓〉

君按：陳憲指陳次升，字當時，興化仙遊人。《宋史》卷三四六有傳。傳云：「哲宇立，使訪察江湖……提點淮南、河東刑獄。紹聖中，復爲御史。」由於《長編》自元祐八年七月至紹聖四年三月原本並闕，可供參考者僅《長編拾補》卷十二所説的（紹聖二年十月己丑）淮南路提點刑獄使陳次升爲監察御史。」而孔平仲文中有「近者經由，迫於倉促，不款承教，但深馳情。方親賤職之初，幸託寶鄰之庇」等語，已明白道出作於到任之初；文末又云「秋行已肅，使事多閒，更冀保綏，以對光寵」，則此文當作於十月陳次升受命擔任監察御史以前，故繫在本年秋天。

〈賀淮南張漕啓〉

君按：張漕，指張商英。張商英任淮南轉運副使，是元祐八年二月以後的事〔註 185〕，當時孔平仲還在京西提刑任上。孔平仲改任淮南西路提刑，在本年秋天。但張商英任淮南轉運副使的日子並不長，紹聖元年四月哲宗親政，他就被召回朝廷擔任右正言了〔註 186〕而孔

〔註 184〕《長編》卷四八三：「（元祐八年四月）甲寅，禮部言：『提點京西南路刑獄孔平仲奏，鄧州社稷壇牆垣頹毀，壇壝蕪沒，並無齋廳，亦無門户。令本州增改修建，并行下其餘州縣，欲乞令後長吏到任，須詣社稷春秋祈報，自非有故不得委官。』從之。」

〔註 185〕《長編》卷四八一：「（元祐八年二月乙丑）江南西路轉運副使張商英徙淮南路。」

〔註 186〕《宋史》卷三五一本傳云：「哲宗初，爲開封府推官，屢詣執政求進……出提點河東刑獄，連使河北、江西、淮南。哲宗親政，召爲右正言、左司諫。」《長編拾補》卷九：「（紹聖元年四月甲辰）左朝請郎張商英爲右正言。」哲宗親政是本年十月事；且孔平仲文章云：「顧茲碩質，幸託餘光，未即瞻承，益深企詠。方祁寒之凝沍，計沖履之卑康，更冀保綏，別登華秘。」

平仲文章中有「顧茲碩質，幸託餘光，未即瞻承，益深企詠。方祁寒之凝沍，計沖履之阜康，更冀保綏，別登華秘……」等語，顯然是某年冬天所作，對照張商英的仕履，二人共事後唯一一次祁寒，就只有元祐八年，故繫於此。

〈回無爲王守啓〉

君按：無爲，指無爲軍。隸職於淮南路西路。王守，指王蘧，他初名迥，字子高，後來因爲犯外祖名諱，更名蘧，字子開〔註187〕。是蘇轍女婿王適之兄，也是孔平仲的舊識，在他未改名之前，孔平仲曾經爲作〈呈王子高殿丞〉詩。見元豐元年紀事。《清江三孔集》收有孔平仲〈回無爲王守啓〉同題作品二篇，前篇云：「叨膺告命，復總刑章，幸同王事之勤，先枉郵音之厚。某官高才軼眾，令聞在人，暫臨千里之封，行被十行之召。初寒茲始，敏政多餘，更冀綏寧，前迎休渥。」據《長編》卷四七一所載：「（元祐七年三月丁酉）詔以蘧知無爲軍。」由此看來早在元祐八年孔平仲提點淮南西路刑獄之前，王蘧已經來到這裡，所以才會先寫信向孔平仲致意。後篇開頭即有「比已如前云云」等語，雖未詳作於何時，但時間必晚於前篇，姑次於此。

平仲提點京西南路刑獄期間所作詩什尚有：〈寄張江州〉

君按：張江州，未詳何人。此詩與以下四詩，皆爲藏頭詩，詩題、作法亦相同，以與呂嘉問、王詔二人詩推斷，當並作於本年。

〈寄呂汝州〉

君按：呂汝州，指呂嘉問。《長編》卷四四五：「（元祐五年七月七月乙丑）給事中朱光庭言，新除李察知密州，不協公議。詔察別與差遣。」注云：「政目六月八日，李察知澶州，呂嘉問汝州，朱服宣州，實錄皆不書。此云密州，當考。」又卷四七八：「（元祐七年十一月癸卯）呂嘉問知襄州。（嘉問襄州惟政目有之，當考。五年六月八日汝州。）」

〔註187〕見〈王蘧墓志及相關問題〉，頁77～82。引蔣靜所撰〈王蘧墓志〉。

〈寄張解州〉

君按：張解州，據李之亮《宋川陝大郡守臣易替考》所考，當指張成〔註188〕。

〈寄王滑州〉

君按：王滑州，疑似王詔。據李之亮《北宋京師及東西路大郡守臣考》所考，王詔自元祐八年至紹聖三年曾知滑州〔註189〕。

〈寄賈宣州〉

君按：賈宣州，指賈易。《長編》卷四六四：「(元祐六年八月癸卯)詔左朝散郎、新知廬州賈易知宣州。知宣州、左朝奉郎、直龍圖閣朱服知廬州。」又卷四七八：「(元祐七年十月辛酉)知舒州王安禮知宣州，知宣州賈易爲京西路轉運副使。」

哲宗紹聖元年（1094）甲戌　51歲【文仲卒、武仲53】

任淮南西路提點刑獄公事。

二月丁未，以戶部尚書李清臣爲中書侍郎，兵部尚書鄧潤甫爲尚書右丞。三月乙酉，御集英殿策進士。丁亥，策武舉。丁酉，賜禮部奏名進士、諸科及第出身九百七十五人。李朴登進士第。四月甲辰淮南西路轉運副使張張商英返京爲右正言，呂溫卿繼其任〔註190〕。壬子，蘇軾坐前掌制命語涉譏訕，落職知英州。閏四月壬申，復提舉常平官。癸酉，罷十科舉士法。五月乙丑鄧潤甫卒。六月癸未，以翰林學士承旨曾布同知樞密院事。七月丁巳，蘇轍爲少府監，分司南京。(《宋史》卷十七〈哲宗一〉)

君按：李朴何時登進士第，諸家說法不一，陳振孫《直齋書錄解題》卷十八〈章貢集二十卷〉下云：「秘書監李朴先之撰，紹聖元年進士，坐言隆祐之賢，廢三十年……」《宋史》卷三七七本傳亦謂：「李朴字先之，虔之興國人，登紹聖元年進士第……」《明一統志》卷五八：

〔註188〕李之亮《宋川陝大郡守臣易替考・解州》：「《解州全志》卷五：『張成，元祐間知解州。』」頁298。

〔註189〕〈滑州〉下引《宋史》卷二二六本傳云：「出爲滑州，爲度支郎中。」頁119。

〔註190〕李之亮《宋代路分長官通考・淮南路轉運副使・紹聖元年甲戌》引《長編拾補》卷九：「(紹聖元年四月甲辰) 左朝請郎張商英爲右正字。」又引《宋會要・食貨》二〇之一一：「紹聖元年六月十四日，權發遣淮南路轉運副使呂溫卿言事。」冊上，具726。

「李朴，潛子，紹聖初進士……」《江西通志》卷四九〈選舉〉列在「紹聖四年丁丑何昌言榜」。此依《宋史》。

夏，周之道爲淮南西路轉運副使。有〈賀淮南周漕啓〉

君按：周漕乃指周之道，據汪藻《浮溪集》卷二六〈尚書刑部侍郎贈通議大夫周公墓誌銘〉:「公諱之道，字覺民，世家吳興長城。」「少寒苦，刻意于學，年十三以文謁安定先生胡瑗，瑗奇之，因留受業，擢皇祐五年進士第」。「元祐初，直前讜留爲大理寺丞，已而遷正，以母老，丐外，得提點江南西路刑獄，入尚書爲刑部員外郎，以母憂去。久之，還故職，陞郎中，出爲江南東路轉運使，移淮南。歲旱饑，有司責民輸如令，他官熟眎莫敢言，公至則除其半，民以蘇息」。據前引李之亮說法，紹聖元年六月十四日，權發遣淮南路轉運副使呂溫卿尚在任上，而孔平仲於文章開頭稱「伏審光膺宸檢，榮領使權，練時之嘉，視事伊始，恭維歡慶……」，文末又云：「方九暑之居辰，計百祥之來合，更祈保厚，前服寵休。」由此觀之，孔平仲作此蓋賀周之道就任，時間就在本年夏天。

哲宗紹聖二年（1095）乙亥　52歲【文仲卒、武仲54】

任淮南西路提點刑獄公事。本年冬轉知衡州。

正月有〈祭親家應朝散〉（宋集珍本《清江三孔集》卷三七）

君按：《永樂大典》卷一四〇五三亦錄有此文，題作〈祭親家應朝敬文〉，孔平仲文中有「致祭于故親家朝散應君之靈」等語，由是可知「朝散」乃應氏親翁之官銜，「敬」字當是形近而誤。

夏四月戊辰，改集賢院學士爲集賢殿修撰，直集賢院爲直秘閣，集賢校理爲秘閣校理。(《宋史》卷一八〈哲宗二〉)

本年所作文有：

〈回無爲王守得替啓〉

君按：文中有「剖竹而來，及瓜而代」，「先枉緘縢，良深感愧」等語，可見王蘧離職前曾致書辭行，孔平仲才會作此回應。依照李之亮《宋兩淮大郡守臣易替考》的說法，王蘧自元祐七年迄紹聖二年知無爲軍〔註 191〕，河北臨城縣文物保護管理局所收〈王蘧墓志〉，未著年月。但云：「代還，知夔州。」〔註 192〕可惜李之亮《宋川陜大郡守臣易替考》卻沒有王蘧知夔州記錄〔註 193〕。文末提到「方秋炎之未解，未得履之多佳……」，或作於本年秋天，姑繫於此。

〈回淮南莊漕啓〉

君按：《宋會要・食貨》五之一六有：「(紹聖二年七月六日）淮南路轉運副使莊公岳言事。」由此可知周之道下一任的淮南西路轉運副使乃莊公岳。莊公岳，字希仲，《宋史》無傳，《福建通志》卷四五〈人物三〉謂「莊公岳，惠安人，嘉祐四年進士。授秘書丞、終吏部侍郎。」孫沔婿〔註 194〕。子莊綽，字季裕，有《雞肋集》傳世。孔平仲於文章開頭稱：「言念備員農正，素忝朋游，承乏省曹，竊覘風采」，顯然在此之前曾經共事過。文末又云：「方祁寒之清凜，計沖履之綏康，更冀爲國自持，副人所望。」由於孔平仲紹聖三年二月就已經到衡州當知州，因此回覆莊公岳的時間當在本年冬天。

〈賀交代朱憲啓〉

君按：朱憲，指朱京。朱京字世昌，南豐人。博學淹貫，熙寧六年癸丑余忠榜進士。《宋史》卷三二二〈朱京傳〉說他「歷太常博士、湖北、京西、江東轉運判官，提點淮西刑獄州、司封員外郎。元符初，遷國子司業。」元祐五年冬孔平仲由江東轉運判官赴闕，接任的官員就是他。故文中云「東南出使，忽枉繼承。」這次他再度接替孔平仲任淮西提到，所以孔平仲才會以「某省躬至陋，尸祿甚慚。揚秕在前，革副朝廷之推擇；及瓜而代，佇觀賢哲之施爲」，形容這次職務交接。文章也提到「方歲律之嚴凝，計天倪之安固，神明來

〔註 191〕李之亮《宋兩淮大郡守臣易替考》(成都：巴蜀書社，2001 年)，〈無爲軍〉引《安徽通志》：「王蘧，紹聖初知無爲軍，健于吏才。」頁 532。

〔註 192〕見〈王蘧墓志及相關問題〉，頁 79。

〔註 193〕據《宋川陜大郡守臣易替考・夔州》所載，紹聖元年至四年爲張壽，在此前後皆待考。頁 206～207。

〔註 194〕畢仲游（代范純禮作）〈孫威敏公神道碑〉：「幼女適朝散郎司勳郎中莊公岳。」（宋杜大珪編《名臣碑傳琬琰之集上》卷二十三）陸佃〈陳留郡夫人邊氏墓誌銘〉亦云：「故觀文殿學士孫威敏公夫人邊氏……三女：長適朝散郎胡宗堯、次適太子中舍蘇炳、次適河東轉運判官奉議郎莊公岳，其適宗堯、公岳者，皆已亡。」(《陶山集》卷十六)

相，福履實繁」，再次印證了孔平仲是在冬天就已改調。

〈與衡州交代王諤〉（宋集珍本《清江三孔集》卷三三）

君按：李之亮《宋兩湖大郡守臣易替考》引《衡州志》云：「王諤，朝請大夫。元祐八年十月到。」〔註195〕孔平仲文開頭即稱「叨膺宸檢，獲領州符，夫何私幸之多，乃繼大賢之後。方時凝冱，與俗阜安……」，申是可知王諤乃孔平仲前一任衡州守。孔平仲知衡州一事，《長編》、《族譜》均沒有記載；僅《宋史·本傳》有載（詳紹聖三年），亦未註明確切的時間。《永樂大典》卷八六四七引《衡州府圖經》謂「孔平仲於紹聖三年二月到任，元符元年三有滿。」然而本篇所說「方時凝冱」，與《衡州府圖經》所說「孔平仲於紹聖三年二月到任」季節實不符；對比以下各篇作品推斷，衡州之命頒布時間，當在本年冬天。

〈回衡州王守〉（宋集珍本《清江三孔集》卷三三）

君按：文章云：「比緣友契，嘗寓音郵，竊計賤誠，已塵淨几。方祈寒之凝冽，想沖履之靖康……」等語，當作於稍後。

〈又回衡守〉（宋集珍本《清江三孔集》卷三三）

君按：文章云：「比貢緘封，想塵覩覽，薦辱貽書之厚，益知育德之謙。恭惟某官人材冠朝，理狀名世。介圭人覲，已促行裝；細札成文，即膺褒詔。眷序方半，天倪漸和，更冀保綏，前俟甄拔。」信中季節已由寒轉和，寫作時間又晚於前篇。因無法證實是在嚴冬抑或初春，姑繫於此。

〈回衡州樂倅〉（宋集珍本《清江三孔集》卷三三）

君按：樂倅，失考。文章開頭稱「久服聲華，未瞻顏色；茲緣被命，乃獲爲僚」，文末又有「嚴冬布序，坦履多休，更冀保調，別承寵渥」云云，亦可證明早在本年冬孔平仲就已經受命知衡州了。

孔平仲在提點淮南西路刑獄所詩什有：〈次韻孫亨甫見寄〉

君按：孫亨甫，待考。詩中有「紛紛江上風吹葉，漠漠淮南雨暗山」等語，故繫於此。

〔註195〕見《宋兩湖大郡守臣易替考·衡州》，頁287。

孔平仲在提點淮南西路刑獄所作文尚有：〈淮西回舒守陳公密啓〉

君按：陳縝，字公密，生平待考。舒州屬淮南西路，且文章有「蒙恩出使，竊幸爲僚」等語，故繫於此。

〈回舒守胡幾與啓〉

君按：胡幾與，待考。舒州屬淮南西路，且孔平仲任淮南提刑前後約三年，其間各州首長亦有更替，故繫於此。

〈回無爲通判啓〉

君按：無爲通判，不詳何人。無爲軍屬淮南西路，故繫於此。

〈與淮南周提倉啓〉

君按：周提倉，待考。文章開頭云：「叨被恩輝，幸同封郡」，故繫於此。

哲宗紹聖三年（1096）丙子　53歲【文仲卒、武仲55】

知衡州。

二月，孔平仲抵達衡州，有〈衡州謝到任表〉。

君按：《宋史・本傳》云：「紹聖中，言者詆其元祐時附會當路，譏毀先烈，削校理，知衡州……」言下之意，孔平仲知衡州似是「附會當路，譏毀先烈」所致；而〈衡州謝到任表〉：「淮右按刑，諭無善狀；湘東出守，仰荷寬恩。已見吏民，奉宣詔令。中謝。臣稟生愚陋，涉世曲囏，逢熙運之有開，與羣材而並進。四塵使節，兩玷曹郎。老境驅馳，筋骸已瘁。小邦撫事，才術何堪！此蓋伏遇皇帝陛下明極照臨，德參覆幬。方獨觀於萬化，不求備於一夫。遂致孤貧，亦叨任使。臣敢不悉心職事，圖報國家。庶集涓埃，上裨海嶽。」由是可知，孔平仲任此職實無關削職貶謫。

又有〈又回衡倅〉（宋集珍本《清江三孔集》卷三三）

君按：紹聖二年冬孔平仲受命知衡州時，衡州樂倅曾致書問訊，孔平仲有〈回衡州樂倅〉，此衡倅疑指同一人。信中有「方熙春之布序，想坦履之集休」等語，故繫於此。

本年秋，呂陶差監潭州南岳廟，有〈郡名詩呈呂元鈞五首〉

君按：呂陶，字元鈞，成都人。早年應熙寧制科對策時，曾受到王安石因怒孔文仲而罷制科影響，即使入等，結果卻只是通判蜀州而已（說詳上編第參章第二節〈出知衡州〉之〈交遊及生活〉）。這次再貶潭州〔註196〕，他已經是高齡七十〔註197〕的老翁，孔平仲對呂陶「暮年徙江湖，寓舍安蓬蓽」（〈郡名詩呈呂元鈞五首〉其一）頗爲推崇，因爲賦詩。呂陶亦有〈和孔毅甫州名五首〉（《淨德集》卷三十）傳世。

本年冬，張舜民由陝州移潭州

君按：張舜民《畫墁錄》：「紹聖二年冬，予至陝府。三年七月裁斷絞刑一。是年冬移潭州，在任二年半。」張舜民與孔平仲有同年之誼。

本年所作文尚有：

〈上湖南監司〉（宋集珍本《清江三孔集》卷三三）

君按：文章開頭云：「叨承宸命，繆領州符，何天幸之多，獲託使封之末。熙春肇序，刺部豐聞……」知作於任職之初。

〈上長沙李帥〉（宋集珍本《清江三孔集》卷三三）

君按：李帥，待考。文章開頭云：「叨承宸命，繆領州符，何天幸之多，獲託使封之末。熙春肇序，芰舍多聞……」知與〈上湖南監司〉乃前後之作。

〈到任回桂陽監司〉（宋集珍本《清江三孔集》卷三三）

君按：文章開頭云：「比竊州符，幸依鄰庇，方圖上計，先辱貽書，眷私之隆，感佩無斁。陽和正盛，吉侶如何……」時間當稍晚於前二者。

哲宗紹聖四年（1097）丁丑　54歲【文仲卒、武仲56】

知衡州。

二月二十八日孔武仲落寶文閣待制、依前管勾洪州玉隆觀、池州居住〔註198〕。

〔註196〕《宋會要・職官》六七之一四：「（紹聖三年）七月二十八日集賢殿修撰、知潞州呂陶落職差監潭州南岳廟。」

〔註197〕《淨德集》卷七〈謝責降南岳廟表〉云：「壞法容私，義當顯戮，謫官領局，恩許自新……以七十之孱軀，盡八千之去路。」

〔註198〕《宋會要・職官》六七之一六：「（四年二月）二十八日詔降授中大夫、守光祿卿、分司南京、安州居住呂大防，責授舒州團練副使，循州安置……朝散

閏二月壬寅（十七日），以曾布知樞密院事，許將爲中書侍郎，蔡卞爲尚書左丞，吏部尚書黃履爲尚書右丞，翰林學士林希同知樞密院事。（《宋史》卷一八〈哲宗二〉）

十二月三日，劉摯卒新新州〔註199〕（說詳元符元年五月〈祭劉相〉條）。

本年所作文有〈會呂給事口號〉（宋集珍本《清江三孔集》卷三四）

君按：呂給事，指呂陶。去年秋差監潭州南岳廟，見〈郡名詩呈呂元鈞五首〉條。本年再貶庫部員外郎、分司〔註200〕。孔平仲此詩前有小序稱：「良臣易失，賢者難逢，値旌旆之照臨，合絲簧而宴喜」，由此可知當作於筵席之間。又有「春容方盛，人意相歡」、「今者移自眞祠，來儀江國」等語，由是推之，當作於紹聖四年呂陶貶庫部員外郎、分司前。故繫於此。

〈賀何魁此賀虹橋何昌言狀元啓〉（宋集珍本《清江三孔集》卷三三）

君按：《長編》自元祐八年七月至四年三月原本並闕，《宋史》卷一八〈哲宗二〉亦未載錄其事，但方志及他書均有提及，如：《汴京遺跡志》卷一二：「（哲宗紹聖）四年進士五百六十四人，省元汪革，狀元何昌言，詞科九人」《夢粱錄》卷十七〈文武狀元表〉亦云：「紹聖元年畢漸；四年何昌言。」《江西通志》卷四九〈選舉〉亦有載，與洪羽、陶節夫同年。文章開頭云：「近覩春榜，伏審爲天下第一，諒深慶慰……」當作於放榜後。

〈彗星赦祭〉（宋集珍本《清江三孔集》卷三六）

君按：題下原注：「紹聖四年。」《長編》四九〇：「（紹聖四年八月）己酉，彗星見氐間，斜指天市垣，光芒約三尺餘，至九月戊辰沒。」當作於八月己酉（二十八日）之後。

郎、充寶文閣待制、知宣州孔武仲，特落寶文閣待制、依前官管勾洪州玉隆觀、池州居住。」

〔註199〕《長編》卷四九三：「（哲宗紹聖四年十一月丁丑）雷州別駕化州安置梁燾卒。（十一月二十七日。化州屬廣西，至京師八十一程。十二月三日，劉摯亦卒於新州。）」

〔註200〕周靜〈呂陶傳校箋〉（《蜀學》第5輯，2010年12月）云：「紹聖元年，除集賢院學士、知陳州。尋改知河陽、潞州。明年改職名，特授朝散大夫、充集賢殿修撰。三年落職，差監潭州南岳廟。四年，貶庫部員外郎、分司。元符三年，提舉成都府玉局觀、鼎州團練副使、筠州安置……」頁122。

〈賀提舉董必〉（宋集珍本《清江三孔集》卷三三）

君按：《長編》卷四九三云：「（紹聖四年十一月）己卯，廣西路經略安撫司走馬承受段諷言：『知雷州張逢照管安置人蘇轍及蘇軾兄弟，與之同行，至雷州相聚。請下不干礙官司再行體量。』詔提舉荊湖南路常平董必往彼體量，詣實以聞。」可見在此之前董必已在荊湖南路常平任上。文章云：「竊審光膺宸告，榮抗使旍，練時之嘉，綜事云始……」應作於董必就任之初，故繫於此。

哲宗元符元年（1098）戊寅　55 歲【文仲卒、武仲 57】

本年三月，衡州任滿，因失米案爲董必所劾，置獄潭州。辛亥（初三）曾布言此事於哲宗，哲宗但稱好，未做處理〔註 201〕。九月丙辰（十一日）落祕閣校理，送吏部與合入差遣〔註 202〕。甲戌（二十九日）孔武仲卒於池州〔註 203〕，孔平仲前去奔喪。十二月庚寅（初六），李積中提舉荊湖南路常平公事〔註 204〕。

君按：《永樂大典》卷八六四七引《衡州府圖經》：「孔平仲於紹聖三年二月到任，元符元年三月滿。」紹聖五年與元符元年實爲同一年，《宋史》卷一八〈哲宗二〉云：正月丙寅，咸陽民段義得玉印一紐。三月乙丑，詔翰林學士承旨蔡京等辯驗段義所獻玉璽，定議以聞。

〔註 201〕《長編》卷四九五：「（元符元年三月辛亥）是日，樞密院奏事，曾布獨留，因爲上言……布曰：『然則何必遣使也。況升卿兄弟與軾、轍乃切骨仇讎，天下所知，軾、轍聞其來，豈得不震恐？萬一望風引決，朝廷本無殺之之意，使之至此，豈不有傷仁政。兼升卿凶燄，天下所畏，又濟之以董必，此人情所以尤驚駭也。必在湖南按孔平仲殊不當，今乃選爲察訪，鱗論深所不平。』上改容曰：『甚好。』」

〔註 202〕《長編》卷五〇二：「（元符元年九月）丙辰，朝奉大夫、充祕閣校理孔平仲特落祕閣校理，送吏部與合入差遣。詔以平仲黨附元祐用事者，非毀先朝所建立，雖罷衡州，猶帶館職，故有是命。（平仲必有言者，或因看詳訴理所文字也。新錄辨曰：元祐賢才之盛，如平仲輩皆一時之望，而史官概誣以黨附用事者。自『平仲黨附』以下刪去，今並存之，但削『上察知其人』五字，增『詔以』二字。）」

〔註 203〕《長編》卷五〇二：「（元符元年九月甲戌）朝散郎、管勾玉隆觀孔武仲卒。」

〔註 204〕《長編》卷五〇四：「（元符元年十二月庚寅）宣德郎李積中權提舉荊湖南路常平等事。（八月二十六日呂嘉問薦積中，要考積中本末，故著此。明年二月二十二日曾布云云。）」

五月受天授傳國受命寶，行朝會禮。六月戊賓朔，改元。而改元之前，孔平仲已經御任知州。

本年所作詩什月〈累約愼思視，一作：累約愼思親事今已入境盤桓不進欲以十四日交承又云六甲窮日戲作藏頭一首〉、〈愼思移日至月望交割口占奉呈〉、〈文選集句寄愼思交代學士愼思遊岳老夫敘述遊舊愼思問交承與夫舍舟登陸之策俱在此矣〉

君按：《范忠宣集補編》有鄧忠臣撰〈覆忠宣公諡議〉，文末云：「按長沙鄧忠臣，字愼思。宋神宗朝擢爲秘書省校書郎，知衡陽，入爲南宮舍人，歷考功，因覆諡忠宣公，遂入黨籍，出守彭門，改汝海，以宮祠罷歸，終於家。後贈宜秘閣。所居玉池峯，自號玉池先生。」然鄧忠臣何時知衡州，於史無考。孔平仲〈文選集句寄愼思交代學士愼思遊岳老指敘述遊舊愼思問交承與夫舍舟登陸之策俱在此矣〉中云：「一麾乃出守，桑梓有餘輝。濡迹涉江湘，將就衡陽棲」；〈愼思移日至月望交割口占奉呈〉亦有「十分明月迎新守，寸步江村老盡春」等語。由此觀之，則元符元年孔平仲衡州任滿後，續任者乃鄧忠臣。

本年所作文如下：

五月，丁卯，作〈祭劉相〉（宋集珍本《清江三孔集》卷三三）

君按：劉相者，劉摯也。摯元祐六年二月辛卯，自守門下侍郎、太中大夫加右僕射兼中書侍郎，平仲嘗爲文賀之。劉摯之死《宋史》卷三四〇本傳但云：「（哲宗紹聖）四年，陷邢恕之謗，貶鼎州團練副使，新州安置。惟一子從。家人涕泣願侍，皆不聽。至數月，以疾卒，年六十八。」不著日月。《長編》卷四九三：「（紹聖四年十二月）鼎州團練使新州安置劉摯卒。（十二月三日癸未。新州屬廣東，至京師凡七十程。）先是，蔡京、安惇共治文及甫并尚洙等所告事，（八月十五日，但有李洵姓名，尚洙事，具元符元年二月三日壬午。）將大有所誅戮，會星變，（九月五日。）上怒稍息，然京、惇極力鍛鍊，不少置。已而燾先卒於化州。（十一月二十七日。）後七日，摯亦卒於新州，衊皆疑兩人不得其死。明年二月，朝廷乃聞摯死，不許歸葬，家屬令於英州居住。（此據劉跂《辨謗錄》增入，乃明年二月十九日聖旨也。）其五月，獄乃罷。（五月四日，人疑梁、劉之死，據邵伯溫辨誣，伯溫云：『上批出勿治摯等，則未必然。』今但云『上怒稍息』，具注在明年三月九日。）」其中曲折，耐人尋味。平仲祭文開頭云：「維元符元年五月丁卯朔四日庚午……」應是聞罷獄後，始得致祭故人。

十二月二十七日有〈祭三兄侍郎文〉（宋集珍本《清江三孔集》卷三七）

君按：此篇《永樂大典》卷一四〇五一亦有收錄，文字不及宋集珍本完整，故不取。孔武仲之死，文獻並未載明原因。孔平仲〈祭三兄侍郎文〉云：「兄在元祐，平進多仇。云何例斥，遂死於憂。」又云：「謫居池陽，寓舍猶逐。醫陋藥偏，心摧氣蹙。」言慎含蓄，似是因謫居憂心致疾，缺乏醫藥救治而亡。而同治《新淦縣志》卷十〈軼事〉云：「新淦孔克寬，字立夫，至聖五十五世孫。金文靖記其先有曰績者，仕吉州推官，避黃巢之亂，遂家新淦之西江，子孫漸繁殖。績之後逾七世，則文仲、武仲、平仲，是名『三孔』；三孔之後有曰源者，與其子誠、子昌，慕澧溪山水之勝，遂卜泉井居之，是爲克寬之始祖。《宋史》載：三孔，新喻人，至聖四十八代孫。而武仲官國子司業時，詆王氏，進起居郎，才名之盛，二蘇與三孔並稱，氣魄剛直、才致橫闊，元祐文人之雄也。然武仲恃才負性，爲蘇氏所使，攻毀程子，晚乃懊恨，嘔血而沒，君子病之。其集稿罕傳，周必大爲搜羅，合名《三孔清江集》，當時已不可多得矣。」〔註205〕《新淦縣志》這段話，其中金文靖記孔克寬事，見明人金幼孜撰〈孔處士立夫墓誌銘〉（《金文靖集》卷九），但《新淦縣志》說法已非金幼孜原意〔註206〕。引《宋史》說法又謬矣，宋對文仲、武

〔註205〕見清同治十二年刊，王肇賜等修，陳錫麟等纂《新淦縣志》（台北：成文，1989），頁2621。

〔註206〕據《明史》卷一四七〈金幼孜傳〉：「金幼孜，名善，以字行，新淦人。建文二年（1400庚辰）進士……」其所做〈孔處士立夫墓誌銘〉，全文如下：「公諱克寬，字立夫，姓孔氏，宣聖五十五世孫也。其先有曰績者，仕吉州爲推官，遇黃巢之亂，遂家新淦之西江，子孫漸以蕃殖，續之後逾七世有若文仲、武仲、平仲俱以科第發，身爲時名，人所謂「臨江三孔」是也。三孔之後有諱源者，與其子誠、子昌，慕豐溪山水之勝，遂卜泉井而屋之，則公四十九世祖也。曾祖碧澗、祖弘毅、父惟顯，俱隱處弗仕。公資性篤厚，器識弘達，修髯廣顙，神采煜然。讀書通大義，不拘拘於訓詁句讀之末，年二十五，值

仲、平仲的敘述，皆不曾提及他們是「至聖四十八代孫」，況且實際上他們是第四十七代而非四十八代。最後談到「武仲官國子司業時，詆王氏，進起居郎，才名之盛，二蘇與三孔並稱，氣魄剛直、才致橫闊，元祐文人之雄也。然武仲恃才負性，爲蘇氏所使，攻毀程子，晚乃懊恨，嘔血而沒，君子病之。」武仲確實曾在元祐五年任國子司業〔註 207〕，六年爲起居郎〔註 208〕，和蘇軾兄弟亦交情甚篤，然不聞有「爲蘇氏所使，攻毀程子」事，謂武仲「免乃懊恨，嘔血而沒」不知所本爲何？

孔平仲在衡州所作詩什尚有：〈寄孫元忠集杜句詩〉三十一首、〈孫元忠寄示種竹詩戲以二十篇〉〈寄芸叟年兄—藥名〉、〈芸叟寄新詞作八陣圖一首〉、〈二十八宿寄芸叟〉、〈卦名寄芸叟〉、〈本是一首寄芸叟—本是同根生，相煎何太急〉、

壬辰兵亂，遠近盜賊蜂起，奉二親避地東西，雖流離顛沛之際，未嘗一遭于橫逆。曁天朝平定禍亂，海宇寧一，辛勤來歸，剪荊棘、葺廬舍、闢田園以復其故業。洪武初，命下造城磚，有司以公董其役，晝夜盡瘁，以身先之，而人皆樂於趨事，上無稽違之責，下無疾怨之聲。及後核實田畝，有司復委公經理，纖毫皆得其實，未嘗以已意而妄爲增損，以是皆推公之忠厚，而服公之平恕也。公處家治生以勤儉爲本，教育諸子篤於義方，待宗族有恩，交友朋以信，處鄉黨以義，人有不平者，或詣公質之，公從容引譬，皆釋然而退。佳時吉日，賓客故舊相過者，輒命觴對酌，相與坐茂樹、俯清流、酣歌笑談，盡歡而後已。晚節優游田里，享滫瀡之奉，綵衣怡愉，孫曾滿前，壽孝康強，無與爲比。一日，公臥疾，度弗能起，召諸子謂曰：『詩書世業也，吾不能光於前人，若等能繼吾之志，吾無憾矣！』言畢，翛焉而逝，時洪武壬午十一月十又一日也。生元季丙寅八月廿一日，至是享年七十有八，以其年十二月塟里之羊山嶺，戊子冬十二月廿三日復改塟里之西坑。配周氏，有婦德，先公之歿四十有九日。子男四人：曰恒、曰愼、曰恂、曰悔；孫男二十，孫女十人，曾孫男十人，曾孫女五人。嗚呼！等大夫諭德雪厓府君與公生同里，閈交好之篤，終始如一日。余生也晚，幸辱知於公，而又與公之子恂爲忘年交。先大夫既歿，追維先執之存者，惟公尚康強無恙，孰謂於今，而公亦九原，不可復作耶？余蒙恩待罪禁林，忝職太史，以恂之請，不敢固讓，是用敘次公之平生，以銘諸墓，俾傳諸永久而昭示于後之人。銘曰：公之勤儉行於家而服於身也，公之信義著於鄉而達於人也，徜徉乎畎畝之間，詠歌乎林泉之下，而樂爲太平之民也。生獲其寧，歿獲其壽，而福慶及於子孫也。我知公心，作公之銘，尚千載而永存也。」

〔註 207〕《長編》卷四三九：「（元祐五年三月）辛卯，著作佐郎、集賢校理孔武仲爲國子司業。」

〔註 208〕《長編》卷四六一：「（元祐六年秋七月乙丑）集賢校理國子司業兼侍講孔武仲爲起居郎。」

〈相看一首寄芸叟—相看過半百，不寄一行書〉

君按：以上數詩，說詳本文上編第參章第二節〈出知衡州〉之〈交遊及生活〉。

衡州時期所作文尚有：〈上章丞相辯米事〉（宋集珍本《清江三孔集》卷三五）

君按：此乃孔平仲爲董必按劾自己「糴常平違法」所提出的辯白，重申只是「以餓欺出糴」，並未「虧息本」，故繫於此。

哲宗元符二年（1099）已卯　56歲

因糴常平違法爲董必所按，就潭州獄。五月庚申，責授惠州別駕，英州安置〔註209〕。孔平仲南遷。

君按：《族譜》所收孔平仲謫惠州別駕誥，後署「紹聖二年二月二十八日」，實屬誤記。紹聖二年孔平仲尚在淮西提到任內，有與莊公岳、王蘧往來書信可玆證明，故依《長編》〔註210〕及《宋史全文》，繫於本年。

夏四月以旱，減四京囚罪。七月，河北河漲，沒民田廬。八月甲戌，太原地震。戊寅，皇子生。辛巳，降德音於諸路：減囚罪一等。十月甲寅，日有食之。（《宋史》卷一八〈哲宗二〉）

哲宗元符三年（1100）庚辰　57歲

在英州。徽宗即位，量移單州，饒州居住。尋復舊官。十二月赴闕。途中曾與蘇轍相遇〔註211〕。

正月十二日，哲宗崩〔註212〕。端王即位於柩前，是爲徽宗。夏四月丁巳，詔范純仁等復官、宮觀，蘇軾等徙內郡居住。五月己丑詔追復文彥博、王珪、

〔註209〕《宋史全文》卷十三下〈哲宗二〉：「（元符二年四月）己丑（十七日），詔新除工部員外郎董必送吏部與小處知州。先是，必按衡州孔平仲糴常平違法，就潭州起獄，致死者三人。尋又差察訪廣西，所爲多刻薄。五月，庚申（十八日），孔平仲責授惠州別駕，英州安置。」

〔註210〕《長編》卷五一〇：「（元符二年五月）庚申，詔朝奉大夫新知韶州孔平仲責授惠州別駕、英州安置。」

〔註211〕《三蘇年譜》卷五五云：「轍北歸途中，與孔平仲（毅父）相遇。」冊四，頁2935。

〔註212〕《宋史》卷十八〈哲宗紀二〉：「（元符）三年春正月辛未，帝有疾，不視朝……己卯，帝崩。」

司馬光、呂公著、呂大防、劉摯等三十三人官。十月丙申，蔡京出知永興軍，貶章惇爲武昌軍節度副使。丁酉，以韓忠彥爲尚書左僕射兼門下侍郎，壬寅，以曾布爲尚書右僕射兼中書侍郎。十一月十一月庚午，詔改明年元。戊寅，以觀文殿學士安燾知樞密院事。辛卯，以禮部尚書范純禮爲尚書右丞。(《宋史》卷十九〈徽宗紀一〉)

君按：本年五月二十三日，孔文仲追復朝奉郎，孔武仲追復寶文閣待制〔註213〕。又《族譜》謂平仲：「七月，進朝奉大夫，主管袞州仙源縣景靈宮太極觀。」以其事無法驗證，不採其說。

本年所作文有：

〈饒州居住謝表〉、〈敘復復朝散大夫謝表〉

君按：以上二篇說詳上編第參章〈遇赦復官〉。

〈上曾相公〉(宋集珍本《清江三孔集》卷三三)

君按：曾相公，指曾布。本年十月曾布爲尚書右僕射兼中書侍郎。孔平仲文章開頭就有「伏審光膺制命，榮正台司……」等語，知作於曾布就任之初。

〈上范右丞〉(宋集珍本《清江三孔集》卷三三)

君按：范右丞指范純禮。范仲淹子，孔平仲舊識。元祐三年孔平仲任江南東路轉運判官，有〈上范發運啓〉給當時權江淮荊浙等路制置發運使的范純禮。本年十一月辛卯，范純禮爲尚書右丞。文章開宗明義就說：「恭審容被訓調，進司筦轄，陶鎔所暨，鼓舞均歡。伏以受命之初，修慶者眾……」由是可知，當作於范純禮爲尚書右丞後不久。

〈回臨江新守王戍〉(宋集珍本《清江三孔集》卷三十三)

君按：《江西通志》卷四六〈秩官一〉著錄宋代知臨江軍官員有王戍者。在馬永功之後，曾孝蘊之前。李之亮《宋兩江郡守易替考・臨江軍》謂元符二年至崇寧元年任此職〔註214〕。王戍，生平待考。但從文章中，孔平仲稱「昔居黌宮，嘗接俊游」，又云「附鳳攀龍，雖

〔註213〕《宋會要・職官》七六之六一：「追貶雷州別駕王巖叟、追貶海州別駕孔文仲並追復朝奉郎……故朝散郎孔武仲、故承議郎尚書水部員外郎分司南京姚勔並追復寶文閣待制。」

〔註214〕見《宋兩江郡守易替考》，頁595。

自稱七十子之舊；維桑與梓，固已在二千石之尊」，當是孔平仲過去認識之後學。因文末有「某患難餘生，衰遲末路，喜將覯語，慰所詠思」。更祈保調，前對休渥」等語，元符三年遇赦返鄉後所寫，故繫於此。

徽宗建中靖國元年（1101）辛巳　58歲

在京師。除尚書戶部郎中，徙金部郎中。本年冬，改永興軍路提點刑獄公事，離開汴京，轉赴河中府。時晁補之知河中府，孔平仲抵達前有詩見寄。

君按：今晁補之《雞肋集》卷十七有〈次韵毅夫提刑將至蒲見寄〉，既云「次韻」，可見孔平仲詩當在前，惟今日已佚失。劉少雄〈晁補之年譜〉：「（建中靖國元年）春，拜尚書禮部員外郎，充哲宗皇帝實錄檢討官。三月，以足疾乞外任。四月，改禮部郎中，又改神宗國史編修官，皆以非才辭避再三。不允，又力請外官。復留爲吏部郎中。八月，爲諫官管師仁所論，出知河中府。」〔註215〕晁補之有「騎報山雲見旗腳，吏趨原雪沒靴翁」等語，可見孔平仲前河中的時間比晁補之要晚，約在本年冬。

春正月癸酉，范純仁薨。甲戌，皇太后崩。（《宋史》卷十九〈徽宗紀一〉）。

五月庚辰，蘇頌薨。（《宋史》卷十九〈徽宗紀一〉）

有〈祭魏公文〉（宋集珍本《清江三孔集》卷三七）

君按：魏公，指蘇頌。《四庫全書·蘇魏公文集提要》：「頌字子容，南安人，徙居丹陽。慶曆二年進士，官至右僕射同中書門下平章事，罷爲集祐觀使。徽宗立，進太子太保，累爵趙郡公。卒，贈司空、魏國公……」頌乃孔延之同年，孔文仲卒，曾爲作〈中書舍人孔公墓誌銘〉。孔平仲於祭文中將「三十餘年，濡恩泳德」其爲通家之好，由此可知。

夏秋間有〈上安觀文〉

君按：安觀文，指安燾。安燾與孔平仲乃舊識，元豐五年安燾改任戶部尚書，孔平仲曾作〈賀安龍圖〉（宋集珍本《清江三孔集》卷三

〔註215〕見劉少雄〈晁補之年譜〉，頁77。

三)。而這篇文章開頭稱「言念比經#府,獲造崇埔,猥以蹇淺之資,仰次熒煌之座,伏蒙待以寬厚,與之從容,氣重而色莊,語簡而誠至,蔚然先進之風度,結在中藏之感銘」,考《宋史》卷十九〈徽宗紀一〉:「(元符三年十一月)戊寅,以觀文殿學士安燾知樞密院事。」建中靖國元年七月丙戌,才「自左正議大夫、知樞密院事以觀文殿學士出知河南府兼西京留守」〔註216〕。崇甯元年降端明殿學士,再貶甯國軍節度副使,漢陽軍安置〔註217〕。當是孔平仲在京師期間,造訪安燾之後所寫。文中有「炎蒸在候,息偃多宜」等語,故繫於此。

改永興提刑後有〈永興提刑謝表〉、〈永興到任謝兩府〉

君按:二篇皆上任後例行公事而作,說詳上編第參章〈永興提刑〉。

徽宗崇寧元年(1102)壬午　59歲

提舉永興軍刑獄在河中府。年後離開河中,前往慶州暫代知州一職。六月四日與黃庭堅等人並送吏部,與合入差遣〔註218〕。六月中旬反回京師,途中一度病危。八月二十五日,管勾兗州太極觀〔註219〕。

二月辛丑(十六日),聖瑞皇太妃薨,追尊爲皇太后。五月己卯(二十五日),陸佃罷。庚辰(二十六日),以許將爲門下侍郎,溫益爲中書侍郎,翰林學士承旨蔡京爲尚書左丞,吏部尚書趙挺之爲尚書右丞。閏六月壬戌(初九),曾布罷。七月甲戌子(初五),以蔡京爲尚書右僕射兼中書侍郎。八月

〔註216〕見《宋史》卷二一二〈宰輔三〉。

〔註217〕見《宋史》卷三二八本傳云:「初,建青唐邈川爲湟州,戍守困於供億。燾在樞府,因議者以爲可棄,奏還之。崇甯元年議其罪,降端明殿學士,再貶甯國軍節度副使,漢陽軍安置。」

〔註218〕《宋會要・職官》六七之三七〈黜降〉:「崇寧元年六月四日,朝奉大夫提舉永興軍路提刑孔平仲、朝奉大夫淮南路轉運副使畢仲游、朝奉大夫提舉河東路常平徐常、朝奉郎知太平州黃庭堅、朝散郎知密州晁補之、朝散郎軍器少監韓跋、朝散郎王鞏、劉當時、常安民、承議郎黃隱、通直郎張保源並送吏部,與合入差遣。」

〔註219〕《宋會要・職官》六七之四〇〈黜降〉:「(崇寧元年八月二十五日)朝請大夫呂希哲管勾建州武夷山沖佑觀,朝散郎晁補(之)管勾江州太平觀,朝奉郎黃庭堅管勾洪州玉隆觀,承議郎黃隱管勾舒州靈仙觀,朝奉大夫畢仲游管勾江寧府崇禧觀,朝散郎常安民管勾成都府玉局觀,朝奉大夫孔平仲管勾兗州太極觀……」

丙子（二十四日），詔司馬光等二十一人子弟毋得官京師。己卯（二十七日），以趙挺之爲尚書左丞，翰林學士張商英爲尚書右丞。（《宋史》卷十九〈徽宗紀一〉）

九月乙未（十三日），詔中書籍元符三年臣僚章疏姓名爲正上、正中、正下三等，邪上、邪中、邪下三等。己亥（十七日），籍元祐及元符末宰相文彥博等、侍從蘇軾等、餘官秦觀等、內臣張士良等、武臣王獻可等凡百有二十人，御書刻石端禮門〔註 220〕。孔平仲亦列名其中。

孔平仲在永興提刑時所作詩什計有：〈治河橋〉

君按：原詩已佚，晁補之《雞肋集》卷一三有〈用谷字韻答提刑毅父治河橋〉以此逆推，知孔平仲有此作品。晁補之在河中治河橋這件事，張耒〈晁太史太之墓誌銘〉：「俄除知河中府，郡當大河，扼三門，有浮梁，从且壞。公視事，極欲營繕，有司難之，公乃預爲鳩材，既集，則爲規畫，一日而成，城中歡呼，民爲畫像立祠。」（杜大珪編《名臣碑傳琬琰之集》中，卷三四）晁補之本人也有〈河中府繫浮橋告河文〉，開頭云「維崇寧元年正月八日，朝散郎、權知河中軍府兼管內勸農事兼提舉解州慶成軍兵馬巡撿公事晁補之，以清酌庶羞及羊二，沈諸河，敬告祭於河伯之神曰……」（《雞肋集》卷六一）則平仲詩當作於本年正月八日之後。

〈種花〉、〈无咎以蒼陵谷引水記見呈作〉、〈遊棲岩寺〉、〈送茶〉

君按：上述數詩今皆已佚失。惟晁補之有〈次韵孔毅父種花因送海棠廳三大字求茶〉（《雞肋集》卷十三）、〈以蒼陵谷引水記呈毅父惠詩次韻〉（《雞肋集》卷十四）、〈次韵毅父户部兄游棲巖寺〉（《雞肋集》卷十七）、〈次韻提到毅父送茶〉（《雞肋集》卷二十）既云「次韻」，可見孔平仲必有詩在先。

本年所作文有：〈謝崇寧曆日表〉（宋集珍本《清江三孔集》卷三三）

〔註 220〕《宋史》卷十九〈徽宗紀一〉：「（崇甯元年九月）乙未，詔中書籍元符三年臣僚章疏姓名爲正上、正中、正下三等，邪上、邪中、邪下三等。丁酉，治臣僚議復元祐皇后及謀廢元符皇后者罪，降韓忠彥、曾布官，追貶李清臣爲雷州司户參軍，黃履爲祁州團練副使，竄曾肇以下十七人。己亥，籍元祐及元符末宰相文彥博等、侍從蘇軾等、餘官秦觀等、內臣張士良等、武臣王獻可等凡百有二十人，御書刻石端禮門。」

君按：文章開頭云：「刑獄之官，兼領勸農之職；郡縣所隸，均被頒朔之恩。況更新元，尤寵上賜……」但勸農是知州的職責，與提刑無關。當是孔平仲暫代慶州知州，因此必須負起頒朔的工作。說詳上編第參章〈宦遊西北〉。

〈進追祭皇太后功德疎〉（宋集珍本《清江三孔集》卷三七）

君按：疏文中有「右伏以春（以下模糊難辨）追崇皇太后徽柔秉德，謙靜宅心，以母悳保佑哲宗；以妃德輔佐神考……」等語，知此文所稱皇太后蓋指哲宗生母朱氏。《宋史》卷二四三〈后妃下〉：「欽成朱皇后，開封人。父崔傑，早世；母李，更嫁朱士安。後鞠于所親任氏。熙甯初，入宮爲御侍，進才人、婕妤，生哲宗及蔡王似、徐國公主，累進德妃……崇甯元年二月薨，年五十一。追冊爲皇后，上尊諡，陪葬永裕陵。」應是本年二月追尊爲皇太后前後所作，故繫於此。

〈上同州張侍郎〉（宋集珍本《清江三孔集》卷三三）

君按：張侍郎指張舜民芸叟。文章開頭云：「言念桂籍同升，蓬山並進，瀟湘接壤，常借餘光；關陝提封，又依盛德……」所謂「桂籍同升」蓋因張舜民與孔平仲皆治平二年進士，二人有同年之誼。「瀟湘接壤，常借餘光」則是說紹聖三年孔平仲從淮南西路提刑轉知衡州的那個冬天，張舜民也從陝西來知潭州〔註221〕，拜地利之賜，二人時相唱和、互動頻繁。《宋川陝大群守臣易替考》引《宋史》卷三四七張舜民本傳云：「徽宗立，擢右諫議大夫，居職才七日，所上事已六十章。陳陝西之弊曰：『以庸將而禦老師，役饑民而爭曠土。』極論河朔之困，言多剴峭。徙吏部侍郎，旋以龍圖閣待制知定州，改同州……」而張舜民〈度秦嶺〉亦有「狗日去山中，春盡抵馮翊。閏晦適石城……」等語〔註222〕，顯示張舜民知同州乃崇寧元年事。同州屬永興軍路，故云「關陝提封，又依盛德」。

〔註221〕張舜民《畫墁錄》：「紹聖二年冬，予至陝府，三年七月，裁斷絞刑一。是年冬，移潭，在任二年半，凡五服相犯，悉具言之，可傷生所未見也。子殺父，父殺子各一；兄弟相殺；妻殺夫者數人。」

〔註222〕見〈同州〉，頁350。

〈上慶州胡寶文〉、〈上慶帥胡淳夫〉、〈上陝府楊侍郎〉

君按：以上並見宋集珍本《清江三孔集》卷三三，皆孔平仲暫代慶州知州時所作。說詳上編第參章〈宦遊西北〉。

〈史館陳公詩序〉（宋集珍本《清江三孔集》卷三五）

君按：文末有「崇寧元年五月望日魯國孔平仲序」，故繫於此。

〈與李純仁簡〉、〈再與李純仁簡〉

君按：宋集珍本《清江三孔集》卷三五〈小簡〉題作〈與李純仁〉，此依《永樂大典》卷一一三六八改。第一簡云：「歸鄉固佳，適值秋暑，人事紛紛，無少頃之暇……」，不易判別時間。第二簡提到「平仲蒙恩罷歸，六月下旬發河中」及「秋涼，萬萬保重」等語，始知是離開河中府後所寫下。二簡時間相差不遠，並繫於此。

徽宗崇寧二年（1103）癸未　60歲

崇寧元年八月二十五日，孔平仲管勾兗州太極觀以後，就無明確事蹟見載。雖然《族譜》有「宗（「崇」之誤）寧元年十一月，除尚書戶部郎中，徙金部郎中，除提點刑獄公事朝散大夫，充集賢殿校理，權知虔州經略安撫使護軍，賜紫金魚袋。再坐鉤黨，奉南康洪（鴻）慶宮」之記述，其中戶部郎中、金部郎中、除提點刑獄公事三段經歷繫年有誤，充集賢殿校理、權知虔州經略安撫使護軍、奉南康洪（鴻）慶宮無法證實。（說詳上編第參章〈卒年新證〉。）

而李春梅認爲孔平仲卒於崇寧元年（八月底至九月初），但她所提出「蔡京所寫元祐黨籍碑已注平仲卒」〔註223〕的證據，和今日所見碑文不符（說詳上編第參章〈卒年新證〉），亦難採信。

張劍以崇寧元年後，現存史料沒有發現孔平仲活動之跡，因此將卒年暫定爲崇寧二年（1103）。其實不然，因爲現存孔平仲作品中可考時間最晚的一篇，是宋集珍本《清江三孔集》卷三三的〈賀新漕胡師文〉，胡師文在崇寧二年就已經是淮南江浙荊湖等路的發運副使了〔註224〕。崇寧三年十月更上層

〔註223〕見〈編年〉，頁2929。

〔註224〕李心傳撰《建炎以來繫年要錄》卷七三：「崇寧二年發運副使胡師文建言，並令前期一月到京，自後立定數目，期限催督起發……」《宋會要・食貨》一一之六：「（崇寧二年）十月，江淮等路發運副使胡師文言事。」

樓，成爲淮南江浙荊湖等路的發運使〔註 225〕。如果孔平仲這篇〈賀新漕胡師文〉，是胡師文任淮南江浙荊湖等路發運副使時所寫，時間要比張劍所舉〈史館陳公詩序〉的寫作日期「崇寧元年五月望日」還要晚將近一年；若是爲崇寧三年胡師文成爲淮南江浙荊湖等路發運使而作，則孔平仲的卒年恐怕還要再推至崇寧三年以後。

或許可以這麼說，孔平仲管勾宮觀之後，就和晁補之一樣過著閒居的生活，不過崇寧二、三年間他尚在人世，之後並未再爲朝廷所用，故而史料沒有留下他的訊息。

〔註 225〕《宋會要・選舉》三三之二三：「(三月十月) 二十三日，權發遣淮南江浙荊湖等路發運使胡師文可特除集賢殿修撰。」

參考書目

一、孔平仲相關著作

（一）古籍

1. 《清江三孔集》，北宋・孔文仲、孔武仲、孔平仲，台北，台灣商務印書館，1986年，影印文淵閣四庫全書。
2. 《清江三孔集》，北宋・孔文仲、孔武仲、孔平仲，台北，新文豐出版公司，1989年，影印胡氏豫章校本。
3. 《清江三孔集》，北宋・孔文仲、孔武仲、孔平仲，北京，線裝書局，2004年，收錄在宋集珍本叢刊第16冊。
4. 《續世説》，北宋・孔平仲，上海，商務印書館，1936年，影印叢書集成初編。
5. 《續世説》，北宋・孔平仲，台北，商務印書館，1981年，宛委別藏。
6. 《續世説》，北宋・孔平仲，台北，中華書局，1983年，四部備要。

（二）今譯注

1. 《清江三孔集》，清・陶福履、胡思敬原編、江西省高校古籍整理領導小組整理，南昌，江西教育出版社，2004年。
2. 《續世説》，北宋・孔平仲著、吳平譯注，上海，東方出版中心，1996年。
3. 《續世説》，北宋・孔平仲著、池潔整理，鄭州，大象出版社，2006年，收錄在全宋筆記第2編第5冊。
4. 《珩璜新論》，北宋・孔平仲著、池潔整理，鄭州，大象出版社，2006年，收錄在全宋筆記第2編第5冊。

5. 《說苑》，北宋・孔平仲著、池潔整理，鄭州，大象出版社，2006 年，收錄在全宋筆記第 2 編第 5 冊。
6. 《西江泉井安山》，孫繼長修，木活字本，1936 年。
7. 《孔氏族譜》，孔廣愷編。
8. 《闕里文獻考》，孔繼汾編，濟南，山東友誼書社，1989。

二、經部

1. 《周易鄭注》，東漢・鄭玄注、南宋・王應麟輯，台北，台灣商務印書館，四庫全書要。
2. 《說文解字注》，東漢・許慎，台北，天工書局，1992 年。
3. 《四書集註》，南宋・朱熹，台北，天津出版社，1985 年。
4. 《易像鈔》，明・胡居仁，台北，台灣商務印書館，1986 年，影印文淵閣四庫全書。
5. 《大戴禮記解詁》，清・王聘珍，台北，漢京文化事業有限公司，2004 年。

三、史部

（一）正史

1. 《史記會注考證》，西漢・司馬遷，台北，洪氏出版社，1986 年。
2. 《漢書》，東漢・班固，台北，鼎文書局，1978 年。
3. 《後漢書》，南朝宋・范曄，台北，鼎文書局，1978 年。
4. 《三國志》，西晉・陳壽，台北，鼎文書局，1978 年。
5. 《晉書》，唐・房玄齡，台北，鼎文書局，1978 年。
6. 《宋書》，南朝梁・沈約，台北，鼎文書局，1978 年。
7. 《南齊書》，南朝梁・蕭子顯，台北，鼎文書局，1978 年。
8. 《梁書》，唐・姚思廉，台北，鼎文書局，1978 年。
9. 《南史》，唐・李延壽，台北，鼎文書局，1978 年。
10. 《北史》，唐・李延壽，台北，鼎文書局，1978 年。
11. 《隋書》，唐・魏徵，台北，鼎文書局，1978 年。
12. 《舊唐書》，後晉・劉昫，台北，鼎文書局，1978 年。
13. 《新唐書》，北宋・歐陽修等，台北，鼎文書局，1978 年。
14. 《舊五代史》，北宋・薛居正，台北，鼎文書局，1978 年。
15. 《新五代史》，北宋・歐陽修，台北，鼎文書局，1978 年。

16. 《宋史》，元．脫脫等，台北，鼎文書局，1978 年。

（二）別史、雜史

1. 《貞觀政要》，唐．吳兢，台北，三民出版社，1995。
2. 《通志》，南宋．鄭樵，台北，台灣商務印書館，1986 年，影印文淵閣四庫全書。
3. 《太平治迹統類》，南宋．彭百川，台北，台灣商務印書館，1986 年，影印文淵閣四庫全書。
4. 《東都事略》，南宋．王偁，台北，台灣商務印書館，1986 年，影印文淵閣四庫全書。

（三）編年

1. 《資治通鑑》，北宋．司馬光，台北，台灣商務印書館，1986 年，影印文淵閣四庫全書。
2. 《續資治通鑑長編》，南宋．李燾，台北，台灣商務印書館，1986 年，影印文淵閣四庫全書。
3. 《建炎以來繫年要錄》，南宋．李心傳，台北，台灣商務印書館，1986 年，影印文淵閣四庫全書。
4. 《續資治通鑑長編拾補》，清．秦緗業、黃以周等輯，上海，上海古籍出版社，2002 年。
5. 《資治通鑑後編》，清．徐乾等，台北，台灣商務印書館，1986 年，影印文淵閣四庫全書。

（四）方志、地理

1. 《元和郡縣志》，唐．李吉甫，台北，台灣商務印書館，1986 年，影印文淵閣四庫全書。
2. 《元豐九域志》，北宋．王存，台北，台灣商務印書館，1986 年，影印文淵閣四庫全書。
3. 《太平寰宇記》，北宋．樂史，台北，台灣商務印書館，1986 年，影印文淵閣四庫全書。
4. 《輿地紀勝》，南宋．王象之，國家圖書館中和分館藏舊鈔本。
5. 《方輿勝覽》，南宋．祝穆，台北，台灣商務印書館，1986 年，影印文淵閣四庫全書。
6. 《新安志》，南宋．羅願，台北，台灣商務印書館，1986 年，影印文淵閣四庫全書。
7. 《吳郡志》，南宋．范成大，台北，台灣商務印書館，1986 年，影印文淵閣四庫全書。

8. 《會稽志》，南宋・施宿，台北，成文出版社，1983 年，影印嘉泰元年修清嘉慶十三年刊本。
9. 《三山志》，南宋・梁克家纂，北京，中華書局，1990 年，影印宋淳熙九年修、明崇禎十一年刻本。
10. 《赤域志》，南宋・陳耆卿，台北，台灣商務印書館，1986 年，影印文淵閣四庫全書。
11. 《明一統志》，明・李賢等編，台北，台灣商務印書館，1986 年，影印文淵閣四庫全書。
12. 《汴京遺蹟志》，明・李濂輯，台北，台灣商務印書館，1986 年，影印文淵閣四庫全書。
13. 《武林梵志》，明・吳之鯨，台北，台灣商務印書館，1986 年，影印文淵閣四庫全書。
14. 《桂勝》，明・張鳴鳳，台北，台灣商務印書館，1986 年，影印文淵閣四庫全書。
15. 《江城名蹟》，清・陳宏緒，北京，商務印書館，2006 年。
16. 《廣西通志輯要》，清・沈秉成等編、蘇宗經、羊復禮同纂，台北，成文出版社，1967 年，影印光緒十五年刊本。
17. 《江南通志》，清・尹繼善等修、黃之雋等纂，台北，華文出版社，1967 年，影印乾隆元年尊經閣藏本。
18. 《廣東通志》，清・阮元等修、江藩等纂，台北，華文出版社，1968 年，影印同治三年刊本。
19. 《陝西通志》，清・劉於義等修、沈青崖纂，台北，華文出版社，1969 年，影印雍正十三年刊本。
20. 《浙江通志》，明・薛應旂撰，台北，成文出版社，1984 年，影印嘉靖四十年刊本。
21. 《江西通志輯要》，清・謝旻等修、陶成等纂，台北，成文出版社，1989 年，影印雍正十年刊本。
22. 《山西通志輯要》，清・曾國荃、張煦等修，王軒、楊篤等纂，上海，上海古籍出版社，2002 年影印光緒十八年刊本。
23. 《湖廣通志》，清・邁柱等監修，北京，商務印書館，2006 年，影印文津閣四庫全畫。
24. 《滁州志》，清・余國灊修，台北，成文出版社，1989 年，影印康熙十二年刊本。
25. 《九江府志》，明・何棐、縫曾等纂，台北，成文出版社，1989 年，影印嘉靖六年刊本。

26. 《南康府志》，清・盛元等修纂，台北，成文出版社，1989 年，影印同治十一年刊本。
27. 《貴溪縣志》，清・楊長杰等修、黃聯玉等纂，台北，成文出版社，1989 年，影印同治十一年刊本。
28. 《峽江縣志》，清・暴大儒等修、廖其觀等纂，台北，成文出版社，1989 年，影印同治十年刊本。
29. 《新淦縣志》，清・王肇賜等修、陳錫麟等纂，台北，成文出版社，1989 年，影印同治十二年刊本。
30. 《新喻縣志》，清・符執桓纂版，台北，成文出版社，1989 年，影印康熙十二年刊本。
31. 《新建縣志》，清・承霈修、杜友燦、楊兆崧纂，台北，成文出版社，1989 年，影印同治十年刊本。
32. 《臨江府志》，明・管大勛、劉松撰，上海，上海古籍出版社，1982 年，影印天一閣明代方志隆慶年間刊本。
33. 《福寧州志》，明・陳應賓、閔文振纂修，上海，上海古籍出版社，1990 年，影印天一閣明代方志嘉靖年間刊本。
34. 《興國縣志》，清・孔興浙等修、孔衍倬等纂，台北，成文出版社，1989 年，影印乾隆十五年刊本。
35. 《興國縣志》，清・蔣敍倫等修、蕭朗峰等纂，台北，成文出版社，1989 年，影印道光四年刊本。
36. 《興國縣志》，清・崔國榜等修、金益謙等纂，台北，成文出版社，1989 年，影印同治十一年刊本。
37. 《贛州府志》，明・余文龍修、謝詔纂，台北，成文出版社，1989 年，影印天啓元年刊本。
38. 《贛州府志》，清・朱扆等修、李有席等纂，台北，成文出版社，1989 年，影印乾隆四十七年刊本。
39. 《贛州府志》，清・李本仁修、陳觀酉等纂，台北，成文出版社，1989 年，影印道光二十八年刊本。
40. 《贛州府志》，清・魏瀛等修、鐘音鴻等纂，台北，成文出版社，1989 年，影印同治十一年刊本。
41. 《北宋經撫年表》，清・吳廷燮，北京，中華書局，1984 年。
42. 《宋兩江郡守易替考》，李之亮，成都，巴蜀書社，2001 年。
43. 《宋兩淮大郡守臣易替考》，李之亮，成都，巴蜀書社，2001 年。
44. 《宋福建路郡守年表》，李之亮，成都，巴蜀書社，2001 年。
45. 《宋兩浙路郡守年表》，李之亮，成都，巴蜀書社，2001 年。

46. 《宋兩廣大郡守臣易替考》，李之亮，成都，巴蜀書社，2001 年。
47. 《宋兩湖大郡守臣易替考》，李之亮，成都，巴蜀書社，2001 年。
48. 《宋川陜大郡守臣易替考》，李之亮，成都，巴蜀書社，2001 年。
49. 《北宋京師及東西路大郡守臣考》，李之亮，成都，巴蜀書社，2001 年。
50. 《宋代京朝官通考》，李之量，成都，巴蜀書社，2003 年。
51. 《宋代分路長官通施》，李之亮，成都，巴蜀書社，2003 年。

（五）政書

1. 《通典》，唐・杜佑，台北，台灣商務印書館，1986 年，影印文淵閣四庫全書。
2. 《文獻通考》，南宋・馬端臨，台北，台灣商務印書館，1986 年，影印文淵閣四庫全書。

（六）年譜

1. 《宋周濂溪先生惇頤年譜》，清・張伯行，台北，台灣商務印書館，1978 年。
2. 《宋周濂溪先生惇頤年譜》，許毓峯，台北，台灣商務印書館，1986 年。
3. 《曾鞏年譜》，李震，蘇州，蘇州大學出版社，1997 年。
4. 《趙清獻公年譜》，羅以智，北京，北京圖書館出版社，1999 年年譜叢刊之十三。
5. 《東坡先生年譜》，台北，台灣商務印書館，1986 年，影印文淵閣四庫全書。
6. 《三蘇年譜》，孔凡禮，北京，北京古籍出版社，2004 年。
7. 《黃庭堅年譜新編》，鄭永曉編，北京，社會科學文獻出版社，1997 年。
8. 《宋人年譜叢刊》，吳洪澤、尹波主編，四川，四川大學出版社，2003 年。

（七）其他

1. 《唐會要》，北宋・王溥輯，上海，上海古籍出版社，2012 年。
2. 《遯齋閒覽》，北宋・陳正敏，上海，商務印書館，1927 年。
3. 《直齋書錄解題》，南宋・陳振孫，台北，台灣商務印書館，1986 年，影印文淵閣四庫全書。
4. 《宋會要》，清・徐松輯，台北，新文豐出版社，1976 年。
5. 《史通通釋》，清・浦起龍，上海，上海古籍出版社，1978 年。
6. 《集說詮眞》，清・黃伯錄輯，台北，台灣學生書局，1989 年。

四、子部

1. 《老子註》，魏・王弼，台北，藝文印書館，1975年。
2. 《莊子集釋》，清・郭慶藩，台北，華正書局，1985年。
3. 《荀子集解》，清・王先謙，台北，藝文印書牌，1994年。
4. 《韓非子集解》，清・王先愼，北京，中華書局，1998年。
5. 《法言》，西漢・揚雄，北京，中華書局，1992年。
6. 《說苑》，西漢・劉向、王鍈・王天海譯注，台北，台灣古籍出版社，1996年。
7. 《人物志》，魏・劉卲，台北，金楓出版有限公司，1986年。
8. 《西京雜記》，西晉・葛洪，台北，新興書局，1979年。
9. 《搜神記》，東晉・干寶，台北，世界書局，2003年。
10. 《世說新語校箋》，南朝宋・劉義慶，台北，文史哲出版社，1989年。
11. 《異苑》，南朝宋・劉敬叔，台北，台灣商務印書館，1986年，影印文淵閣四庫全書。
12. 《述異記》，南朝梁・任昉，台北，新文豐出版公司，1986年，叢書集成新編影印武章如錦閬本。
13. 《新譯顏氏家訓》，南朝梁・顏之推、李振興、黃沛榮、賴明德注譯，台北，三民書局，1993年。
14. 《隋唐嘉話》，唐・劉餗，台北，新興書局，1979年，筆記小說大觀。
15. 《大唐新語》，唐・劉肅，台北，新興書局，1979年，筆記小說大觀。
16. 《酉陽雜俎》，唐・段成式，台北，新興書局，1947年。
17. 《北夢瑣言》，北宋・孫光憲，台北，源流文化事業有限公司，1983年。
18. 《太平廣記》，北宋・李昉，台北，新文豐出版公司，1997年。
19. 《嘉祐雜志》，北宋・江臨幾，台北，台灣商務印書館，1986年，影印文淵閣四庫全書。
20. 《賓退錄》，北宋・趙與旹，台北，台灣商務印書館，1986年，影印文淵閣四庫全書。
21. 《類說》，北宋・曾慥，台北，台灣商務印書館，1986年，影印文淵閣四庫全書。
22. 《春明退朝錄》，北宋・宋敏求，台北，台灣商務印書館，1986年，影印文淵閣四庫全書。
23. 《歸田錄》，北宋・歐陽脩，台北，新興書局，1978年。
24. 《東坡志林》，北宋・蘇軾，台北，木鐸出版社，1982年。

25. 《畫墁錄》，北宋・張舜民，台北，台灣商務印書館，1986 年，影印文淵閣四庫全書。
26. 《萍洲可談》，北宋・朱彧，台北，台灣商務印書館，1986 年，影印文淵閣四庫全書。
27. 《冷齋夜話》，北宋・釋惠洪，台北，新興書局，1978 年。
28. 《唐語林》，北宋・王讜，台北，台灣商務印書館，1986 年，影印文淵閣四庫全書。
29. 《雞肋編》，北宋・莊綽，台北，台灣商務印書館，1986 年，影印文淵閣四庫全書。
30. 《石林燕語》，北宋・葉夢得，北京，中華書局，1997 年。
31. 《巖下放言》，北宋・葉夢得，台北，台灣商務印書館，1986 年，影印文淵閣四庫全書。
32. 《春渚記聞》，北宋・何薳，台北，藝文印書館，1965 年，百部集成叢書影印學津堂原本。
33. 《南北史續世説》，南宋・李垕、鄭奓、黄明譯註，上海，東方出版中心，1996 年。
34. 《宋朝事實類苑》，南宋・江少虞，台北，源流出版社，1982 年。
35. 《古今事文類聚》，南宋・祝穆，台北，台灣商務印書館，1986 年，影印文淵閣四庫全書。
36. 《玉照新志》，南宋・王明清，台北，台灣商務印書館，1986 年，影印文淵閣四庫全書。
37. 《能改齋漫錄》，南宋・吳曾，台北，台灣商務印書館，1986 年，影印文淵閣四庫全書。
38. 《夷堅志》，南宋・洪邁，台北，明文書局，1982 年。
39. 《名賢氏族言行類稿》，南宋・章定，台北，台灣商務印書館，1986 年，影印文淵閣四庫全書。
40. 《鶴林玉露》，南宋・羅大經，北京，中華書局，1997 年。
41. 《武林舊事》，南宋・周密，台北，廣文書局，1995 年。
42. 《齊東野語》，南宋・周密，台北，新興書局，1976 年。
43. 《野客叢書》，南宋・王楙，台北，台灣商務印書館，1986 年，影印文淵閣四庫全書。
44. 《獨醒雜志》，南宋・曾敏行，台北，台灣商務印書館，1986 年，影印文淵閣四庫全書。
45. 《朝野類要》，南宋・趙升，台北，台灣商務印書館，1986 年，影印文淵閣四庫全書。

46. 《説郛》，明・陶宗儀，台北，台灣商務印書館，1986 年，影印文淵閣四庫全書。
47. 《古今説海》，明・陸楫編，台北，台灣商務印書館，1986 年，影印文淵閣四庫全書。
48. 《五雜組》，明・謝肇淛，台北，新興書局，1975 年。
49. 《文體明辨》，明・徐師曾，上海，復旦大學出版社，2008 年，收錄在歷代文話。
50. 《文章辨體》，明・吳訥，台北，大安出版社，1998 年，收錄在文體序説三種。

五、集部

（一）總集

1. 《楚辭集注》，南宋・朱熹，台北，河洛圖書出版社，1980 年 8 月。
2. 《文選》，南朝梁・蕭統，台北，華正書局，1991 年 9 月。
3. 《詩品》，南梁・鍾嶸，台北，金楓出版有限公司，1986 年。
4. 《會稽掇英總集》，北宋・孔延之編，台北，台灣商務印書館，1986 年，影印文淵閣四庫全書。
5. 《聖宋名賢五百家播芳大全文粹》，南宋・魏齊賢、葉棻同輯，北京，線裝書局，2004 年，收錄在宋集珍本叢刊第 2 冊。
6. 《名臣碑傳琬琰之集》，南宋・杜大珪編，台北，台灣商務印書館，1986 年，影印文淵閣四庫全書。
7. 《宋文鑑》，南宋・呂祖謙編，台北，台灣商務印書館，1986 年，影印文淵閣四庫全書。
8. 《唐詩品彙》，明・高棅，台北，台灣商務印書館，1986 年，影印文淵閣四庫全書。
9. 《全唐詩》，明・清聖祖，台北，宏業書局，1977 年。
10. 《粵西文載》，清・汪森編，台北，台灣商務印書館，1986 年，影印文淵閣四庫全書。
11. 《全上古三代秦》，清・嚴可均編，台北，世界書局，2012 年。
12. 《漢三國六朝文》。
13. 《唐文拾遺》，清・陸心源，上海，上海古籍出版社，2002 年。
14. 《全宋詩》，傅璇琮等，北京，北京大學出版社，1998 年。
15. 《全元詩》，楊鐮，北京，中華書局，2013 年。

（二）別集

1. 《陶淵明集校箋》，東晉・陶淵明，台北，里仁書局，2007 年。
2. 《謝靈運集校注》，南朝宋・謝靈運、顧紹柏校注，台北，里仁書局，2004 年。
3. 《杜詩鏡銓》，唐・杜甫，台北，華正書局，1986 年。
4. 《韋蘇州集》，唐・韋應物，台北，新文豐出版公司，1979 年。
5. 《白氏長慶集》，唐・白居易，台北，台灣商務印書館，1979 年，四部叢刊正編影印上海涵芬樓借江南圖書館藏日本翻宋大十字本。
6. 《韓昌黎文集校注》，唐・韓愈，台北，華正書局，1986 年。
7. 《劉夢得文集》，唐・劉禹錫，台北，台灣商務印書館，1979 年，四部叢刊上海涵芬樓景印董氏景宋本。
8. 《劉禹錫集》，唐・劉禹錫，北京，中華書局，1990 年。
9. 《張司業集》，唐・張籍，台北，台灣商務印書館，1986 年，影印文淵閣四庫全書。
10. 《皮子文藪》，唐・皮日休，台北，台灣商務印書館，1979 年，影印四部叢刊本。
11. 《杜荀鶴文集》，唐・杜荀鶴，上海，上海古籍出版社，1994 年影印宋蜀刻本唐人集叢刊。
12. 《忠愍公詩集》，北宋・寇準，台北，台灣商務印書館，1981 年。
13. 《文潞公文集》，北宋・文彥博，北京，線裝書局，2004 年，收錄在宋集珍本叢刊第 5 冊，
14. 《歐陽文忠公集》，北宋・歐陽脩，台北，臺灣商務印書館，1979 年。
15. 《文忠集》，北宋・歐陽修，台北，台灣商務印書館，1986 年，影印文淵閣四庫全書。
16. 《彭城集》，北宋・劉攽，台北，台灣商務印書館，1986 年，影印文淵閣四庫全書。
17. 《臨川先生文集》，北宋・王安石，台北，世界書局，1988 年。
18. 《箋註王荊文公》，北宋・王安石，台北，廣文書局，1990 年。
19. 《王荊公詩注》，台北，台灣商務印書館，1986 年，影印文淵閣四庫全書。
20. 《南豐先生元豐類藁（續）》，北宋・曾鞏，北京，線裝書局，2004 年，收錄在宋集珍本叢刊第 10 冊。
21. 《清獻集》，北宋・趙抃，台北，台灣商務印書館，1986 年，影印文淵閣四庫全書。

22. 《蔡忠惠公文集》，北宋．蔡襄，台北，台灣商務印書館，1986 年，影印文淵閣四庫全書。
23. 《淨德集》，北宋．呂陶，台北，台灣商務印書館，1986 年，影印文淵閣四庫全書。
24. 《蘇魏公集》，北宋．蘇頌，台北，台灣商務印書館，1986 年，影印文淵閣四庫全書。
25. 《蘇軾詩集》，北宋．蘇軾，北京，中華書局，1982 年。
26. 《蘇軾文集》，北宋．蘇軾，北京，中華書局，1992 年。
27. 《東坡全集》，北宋．蘇軾，台北，台灣商務印書館，1986 年，影印文淵閣四庫全書。
28. 《蘇詩補註》，北宋．蘇軾、清．查慎行註，台北，台灣商務印書館，1986 年，影印文淵閣四庫全書。
29. 《欒城集》，北宋．蘇轍，台北，台灣商務印書館，1986 年，影印文淵閣四庫全書。
30. 《伐檀集》，北宋．黄庶，台北，台灣商務印書館，1986 年，影印文淵閣四庫全書。
31. 《陶山集》，北宋．陸佃，台北，台灣商務印書館，1986 年，影印文淵閣四庫全書。
32. 《畫墁集》，北宋．張舜民，台北，台灣商務印書館，1986 年，影印文淵閣四庫全書。
33. 《道鄉集》，北宋．鄒浩，台北，台灣商務印書館，1986 年，影印文淵閣四庫全書。
34. 《古靈集》，北宋．陳襄，台北，台灣商務印書館，1986 年，影印文淵閣四庫全書。
35. 《雞肋集》，北宋．晁補之，台北，台灣商務印書館，1986 年，影印文淵閣四庫全書。
36. 《眉山文集》，北宋．唐庚，台北，台灣商務印書館，1986 年，影印文淵閣四庫全書。
37. 《盤洲文集》，南宋．洪适，台北，台灣商務印書館，1967 年，四部叢刊初編。
38. 《曲洧舊聞》，南宋．朱弁，台北，台灣商務印書館，1967 年，四部叢刊初編。
39. 《浮溪集》，南宋．汪藻，台北，台灣商務印書館，1986 年，影印文淵閣四庫全書。
40. 《鶴山集》，南宋．魏了翁，台北，台灣商務印書館，1986 年，影印文淵閣四庫全書。

41. 《文忠集》，南宋．周必大，台北，台灣商務印書館，1986 年，影印文淵閣四庫全書。
42. 《揮麈錄》，南宋．王明清，台北，台灣商務印書館，1986 年，影印文淵閣四庫全書。
43. 《文文山先生全集》，南宋．文天祥，台北，河洛圖書出版社，1975 年。
44. 《文山集》，南宋．文天祥，台北，台灣商務印書館，1986 年，影印文淵閣四庫全書。
45. 《稼軒集》，南宋．辛棄疾，台北，文津出版社，1991 年。
46. 《滹南遺老集》，金．王若虛，上海，商務印書館，1965 年。
47. 《元遺山先生全集》，元．元好問，台北，新文豐出版公司，1997 年，影印光緒八年靈石楊氏原刻本。
48. 《滋溪文稿》，元．蘇天爵，台北，台灣商務印書館，1986 年，影印文淵閣四庫全書。
49. 《宋濂全集》，明．宋濂、民國．羅月霞主編，杭州，浙江古籍出版社，1999 年。
50. 《升庵外集》，明．楊慎，台北，臺灣學生書局，1971 年。
51. 《弇州山人續稿》，明．王世貞，台北，文海出版社，1970 年。
52. 《抑菴文集》，明．王直，台北，台灣商務印書館，1986 年，影印文淵閣四庫全書。

（三）詩文評

1. 《紫微詩話》，南宋．呂本中，台北，台灣商務印書館，1986 年，影印文淵閣四庫全書。
2. 《苕溪漁隱叢話》，南宋．胡仔，台北，中華書局，1965 年，四部備要。
3. 《詩林廣記》，南宋．蔡正孫編，台北，台灣商務印書館，1986 年，影印文淵閣四庫全書。
4. 《滄浪詩話》，南宋．嚴羽，台北，台灣商務印書館，1986 年，影印文淵閣四庫全書。
5. 《甌北詩話》，清．趙翼，台北，台灣商務印書館，1986 年，影印文淵閣四庫全書。
6. 《清詩話續編》，郭紹虞編選、富壽蓀校點，台北，藝文印書館，1985 年。

六、類書及工具書

1. 《藝文類聚》，唐．歐陽詢，台北，文光出版社，1974 年。

2. 《太平御覽》，北宋·李昉等，台北，大化書局，1977年，影印宋蜀本。
3. 《冊府元龜》，北宋·王若欽等，台北，清華書局，1967年，影印明崇禎十五年李嗣京刻本。
4. 《事物紀原集類》，北宋·高承，台北，新興書局，1969年，影印明正統十二年刻本。
5. 《錦繡萬花谷》，北宋·不著撰人，台北，新興書局，1969年。
6. 《記纂淵海》，南宋·潘自牧，台北，新興書局，1972年，影印明萬曆己卯刻本。
7. 《古今合璧事類備要》，南宋·謝維新，台北，新興書局，1971年，影印明嘉靖丙辰摹宋刻本。
8. 《永樂大典》，明·姚廣孝等，台北，世界書局，1962年，影印嘉隆副本。
9. 《千頃堂書目》，清·黃虞稷，台北，台灣商務印書館，1986年，影印文淵閣四庫全書。
10. 《插圖本書林清話》，清·葉德輝，上海，上海古籍出版社，2008年。
11. 《歷代名人生卒年表》，梁廷燦編，台北，商務印書館，1970年。
12. 《歷代人物年里碑里綜表》，姜亮夫編，台北，商務印書館，1970年。
13. 《中藥大辭典》，昭人出版社編輯部，台中，昭人出版社，1979年。
14. 《江西歷代人物辭典》，陳榮華、陳柏泉、何友良編，南昌，江西人民出版社，1990年。
15. 《宋人傳記資料索引》，昌彼得、王德毅，台北，鼎文書局，2001年。
16. 《中國歷史地名大辭典》，史爲樂主編，北京，中國社會科學出版社，2005年。
17. 《中國古代名人分類大辭典》，胡國珍，北京，華語教學出版社，2009年。

七、今人著作

1. 《陳寅恪先生論文集》，陳寅恪，台北，三人行出版社，1974年。
2. 《經學歷史》，皮錫瑞，台北，河洛圖書出版社，1974年。
3. 《金明館叢稿二編》，陳寅恪，上海，上海古籍出版社，1980年。
4. 《宋詩選註》，錢鍾書，台北，木鐸出版社，1987年。
5. 《清徽學術論文集》，張清徽，台北，華正書局，1993年。
6. 《宋代筆記研究》，張暉，武昌，華中師範大學出版社，1993年。
7. 《中國古典小說史論》，楊義，北京，中國社會科學出版社，1995年。

8. 《中國婦女史論集》，牛志平，台北，稻香出版社，1995 年。
9. 《新譯世說新語》，劉正浩、邱燮友、陳滿銘、許錟輝、黃俊新，台北，三民書局，1995 年。
10. 《中國筆記小說史》，陳文新，新店，志一出版社，1995 年。
11. 《中國文言小說總目提要》，寧稼雨，濟南，濟魯書社，1996 年。
12. 《漢魏六朝文學論集》，廖蔚卿，台北，大安出版社，1997 年。
13. 《宋代詩文縱談》，黃啓方，台北，臺灣商務印書館，1997 年。
14. 《宋元小說史》，蕭相愷，杭州，浙江古籍出版社，1997 年。
15. 《晁補之及其文學研究》，羅鳳珠，台北，樂學書局，1998 年。
16. 《世說新語研究》，范子燁，哈爾濱，黑龍江教育出版社，1998 年。
17. 《六朝志人小說研究》，李玉芬，台北，文津出版社，1998 年。
18. 《魏晉名士人格研究》，李清筠，台北，文津出版社，2000 年。
19. 《中國古代雜體詩通論》，鄢化志，北京，北京大學出版社，2001 年。
20. 《中國小說史》，魯迅，天津，百花文藝出版社，2002 年。
21. 《中國文學史》，袁行霈，台北，五南圖書出版股份有限公司，2002 年。
22. 《北宋士族：家生族、婚姻、生活》，陶晉生，台北，樂學書局，2003 年。
23. 《中國小說續書研究》，王旭川，上海，學林出版社，2004 年。
24. 《中國古代文學通論：魏晉南北朝卷》，劉躍進，瀋陽，遼寧人民出版社，2005 年。
25. 《黃庭堅與江西詩派》，黃啓方，台北，國家出版社，2006 年。
26. 《世說新語的語言與敘事》，梅家玲，台北，里仁書局，2006 年。
27. 《四庫提要辨證》，余嘉錫，北京，中華書局，2007 年。
28. 《世說新語研究》，王能憲，南京，江蘇古籍出版社，2009 年。
29. 《古今隱逸詩人之宗：陶淵明論》，台北，允晨文化實業股份有限公司，2009 年。
30. 《宋文通論》，曾棗莊，上海，上海人民出版社，2008 年。
31. 《宋詩概說》，吉川幸次郎（鄭清茂譯），台北，聯經出版社，2012 年。

八、學位論文

1. 《臨江三孔研究》，李春梅，《四川大學碩士論文》，2002 年。
2. 《北宋三孔史學思想初探》，楊興良，《廣西師範大學碩士論文》，2004 年。
3. 《孔平仲及其詩歌研究》，王文玉，《山西師範大學碩士論文》，2008 年。

4. 《唐宋藥名詩研究》，王偉，《浙江大學碩士學位論文》，2010 年。
5. 《《續世說》考校》，張一鳴，《西南交通大學碩士論文》，2010 年。
6. 《中國古代圍棋藝文研究》，姜明翰，《世新大學博士論文》，2014 年。

九、單篇論文

1. 〈秦觀〈千秋歲〉喻志丹詞考辨〉，《學術論壇》，1984 年第 1 期。
2. 〈晁補之生平敘論〉，劉煥陽，《聯合大學學報・哲學社會科學版》1989 年第 3 期，1989 年 6 月。
3. 〈孔平仲與《續世說》〉，程國政，《湖北大學學報・哲學社會科學版》1991 年第 5 期，1991 年 5 月。
4. 〈孔平仲詩中的蓬萊閣在何處〉，聶言之，《江西師範大學學報・哲學社會科學版》第 26 卷第 4 期，1993 年 10 月。
5. 〈晁補之年譜〉，劉少雄，《中國文哲研究通訊》，第六卷第 2 期，1996 年 6 月。
6. 〈北宋散文簡論〉，高克勤，《蘇州大學學報》1996 年第 4 期。
7. 〈中國古代小說續衍承傳現象及其文化意蘊——中國古代續書文化景觀概覽〉，楊子怡，《韓山師範學院學報》，第 1 期，1997 年 3 月。
8. 〈關於「三孔」〉，黃健保，《新餘高專學報》，1998 年第 3 卷第 1 期，1998 年 3 月。
9. 〈晁補之年譜簡編〉，易朝志，《煙臺師範學院學報・哲學社會科學版》1990 年第 1 期，1990 年 3 月。
10. 〈《世說新語》文體特色研究〉，陳川，《中山大學研究生學刊・社會科學版》第 21 卷第 4 期，2000 年。
11. 〈孔平仲評傳〉，韓梅，《明清小說研究》，2000 年第 4 期，2000 年 12 月。
12. 〈漫話宋人藥名詩〉，祝尚書，《中國典籍與文化》，第 37 期，2001 年 2 月。
13. 〈論宋人雜體詩〉，祝尚書，《四川大學學報》，第 116 期，2001 年第 5 月。
14. 〈中國古代小說續書的類型與特徵〉，王旭川，《零陵師範高等專科學校學報》，第 23 卷第 2 期，2002 年 4 月。
15. 〈《世說新語》「豪爽」門發微〉，王興芬，《固原師專學報・社會科學版》，第 27 卷第 2 期，2003 年 3 月。
16. 〈《青山集》版本及《續集》辨僞考〉，毛建軍，《郴州師範專科學校學報》，第 24 鄰第 6 期，2003 年 6 月。
17. 〈論《世說新語》敘事的新變與傳承〉，李宣，《社會科學研究》，第 6 期，2003 年 12 月。

18. 〈現存清江三免集版本源流略考〉，張劍，《文獻季刊》，2003年第4期，2003年10月。
19. 〈三孔集主要版本考論〉，王嵐，《江西社會科學》，第7期，2004年7月。
20. 〈從婦女的守節與再嫁看魏晉南北朝的貞節觀〉，張欣怡，《中正歷史學刊》，2004年第7期？月。
21. 〈江西「臨江三孔」生卒年考〉，陳蓮香，《新餘高專學報》，第10卷第3期，2005年？月。
22. 〈「臨江三孔」的文學活動〉，陳蓮香，《井岡山學院學報，第10卷第2期，2005年3月。
23. 〈北宋「三孔」籍貫新考〉，黃宏，《南京學院學報．哲學社會科學版》第7卷，第6期，2005年11月。
24. 〈清江孔氏著述考〉，李春梅，《宋代文化研究》，第13期，2006年12月。
25. 〈三孔思想淺論〉，李春梅，《宋代文化研究》，第13期，2006年12月。
26. 〈清江三孔集明鈔本探討〉，嚴杰，《古典文獻研究》，第10期，2007年6月。
27. 〈淺談《續世說》〉，楊興良，《昭通師範高等專科學校學報》第30卷第1期，2008年2月。
28. 〈北宋士人的政治訴求及其文學映象〉，《河北學刊》，第28卷，第2期，2008年3月。
29. 〈呂陶傳校箋〉，周靜，《蜀學》，第5輯，2010年11月。
30. 〈王蘧墓志及關問題〉，楊超、張志忠、謝飛，《中原文物》，2010年第4期。
31. 〈四庫本《青山續集》前兩卷作品歸屬考辨〉，羅凌，《三峽大學學報．中文社會科學版》，第32卷第4期，2010年8月。
32. 〈孔平仲〈千秋歲〉詞辨僞〉，韓立平，《中國典籍與文化》，第67期，2011年1月。
33. 〈孔平仲雜體詩趣談〉，盧瑩，《考試周刊》，2011年第82期。
34. 〈孔延之生平考述〉，林美君，《世新中文研究集刊第九期，2013年7月。
35. 〈從名士清談到朝臣議政——世說新語》與《續世說》比較〉，南京師範大學文學院學報，2013年第4期，2013年12月。
36. 〈警惕古籍僞校點〉，張劍，《光明日報》，2003年2月20日。
37. 〈現存我省最早的刻本書〉，李龍如，《長沙晚報》，2007年9月3日。
38. 〈清江孔氏詩學思想初探〉，郭超，《前沿》，第ZC期，2014年12月。
39. 〈宋代詩人孔平仲雜體詩的風貌特徵〉，蔣月霞，《鹽城師範學院學報》，2015年2月。

十、電子資源

1. 開放文學 http://open-lit.com/list.php
2. 簫堯藝文網界　hhttp://www.sysa.com/
3. 續資治通鑒長編 http://www.saohua.com/shuku/xuzizhitongjianl/
4. 中華尋根網 http://ouroots.nlc.gov.cn/bookbyidsearch.do?id=30452&method=searchBookbyID